KB041060

이스즈 연맹 총수
우즈메

이스즈 연맹 히든
뱀

류센 히로츠구 지음 · 후지 초코 일러스트 · 정대식 옮김

이스즈 연맹 히든
전갈

역 도시 실버 사이드에서 남서쪽에 자리한 상공. 등 뒤에는 산맥이 끝없이 펼쳐져 있고 전방에는 초원이 까마득하게 펼쳐져 있었다.

어떻게 위치를 알아낸 것인지는 알 수 없었지만 미라는 여관 밖에서 기다리던 집사에게서 현자의 제자를 자칭하는 자의 편지를 받았다. 거기에는 마찬가지로 현자의 제자를 자칭하고 있는 미라를 만나고 싶다는 내용이 적혀 있었다.

누구의 제자인지는 모르겠지만 잘만 하면 행방불명 상태인 아홉 현자 중 누군가를 찾을 단서가 될지도 모른다. 미라는 그런 기대를 가슴에 품은 채 약속 장소인 버려진 정원으로 향하고 있었다.

그곳은 미라가 알았던 시대보다 훨씬 과거, 먼 옛날에는 번영했지만 몰락하여 방치된 영주의 별장터였다.

맵을 확인하며 하늘을 날아가기를 십 분 남짓. 나무들이 다박수염처럼 복작복작 무성하게 자란 숲 한복판에, 쇠락했음에도 가까스로 원형을 유지하고 있는 저택의 모습이 보였다.

버려진 정원은 그 저택의 뒤에 펼쳐져 있다. 미라는 천천히 고도를 낮추도록 페가수스에게 지시를 내려 저택 뒤편에 자리한 광장에 내렸다.

어리광을 부리듯 얼굴을 들이미는 페가수스를 쓰다듬어주며 미라는 정원으로 시선을 날렸다.

번영했던 당시에는 그야말로 대륙에서도 손꼽힐 정도의 현란함을 자랑했을 정원이, 지금은 볼품없기 그지없었다. 이름 모를 잡초가 내 집인 양 자라나 포장된 통로에까지 아무렇게나 발을 내딛고 있었다. 버려졌다는 이름에 걸맞은 모습이었다.

　"그래서, 이곳 어디에 있다는 게지?"

　미라는 다시 한 번 봉서를 끄집어내어 그 편지를 확인해 보았지만 거기에는 버려진 정원이라고 적혀있을 뿐, 그곳 어디인지까지는 적혀있지 않았다. 정원은 한 번 가로지르려면 걸어서 20분은 걸릴 정도로 광대했다.

　다시 한 번 주변을 둘러보았지만 잡초와 나무가 시야를 가려 멀리까지는 보이지 않았다. 하지만 정원 중앙에 자리한 언덕처럼 솟은 석제 관람장은 나뭇가지 틈새로 당당한 존재감을 띠고 있어 현재 위치에서도 몹시 잘 보였다.

　"좋아, 페가수스여. 저 언덕으로 가거라."

　미라가 다시 한 번 그 등에 올라타자 페가수스는 기쁜 듯 울음소리를 내더니 한 걸음에 나무들을 넘어갔다.

　관람장은 포장된 다른 장소와는 다른 구조로 되어 있는지 녹음의 침범을 허락하지 않고, 부서진 석재들이 이곳저곳에 어지럽게 흩어져 있었다. 과거에는 이곳에서 아름다운 정원을 즐기며 우아한 한때를 만끽했을 테지만 지금은 모르는 세계 한 구석에 우두커니 혼자 내버려진 존재 같다는, 그런 인상밖에 느껴지지 않았다.

　'뭐어, 여기 있으면 지쪽이 찾아오겠지. 사람을 불러냈으니 그

정도는 해야지, 암.'

언뜻 보기에 원형 관람장에는 아무도 없었다. 페가수스를 칭찬한 뒤 송환한 미라는 가까이에 있던 돌기둥의 파편에 앉았다. 과거에는 커다란 아치를 그리고 있었을 그것은 앉아있기에는 영 불편해서 의자 대신 쓰기에도 마땅치 않은 물체가 되어, 잔해더미처럼 이곳저곳에 나뒹굴고 있었다.

푸른 하늘 아래서 스위트베리 오레를 손에 든 채, 아무 것도 않고 멍하니 있기는 오랜만이라는 생각을 하며 미라는 때때로 찾아오는 참새와 소용돌이치듯 수런대는 푸른 숨결이 자아내는 파문을 바라보고 있었다.

그런 한적함에 슬금슬금 졸음이 밀려오던 참이었다. 세계가 오로라에 가라앉은 듯한 착각이 들 것만 같은 광경이 문득 주변을 둘러쌌다.

"무어냐, 이건……. 결계인가?"

갑작스러운 일에 미라는 자리에서 일어나 시선을 돌려 주변을 살폈다. 자세히 보니 그것은 관람장 전체를 막처럼 에워싸고 있었다.

그리고 잠시 후, 철그럭철그럭 금속을 맞부딪치는 듯한 중후한 소리가 의아한 눈으로 주변을 노려보던 미라에게 다가왔다.

그 소리는 등 뒤에서 들려왔다. 무슨 일인가 싶어 고개를 돌린 미라의 눈에 들어온 것은 검과 방패를 든 전신갑옷이었다. 생체감지로 조사해 보니 그 안에서 반응이 느껴졌다. 아무래도 무구 정령은 아닌 듯했다.

그렇다면 대체 정체가 무엇일까. 전신갑옷은 존재감을 두드러지게 하는 둔탁한 은빛을 띠고 있었고 풀페이스 투구는 눈빛조차 보이지 않을 정도로 머리를 꽁꽁 감싸고 있었다. 오로지 전투를 위해 고안된 실루엣이 이 장소에는 너무도 어울리지 않았다. 부자연스럽게 일그러진 정원을 등진 그것은 땅속에서 기어 나온 망령처럼 으스스해 보였다.

누구인지는 모르겠지만 이러한 벽지에 있는 이유는 대충 짐작이 되었다. 미라는 전신갑주에게 봉서를 내밀어 보였다.

"이걸 보낸 이가 그대인가?"

그 물음에 반응하듯 전신갑옷이 걸음을 멈췄다.

"그렇다."

풀페이스 투구에서 탁한 남자의 목소리가 들려왔다. 억양도 없고 어쩐지 담담한 답변이라 현자의 제자라는, 같은 경우에 있는 자를 만나고 싶다고 적혀있던 편지를 보고 받았던 인상은 눈곱만큼도 느껴지지 않았다. 그 태도에 미라는 사정을 대충 짐작해냈다.

"여기에는 현자의 제자라 적혀 있었다만, 아무리 보아도 그대의 모습은 술사라 하기 어려워 보이는데 말이지."

미라는 전신갑옷남(男)을 노려보았다. 모습을 보이고 싶지 않다면 더 편한 차림새를 할 수도 있었을 텐데. 현재의 모습은 명백히 실전을 염두에 둔 것이었다. 아닌 게 아니라 술사인지 어떤지도 수상할 정도였다.

"그래, 그건 너를 끌어내기 위한 구실이었지."

남자는 더 이상 숨길 생각이 없다는 투로 손에 든 검을 미라에게 겨누어 명백한 적의를 내비추었다. 얼굴은 보이지 않았지만 그 표정이 열락(悅樂)으로 일그러져 있으리라는 것이 목소리를 통해 전해져 왔다.

　"참으로 성가신 방법을 썼군그래."

　미라는 주변을 둘러보며 어이가 없다는 듯 한숨을 내쉬었다.

　"네게 받은 굴욕을 갚을 수 있다면 뭐든 다할 수 있다!"

　검을 겨누었음에도 전혀 동요하는 낌새가 없다니. 동요하기는커녕 마치 장난질을 한 어린애를 나무라는 듯한 미라의 말투가 거슬렸는지 남자는 노기등등한 목소리로 위협했다.

　'흠? 굴욕이라. 무슨 짓을 했던가……?'

　미라는 아직 이 세계에 온지 얼마 되지 않은 탓에 이번처럼 번거로운 방법으로 불러내어 원한을 갚겠다고 말할 만한 상대를 만든 기억이 없었다.

　"그대는 누구냐. 이 몸이 무슨 짓을 했지? 이런 식으로 표적이 될 만한 이유를 통 모르겠군."

　엉뚱한 오해로 억하심정을 품었을 가능성도 있다고 생각한 미라는 귀찮다는 투로 갑옷 입은 남자의 칼날을 노려보고서 그대로 투구 쪽으로 시선을 옮겼다.

　"아아, 그렇군. 이 상태로는 얼굴이 안 보이겠지. 그럼 보여주마. 네가 내게 한 짓을 기억해내라. 그리고 후회해라!"

　어지간히 미라가 미운지 갑옷을 입은 남자는 분노로 떨리는 목소리로 외치더니 방패를 든 손으로 투구의 페이스가드를 열었다.

투구 안, 푹 꺼진 듯 보이는 그 얼굴에 자리한 푸른 두 눈은 증오로 가득한 데다 척 보아도 이성을 잃은 듯했다. 그리고 입가는 마약이라도 한 듯 초승달 모양으로 휘어져 있었다.

미라는 그 광기마저 느껴지는 얼굴을 지그시 쳐다보며 다시 기억을 뒤졌다.

"……흐음, 역시 사람을 잘못 본 게 아니냐? 기억에 없다만."

미라는 턱 끝에 손가락을 가져다 댄 채 생각에 잠겼다. 하지만 그 얼굴은 전혀 기억이 나지 않아, 착각이리라고 결론을 내렸다. 그러자 남자의 얼굴에 더 큰 분노가 떠올랐다.

"웃기지 마! 학교 심사회에서 네가 굴욕을 주었던 일을 잊었다는 말이냐!"

기억에 없다는 미라의 말에 남자는 온몸을 떨더니 검을 땅바닥에 내동댕이치며 노성을 토해냈다. 기억은 나지 않았다. 하지만 아무래도 어디선가 만난 적이 있는 모양이었다.

"심사회라……?"

갑옷을 입은 남자가 내뱉은 그 단어에 미라는 그럴 법한 기억을 뒤져보았다.

심사회, 그것은 분명 알카이트 학원에서 행해졌던 학생들의 술법 학예회 같은 것이었다. 거기까지 떠올린 참에 그것이 계기가 되었는지 그때 있었던 일들이 연달아 뇌리에 떠오르기 시작했다.

"오오, 생각났다, 생각났어. 그렇군. 그대는 그때 그 마술사 애송이였군그래."

그 남자는 마술과 대표 카이로스였다. 분명 만난 적은 있었다.

하지만 얼굴은 기억이 나지 않았다. 그럴 만도 했다. 애초에 미라는 아무래도 좋은 상대의 얼굴까지 외우려 들지 않으려는 경향이 있기 때문이다. 카이로스는 그 아무래도 좋은 한 사람이었고 이름과 함께 완전히 기억에서 잊힌 상태였다. 유일하게 기억하는 것은 쓸데없이 시비를 걸던 바보 귀족이 있었다는 사실뿐이었다.

2주도 더 된 일이었다. 매번 심사회에서 1위였던 카이로스의 실적과 자존심은 부동의 최하위인 소환술과 대표로 나타난 미라의 손에 의해 철저하게 박살났다.

그리고 지금, 용의주도하게 준비한 책략으로 복수를 하기 위해 모습을 드러낸 것이다.

　전신갑옷을 걸치고 증오로 가득한 눈을 한 마술사 카이로스와 그 시선을 성가시다는 듯 흘려 넘기는 소환술사 미라. 쇠락한 관람장에서 마주선 두 사람의 태도는 매우 대조적이었다.

　"이 몸이 기억하기로 그건 공평한 심사회였던 것 같은데 말이지. 애초에 제 무덤을 판 것은 그대가 아니냐. 나를 원망할 이유는 없을 터인데."

　결과적으로 참패의 원인인 일대일 대결을 하게 된 것은 미라의 본격적인 소환술에 트집을 잡은 카이로스의 언동 때문이었다. 미라의 머릿속에 있는 카이로스의 인상은 실력도 별로 없으면서 짖으며 아무 사람이나 물어대는 들개만도 못한 녀석이라는 것이었다.

　"나를 그토록 모욕해 놓고 뻔뻔하기도 하군. 나는 언제나 1위여야만 했어. 그런데 소환술사 주제에!"

　카이로스는 당시의 일이 꿈에 나올 정도였고, 앞을 가로막은 채 자신을 내려다보는 다크나이트의 붉은 눈에 겁을 먹고 가위에 눌렸다고 한다. 그만큼 마음 깊숙이 남은 일을, 장본인인 미라는 잊고 있었다. 카이로스는 그 사실에 한층 더 분노하여 핏발 선 눈으로 미라를 노려보았다.

　카이로스는 만년 최하위이자 자신이 깔보아온 소환술사에게 진 것도 모지라 소환술사에 대한 공포심이 생겼다는 것 지체를 용납할 수가 없었다.

'흐음, 성가신 녀석이로군.'

"그래서 복수하러 왔다 이건가. 그 정도 심사회에서의 순위를 걸고넘어지다니, 우물 안 개구리도 이보다는 덜 우둔하겠어. 아주 수고가 많으셨군."

"헛소리! 멋대로 나타나서 휘저어놓은 주제에. 심지어 나중에 들어보니 아홉 현자의 제자라며? 덕분에 나는 통찰력까지 모자란 불량품이라는 낙인이 찍혔단 말이다. 모두 다 너 때문이야!"

카이로스는 목소리를 높여 마구 지껄여대더니, 분에 못 이겨 손에 든 검을 곁에 있던 잔해에 휘둘렀다. 그러자 그 직후, 검에서 홍련의 빛이 솟구쳐 순식간에 집속되더니 고막은 물론이고 온몸이 저릿할 정도의 비명과도 같은 굉음과 열파(熱波)를 일으켜 잔해를 완전히 박살내버렸다.

바로 옆에서 폭발이 일어났음에도 전신갑옷에는 흠집 하나 나지 않았고, 카이로스는 솟구치는 분진을 거부하듯 페이스 가드를 내렸다. 증오를 그대로 굳혀놓은 듯한 표정을 투구 속에 감춘 채, 카이로스는 잔해를 보고 득의양양한 미소를 지었다.

"어떠냐, 이 힘. 멋지지 않나. 지금 이곳은 술법을 봉인하는 결계로 뒤덮여 있다. 네가 아무리 우수한 술사라 할지라도 술법을 사용하지 못하면 평범한 애새끼다."

작열하는 불꽃을 보고 자신이 압도적인 우위를 점한 상황임을 재인식하고서야 카이로스는 미라의 언동을 듣고 거칠어진 감정을 가라앉혔다.

'호오, 술법을 봉한다라. 던전의 트랩 같은 데서 본 적은 있다만, 이러한 것도 개발되었다니.'

관람장을 둘러싼 막은 술법을 봉인하는 결계인 모양이었다. 시험 삼아 소환해 보려 했지만 봉인했다는 말은 거짓이 아닌지 발동될 낌새가 없었다. 미라는 그 결계를 둘러보며 이러한 일도 할 수 있는 건가, 하고 30년이라는 세월의 흐름을 실감했다.

"분명 그대는 마술사였지? 이 몸을 술법을 봉한들 자신도 마술을 쓸 수 없어서는 주객이 전도된 꼴 아니냐?"

상대의 술법만을 봉인할 수 있다면 그보다 유리한 상태는 없을 것이다. 하지만 결계인 이상 효과는 내부에 있는 모든 자에게 미치게 된다. 요컨대 카이로스의 마술도 봉인된다는 뜻이었다. 미라는 대충 짐작은 갔지만 떠보듯이, 전신갑옷을 껴입어 어딜 봐도 마술사 같지가 않은 상태의 카이로스에게 말했다.

"이걸 보고도 모르겠나? 이 칼도, 방패도, 갑옷도, 모두 다 정령무구다. 그리고 검의 위력도 봤을 텐데. 마술 같은 거 필요 없다. 결계 안이라도 정령무구의 힘은 건재해. 이것만 있으면 너 같은 건 마음대로 요리할 수 있지."

카이로스가 지닌 검은 화염 정령검이었다. 아닌 게 아니라 온몸을 감싼 갑옷에 기사 방패에까지 정령의 힘이 깃들어 있었다. 하지만 처음 봤을 때부터 알아챘던 미라는 딱히 놀라지도 초조해하지도 않았다. 놀라기는커녕 술사의 나라, 알카이트 왕국의 국민이자 마술사이기도 한 카이로스의, 술법을 부정하고 무구에 의지하려는 그 마음가짐에 아주 질려버렸다. 강력한 속성력을 지녔

15

어도 그것은 검이다. 투기를 다루지 못하는 술사에게는 과분한
물건이다.

"뭐냐, 그 눈은. 아무래도 이게 어떤 상황인지 이해가 안 되는
모양, 이구나!"

마지막 한 마디를 내뱉음과 동시에 카이로스가 정령검을 휘둘
렀다. 검신은 공기의 마찰로 불타올라 홍련빛으로 번뜩이더니 확
장시킨 화염을 미라 옆에 널브러진 잔해로 날렸다. 착탄과 동시
에 비명과도 같은 폭음이 울려 퍼지고 거친 열풍이 미라의 온몸
을 쓸었다.

잠시 후, 찌는 듯 뜨거운 바람과 홍련의 잔재가 수습되자 카이
로스의 탁한 웃음소리만이 남았다.

'역시 그러하군. 방금 전 것은 목소리인가?'

미라는 화염이 방출됨과 동시에 분노처럼도, 증오처럼도 느껴
지는 비통한 빛을 띤 목소리를 들었다. 그 소리는 카이로스가 잔
해를 향해 검을 휘둘렀을 때도 희미하게 들렸다. 직후에 들려온
폭음으로 인해 지워지기는 했지만 등줄기가 얼어붙어 버릴 정도
로 낮고도 위협적인 목소리가 이번에는 똑똑히 미라의 귀에 들
렸다.

"봤나, 이 정령검의 위력을. 살짝 스치기만 해도 그 가냘픈 몸
은 날아가 버릴 거다. 이게 진정한 힘의 차이다. 하지만 내게도
자비심은 있다."

카이로스 역시 정령검의 위력에 경악하고는 그 압도적인 힘에
취해 투구 속에서 천박한 미소를 지었다. 그러고는 미성숙함에도

불구하고 아름답기 그지없는 미라의 온몸을 끈적끈적한 시선으로 훑어보며 마른침을 삼켰다. 어떤 목소리로 울게 해볼까 하는 망상을 부풀리며.

"지금 무릎 꿇고 사죄하면 내 시종으로 삼아주지."

욕망에 사로잡힌 카이로스는 심히 거만한 투로 말하더니 허리에 차고 있던 가죽주머니에서 금속제 고리를 끄집어내서 미라에게 던졌다. 그것은 목줄이었다. 봉(封)의 각인이라는, 일전에 이스즈 연맹이 사용했던 포박용 천과 같은 문양이 새겨져 있었다.

"그걸 목에 차라. 그렇게 하면 목숨만은 살려주마."

카이로스는 이토록 불리한 상황에서 따르지 않을 리가 없다고 확신했다. 하지만 미라는 발치에 떨어진 그 목줄을 흘끔 쳐다보더니 왼발을 옆에 내딛고서 오른발로 걷어차 돌려주었다. 낮게 날아간 목줄은 카이로스의 정강이받이에 세차게 부딪혀 둔탁한 금속음을 내며 널브러졌다.

"되었다. 이 몸도 한 마디 하도록 하지. 지금이라도 관두면 어린애 장난인 셈 치고 봐주도록 하마."

미라는 그렇게 말하며 노려보지도, 거만하게 보지도 않고 그저 똑바로 카이로스를 보았다. 그리고 그 말을 계기로 카이로스의 색욕은 새까만 증오로 뒤덮였고, 그는 손에 든 검을 감정에 따라 품새도, 검술도 따지지 않고 제대로 겨누지도 않고서 치켜들었다.

"너 이 자시이이이이이이이이이익!"

카이로스가 내뱉은 목소리는 더 이상 말의 모양새를 띠고 있지 않았고, 폐 속 깊숙한 곳에 고여있던 공기에 불을 붙어 폭발시키기라도 한 듯, 목을 지나 나온 것일뿐인 외침에 불과했다.

카이로스는 그렇게 외침과 동시에 땅에 내동댕이칠 기세로 검을 내리쳤다. 직후, 비뚤어진 검의 궤도를 따라 불꽃이 발생하더니 광기를 흩뿌리는 업화의 덩어리가 되어 미라에게 날아들었다.

조준은 빗나갔지만 그럼에도 미쳐 날뛰는 불꽃은 전방을 새빨간 빛으로 메울 기세로 폭쇄했다. 휘말려들면 술법을 봉인당한 술사는 무사하지 못할 파괴력이었다. 강력하게 휘몰아치는 여파에 못 이겨 카이로스는 엉덩방아를 찧듯 쓰러졌다.

"하, 하하하하하하! 그러게 내가 뭐랬어, 내 말을 거스르니 이렇게 되는 거다. 하하하, 하하하하."

압도적인 힘, 검은 감정에 삼켜진 살의, 그리고 자신의 손으로 사람을 죽였다는 실감과 희미하게 밀려드는 죄책감. 그것들이 마구 뒤섞여 카이로스에게서 표정을 앗아갔고, 이내 억제할 수 없는 흡입력으로 바뀌어 나락으로 끌어당기기 시작했다.

"흐음, 위력은 충분하지만 그뿐이로군. 하지만 맞으면 분명 무사하지 못하겠어. 그대는 자신이 무슨 짓을 했는지 아는 게냐?"

맹렬한 불길로 인해 일렁이는 공간과 카이로스의 격정을, 늠름하면서도 얼어붙을 듯 싸늘한 목소리가 찬물처럼 날아들어 식혀 나갔다.

투구 틈새로 보이는 세계에 미라의 모습은 보이지 않아, 카이로스는 익숙지 않은 전신갑옷을 입은 몸을 재촉하여 일으켜 두 팔을 움츠리듯 검과 방패를 몸에 딱 붙인 채 주변을 둘러보았다.

미라는 왼쪽에 있었다. 멀쩡한 모습으로 서서 질책을 하듯 날카로운 시선으로 카이로스를 바라보고 있었다. 그 모습, 그 눈, 그 존재의 모든 것에 자극을 받은 카이로스의 희미한 죄책감이 폭발했다.

"우아아아아아아아아아아아아!!"

한 번은 빠져들었던 살인충동이라는 검은 감정. 그리고 그것을 실행했을 때의 사고, 하지만 상대가 살아있었다는 약간의 안도감, 그 모든 것들이 혼돈이 되어 카이로스의 안에서 공포심으로 뒤바뀌었다.

마치 남의 눈에 보이지 않는 악몽을 떨쳐내려는 듯, 카이로스는 일심불란하게 검을 휘둘렀다. 그때마다 미쳐 날뛰는 화염의 숨결은 미라의 잔상만을 쫓을 뿐이었다.

"젠장, 젠장, 젠자앙!"

카이로스는 이제 목적도 잊은 채 검을 휘둘러대고 있었다. 미라는 그 모든 공격을 습득한지 얼마 되지 않은 '미라주 스텝'으로 피했다. 폭염이 환영을 날려버리고 나면 미라가 다른 곳에서 모습을 나타냈다. 술법은 봉인되어 있어도 기능까지 봉인당한 것은 아니었다.

하물며 카이로스가 검을 휘두르면 휘두를수록 피아간의 거리가 줄어들었다. 카이로스는 서서히, 하지만 확연히 다가오는 미라의 모습에 전율하며 한 걸음, 두 걸음 물러나면서도 팔을 멈추지 않았다.

'이 정령검…… 설마 음의 성질을 가진 것인가?'

환청이 아닌, 원한 가득한 한탄소리가 폭음에 섞여 언뜻언뜻 들려왔다. 귀를 틀어막고 싶어지는 그 목소리에 귀를 기울이며 미라는 한 가지 가능성을 머릿속에 떠올렸다.

정령무구라는 것은 속성 말고도 양(陽)과 음(陰)으로 나뉘었다. 무구에 깃든 정령의 성질에 따라 구분되기도 했지만 주로 긍정적인 감정이 양, 부정적인 감정이 음이었다.

그리고 기본적으로 유통되는 정령무구는 '양'의 성질을 지닌 것이었다. 정령에게 호감을 사서 축복을 받은 경우가 대부분이기 때문이다.

그렇다면 음은 어떠한가 하면, 복수심을 토대로 한 원한이나 분노에 의해 축복을 받은 경우에 깃들게 되어 있었다.

카이로스가 지닌 검에서 방출된 불꽃에는 증오를 부르짖는 목소리가 섞여 있었다. 그것이 음의 성질을 지녔으리라 판단한 이유였다.

정도에 따라 다르지만 술사의 특성 중에는 정령이 보이고 대화를 할 수 있다는 것이 있었다. 그리고 그것은 정령무구에도 통용되는데, 미라가 정령무구에 깃든 목소리를 들은 것은 처음이었다. 하지만 이상하게도 위화감이 없어 그 내력을 금세 알 수 있었다. 그만큼 목소리가 또렷하기도 했다.

미라는 그러한 것을 분석하면서도 우울한 분위기를 띤 채 날아드는 화염을 종이 한 장 차이로 피하며, 서서히 거리를 좁혀 나갔다. 그에 반해 계속해서 후퇴하던 카이로스는 잔해에 발이 걸려, 동전을 바닥에 쏟은 듯 요란한 소리를 내며 나동그라졌다.

"어째서 안 맞는 거야?!"

검을 휘두를 때마다 공포는 짜증으로 바뀌었다. 카이로스는 귀에 거슬리는 금속음과 함께 자세를 바로잡으며 목이 찢어져라 악다구니를 쳐댔다.

그런 감정이 절정에 달한 순간이었다. 갑자기 카이로스의 분노에 호흥하듯 온몸의 갑옷에서 고동과도 같은 속성력의 순환이 이루어지기 시작한 것이다.

"우음…… 이건, 전부 다 음의 성질이란 말인가?"

느닷없이 갑옷에서 흘러나온 온갖 정령의 속성력이 마구 뒤섞이며 검에 집속되어 갔다. 그와 동시에 광기가 전염될 것만 같은 저주의 말이 울려 퍼져 주변을 가득 메웠다.

아무래도 카이로스가 지닌 모든 정령무구는 '음'의 성질을 띤 듯했다. 하나라면 모를까 이만큼 모인 것을 우연으로 보기는 어려울 듯했다. 그리고 그 현상 뒤에 가려진 또 하나의 가능성이 미라의 뇌리를 스쳤다.

'이건, 출처를 상세히 따져 물을 필요가 있을 것 같군.'

미라는 이번에는 따끔하게 혼을 내줄 예정이었으나 거기에 약간의 심문을 추가하기로 했다. 그리고 다시금, 막대하게 부풀어 오른 힘에 취해 미친 듯이 낄낄대고 웃는 카이로스를 주시했다.

검을 촉매로 한 속성력은 팽창되고 나선이 되어 소용돌이치기 시작했다. 아직 불안정하게 일그러져 있기는 했지만 그것은 흡사 응축된 태풍 그 자체처럼 보였다.

미라는 대체 얼마나 되는 파괴의 힘이 내포되어 있을지 모를 흉측한 검을 흘끔 쳐다보고서 힘을 빼듯 어깨를 슥 늘어뜨리더니,

빠른 속도로 카이로스의 품안으로 파고들었다.

"젠장! 뭐야, 이 속도는!"

미처 날뛰는 힘의 격류를 거스르고자 손을 콱 움켜쥐는 것이 고 작인지라 카이로스는 코앞에 나타난 가증스러운 미라의 머리를 향해 검을 내리치지 못하고 이만 갈았다. 어떻게 된 영문인지 속 성력의 융합이 시작되었다. 하지만 그것은 아직 불안정하여 카이 로스의 상태는 폭풍우 속에서 망가지지 않는 우산을 쓰고 있는 것과 같았다.

그리고 미라는 그 틈을 놓치지 않고 근접함과 동시에 그 가녀 린 팔을 내밀어 카이로스의 몸통을 향해 주먹을 내질렀다.

금속제 갑옷은 아무런 강화도, 술법도 걸지 않은 술사의 손으 로 어떻게 할 수 있는 물건이 아니었다. 하지만 직후, 약간이기는 했지만 몸통 갑옷의 정령이 반응하여 검의 안정감이 흐트러짐과 동시에 미라의 손에 희미한 붉은 실과 같은 선이 퍼져 나갔다. 갑 옷에 깃든 바람 정령의 반격 효과인 듯했다.

"후, 하하하하하하하하! 그런 빈약한 팔로 이 갑옷에 해를 가할 수 있을 줄 알았나! 네게는 승산이 없다고!"

공격이 전혀 맞지 않아 초조했던 카이로스는 미라의 권격으로 인해 자신이 압도적 우위를 점하고 있음을 기억해냈다. 상대의 공격은 전혀 효과가 없다. 이쪽의 공격은 맞기만 하면 일격필살 이다. 상황은 변하지 않았다. 술법을 봉인하는 결계로 유인하는 데 성공한 시점에서 승패는 정해진 것이나 다름없었다. 생각한 카이로스는 미라의 손에 배어난 엷은 핏줄기를 보고 유열에 젖었다. 그리고 미쳐 날뛰는 검을 바라보며 씨익 웃었다. 어째서 검이 이렇게 된 것인지, 카이로스는 알지 못했다. 하지만 거기에 막대한 힘이 감춰져 있다는 사실과 그것이 서서히 안정되고 있음은 알아챘다.

검만 완전히 안정되면 승리는 따놓은 것이나 다름없다. 그렇게 직감한 카이로스는 투구 아래서 증오의 화신처럼 얼굴을 일그러뜨렸다.

"그대는 이 몸이 누구의 제자인지 안다 했지?"

하지만 투구 틈새로 보이는 미라는 전혀 겁먹은 기색을 보이지 않고 주먹을 내지른 채 얼어붙을 듯 차가운 시선으로 카이로스를 쏘아보았다.

페이스가드 너머에서, 그야말로 벽 한 장을 사이에 둔 상태인 카이로스의 눈앞에 심사회 당일에 보았던 절망이 어른거렸다.

아홉 현자 덤블프의 제자 미라. 그가 그 사실을 안 것은 호되게 혼쭐이 난 다음날의 일이었다. 하지만 증오가 싹튼 것은 심사회 직후였다.

"덤블프의 제자라지? 소환술사의 정점이자 최대의 약점인 본체의 연약함을 선술로 보충하는. 당연히 알지. 너도 움직이는 꼴을 보니 선술까지 쓸 수 있는 모양이지만, 술법을 발동시키지 못하면 무서워할 것이 못 되지."

검을 제어하며 카이로스는 결정타가 없는 미라를 상대로 우월감과 평정심을 되찾았다. 하지만 미라는 카이로스의 말을 일소에 부쳤다.

"흐음, 뭘 몰라도 한참 모르는군. 60점이다."

"아앙? 뭐라고?"

"60점이라 했다. 이 몸의 스승은 정련기술의 개발자이기도 했다."

미라는 눈을 흡뜬 채로 한참 높은 경지에서 상대를 내려다보는 듯한 투로 말을 내뱉었다. 그리고 그것은 카이로스의 눈에 자신을 비웃는 것처럼 보였다.

"그게 뭐 어쨌다고!"

더는 그런 태도를 그냥 넘기지 못하겠는지 카이로스는 아직 준비가 되지 않은 검이 아니라 왼손에 장착한 기사 방패를 치켜들었다. 그 역시 정령무구이기에 타격에 사용해도 충분한 파괴를 일으킬 수 있는 물건이었다.

하지만 그 직후였다. 아직 카이로스의 갑옷에 닿아있던 미라의 주먹에서 엄지로 튕겨낸 것인지 작은, 그야말로 유리구슬 크기 정도의 돌이 튀어나왔다.

"뭣―."

뭐냐, 그건. 카이로스가 그렇게 말하려 한 순간, 정확하게 기사 방패에 충돌한 돌멩이는 어디에 그만한 에너지를 감추고 있었는지 깜짝 놀랄 정도의 충격파를 발생시켜 카이로스의 팔을 방패와 함께 상공으로 튕겨냈다.

마치 어깻죽지가 떨어져 나간 듯한 충격은 팔에 앞서 기사 방패 쪽을 부수고 날려버렸다.

카이로스는 강렬한 힘에서 해방되어 땅바닥에 내동댕이쳐졌다. 그 충격은 정령무구의 특성이 완화해주었지만, 원형을 유지하지 못할 정도로 무참한 잔해가 된 기사 방패가 중력에 이끌려 철그럭, 소리를 내며 카이로스의 미래를 암시하듯 땅바닥에 떨어졌다.

그런 말도 안 되는 결말이 뇌리를 스치는 통에 카이로스는 허둥지둥 상대의, 미라의 모습을 찾았다.

하지만 찾고 말 것도 없이 미라는 정면에 있었다. 이번에는 땅바닥에 엎어진 카이로스가 미라를 올려다보게 되었다. 미라는 말 그대로 까마득한 곳에서 상대를 내려다보듯 냉철한 눈을 하고 있었다. 그리고 그 손에는 파괴의 요인인 마봉폭석이 몇 개나 쥐어져 있었다.

정령기술에 의한 생산물 중 하나로 속성력을 순간적으로 해방시켜 폭발을 일으키는 특수한 폭탄. 그것이 마봉폭석이었다.

"젠장, 이런 게 어딨어!"

카이로스가 땅바닥을 기듯 뒷걸음치며 목소리를 높였다. 하지만 미라는 그런 카이로스는 개의치 않고 한 곳에 시선을 집중시켰다. 카이로스도 그 시선을 알아채고 고개를 돌렸다.

카이로스가 손에 든 정령검이었다. 응축된 속성력이 내재되어 신기루처럼 주변을 일그러뜨리면서도 조금 전까지 그토록 거칠게 날뛰었던 것이 믿기지 않을 정도로 잠잠해져 있었다. 그것은 그야말로 폭풍전야와도 같은 정적이었고, 뭐라 형용하기 어려운 섬뜩한 기세를 내뿜고 있었다.

'됐다. 이거면 이길 수 있어! 저런 돌멩이 정도는 날려버릴 수

있다고!'

심상치 않은 힘을 감추고 있다는 사실을 척 보기만 해도 알 수 있을 정도로 그 검은 이질적이었다. 그리고 검에 호응하듯 초조해졌던 카이로스의 마음도 평정심을 되찾아갔다. 승리를 움켜쥘 수 있음을 확신케 하는, 지금까지 느낀 적이 없는 압도적인 힘이었다. 그것이 공포를 불식시켰다.

'아무리 이 몸이라도 무사하지 못하겠군. 그렇다면 방법은 하나뿐인가.'

미라의 눈에도 그것은 위험한 물건으로 보였다. 일반인을 까마득히 상회하는 마력으로 인해 속성공격에 대한 저항력이 높기는 하다지만, 맞으면 그에 상응하는 부상을 입게 될 듯했다. 그렇다면 남은 수단은 하나뿐이다.

미라의 시선이 한층 더 깊게 꽂힌 순간, 카이로스는 말로 형용하기 어려운 목소리로 공기를 진동시키며 본능에 따라 일어서서 검을 높이 치켜들었다.

상대거리는 5미터. 하지만 미라는 선술의 기능으로 한 걸음에 품안으로 파고들 수 있다. 그렇다면 그 예비동작을 취하기 전에 망설임 없이 검을 휘두르는 수밖에 없다. 그러면 결판이 난다. 카이로스는 그렇게 생각하여 미라의 다리가 움직이기 전에 행동을 개시했다.

검은 카이로스의 의지에 부응하듯 자신이 감춘 힘을 해방시키기 위해 맥동했다. 신기루처럼 일그러진 도신이 서서히 검게 물들었다. 그것은 마치 일식 현상을 보는 듯 기괴하였으며 희미한 빛조차도 집어삼키려는 늑대의 아가리처럼도 보였다.

날카로운 소리로 울부짖는 검의 포효가 울려 퍼져, 마치 대군(大軍)을 이끌고 있는 듯한 착각과 함께 카이로스는 승리를 예감했다.

사태는 찰나라 할 수 있는 순간에 일어났다. 느닷없이 미쳐 날뛰는 폭풍이 카이로스의 머리 위에서 일어나더니 그 폭력적인 바람이 섭리를 잊은 짐승의 목을 취하듯 카이로스의 검을 낚아챈 것이다.

순식간에 나타났다가 사라진 그 폭풍은 미라가 던진 마봉폭석에 의한 것이었다. 검의 힘이 완전히 상대의 역량을 상회한다고 생각했던 카이로스는 마봉폭석의 위력을 코앞에서 보고도 그 위험성을 낮게 보고 말았다. 그리고 미라의 접근을 지나치게 경계한 나머지 발치만 살피느라 상체의 움직임을 보지 못한 것이다.

"뭐야……. 뭐냐고오오오오!!"

생각대로 되는 게 하나도 없다. 카이로스는 마치 때를 쓰는 어린애처럼 악다구니를 치며 검을 찾았다. 발견하기는 했지만 상당히 멀리까지 날아가 있었다. 하지만 검은 아직 검게 빛나는 힘을 잃지 않았다.

카이로스는 검을 잡기 위해 달렸다. 그 갑옷이 내는 둔중한 소리와는 달리 필사적으로 달리는 카이로스의 발은 빨랐다.

하지만 물론 그것은 어리석기 그지없는 행동이었다.

살길을 찾던 카이로스가 내딛은 발이 마치 지뢰원이라도 밟은 듯 폭염에 휩싸였다. 그리고 카이로스는 처참하게 널브러져 잿빛 하늘을 올려다보게 되었다.

"뭐야······. 무슨 일이 일어난 거냐고······?!"

정령무구로 보호되고 있을 터인 발치가 뜨거워지더니, 이내 얼얼한 감각밖에 남지 않았다.

뇌가 뒤흔들려 약간 몽롱하기는 했지만 카이로스는 상체를 일으켜 상황을 확인했다. 그을음투성이가 된 두 다리와 군데군데 깨진 다리 갑옷들이 눈에 들어왔다.

그리고 쭈뼛대며 시선을 든 카이로스는 여유롭게 다가오는 미라의 모습을 보고 전율했다.

"젠장, 젠자앙! 그만 됐어, 해치워버려!"

카이로스가 두 다리를 질질 끌어 거리를 벌리며 외쳤다. 그러자 그 목소리에 응해 두 사람의 사각에 해당되는 잔해 옆에서 두 명의 인물이 뛰쳐나왔다.

검은 옷에 검은 복면, 그리고 광택방지 처리를 한 단도를 손에 든 채 좌우에서 미라에게 육박하는 그것은 마치 급격하게 빛이 비친 땅바닥에 뻗은 그림자처럼 낮은 자세로 땅바닥을 미끄러지듯 달렸다.

소리도 없이, 목소리도 내지 않고 땅바닥을 기는 두 마리 뱀이 그 칼날을 조금의 군더더기도 망설임도 없이 내지르려던 순간이었다. 그것은 낙뢰와도 같은 굉음과 함께 폭염에 휘말려 넝마조각처럼 땅바닥에 널브러졌다.

"이게 최후의 수단이냐? 어리석구나."

미라는 걸음을 멈추지 않은 채 좌우로 펼쳤던 두 팔을 내리며 카이로스의 발치에 서서 그렇게 말하며 그 얼굴을 들여다보았다.

투구로 뒤덮인 탓에 표정은 보이지 않았지만 겁에 질려 달그락 달그락 소리를 내며 몸을 떠는 남자에게서는 더 이상 전의가 느껴지지 않았다.

미라는 카이로스의 모든 책략을 쳐부수었다. 애초에 술법을 봉인한다는 것은 최상급 던전에서는 드문 일도 아니었고, 아홉 현자쯤 되는 술사가 그 대책을 강구하지 않았을 리가 없었다. 그런 상황의 다대일 전투까지 염두에 뒀을 정도였다. 미라는 몇 번이나, 수없이. 그야말로 질릴 정도로 겪었던 술법 봉인 하에서의 전술을 답습하였을 뿐이었다.

나아가 복병의 존재도 처음부터 알고 있었다. 처음에 생체감지를 시행했을 때, 전신갑옷을 비롯한 세 개의 반응을 이미 감지해 두었기 때문이다. 기습이 의미가 있을 리 없었다.

"뭐야, 젠장. 뭐였냐고……."

카이로스는 입속말을 하듯 웅얼거렸다. 그리고 그제야 비로소 알았다. 알카이트 왕국에서 영웅이라 불리는 아홉 현자라는 자들이 어떠한 존재인지를.

"괴물이잖아."

현자의 제자를 자칭하는 미라를 앞에 둔 채, 카이로스는 투구 아래서 달관한 듯한 표정을 짓고서 스스로를 비웃었다.

　버려진 정원 중앙. 술법을 봉인하는 결계로 뒤덮인 관람장에 전신갑옷의 하체 부분이 박살난 카이로스와 이제 검다기보다는 잿빛이라 해야 할 넝마를 두른 남자 둘이 널브러져 있었다. 그곳에서 유일하게 서있는 자는 턱 끝을 손가락으로 쓸며 아쿠아마린 같은 눈동자로 전신갑옷 남자를 내려다보는 미라 한 사람뿐이었다.

　'우선 저 검을 처리해야겠군.'

　미라는 아직도 막대한 속성력을 내재하고 있는 정령검으로 시선을 옮겼다. 그리고 그것을 아무렇지도 않게 들어 올려 하늘을 향해 방출했다.

　여러 속성력이 융합된 격류는 무지개처럼, 하지만 겉모습과는 대조적으로 괴로운 한탄의 포효를 내질렀다. 파괴만을 의미하는 그 빛은 봉인 결계에 충돌하여 마침내 그 숙원을 이루었다. 주변을 둘러싸고 있던 결계가 눈 깜짝할 새 사라진 것이다.

　"일석이조로군."

　위험물을 처리한 데다 귀찮게 결계를 해제하는 법을 캐물을 수고도 덜었다.

　푸르고도 먼 하늘을 올려다보던 미라는 문득 가벼워진 오른손을 바라보았다. 그러자 정령의 힘을 모두 해방시킨 정령검은 칼자루만 남기고 산산이 부서졌다. 발치에는 그 잔해로 보이는 탄화된 쇳조각만 나뒹굴고 있을 따름이었다.

무기, 방어구가 모두 음의 성질을 띤 정령무구. 그리고 공명하듯 일어난 속성 융합 현상. 그것들을 돌이켜보며 미라는 카이로스에게 다시 고개를 돌렸다.

"자아, 그대에게는 이것저것 묻고 싶은 것이 있다. 솔직히 이야기하거라."

미라는 벌렁 드러누운 카이로스를 제압하듯 오른팔에 왼발을 얹고 몸통에는 오른쪽 무릎을 짚었다. 그리고 빈손으로 문을 노크하듯 투구의 페이스가드를 두드렸다.

"뭐야……."

카이로스는 모든 것을 다 포기한 사람처럼 중얼거렸다. 어깨도 축 쳐진 데다 눈은 한없이 머나먼 하늘 저편을 바라보고 있었다.

"이 정령무구는 어디서 손에 넣었지?"

미라는 조금 낮은 목소리로 투구의 이마 부분을 왼손으로 누르며 틈새로 상대의 눈을 들여다보는 자세를 취하고서 노려보았다.

그러자 카이로스는 그 질문에 순간적으로 어리둥절하다는 기색을 보였다. 그는 영락없이 왜 이런 짓을 했는지, 복병 두 사람은 누구인지, 이 일을 어떻게 수습할 생각인지를 물으리라 생각하고 있었다. 그런데 뚜껑을 열어보니 현자의 제자 앞에서는 아무런 도움도 되지 않았던 정령무구에 관한 이야기가 튀어나왔다.

그 질문에 고개를 갸웃하던 카이로스는 그때까지 멍했던 의식이 선명해지는 것을 느꼈다. 그리고 알아챘다. 자신에게 억누르고 있는 미라의 손에 그 정령무구를 쉽시리 박살내던 돌이 쥐어져 있지 않다는 사실을.

"모르겠는데!"

그만한 일이 있었음에도 자존심이 슬그머니 고개를 내밀었다. 마봉폭석이 없어도 술법을 봉인하는 결계가 풀려 최악의 상황에 몰렸다는 사실까지는 알아채지 못한 모양이었다.

"나 원, 이 애송이가……. 쓸데없이 저항을 하다니."

카이로스의 답변을 들은 미라는 어이가 없다는 듯 어깨를 으쓱하고는 어떻게 벌을 줄까 생각했다. 뺨을 때리려 해도 투구가 걸리적거렸다. 벗기려 한들 정령무구는 강제탈거 방지라는 특성이 있는 탓에 장착자에게 벗을 의지가 있거나, 의식을 잃지 않는 한은 벗겨낼 수가 없었다. 뺨을 때릴 테니 투구를 벗으라는 명령에 따를 사람은 그것을 즐기는 인종들뿐이리라. 기절시켜 의식을 빼앗으면 벗겨낼 수 있을 테지만 그래서는 질문에 답을 못하게 된다.

술법이 해방되었으니 그것으로 파괴한다는 수단도 있었다. 하지만 정령무구를 파괴할 만한 술법을 미라가 행사하면 카이로스가 무사하지 못할 위력을 지니게 될 것이다. 심문이 처형으로 돌변하게 되는 것이다.

어쩔까 시선을 이리저리 굴리던 미라는 문득 어느 한 곳을 쳐다보고는 씨익, 하고 대담한 미소를 지었다.

"지금 말하지 않으면 후회할 게다."

"모른대도!"

실력행사를 앞두고 마지막 확인을 해보았지만 손을 댈 방법이 없으리라 멋대로 착각한 카이로스는 그렇게 즉답했다. 그리고 직후, 얼굴을 뗀 미라의 손이 움직였다.

그 손은 몸통보다 아래쪽으로 뻗어, 마봉폭석으로 인해 박살난 하체에 도달했다.

불안감이 슬금슬금 카이로스의 온몸에 퍼져 나갔다. 그리고 그 불안감은 직후에 현실이 되었다. 그것은 강렬한 혐오감과 약간의 욕정을 동반한 채 온몸의 신경을 현악기처럼 쥐어뜯는 듯한 고통이 되어 카이로스를 엄습했다.

"아아아아아아그마아아안! 찌부러져! 찌부러진다고오오오~!"

괴로움에 몸부림을 쳤지만 미라에게 붙잡혀 있어 카이로스는 도망치지도 못했다. 온몸으로 식은땀을 흘림과 동시에 자신의 생각이 물렀음을 후회하며 마치 궁지에 몰린 짐승 같은 목소리로 소리쳤다.

정령무구를 통째로 두 동강내 버릴 듯한 다크나이트의 검, 사지를 찢어버릴 듯한 선술, 양쪽 모두 자근자근 상대를 괴롭히는 심문에는 맞지 않다고 미라는 판단했다. 그러던 중에 눈에 띈 것이 방어가 허술해진 하반신이었다. 술사로서 평균적인 근력밖에 없는 미라의 손으로도 충분한 고통을 줄 수 있는 부분이 그곳에 있었다.

그것이 얼마나 무시무시한지는 안다. 하지만 미라는 공연히 가슴이 철렁해졌지만 마음을 굳게 먹고 그 중 하나를 엄지와 검지로 집어 힘을 실었다. 그것은 매우 작은 힘이었다. 하지만 그것만으로 카이로스는 예상했던 대로 굴복했다.

"솔직히 이야기 하거라. 그렇지 않으면……."

말하면서 서서히, 하지만 확실하게 미라는 엄지와 검지 사이의 거리를 좁혀 나갔다. 한 번 힘을 풀고 나서 다시 시행하는 것인지라 고통 자체는 아직 없었다. 하지만 카이로스는 격렬하게 고개를 끄덕였다. 투구가 덜컥덜컥 흔들렸다.

"말할게, 뭐든지 다! 그러니까 그만해줘어어어어!"

카이로스는 자신의 앞에서 도사리고 있는 공포와 고통을 상상하며 애원했다.

"알아들었으면 됐다."

미라는 그렇게 대답하고는 손가락에 실었던 힘을 뺐다. 그와 동시에 잔뜩 경직되어 있던 카이로스의 몸도 금속음을 내며 진정되었다.

"그럼 다시 한 번 물으마. 이 정령무구는 어디서 손에 넣은 것이냐?"

"상인한테."

"호호오, 그럼 그 상인은 어디에 있는 누구냐? 그리고 어디서 사들이고 있다더냐?"

"몰라."

카이로스는 단념한 듯 담담히 대답했다. 하지만 모른다고 말한 직후, 미라의 손가락이 바이스처럼 움직였다. 온몸이 움츠러들 듯한 한기가 등을 타고 퍼져 카이로스는 허둥지둥 덧붙여 말했다.

"정말이야, 거짓말이 아니라고! 그 상인은 어머니와 가깝게 지내는 녀석이고, 난 어머니에게 사달라고 부탁한 것뿐이야. 자세한 사정은 어머니밖에 몰라!"

표정은 투구에 가려 보이지 않았지만 그 목소리를 통해 필사적이라는 낌새는 전해져 왔다. 아마도 거짓말은 아니리라.

'아버지가 아니라 어머니라. 흐음, 돌아가서 자세히 알아봐야겠어. 솔로몬에게 말해두면 조사해주겠지.'

하나만 있어도 희한하다 해야 할 음의 정령무구를 전신갑옷으로 판 상인. 미라의 뇌리에는 최악의 전개가 떠올랐다. 음으로 분류되는 정령무구는 모두 다, 말하자면 정령의 단말이었다.

그만한 희소품, 아니, 수상한 물건을 보유한 상인. 거기서 이유 모를 수상함을 느낀 미라는 솔로몬에게 보고할 것이 늘었다고 마음속으로 중얼거리고는 눈앞에 널브러진 카이로스의 처우를 생각했다.

아무리 썩었어도 상대는 귀족이다. 멋대로 처리하면 훗날 문제가 될 우려도 있는 데다 미라 본인도 그렇게까지 할 생각은 없었다. 그렇다면 방법은 하나뿐, 마땅한 공공기관에 넘겨 처단하는 것뿐이다.

우선은 수도 루나틱 레이크로 돌아가야 한다는 데 생각이 미친 미라는 널브러져 있는 검은 옷차림을 한 두 사람을 보았다. 어지간히 강렬한 일격이었는지 아직도 일어날 낌새가 없었다. 당연히 중요 참고인인 두 사람을 이대로 내버려둘 수는 없는 노릇이었다.

그렇다면 수단은 하나뿐. 미라는 카이로스에게서 손을 떼고 정면에 가루다를 소환했다.

"허억!"

까마득히 높은 곳에서 자신을 내려다보는 괴조의 모습에 카이로스가 엉겁결에 비명을 지르자 가루다는 심드렁한 눈으로 바닥에 누운 카이로스를 바라보았다. 사람 한 명쯤 삼키는 것쯤 일도 아닐 듯한 가루다의 부리를 본 카이로스는 숨을 죽였다.

이 괴물에게 나를 먹일 셈인가. 카이로스는 그렇게 생각했지만 그것은 괜한 걱정이었다. 하지만 잡아먹히기 직전의 기분은 충분하게 맛보았으리라.

"가루다여, 이번에도 이 몸을 태워주겠느냐? 덤으로 이 녀석과 저기 나뒹구는 두 사람도 부탁하고 싶다만."

미라는 발치에 있는 카이로스의 투구를 발로 차며 시선으로 검은 옷차림을 한 두 사람을 가리켰다. 가루다는 소리 없이 살며시 고개를 끄덕이더니 그 목을 미라의 눈앞으로 뻗었다. 봄바람처럼 따스하고도 포근한 녹음의 향내가 느껴지는 바람 속에서 미라는 그 목으로 뛰어올랐고 다음 순간, 시야가 불쑥 높아졌다.

그 후 카이로스와 검은 옷차림을 한 두 사람을 아무렇게나, 일전과 마찬가지로 먹잇감을 나르듯 들어 올려서는 날개를 펼쳐 넓은 하늘로 날아올랐다.

하늘에 대롱대롱 매달리자 그야말로 발이 허공에 붕 뜬 느낌과 함께 불안감이 커졌고 카이로스의 의식은 갈수록 까마득해졌다.

가루다를 탄지 몇 시간이 흘러, 정오를 지나 곧 간식시간에 접어들려던 즈음. 미라는 알카이트 왕국의 수도 루나틱 레이크에 귀환했다.

괴조 가루다는 페가수스와는 비교도 되지 않는 존재감을 내뿜었지만 평소 현자 대행인 크레오스가 왜건을 타고 가루다와 함께 나타나는지라 국민도 위병도 그 상황에는 익숙한 모양이었다.

하지만 이번에는 평소와 퍽 달랐다. 가루다가 지닌 풍격도 그렇거니와 다리에는 왜건이 아니라 붙잡힌 사람의 모습이 보였다. 문지기 두 사람은 성문 앞에 착륙하는 가루다를 평소처럼 지켜보며 이게 어떻게 된 일인가 하고 서로의 얼굴을 쳐다보았다.

하지만 그 가루다가 땅에 엎드리고 목 근처에서 미라가 뛰어내리자 사정을 알아채고는 그 즉시 납득했다. 이미 알카이트 성 내부에서 소문이 자자한 아홉 현자 덤블프의 제자, 미라. 최근에는 페가수스를 타고 다닌다는 인상이 강했지만 가루다를 탄다 해도 이상할 것이 없는 존재였다.

"어서 오십시오, 미라 님. 솔로몬 님과 회담을 하러 오셨습니까?"

"음, 그렇다."

성에 속한 자들에게 미라는 차기 현자 후보이자 왕의 친구라는 인상이 자연스럽게 형성되어 있었다. 미라가 움직이기 쉽게 하기 위한 솔로몬의 배려였다.

"그런데 거기 있는 세 사람은 누구입니까?"

역시 그 점이 가장 신경 쓰이는지 문지기 중 한 명이 인사도 건성으로 히고 가루다에게 억압된 모양새로 땅바닥에 엎어져 있는 카이로스와 검은 넝마 같은 두 남자를 흘끔 쳐다보며 물었다.

"이 갑옷을 입은 남자는 카이로스라 하는 귀족이고, 이쪽에 있는 두 사람은 그 협력자 같은 것일 게다. 이 몸에게 억하심정을 품고 덤벼들었지. 그래서 그걸 격퇴했을 뿐이야."

미라는 발끝으로 카이로스의 투구를 툭툭 건들며 사실을 그대로 말했다. 그러자 이야기를 듣던 문지기들의 눈에 멸시가 어리더니, 그야말로 오물이라도 보는 듯한 눈빛으로 세 사람을 바라보았다. 마술 실력이 좋고, 마술사로서 알카이트 왕국의 중역에 앉아있는 아버지를 믿고 오만해져 마음에 들지 않는 자에게는 힘과 권력을 휘두른 탓에 카이로스의 악명은 무척 높았다. 그런데 결국에는 셋이서 현자의 후계자 후보이자 솔로몬왕의 친구인 미라를 습격하는 짓까지 벌이고 말았다.

"귀족쯤 되면 뒤처리가 영 껄끄러울 것 같아서 일단은 데리고 와 보았다. 어떻게 하면 좋을지 알만한 자를 불러와 주겠느냐?"

"알겠습니다. 제가 불러올 테니 기다려주십시오."

문지기 중 한 명이 군대식 경례를 하더니 성 쪽으로 달려갔다. 문지기 중 나머지 한 명으로 말하자면 기절한 채 가루다에게 붙잡혀 있는 세 사람에게 시선을 돌렸다.

"여러모로 안 좋은 소문이 끊이지 않는 분이었는데, 드디어 임자를 만났군요."

문지기의 말에서 연민의 빛 같은 것은 전혀 느껴지지 않았다. 아주 속 시원하게 됐다는 듯 들리기도 했다.

"호오, 이 녀석이 그토록 유명한 게냐?"

"말해 무엇 하겠습니까. 마술 실력 하나는 탁월하다지만 뜻을 거스르는 자에게는 실력을 행사하기 일쑤였죠. 부모의 위광으로 인한 권력도 있어서 간섭을 할 만한 자도 없고 말입니다. 제 아들도 학원에 다니고 있습니다만…… 보시다시피 저는 보잘 것 없는 문지기라 권력을 당해낼 방법이 없었죠."

"오호라. 뭐어, 그것도 이제 끝이다. 그 아들에게는 안심하고 학문에 힘쓰라고 말해주거라."

"네, 미라 님 덕분이라고 전해두겠습니다!"

문지기는 환한 미소로 대답했다. 의도치 않게 학원의 평화를 되찾은 미라의 이름은 이후, 자신도 모르는 새에 퍼져 나가게 된다.

"미라 님. 오래 기다리셨습니다."

그런 대화를 나누는 동안, 또 한 명의 문지기가 성에서 이야기가 통할 만한 자를 데리고 왔다.

"오오, 수고 많았다."

그렇게 말하며 고개를 든 미라의 눈에 비친 인물은 솔로몬의 보좌관, 슬레이만과 붉은 긴머리가 눈길을 끄는 아홉 현자 루미나리아, 그리고 몇몇 위병이었다.

"습격을 받으셨다고 들었습니다. 자세한 사정을 말씀해주시겠습니까?"

슬레이만은 가루다에게 억압되어 있는 세 사람을 흘끔 쳐다보고서 미라에게 고개를 숙였다. 미라는 "음" 하고 고개를 끄덕이고는 사건의 전말을 간결하게 설명했다.

"미라 님이 심사회에서 활약했다는 이야기는 전해 들었습니다만, 그것이 원인이라니. 억지도 이런 억지가 없군요. 미라 님의 실력으로 심사회에 나가는 건 반칙이나 다름없으니 아주 이해가 안 가는 것은 아닙니다만. 그런 이유로 습격을 하다니, 아무리 봐도 이번에는 좀 과했군요."

이야기를 끝까지 들은 슬레이만은 이보다 어이가 없을 수는 없다는 듯 기나긴 한숨을 내쉬었다. 심사회는 어디까지나 술법의 가능성을 선보이는 자리다. 때문에 미라의 대리 출장이 허락된 것이었지만 득점이 매겨지는 탓에 그 결과가 자연스럽게 순위로 나타날 수밖에 없었다. 이에 관해서는 암묵적 양해가 이루어져 있어 공공연히 문제 삼는 이는 없었다. 하지만 현자의 제자라는 최고 수준의 술사를 대리로 삼는 것은 거의 반칙이라 할 수 있는 행위라 보는 의견도 있는 모양이었다.

그리고 카이로스는 이 암묵적 일면에 집착하던 인물이었다.

"그나저나 그 호출할 때 보냈다던 편지는 현재 가지고 계십니까?"

"분명 파우치에…… 오오, 이거다."

미라는 웨스트 파우치를 뒤져 그곳에 들어있던 봉서를 슬레이만에게 건네었다. 이 역시 증거가 되기 때문이다.

"그러면 다음에는 세 사람에게 사정청취를 해봐야겠군요. 심문실로 이동하죠."

"음, 알겠다."

미라는 그렇게 대답하고는 가루다를 송환하여 세 사람을 풀어

주었다. 카이로스는 여전히 기절해 있었지만 검은 옷차림을 한 두 사람은 정신을 차린 상태였다. 하지만 루미나리아 앞에서 도망칠 엄두가 나지는 않았는지 얌전히 자는 척을 하고 있는 듯했다.

슬레이만을 선두로 카이로스 일행은 위병들의 손에 의해 성 안으로 운반되었다. 그 뒤를 따르는 모양새로 미라와 루미나리아가 나란히 걸었다.

"그런데 이러한 일에 따라오다니, 그대는 한가한 게냐?"

그리 크지는 않은, 상대에게만 들릴 정도의 목소리로 미라가 물었다. 그러자 루미나리아는 키 차이로 인해 올려다보는 모양새가 된 미라의 머리에 퉁, 하고 손을 올렸다.

"그럴 리가 없잖아. 아주아주 소중한 친구가 습격을 받았다기에 걱정이 돼서 온 거라고."

루미나리아는 다친 곳은 없는지 살피듯 얼굴을 들이대며 한쪽 손으로 눈을 가린 채 훌쩍이는 시늉을 하며 말했다.

"호오, 해서 본심은?"

"남자가 여자를 덮쳤다기에 거시기가 뭐시기한 이야기가 아닐까 싶어서 말이야."

척 보아도 연기 같은 행동거지를 보고서 미라가 캐묻자 루미나리아가 재미있어 죽겠다는 듯 웃으며 대답했다. 30년이 흘렀어도 본질은 변하지 않았다. 미라는 어쩐지 마음이 놓임과 동시에 못 말릴 녀석이라 생각하며 옅은 미소를 지었다.

"유감스럽게 됐구나. 녀석에게 그만한 용기는 없었던 모양이야."

그런 거리낌 없는 대화를 나누며 미라는 성의 지하로 내려갔다.

카이로스 일행 세 명을 인계받아 심문 준비를 마친 심문관이 문을 열며 인사했다.

"그럼 이쪽으로 가시지요."

안내를 받은 방은 얇은 철문 안쪽에 자리한, 창문은커녕 아무런 장식도 없는 조촐하고도 좁은 방으로, 몇 가지 구속구가 늘어서 있었다. 조명이 어슴푸레하여 문을 닫자 위압감이 한층 더 커졌다. 어쩐지 일반에서 격리된 듯 보이는 심문실은 조명이 때때로 잠에서 깬 듯 깜박여 불안감을 부추겼다.

"우선 의식을 잃은 동안 정령무구라는 갑옷은 벗겨두었습니다. 남은 일은 심문하는 것뿐이니 이들을 각성시킬 필요가 있을 듯합니다. 루미나리아 님, 부탁드려도 되겠습니까."

"그래, 힘 조절하는 건 익숙지 않지만 나만 믿어."

슬레이만이 말하자 루미나리아가 한 걸음 앞으로 나서며 답했다. 정확히 의자에 앉은 채 구속된 검은 옷차림의 남자 앞으로. 자는 척을 하던 남자는 루미나리아의 답변에 불안해져 슬그머니 눈을 떴다.

"잠깐, 이미 일어났다. 그럴 필요는 없어."

남자는 조용히, 그러나 뺨을 씰룩거리며 거의 애원을 하다시피 절박한 목소리로 말했다. 고개를 돌리고는 있었지만 그 눈은 루미나리아의 손가락 사이에서 소리 없이 튀는 방전의 빛을 보고 있었다.

"나도 깨어있다."

가만히 있을 수 없다는 듯 연쇄적으로 또 한 명의 남자도 눈을 뜨며 자진신고했다. 루미나리아가 그 둘을 바라보자 검은 옷차림의 남자들은 격렬하게 고개를 가로저어 의식이 건재함을 주장하고 있었다.

"아쉬워라. 이쪽만 기절한 모양이네."

루미나리아는 담담하게 그렇게 말하더니 그대로 카이로스의 머리에 손을 댔다. 직후, 섬광과 함께 강렬한 파열음이 단속적으로 울려 퍼지더니 카이로스의 몸이 망가진 태엽 인형처럼 덜컥덜컥 경련했다.

"──으으윽?!"

루미나리아가 손을 댄 것이 몇 초였는지, 아니면 찰나의 순간이었는지는 모르겠지만 강제로 의식을 되찾은 카이로스가 말로 형용하기 힘든 목소리로 외치며 각성을 알렸다.

손을 떼고서 다시 정적을 되찾은 심문실에는 카이로스의 바싹 마르고 뻣뻣하기 그지없는 숨소리만이 남았다. 검은 옷차림을 한 두 사람은 자신들도 저렇게 되기 직전이었나 싶어 경직된 표정을 한 채 식은땀으로 온몸을 적셨다.

"여긴…… 어디……냐."

카이로스는 근섬유 틈새에 유리 파편이라도 박힌 듯, 마취제를 맞았을 때와 비슷한 감각 탓에 흐리멍덩한 목소리로 중얼거리며 빛의 양이 부족해 흐릿하기만 한 바닥을 쳐다 보았다.

"여긴 알카이트성의 심문실입니다."

슬레이만은 지금까지와는 완전히 딴사람이 된 듯 낮은 목소리로 말했다. 그 말을 듣고 시선을 든 카이로스는 목소리의 주인인 슬레이만과 그 옆에 선 가증스러운 미라, 그리고 마술사라면 모를 리가 없는 아홉 현자 루미나리아의 모습이 있다는 사실에 몸을 떨었다.

"상황은 파악하셨습니까. 그러면 지금부터 당신들을 심문하겠습니다. 모든 질문에 솔직하게 대답해주시면 매우 기쁘겠습니다."

슬레이만은 몹시 싸늘한 눈초리로 세 사람을 노려보았다. 루미나리아도 손이 심심한지 손가락을 마주쳐 방전시켰다. 유일하게 미라만이 평소와 같은 표정을 짓고 있었지만 세 사람의 눈에는 그것이 가장 으스스해 보였다.

"꽤나 요란하게 일을 벌인 것 같군."

한 소년이 철문을 열고 모습을 드러냈다. 복도를 밝힌 불빛이 쏟아져 들어와 폐쇄감이 약간 완화되었지만 그 이상의 긴박감이 세 사람을 덮쳤다. 그곳에 모습을 나타낸 인물이 다름 아닌 국왕인 솔로몬 본인이었기 때문이다.

순간, 심문을 받는 입장인 세 사람의 표정이 어둠 속에서 굴러나온 해골이라도 본 듯 막연한 경외심으로 얼어붙었다.

심문실은 본래 국왕이 올만한 장소가 아니었다. 심문은 부하가 하고 왕은 보고를 듣기만 해도 될 터였다. 하지만 어째서인지 오늘은 왕이 몸소 이곳까지 행차를 한 것이다.

"겨우 돌아왔나 했더니만 성가신 일까지 함께 가지고 오다니, 늘 화제를 몰고 다니는군."

심지어 솔로몬은 처음 내뱉은 말의 여운이 채 가시기도 전에 미

라를 바라본 채 그렇게 입을 열었다.

"이번에는 불가항력 아니냐. 이 녀석들이 멋대로 벌인 일이니."

그렇다, 두 사람은 마치 오랜 친구 같은 분위기로 말을 나눴다. 왕과 면식이 있는 것도 모자라 우호적인 관계. 그런 상대를 습격했다. 맹목적으로 불태우던 복수심이 압도적인 힘 앞에서 날아가 버린 지금에야 카이로스는 미라가 얼마나 중대한 존재였는지를 알아챘다. 그야말로 새삼스럽게.

"해서, 무슨 일이냐?"

미라는 국왕을 상대로 주눅이 들지도 않고 물었다. 습격범 셋은 더더욱 경악을 금할 수가 없었다.

"무얼, 빨리 여행담을 듣고 싶어서 말이지. 심문은 익숙한 자에게 맡겨두도록 해."

솔로몬은 그렇게 대답하며 익숙한 자로 심문관과 슬레이만, 그리고 루미나리아를 지목했다. 어쩌다 보니 모인 이 세 사람이 있으면 입을 열지 않고 배길 자는 없었다. 심문관이 적절하게 구속하고 슬레이만이 유도하고 루미나리아가 절대적인 공포를 체현한다는 모양이었다.

"솔로몬 님, 듣자하니 이 자들은 향후 국가의 요인이 될 수 있는 현자 후보의 암살을 꾀했다고 합니다. 그 죄목을 들어 제1급 심문 특례를 신청합니다."

솔로몬이 행차한 것도 우연이었지만 강력한 교섭 재료로 사용할 수 있겠다 판단한 슬레이만은 고의로 심문을 당할 세 사람 앞에서 그렇게 말했다.

"아홉 현자로서 그의 신청을 지지하겠어요."

의도를 헤아린 루미나리아가 규칙적으로 오른 손바닥을 내민 채 가슴 앞까지 올려 나갔다. 두 사람 모두 어쩐지 눈 속에서 차가운 불길이 타오르고 있는 것만 같았다.

"특례를 허가하마."

솔로몬은 담담히 한 마디를 내뱉었다. 그러한 대화가 이루어지는 가운데 카이로스는 무슨 소리냐며 불편하기 짝이 없는 의자에서 몸을 뒤틀 뿐이었지만 관련성이 높은 세계에 몸을 두고 있는 검은 옷차림을 한 두 사람은 "말도 안 돼……"라고 중얼거리며 온몸의 혈액만이 얼어붙은 듯한 한기에 몸을 떨었다.

미라도 카이로스와 마찬가지로 무슨 소리인지는 알아듣지 못했지만 이어진 설명을 듣고 이해했다.

제1급 심문 특례란 심문 대상의 국가와 연관된 요인의 암살과 국가에 대한 반역 등의 의도가 인정될 경우, 공작 이상의 지지와 왕의 허가로써 집행되는 것이었다. 그리고 그 효력은 심문 대상에 대한 모든 손괴(損壞)를 허가한다는 것이었다. 요컨대 고문을 인정하겠다는 뜻이다.

검은 옷차림을 한 남자에게 그 말의 의미를 듣자마자 용서를 구하며 흐느끼는 카이로스의 목소리는 문이 닫힘과 동시에 사라졌다.

미라는 고요해진 복도를 솔로몬과 담소를 나누며 늘 시간을 함께 보냈던 집무실로 향했다.

$\langle 4 \rangle$

"철도여행은 즐거웠어?"

집무실에 도착해 미라가 소파에 몸을 묻자 솔로몬은 천천히 맞은편 의자에 앉으며 밝은 목소리로 그렇게 물었다.

"음. 얼핏 보면 변함이 없는 듯하면서도 시간의 흐름과 함께 표정을 바꾸는 경치는 그야말로 절경이었다. 그 순간순간 만난 자들 역시 그 순간을 살아있다는 활력으로 가득했지. 여행이란 좋은 것이로구나."

미라는 그 순간순간을 떠올리며 자신의 생각을 말로 옮겼다. 이동시간을 아끼자면 페가수스를 타고 똑바로 날아가는 편이 빠르겠지만 철도에는 그것을 능가하는 커다란 매력이 있다고 미라는 느꼈다. 부유도를 사용하여 순식간에 이동했던 게임 시절과 지금은 달라도 너무 다르다는 것을 새삼 깨닫게 한 요인이기도 했다.

"그래, 그렇구나. 만끽했다니 다행이야."

30년 전, 갑작스러운 세계의 변화에 당황했던 일을 떠올리며 솔로몬은 자신이 30년을 살아온 세계를 진심으로 즐기는 미라의 모습을 보고 다소 씁쓸한 듯, 하지만 그 이상으로 기쁜 듯한 투로 말했다.

"그건 그렇고, 그 물건은 확보했어?"

그렇기에 돌아올 곳을 지킨다. 그것이 현재 솔로몬이 가장 중점을 두고 있는 사안이었다. 그러기 위해서라면 절친한 친구라도 호되게 부려먹되, 그 대신 필요한 일은 전부 떠맡을 각오였다.

그리고 미라 역시 그것을 알고서 동분서주하고 있는 것이었다.

"음, 찾아왔다. 헌데, 생각했던 것과 상당히 다르더구나."

미라는 소파에서 일어나 이번 임무의 목적이었던 연대특정용 대팻밥이 든 가죽주머니를, 서류가 어지럽게 놓인 집무용 책상의 얼마 되지 않는 빈자리에 턱 올려놓았다.

"아하. 확실히 생각했던 상태와는 상당히 다르네. 좀 전에 깎았다 해도 믿겠어. 과연 신목이라고 해야 하려나."

가죽주머니 안을 확인한 솔로몬은 이끼투성이가 되었으면서도 나뭇결이 선명해서 싱싱한 대팻밥을 한 움큼 끄집어냈다.

"조사할 수 있겠나?"

"아마도. 우리 학자들은 우수하거든."

솔로몬은 대팻밥을 다시 넣고 가죽주머니의 주둥이를 오므리고서 유능한 인재와 그것을 발견한 자신의 안목을 자랑하듯 자신만만한 투로 대답했다.

어차피 맡기는 것밖에 방법이 없는 미라는 의무는 다했으니 뒷일은 완전히 맡겨두기로 마음을 굳혔다.

"그리고 또, 실은 놀랄 만한 보고가 있다만. 어때, 듣고 싶으냐?"

소파에 다시 앉은 미라는 뜸을 들이는 투로 그렇게 말하며 씨익 웃어 보였다.

"에, 뭔데 뭔데? 듣고 싶어, 듣고 싶어."

그런 미라에게 장단을 맞춘 것인지, 아니면 순수하게 흥미가 동한 것인지 솔로몬은 몸을 앞으로 내밀어 미라가 원하던 반응을 보였다. 그러자 미라는 더더욱 뜸을 들이듯 얼마간 입을 다물고 있다가는 깜짝 발표를 하듯 "발렌틴 녀석과 만났다!"라고 말했다.

"어…… 정말?!"

솔로몬은 미라가 저렇게 뜸을 들일 때는 사실 그리 대단치 않은 일일 때도 있음을 알았다. 하지만 이번에는 최상급의 놀랄 만한 일이라 솔로몬은 전에 없이 놀란 표정을 지을 수밖에 없었다.

"놀란 모양이로군. 뭐어, 이 몸도 놀랐지만 말이지!"

그리 쉽게 동요하지 않는 솔로몬이 놀라는 모습을 보았다며 만족스럽게 웃으며 미라는 이어서 이번 여행에서 조우한 가장 중대한 건에 관해 이야기했다.

"……그렇구나. 악마에게 그런 비밀이."

열차 안에서 만났던 발렌틴과 그의 동료, 사명을 되찾은 악마 파우스트. 미라에게 이야기를 모두 들은 솔로몬은 깊이 감탄하면서도 다소 난감하다는 표정을 지었다. 그럴 만도 하리라. 이 이야기를 들으면 누구 할 것 없이 '그 악마가?'라고 생각할 것이다.

"뭐어, 그런 고로 말이지. 지금 당장은 돌아오지 못하는 상황이라더구나. 하지만 연내에 한 번은 돌아오겠다는 언질도 받았으니 발렌틴은 찾은 것으로 보아도 될 것이야."

"그래. 그런 사정이 있다면 별 수 없지."

잠시 당황한 빛을 보였던 솔로몬은 곧장 그 건을 사실로써 받아들였다. 그것은 무엇보다도 동료인 발렌틴이 얽혀있으며 직접 눈으로 보고 온 미라도 괜찮다고 말했기 때문이다. 믿고 기다리는 것 역시 왕의 책무다.

"그런데 뭐라고 해야 할지. 메이린과 마찬가지로 어디 있는지 알 수 없었던 발렌틴을 발견하다니, 정말 운이 좋았네. 연내에 돌아오겠다고 말하게 한 것도 훌륭하고. 발렌틴은 약속을 어길 성격이 못 되니까."

"그렇지. 성실하다고 해야 할지, 고생을 사서 하는 성격이니 말이지."

미라와 솔로몬은 그렇게 말하며 대담하게 미소를 주고받았다. 한 번 한 약속은 반드시 지킨다는 것이 발렌틴이라는 남자에 대한 미라 일행의 공통인식이었다. 그런 탓에 분위기를 만들어 약속시킨다는 억지스러운 수단도 유효한 것이다.

"오오, 참. 덤으로 이것도 조금 나눠주도록 하지."

미라는 문득 생각이 난 듯 그렇게 말하며 테이블 위에 하얗고 둥그런 돌과 검은 끈을 두 개씩 내려놓았다.

"그게 뭔데?"

솔로몬은 몸을 내밀어 테이블에 놓인 그것을 들여다보았다. 미라는 그런 솔로몬에게 어째서인지 자랑스럽게 설명했다. 이는 발렌틴의 동료 악마를 부를 수 있는 돌과 공작급 악마조차도 구속할 수 있는 끈이라고.

"진실을 안 이싱 악마를 퇴치하기는 어려울 듯하다고 말했디니 그것을 주더군. 만약 이 몸이 없는 동안 악마가 이 나라에 나타났을 때를 대비해 가지고 있거라. 그리고 발렌틴에게 용건이 있다면 그 돌로 동료를 불러 전언이라도 부탁하고."

거기까지 말하고 나서 미라는 두 물건의 사용법을 설명했다. 말은 거창하게 했지만 매우 간단했다. 돌은 부수기만 하면 되고, 끈은 묶기만 하면 되었다.

"그렇구나. 편리한 게 다 있네. 그래서 말인데, 발렌틴의 동료 악마는 어땠어?"

흥미롭다는 눈으로 돌을 바라보던 솔로몬은 문득 고개를 들며 그렇게 물었다. 사명을 되찾아 바뀌었다고 한들 본래의 인상이 너무 강렬해서 도무지 상상이 되지 않는 모양이었다.

"글쎄다, 이 몸이 면식이 있는 건 한 명뿐이다만."

미라는 그렇게 운을 떼고서 역 도시락 기사 파우스트에 관해 이야기했다. 제법 성실해 보이는 자였다고.

"그렇게까지 변하는구나……."

솔로몬은 그렇게 감상을 중얼거리고는 확실히 토벌하기 어려워졌다며 쓴웃음을 지었다. 하지만 나라를 다스리는 자로서, 분발하고 있는 그에게는 미안하지만 나라에 위해를 가할 것 같으면 가만히 두지 않겠다고 말을 이었다.

"그러한 경우는 그 녀석도 별 수 없다고 했다. 시간이 오래 걸리기는 하지만 아무래도 악마는 전생(轉生)한다는 모양이라, 여차하면 토벌해 달라더군."

발렌틴은 전생까지도 기다려 언젠가 모든 악마에게 사명을 되찾아줄 생각인 듯했다. 미라가 그렇게 말하자 솔로몬은 꽤나 장기전을 염두에 두고 있는 듯한 발렌틴의 끈기에 감탄할 수밖에 없었다.

"그렇다면 언젠가 그가 위업을 달성했을 때, 그 바탕이 되어줄 수 있는 나라. 아니, 세계를 만들어 둬야겠네."

"음, 그렇지. 그게 좋겠어."

지금까지 수많은 비극을 낳아온 악마와 사명을 되찾은 악마는 전혀 다른 존재라 해도 좋을 정도로 다르다. 하지만 처음 그 사실을 알았을 때처럼, 갑자기 괜찮다고 한들 순순히 받아들이기는 어려우리라. 그런 탓에 사명을 되찾은 악마를 받아들일 수 있도록 조금씩 세계의 인식을 바꾸어 나갈 필요가 있었다.

분명 발렌틴도 그러한 생각은 하고 있으리라. 한 번 돌아왔을 때에라도 그러한 이야기를 해보자. 그렇게 결심한 미라와 솔로몬은 적극적으로 악마와 관계를 맺고 있는 발렌틴을 생각하며 "그나저나 낯가림이 심한 그 녀석이……" 하고 웃음을 주고받았다.

"오오, 그리고 보니 말이다. 아리스까지 간 김에 선물을 좀 사 왔다."

"오, 정말로 사왔구나. 뭔데, 뭔데?"

찾던 이를 발견했다는 길보이기는 했지만 그런 동시에 무거운 내용이기도 했던 악마 관련 이야기를 일단락 지은 두 사람은 그대로 가벼운 잡담에 돌입했다.

미라는 구입해온 토산물을 소파 앞 테이블에 늘어놓았다. 솔로몬은 차례로 모습을 드러내는 토산물들을, 눈빛을 빛내며 흥미진진하게 들여다보았다.

"순백도라, 그러고 보니 특산품이었지. 그나저나 많이도 샀네."

순백도 쿠키에 잼, 캔디, 주스, 만주(중국의 만두에서 파생된 일본 화과자의 일종. 밀가루 등의 반죽에 달콤한 소를 넣어 굽는 과자), 타르트, 설탕 절임 등의 다양한 종류의 가공품이 테이블에 늘어섰다.

사온 물건은 음식뿐이 아니었다. 미라는 그 중 하나를 집어 솔로몬에게 내밀었다.

"이건 그대용 선물이다."

"헤에~. 이런 것까지 토산물이 됐구나. 고마워, 소중히 간직할게."

그것은 아리스파리우스 성국의 성목, 라티프 워드의 분재였다. 솔로몬은 화분을 받아들고는 그대로 테이블에 놓고서 여러 방향에서 차분하게, 착 달라붙어 가지가 뻗은 모양새를 확인했다.

"숫자가 제법 많았지만, 개성적이면서도 이 몸의 눈에 차는 건 두 개뿐이었다."

그렇게 말한 미라의 손에는 또 하나의 분재가 있었다. 테이블에 자리한 그것을 솔로몬과 마찬가지로 바라보며, 두 사람은 얼마간 분재에 관한 이야기로 꽃을 피웠다.

작은 화분 안에 독자적인 세계를 구축한다는, 그 심오함에 빠진 두 사람은 공통된 취미를 통해 가끔씩 이렇게 친목을 다지고는 했다. 솔로몬은 그리우면서도 공백이 느껴지지 않는 그 한 순간 속에서 또다시 과거를 추억했다.

반년 후 완성도로 승부하자는 쪽으로 매듭이 지어져, 분재 이야기가 일단락되자 미라는 계속해서 대량의 토산물을 적당히 쌓아올렸다.

"이 과자는 이 옷을 제작하는 데 이바지한 자들에게 답례로 건네다오."

"아하. 왜 이렇게 잔뜩 샀나 했더니 그런 이유였구나. 딱히 상관은 없지만 네가 직접 건네주면 더 좋아하지 않을까."

"으~음, 그러려나……."

"시녀 구획에 가면 제작 관계자들이 아마 줄줄이 나올 거야."

"……표현이 다소 마음에 걸리기는 하다만 뭐어, 일리는 있군. 직접 건네줘야지."

시녀 구획. 여자만이 들어갈 수 있는 금단의 화원. 최근 상당히 **몸을 다루는 데** 익숙해진 미라는 그 단어를 듣자마자 의욕이 샘솟기 시작했다.

"아, 나도 관계자니까 받아도 되지?"

솔로몬은 그렇게 말하더니 당당히 상자 중 하나를 집어 포장을 뜯더니 순백도 만주를 배어물었다. 사실 미라의 옷을 짓는 데 필요한 소재며 대금은 대부분 솔로몬과 루미나리아가 댄 것이었다.

"선물이라는 말이 나와서 말이다만. 들려줄 여행담이 하나 있는데."

"여행담이라니, 임무에 관련된 것 말고?"

"음, 그렇다."

선물을 풀어놓던 도중, 솔로몬에게 말해주기에 적절한 만남이 있었음을 기억해낸 미라는 만주 하나를 집어들며 소파에 몸을 묻었다.

"도중에 들른 여관에서 그대의 팬이라는 자를 만났다."

"내 팬? 어디 있기는 한 모양이네. 그래서, 여자애야?"

"음, 아주 빵빵한 여자였지."

"빵빵한 여자라~. 인기가 너무 많아도 탈이라니까!"

미라는 직시했을 때, 압도될 뻔했던 매혹적인 언덕을 떠올렸고, 솔로몬은 단어에서 연상되는 허상을 머릿속으로 그렸다. 그리고 두 사람은 결코 저항할 수 없는 모성의 상징에 관한 생각에 잠겼다.

두 사람에게 크고 작고는 사소한 문제에 불과했고, 양쪽에 모두 의미는 있었다. 남자의 꿈은 크기와는 무관하게 그 안에 가득차있다는 것이 두 사람의 지론이었다. 여담이지만 이 건에 관해서는 루미나리아와 대립 중이었다.

"분명 아세리아라는 이름이었지. 그 녀석은 그대를 동경한 탓에 성기사가 되었다더군."

"헤에~. 그거 영광이네."

솔로몬은 신이 난 목소리로 말하며 미라와 마찬가지로 소파에 앉아 만주 상자로 손을 뻗었다.

"헌데 문제가 있었지. 그대의 현재 스타일을 흉내 내는 바람에 영 성기사답지 않은 모양새가 되었다는 모양이더군."

"현재의 나라……. 분명 문제는 문제네. 내 입으로 말하려니 좀 그렇지만, 성기사의 귀감이라는 단어와는 거리가 머니까."

"음, 이 몸도 그렇게 생각해서 말이다. 그대의 초심자 시절 이야기를 해보았는데, 그대가 어지간히도 좋은 모양인지 씩씩하게 방패 취급법부터 다시 익히겠다고 하지 뭐냐."

"아아, 그렇구나~. 이야~ 고마워. 여성의 인생 방향을 결정해 버리다니, 나도 아직 한물가는 않은 모양이네."

말을 마친 두 사람은 나란히 만주를 입에 던져 넣었다. 한 입에 먹기 적절한 크기에 쫄깃쫄깃한 만주 반죽, 황홀하도록 달콤한 순백도의 과육, 그러한 것들이 풍미와 식감이 좋은 팥과 조화를 이루었다. 자꾸만 무심결에 손이 갔다.

그런 만주를 먹으며 대화를 이어가던 두 사람의 귀에 집무실 문을 조심스럽게 두드리는 소리가 들려왔다.

"들어와라."

순백도 주스로 만주를 목구멍으로 넘긴 솔로몬이 위엄 있는 목소리로 말했다. 그러자 심문을 마친 슬레이만과 루미나리아가 문을 열고 얼굴을 비추었다.

"일찍 왔군. 해서, 어떻게 되었지?"

"상당히 시시한 상대였습니다. 종자 둘은 의리를 지킬 만큼 친밀하지 않았는지 미라 님을 습격한 건에 관해서는 있는 대로 다 말해주었습니다."

집무실에 들어선 슬레이만은 살며시 인사를 하고서 심문을 통해 알아낸 미라 습격 사건의 일부시종에 관해 말했다.

동기는 카이로스 본인이 말한 바와 같이 심사회에서 있었던 일로 품은 사저 원한이 맞았지만, 문제는 사태를 이렇게까지 키운 요인이었다.

카이로스의 아버지이자 베를랑 가문의 당주, 알폰스 베를랑 후작은 현재 먼 곳으로 시찰을 나가 있었다. 그런 탓에 가문은 부인이 관리하고 있는 상태다. 그리고 이 부인은 카이로스를 끔찍이도 사랑하여 아들 말이라면 무엇이든 고개를 끄덕이는 경향이 있다고 한다.

아버지인 알폰스 후작은 상응하는 양식을 지니고 있어 제동을 걸고는 했지만 현재는 자리에 없었다. 그 결과, 복수를 실행하기에 이르고 말았다는 것이었다.

"그리고 봉인 결계 쪽 말씀입니다만, 아무래도 술사병단 창고에 보관되어 있던 시작품을 반출한 모양입니다. 설치한 채 두고 왔다기에 회수반을 보냈습니다."

습격 사건 이야기 후, 슬레이만은 그렇게 덧붙여 말했다. 솔로몬은 "수고했다"라고 한 마디만 하더니 만주를 본채 군침을 삼켰다. 슬레이만이 있는 앞에서는 왕으로서의 태도를 관철하고 있는지라 섣불리 움직일 수가 없는 것이다.

"시작품이라 한 것을 보면, 그 결계는 이곳에서 만든 것이로군. 술법을 봉인하는 결계 같은 걸 만들다니, 참으로 유쾌한 일을 다 하는구나."

솔로몬의 사정 같은 것은 아랑곳 않고, 미라는 만주를 입에 던져넣었다. 쫄깃쫄깃한 만주를 씹으며 순백도 주스를 벌컥 들이켰다. 입 안 가득 퍼지는 복숭아의 풍미와 달콤함에 미라는 미소를 머금었다. 곁눈질로 그런 미라를 노려보았지만 그 시야에는 쇠기둥이라도 든 것이 아닐까 싶을 정도로 단정한 자세로 선 슬레이만의 모습이 있었다. 솔로몬은 그야말로 시험관이라도 앞에 둔 듯한 기분이었다.

"정확히 말하자면 그 다음 단계를 염두에 두고 만든 것이다. 이곳은 술사의 나라니까. 술법을 봉인당하면 목숨이 위험하지. 그렇다면 구조를 이해하고 봉인을 무효화할 방법을 모색해야 한다. 그러한 연구의 일환으로 만들어진 것이 이번에 사용된 시작품이다."

솔로몬은 소파에서 일어나 만주의 유혹을 떨쳐내듯 그 자리를 벗어나 집무용 책상의 의자에 다시 앉았다. 테이블에 쌓인 선물의 양이 상당했다. 그래서 나중에 조금 솎아낼 요량인 듯했다.

"과연. 여러 방면으로 생각하고 있는 모양이군."

미라는 그렇게 말하며 만주를 하나 더 입에 넣었다.

"이래봬도 왕이니까."

솔로몬이 답하자 슬레이만의 눈초리가 사나워졌다. 이래봬도, 라고 자신을 비하해서는 안 된다고 질책하는 눈이었다.

"……음. 허면 정령무구에 관해서는 어떠했지?"

그를 얼버무리듯 솔로몬은 다음 화제를 던졌다. 미라가 생각하기에 이번 일에서 가장 중요한 사안이었다.

"그쪽은 아무래도 완전히 부인이 관리했는지 세 사람 모두 전혀 아는 것이 없었습니다."

"흠, 확실한가?"

"루미나리아 님께서 알아내신 바이니 거짓은 아닐 줄로 압니다."

슬레이만은 얻어낸 정보만을 담담히 읊었다. 솔로몬은 그렇다면 확실하리라 납득했다. 미라는 대체 무슨 짓을 했을까 궁금해졌다.

루미나리아는 어느샌가 미라의 옆에서 당연하다는 듯 만주를 집어 입으로 옮기고 있었다. 솔로몬도 루미나리아도 대외용으로 말을 구분해 사용하고는 있었지만 루미나리아에 대한 슬레이만의 체크는 그다지 엄격하지 않은 모양이었다.

"그렇다면 후작부인에게 직접 묻는 수밖에 없겠군. 슬레이만이여, 소환장을 보내도록. 시간은 내일 정오다."

"알겠습니다."

"아아, 그리고 하나 더. 그게 요전에 말했던 대팻밥이다. 연구반에게 건네주도록."

솔로몬은 테이블 구석에 놓인 가죽주머니를 가리켰다. 슬레이만은 그 즉시 다가가 내용물을 확인했다.

"이거 참, 매우 난해할 듯하군요. 바로 분석시키도록 하겠습니다."

내뱉은 말과는 달리 세월이 느껴지는 한 장의 두꺼운 껍질과도 같은 이끼로 뒤덮인 싱싱한 대팻밥을 본 슬레이만의 얼굴에는 의욕이 넘쳐났다.

"그럼 실례하겠습니다."

심문 결과 보고를 마친 슬레이만은 다음 임무를 처리하기 위해 퇴실했다.

"그나저나 고생 많았네."

순백도 주스병을 한 손에 든 채 루미나리아가 말했다.

"참으로 성가신 일이지. 학원에서 만났을 때도 꽤나 오만한 태도였다만……. 그대, 제대로 상황을 살피고는 있는 것이야?"

미라도 학원이라는, 사람이 모여드는 장소에서 알력이 발생하는 것은 불가피한 일임을 알았다. 하지만 소환술과 강사 히나타의 태도로 미루어, 카이로스는 귀족이라는 입장까지 이용해 횡포를 부리고 있는 듯했다. 루미나리아가 그것을 보았다면 가만히 두었을 리가 없다는 생각에 한 말이었다.

"학원에 관련된 일은 전직 대행자 녀석에게 맡겨뒀었는데."

루미나리아는 만주를 집은 채 그렇게 말하더니 "그 녀석, 연구 말고는 안중에도 없었지……" 하고 어쩐지 먼 곳을 바라보듯 눈을 가늘게 뜬 채 겸연쩍은 투로 말을 이었다.

학원에서는 소환술의 탑 대행인 크레오스와 같이 현재 각 탑의 최상위자인 대행자들이 학원의 각 과를 사찰하거나 방침 등을 정해주고 있었다. 하지만 마술은 현자가 건재한지라 루미나리아가 그 임무를 맡아야 했지만, 혼자만 너무 뛰어나면 각 과의 균형이 무너질 우려가 있다. 루미나리아는 그렇게 그럴싸한 이유를 대어 전직 대행에게 학원에 관한 일을 떠맡긴 모양이었다.

하지만 전직 대행은 뼛속까지 연구자였다. 마술과를 그럭저럭 보살피고는 있지만 대행이라는 임무에서 해제된 일에 따른 반동 탓에 틀어박혀 지내는 일이 늘어, 학생들에게까지는 관리의 손길이 미치지 못한 것이 실상이었다.

결과, 연구 성과에 의해 마술과의 실력은 비약적으로 향상되었지만 까마득히 높은 경지에 있는 술사의 힘을 직접 본 적이 없는 탓에 카이로스처럼 남들보다 조금 실력이 나은 정도로 거들먹거리는 자가 나오고 만 것이다.

　"크레오스는 빈번하게 얼굴을 내밀고 있더군. 함께 거닐어 보니 교내의 분위기가 상당히 경직된 듯 보이던데. 이번 일로 카이로스라는 애송이는 실각할 테지? 그렇다면 억압되어 있던 다른 애송이들이 고개를 들지도 모르는 일이다. 그대도 맡겨만 둘 것이 아니라 가끔은 얼굴을 내밀도록 해라."

　미라는 히나타, 크레오스, 아마라테와 함께 교내를 걸었던 당시의 일을 예로 들며 대행 두 사람에게 경의를 표하는 학생들의 태도와 그들의 올곧은 선망의 눈빛을 떠올렸다. 존경할 수 있는 자, 목표로 삼을 인물이 곁에 있다, 눈앞에 있다, 그것만으로 충분히 활력이 되는 일도 있는 것이다. 학생이었을 때, 비슷한 경험이 있었던 미라는 그 무렵의 감정을 떠올리며 입으로 내뱉은 말과는 자못 다른, 타이르는 듯한, 어쩐지 어린 아이의 뒷모습을 지켜보는 부모 같은 표정을 지었다.

　"뭐어, 이런 일이 일어나기도 했으니, 네가 그렇다면 조만간 가 볼까."

　루미나리아는 만주를 삼키고는 앞으로 일어날 학원의 변화를 머릿속에 그려보며 태연한 투로 시찰을 가겠다는 말을 입에 담았다.

　"정기적으로 말이다."

하지만 이러한 일은 지속적으로 하는 것이 중요하다. 미라가 마지막으로 그렇게 한 마디를 덧붙이자 루미나리아도 "그래, 알았어" 하고 솔로몬 앞에서 약속을 할 수밖에 없었다.

"학원 상황이라. 나도 서류로밖에 파악을 못 해서 말이지. 다음에 같이 가볼까."

만주로 손을 뻗으며 솔로몬이 루미나리아에게 편승했다.

"그거 좋겠군. 직접 눈으로 봐야만 알 수 있는 것도 있는 법이니."

미라는 다시금 견학 당시의 일을 떠올리며 그것도 괜찮겠다며 고개를 끄덕였다. 하지만 국왕과 아홉 현자가 함께 방문하면 어떤 소란이 일어날 지까지는 알아채지 못했다. 그러나 그것은 또 다른 이야기였다.

"그러고 보니 애초에 이렇게 된 원인 말이다만, 그 심사회는 무어냐. 실전에서 도움이 될 듯한 건 손에 꼽을 정도로 적던데."

미라는 습격 사건이 일어난 애초의 원인이 된, 심사회의 퍼포먼스 대결을 회상하며 말했다. 마물과의 전투에서 실용적인 술법은 적었다. 그것이 지금의 유행이냐고 떠본 것이었는데 솔로몬과 루미나리아는 얼굴을 마주본 채 어깨를 으쓱할 뿐이었다.

"그 심사회는 애초에 국가가 관여한 것이 아니거든. 술법을 접할 일이 적은 일부 유력자들의 요구에 교사들이 응해서 시작된 거야."

"뭐어, 그후로 몇 번인가 모습이 바뀌어서 현재처럼 학생들의 발표의 장이 된 거지. 목적은 말 그대로 유력자 녀석들에게 술법이라는 것을 알기 쉽게 보여주는 거고. 학생들의 발상이며 유연

성, 교사들의 교육력을 내보이는 장. 뭐어, 그런 풍조가 나타나자 독자적인 방향성이 정해져 있는 대행자들은 참견해서는 안 된다는 암묵적인 규칙이 생겨난 거고."

솔로몬에 이어 루미나리아가 현황에 관해 말했다. 처음에는 그다지 학원에 관심이 없는 눈치였지만 역시 어느 정도는 신경을 쓰고 있었는지 심사회의 실정은 파악하고 있는 모양이었다.

"그런 것이었나."

아무리 대행이 학원의 방침 등을 결정하고 있다 한들 재량권은 교사들에게 있었다. 학원은 교사들에게도 배움의 장이다. 심사회는 그들의 성장을 확인할 수 있는 장인 동시에 술법의 발상력을 시험하는 장이기도 했다.

"뭐어, 그렇다고는 해도 최근 들어 너무 지나치다 싶기는 했지만 말이야. 그걸 가속시킨 것도 이번 사건의 주모자야. 시간이 좀 지나면 진정될 거야."

루미나리아는 그렇게 말하며 순백도 타르트 상자를 열기 시작했다. 솔로몬도 상자가 열리기를 기다리고 있었다. 미라는 이렇게 좋아하는 것을 보니 사온 보람이 있었다며 흐뭇한 눈으로 쳐다보다가, 상자가 열리자마자 냉큼 타르트를 낚아채갔다.

"참참, 이건 그대용 선물이다."

세 사람은 소파에 사이좋게 늘어앉아 타르트를 즐겼다. 미라는 테이블에 쌓여있던 선물 속에서 자애의 여신을 본떠 만든 신상을 집어 들어 루미나리아에게 건네었다.

"오오. 땡큐. 이런 것까지 있다니, 예전과는 많이 달라졌네. 그나저나 진짜 정교하게도 만들었네. ……흰색인가."

루미나리아는 신상을 빙글빙글 돌리며 장인의 집착이 느껴지는 오밀조밀한 만듦새에 감탄했다. 그리고 두 사람은 눈을 마주친 채 고갯짓을 주고받았다.

"아아, 그러고 보니 카라낙의 술사조합장인 레오닐이라고 기억해? 그가 상당히 흥미로운 내용의 정보를 보내왔어."

순백도 주스를 비우고 만족스러워하던 솔로몬은 소파에서 일어나 집무용 책상에 잡다하게 널린 서류 속에서 일부를 집어 올렸다. 그것은 레오닐이 보낸 보고서였다.

"모험가들 중 키메라 클로젠과 관계가 있는 자 중 일부를 특정해냈대. 그래서 그 동향을 조사해본 모양인데, 신경 쓰이는 공통점이 발견되었다나?"

솔로몬은 보고서를 팔랑팔랑 들춰 정보를 재확인하며 말을 이었다.

모험가와 키메라 클로젠의 관계. 그것은 술사조합장인 레오닐이기에 얻을 수 있는 정보라 할 수 있으리라. 말하자면 직권남용의 산물이었다.

"공통점이라?"

"응, 아무래도 특정된 모험가들은 모두 최근 들어 어느 던전의 허가증을 몇 번이나 반복적으로 신청했던 모양이야. 그 던전은 천칭의 성채, 수호자의 서재, 환영회랑, 이렇게 세 곳이고."

"흠, 몇 번인가 가본 적이 있는 장소로군. 헌데 그 세 곳에는 무

슨 일로 간 게지? 이 몸이 기억하기에 연관점은 없었던 것 같은
데."

솔로몬이 제시한 세 개의 던전은 모두 다 상급으로 분류되는 난
이도로, 미라도 과거에는 온갖 이유로 방문한 적이 있었다. 때문
에 어떠한 장소인지는 알지만 그 셋의 공통점에는 도통 짚이는
바가 없었다. 키메라 클로젠과 각각 개별적으로 관련이 있을 가
능성도 있지만 그 던전에 정령의 거처 같은 것은 없었다.

"너는 역사서나 문헌 같은 건 별로 읽지 않는 성격이었지. 사실
이 세 곳은 과거에 연결고리가 있었어. 뭐어, 레오닐에게 들은 이
야기지만. 그는 그런 배경도 자세히 조사해 줬지."

솔로몬은 그렇게 말하더니 겉으로는 어린애처럼 보여도 어쩐
지 달관한 어른의 의미심장한 표정을 짓더니 자료에 시선을 떨군
채 빙긋 웃었다. 기대 이상의 일을 해준 것이 기쁜 모양이었다.

"해서, 그 연결고리라는 게 뭐지?"

미라는 솔로몬의 모습을 보고는 여전하다는 생각에 쓴웃음을
지으며 다음 설명을 재촉했다. 루미나리아는 이미 아는지 미라가
사온 토산물 더미를 뒤지고 있었다.

"우선 천칭의 성채 말인데, 고대인이 마물들의 왕과 싸웠던 결
전의 땅이라는 건 알지?"

"언제였는지는 잊었다만 무슨 퀘스트에서 그런 이야기를 듣기
는 했지."

"아무래도 이 결전 때, 문헌에 의하면 정령들이 고대인에게 힘
을 빌려줬던 모양이야."

"호호오. 거기서 정령이 등장하는 겐가."

역사에 관련된 문헌. 세계 각지로 흩어진 그것들을 미라는 세계를 장식하는 요소 중 하나로 보고 있었다. 설정으로 존재하는 과거 사건에 관한 정보라는 인식밖에 없었다. 하지만 현재는 그러한 배경들이 또렷한 과거가 되어 윤곽을 띠고 세상을 이루고 있었다. 미라가 아는 현실에, 또 한 가지의 색이 보태어진 순간이었다.

"그래서 말인데, 결전의 순간에 정령들을 통솔했던 게 그 정령왕 심비오상크티우스였어. 놀랍게도 그는 천칭의 성채에 직접 현현해서 지휘를 맡았다고 해."

"정령왕이라, 갑자기 거물이 등장했군그래."

역사에 따르면 그 결전은 고대인 측의 승리로 막을 내렸다고 한다. 하지만 정령왕에 관한 상세한 이야기는 거의 남아있지 않다는 모양이었다.

"다음은 수호자의 서재. 이곳은 그 고대에 관한 문헌이며 자료가 잔뜩 남아있는 곳이야. 물론 조금 전에 말한 결전에 관해서도."

"음, 그렇군. 찾아보면 나올 테지."

수호자의 서재. 지하 깊숙한 곳까지 이어져 있는 거대한 던전으로, 수납된 문헌을 지키기 위한 수호자가 배회하는 장소였다. 그리고 그곳에는 지금까지의 모든 역사가 보관되어 있다고 한다. 물론 역사뿐 아니라 온갖 종류의 지식도. 하지만 정작 서고와 던전 부분은 구분되어 있어 서고에 들어가려면 어느 특별한 허가가 필요했다.

"그리고, 마지막으로 환영회랑. 이쪽은 던전 자체가 아니라 그 끝에 있는 것이 목적일 거야."

"환영회랑의 끝이라. 무엇이었더라. 스톤서클 같은 장소였던 것 같다만."

미라는 마지막으로 방문했던 상당히 오래된 기억을 뒤져보았지만 떠오른 풍경은 어슴푸레하여 결국 생각이 난 것은 가장 특징적이었던 원을 그리듯 늘어선 돌탑뿐이었다.

"고대환문이야. 그리고 정령궁전으로 이어져 있다고 전해지는 장소."

"그것에는 무슨 의미가 있었던 겐지……."

미라가 그 장소를 찾았던 것은 그곳에 사는 엘레멘탈 이터의 변이종을 토벌하기 위해서였다. 하지만 이야기를 듣고서 곰곰이 생각해 보니 어째서 그렇게 아무 것도 없는 곳에 정령을 잡아먹는 엘레멘탈 이터가 있었던 것인지 납득이 되었다.

"이 정보에 키메라 클로젠의 동향, 그것들을 토대로 레오닐은 흥미로운 답을 도출해주었어."

솔로몬은 손에 든 자료를 덮어 집무용 책상 위에 다시 내려놓고는 지금까지 보인 것보다 어느 정도 굳어진 표정으로 말을 이었다.

"키메라 클로젠의 다음 표적은 정령왕이라고."

"선뜻 믿기지 않는 이야기로군."

술사라면 이래저래 정령과 인연이 있기 마련이고 그 정점이라 할 수 있는 아홉 현자가 그것이 얼마나 중대한 존재인지 모를 리가 없었다.

정령왕 심비오상크티우스. 그 힘은 신에 필적한다고 전해지며 남아있는 고문서에 따르면 존재만으로 현세에 커다란 영향을 미칠 정도라 한다. 그러므로 평소에는 위상이 다른 공간, 정령궁전이라는 장소에 있다는 모양이었다.

"나도 처음에는 그렇게 생각했어. 신의 힘의 편린을 지녔다는 삼신국에 싸움을 건 아틀란티스가 그 편린만으로 그 꼴이 났는데, 신 자체에 필적한다는 정령왕을 인간이 감히 어떻게 할 수 있을까, 하고 말이야."

아틀란티스는 아홉 현자에 필적하는 장수를 여럿 보유하고 있으며 플레이어가 일으킨 나라 중에서는 군사력과 영토, 양쪽 면에서 최대 규모를 자랑하는 국가였다. 하지만 그 모든 국력을 쏟아붓고도 삼신국 중 하나인 그림다트 제국이 지닌 신의 힘 앞에서 대패했다.

루미나리아가 말했다시피 정령왕의 힘은 편린이 아니라 신 그 자체와 비견되었다. 그것은 무력으로 어떻게 할 수 있는 상대가 아님을 역사가 증명해주고 있었다.

"뭐어, 그렇지. 애초에 정령에게 손을 대는 것조차 상당히 무모한 짓인데, 평범하게 생각하면 정령왕을 노린다는 발상을 할 수 있을 리가 없어. 하지만 상대는 그런 무모한 짓을 성공시키고 있는 키메라 클로젠이야. 아마 정령왕에 상대할 수 있는 수단이 있는 거겠지."

솔로몬은 가죽제 의자에 깊이 몸을 묻으며 미간을 찌푸리고 팔짱을 낀 채 집무용 책상 위에 놓인 자료를 노려보았다. 그 속에 있는 어느 보고서에, 천칭의 성채에 관한 기술에 그 수단의 힌트가 적혀있었기 때문이다.

현현하면 주변에 예측할 수 없을 정도의 영향을 미치고 마는 정령왕. 그렇다면 어떻게 천칭의 성채에서 지휘를 했을까. 그렇게 생각해서 조사를 해보면 영향을 억제하기 위해 특별한 사령실이 준비되었다는 사실에 다다르게 된다. 그 원리를 파헤치면 정령왕 자체를 억제하는 우리로 사용할 수 있을지도 모른다. 거기까지의 추측이 레오닐의 자료에 적혀 있었다.

"녀석들은 불리하다는 사실을 알면 곧장 후퇴하는 용의주도한 녀석들이라 하니 말이지. 움직임을 보인 것을 보면 뭔가 승산이 있다는 뜻일 테지."

"몇 가지 자료를 통해 추측해보자면 정령왕조차도 가둘 수 있는 우리가 연구 단계이거나 개발할 전망이 보이거나 둘 중 하나가 아닐까. 그것과 병행해서 정령궁전으로 갈 방법을 모색하고 있는 중일 거라고 생각해."

솔로몬은 키메라 클로젠이 정령왕을 노리고 있다는 전제로 모든 정보를 취합해 간결하게 현재 상황을 추측했다.

"만약 성공해서 정령왕의 힘을 이용할 수 있게 되는 날에는, 삼신국에 버금가거나 그 이상의 세력이 탄생하는 건가. 가만히 보고 있을 수만은 없겠어."

"어디까지나 가능성의 이야기지만, 내버려두기에는 좀 불안하네."

"음, 그렇구나."

지금까지의 이야기는 결국 상황을 통해 추측한 개연성에 불과했다. 하지만 아무리 희박한 확률이라 해도 그것은 간과할 수 있는 문제가 아니었다. 미라는 당연하다는 듯 고개를 끄덕였다. 약간 입가를 치올린 채 그것을 확인한 솔로몬은 집무용 책상의 서랍을 열어 거기서 한 통의 편지를 끄집어냈다. 봉랍으로 단단히 봉인된 고급스러운 봉투였다.

솔로몬은 편지를 손에 들고 일어나 가벼운 발걸음으로 미라의 옆으로 다가가서는 그 어깨에 손을 탁 하고 올리더니 속이 빤히 보이는 상큼한 미소를 지어보였다.

"분명 예정대로라면 다음 목적지는 이스즈 연맹의 본거지였지? 그런고로 이걸 이스즈 연맹의 우두머리에게 건네주고 그들에게 협력을 부탁하고 와 줘."

"역시 그렇게 나오는군……."

모험가와의 관계도 있어 폭넓게 활동하는 키메라 클로젠을 상대하려면 정보뿐 아니라 인원도 필요하다. 그리고 가장 적합할 듯한 상대는 당연히 적대 중인 조직, 이스즈 연맹이리라.

이 조직이 정보를 얼마나 알고 있을지는 확실치 않았지만 조합장의 직권남용으로 얻어낸 정보는 제법 가치 있는 선물이 될 터다. 상황이 이렇게 되었으니 정식으로 협력관계를 맺어두는 편이 여러모로 좋으리라. 그리 판단한 솔로몬은 키메라 클로젠의 동향에 관한 정보와 협력할 의지가 있다는 뜻을 정식 문서로 옮겼다.

그 문서를 전달할 특사로 미라를 선택했다. 이미 일부 멤버와 대면을 한 사이인 데다 소개장을 지녔으니 미라만한 적임자는 없으리라. 미라 본인도 그 점은 자각하고 있기에 "쉴 틈이 없군그래"라고 소소한 불평을 중얼거리면서도 봉투를 받아들었다.

"하지만 낭보도 있어. 사계의 숲까지 갈 교통수단 말인데, 놀랍게도 네 전용 특별 주문 왜건이 어제 드디어 완성되었답니다~. 자아, 박수."

솔로몬이 그렇게 말하며 혼자서 박수를 치기 시작했다. 왜건이라 함은 크레오스가 소환한 가루다에게 들게 하여 하늘을 날았던, 말하자면 마차의 조류 버전이었다. 특별 임무의 포상 대신 제작을 시작해 설계 단계에서 신이 나서 이것저것 덧붙이다 보니 특별 주문을 해야 하는 부품이 많아져버린 물건이었다.

"드디어 완성되었군!"

분명 그건 낭보라는 생각에 미라는 완전히 축 늘어졌던 자세에서 벌떡 몸을 튕겨 일어나, 겉모습에 맞는 신이 난 표정을 지었다.

"길기도 했지. 뭐어, 막 완성된 참이니 아직 최종적인 조정 같은 게 남아있기는 하지만 그렇게까지 시간이 걸리지는 않을 거야."

"왜건이라면 그거 말하는 거지? 그 하늘 날아다니는 거. 이럴

땐 사역계 술사들이 부럽단 말이지이."

　루미나리아는 때때로 성에 착륙하는 크레오스의 왜건을 떠올리고는 진심 어린 질투를 담아 미라의 머리카락에 손을 쑤셔 넣고서 마구 헝클어뜨렸다.

　"그래, 그렇지?"

　미라로 말하자면 그런 심술도 개의치 않고 승자의 여유를 보이듯 당당한 미소를 지은 채 루미나리아의 말을 받았다.

　사역계. 요컨대 존재를 만들어 내거나 불러내는 일이 가능한 술사의 분류 중 하나였다. 소환술사를 필두로 사령술사, 음양술사도 사역계로 분류되었다. 그리고 시스템이라는 족쇄에서 해방된 지금, 이 사역계는 상당한 다양성을 띠고 있었다. 그 중 하나가 왜건이었다. 특히 사령술사는 발이 빠른 골렘 형성 방법을 습득하면 말이 끄는 마차와는 달리 소비할 마나만 있으면 된다는 가성비 높은 수단을 얻을 수 있었다. 따라서 현재, 사역계의 편리성은 하늘 높은 줄 모르고 향상된 상태였다.

　"아~아. 마술용 탈 것도 만들어주라~."

　미라의 머리를 쿡쿡 찌르다 놓아준 루미나리아는 부루퉁해지더니 빨간 머리를 마구 흩뜨리며 소파에 드러누웠다. 마치 떼를 쓰다 지친 투정쟁이 아이 같은 모습이었다. 하지만 아무렇게나 내던진 요염한 팔다리는 어린애라는 단어와 너무도 거리가 멀었다.

　"조만간 만들어 볼게~ 조만간~."

　솔로몬은 엉망진창으로 헝클어진 미라의 머리를 빗어주며 건성건성 대답했다. 강력한 화력에 의한 공격계가 태반인 마술에는 탈것에 이용하기에 적절한 술법이 없었다. 그 화력을 활용해서 증기기관을 만들어볼까 하는 의견도 있었지만 아직 우선도는 낮은 모양이었다.

"보고 싶어?"

미라의 머리를 마저 정리한 솔로몬은, 왜건의 완성도에 자신이 있는지 어쩐지 자신만만하게 입꼬리를 치올렸다.

"물론이지."

그 표정을 보고 기대감이 부풀어 오른 미라는 당연하다는 듯 벌떡 일어났다.

"재미있을 것 같네. 나도 갈래."

루미나리아도 한 박자 늦게 그렇게 말하며 일어났다.

이동을 하게 되어 미라가 남은 선물을 회수하기 시작하자 솔로몬은 아쉽다는 눈으로 그 모습을 바라보았다.

미라의 특별 주문 왜건은 마차용 창고에 보관되어 있다는 모양이었다. 그렇게 설명한 솔로몬을 앞세워 창고로 향하던 도중. 푸른 로브를 두른 한 술사가 입술을 시옷 자로 구기고서 복잡한 표정으로 미라 일행 세 사람에게로 고개를 돌렸다. 그와 동시에 루미나리아가 "으엑" 하고 신음소리를 흘렸다.

"루미나리아 님, 한참 찾아다녔습니다!"

여성 술사는 씩씩거리며 큰 걸음으로 복도를 직진해 다가왔다. 다소 치올라간 눈꼬리는 진지한 인상을 풍겼지만 지금은 심기가 불쾌한지 눈빛은 한층 더 날카로워진 데다 명백히 분노를 띠고 있었다.

"무슨 일이냐?"

여성 술사는 세 사람 앞까지 다가와서는 군대식 경례를 올렸다. 퍽 분주한 분위기에 솔로몬이 묻자 그 술사는 한 번 더 고개를 숙이고서 입을 열었다.

"실례합니다, 솔로몬 님. 오늘은 저희 술사 부대의 집단 훈련날인데 표적…… 아니, 지도자인 루미나리아 님이 없으면 그 훈련을 시작할 수가 없어서 찾아다니던 참입니다."

"그러고 보니 사용 신청을 했었지."

솔로몬은 대량으로 처리한 서류 중 대부대의 훈련을 하는 특수 훈련장의 사용 신청서에 도장을 찍었던 일을 기억해냈다. 날짜가 언제였는지는 잊었는데 그것이 오늘이었나 싶어 등 뒤에 선 루미나리아를 노려보자 본인은 진심으로 귀찮다는 표정으로 한숨을 한 번 내쉬었다.

"루미나리아 님은 뭔가 특별한 용무 중이십니까? 그렇다면 요아힘 님을 찾아보겠습니다만."

루미나리아가 국왕, 그리고 최근 소문이 끊이지 않는 인물인 미라와 함께 있는 것을 본 여성 술사는 뭔가 급한 용무가 생긴 것인가 하고 생각했다. 하지만 당연히 지금부터 할 일은 약속을 어길 정도로 중요한 일이 아니었다.

"지금 하고 있는 일은 소소한 취미 생활 같은 것이니 상관없다."

미라는 그렇게 말하며 루미나리아에게 어서 가라고 눈짓을 했다.

"그렇다. 데려가도록."

솔로몬도 그렇게 말하며 어서 가라고 턱짓으로 재촉했다.

"그래, 알았어. 가면 되잖아."

루미나리아는 부루퉁해져서 그렇게 대답한 후 "다음에 나도 태워주기다"라고 미라의 귓가에 대고 작은 목소리로 속삭이고는 "그럼 가죠"라고 말하며 여성 술사의 어깨에 손을 두르고서 냉큼 떠나갔다.

"참으로 부산스러운 녀석이로군."

"정신없어 보이기는 해도 잘 해주고 있어. 네가 누군가를 찾아와 준다면 좀 편해질 것 같지만 말이야."

"그런 소리를 한들 말이지. 지금은 소울하울과 카구라에 관한 미묘한 정보밖에 없지 않으냐. 겨우 찾아낸 발렌틴도 사정이 있고 말이야. ……아, 그러고 보니 소문 하나를 들었는데."

여성 술사의 어깨에 둘렀던 손을 서서히 내려 살며시 하체를 더듬기 시작한 루미나리아를 쓴웃음을 지은 채 쳐다보며, 미라는 음유시인 에밀리오에게 들었던 수도원에 관한 이야기를 떠올렸다.

"헤에, 어떤 소문인데?"

솔로몬은 썩 싫지는 않은지 루미나리아에게 몸을 기대는 여성 술사를 그대로 배웅하며 "괜찮은 게냐?" 하고 귀여운 얼굴에 떨떠름한 빛을 띤 채 묻는 미라에게 "저래봬도 의외로 악영향은 없거든" 하고 방관할 뜻을 내비쳤다. 미라는 "부러워죽겠군"이라고 중얼거리고서 에밀리오와 리아나라는 연인에 관한 이야기를, 질투로 가득한 목소리로 입에 올렸다.

"아르테시아답기는 하네. 하지만 어디에 있는지는 모르는 거지?"

"음, 그림다트 북동쪽에 자리한 이름 없는 작은 마을이라는 것만 알지."

"꽤 머네. 조사해 보려면 일이 복잡해질 것 같아."

그림다트 북동쪽이라 한들 범위가 광대한 데다 이름까지 몰라서야 찾을 길이 막막했다. 더불어 현자를 찾는 일은 국가 기밀인지라 동원할 수 있는 인원에도 한계가 있는 데다 그렇게 작은 마을을 찾는 이유에 의문을 품는 자가 생기면 문제가 커질 것이다. 솔로몬은 말을 하면서도 어쩌면 좋을지 고민했다.

"이 몸도 근처에 갈 일이 있으면 은근슬쩍 조사해 보도록 하지."

그 사실을 알아챘는지 미라도 자진해서 조사해 보겠다고 말했다.

복도를 걸어 계단을 내려가, 목적지 문 앞에서 멈춰 그 이야기를 대충 일단락 지었다.

마차용 창고는 왕성의 서쪽과 동쪽에 하나씩 있으며 동쪽은 귀족용, 서쪽은 군사 일반용으로 쓰였다. 그리고 미라 일행이 찾은 곳은 서쪽 창고였다.

성에서 직통으로 갈 수 있는 장소는 수리와 개조, 개발을 주된 업무로 삼는 작업장과 창고의 경계선에 있었다. 넓고 튼튼한 석조로 되어 있으며 마차 관련 작업 이외의 것도 이따금씩 맡아서 하고는 했다.

현재는 수리, 점검 중인 마차가 몇 대 놓여있을 뿐이었다.

"솔로몬 님이 아니십니까. 아, 혹시 그쪽에 계신 분이 미라 님이십니까."

직통 통로문의 바로 옆에는 휴게실 겸 관리실이 마련되어 있었다. 왕이 느닷없이 모습을 보이자 서쪽 마차용 창고와 마구간을 책임지는 관리장이 관리실에서 부리나케 튀어나왔다.

"그렇다, 덤블프의 제자인 미라다."

"만나서 반갑구나. 잘 부탁한다."

"차량관리장을 맡고 있는 다그라고 합니다. 앞으로 잘 부탁드리겠습니다."

굵은 소라고둥 같은 목소리로 말하는 관리장은 장년 갈리디아 족이었다. 근육이 꿈틀대는 것이 보일 정도로 체격이 좋은 데다 거무스름한 피부가 건강미를 한층 더 북돋워주고 있었다. 앞치마 형태의 작업복을 착용하고 있었지만 활짝 벌어져 있어 상체는 알몸 상태였다.

다그는 무릎을 꿇고 있어도 미라만큼 컸다. 정면에 보이는 얼굴은 검붉은 수염으로 뒤덮여 있었지만 머리카락은 말끔하게 깎여 있었다. 그러면서도 표정은 무척 다정해서, 마치 달마 대사가 웃고 있는 듯한 인상을 주었다.

"미라 님도 함께 오신 것을 보니, 그걸 선보이실 생각이신 듯하군요."

특별 주문 왜건은 어제 막 완성된 참이었다. 장인들이 심혈을 기울여 만들었음을 반증하듯 다그의 자신감으로 가득한 눈이 반짝 빛났다.

"그래, 맞다. 휴식 중에 미안하게 됐군. 밖으로 꺼내주겠느냐."

"알겠습니다. 다만 현재 최종 조정 중인지라 다소 손을 봐서 운반해 와야 하니 잠시만 기다려 주십시오."

"그래, 괜찮다."

"그러면 작업을 서두르도록 하겠습니다."

다그는 벌떡 일어나 고개를 숙이고서 다른 작업원들에게 뭐라 말을 건네더니 별실이 있는 쪽으로 근육을 꿈틀대며 달려갔다. 그 크고도 우락부락한 남자의 뒷모습에는 어쩐지 어린애 같은 쾌활함이 함께 존재하고 있는 듯 보였다.

사람들의 입을 타고 이야기가 전달되어, 작업장은 눈 깜짝할 새 불이 붙은 듯 떠들썩해졌다. 작업용 기재며 도구를 구석으로 치우자 중앙에 넓은 공간이 생겨났다. 그리고 별실의 문이 열리더니 그곳에서 작업원들이 하얀 왜건을 끌고 나왔다.

크기는 여느 마차보다 다소 커보였고 직사각형에 삼각형을 덧붙인 듯한 측면에 금속제 바퀴가 넷 달려있었다. 높이는 높았지만 문의 손잡이가 달린 위치는 낮아, 미라가 어렵지 않게 손을 댈 수 있었다. 전체적으로 기본에 충실한 인상을 풍겼지만 어쩐지 장갑차를 방불케 하는 디자인이었다.

"그러면 다그여. 설명토록 하라."

"알겠습니다."

십여 명의 꾀죄죄하고 혈기왕성한 남자들은 하나 같이 의기양양한 미소를 띤 채 가슴을 펴고서 왜건 옆에 늘어섰다. 그 안에서 대답을 함과 동시에 관리장 다그가 앞으로 나서 왜건의 특징이며 어떠한 점에 역점을 두고 제작하였는지를 말하기 시작했다.

그 목소리는 몹시도 밝아서, 장인들도 신이 나서 왜건 제작에 임했다는 기개가 엿보였다.

다그의 설명은 왜건의 주된 기능인 날거나 끌거나 하기 위한 지주에 관한 것부터 시작되었다. 그리고 완전한 밀폐성과 환기구, 차축에 장치된 용수철에 의한 진동 경감과 같은 실용성부터 기술적인 애착으로 발전하더니. 끝내는 가공하기 쉽고 가벼우며 기온 변화에 강한 미스륨 합금이라는, 최근 건축재로 널리 쓰이고 있는 신소재를 프레임에 이용했다느니, 소환체가 직접 붙잡게 될 지주는 강도를 중시하여 합금으로 만들었다느니. 전문적인 이야기까지 늘어놓기 시작했다.

그 애착이며 장인으로서의 지식, 그리고 무엇보다도 장인기질을 지닌 남자의 정열에 휘말려 미라도 어느샌가 다그의 설명에 귀를 기울이고 있었다. 공감이 가는 부분이 많았기 때문이리라.

"자, 내부도 살펴보십시오."

겉으로 파악할 수 있는 부분의 설명을 모두 마친 다그는 진짜 놀랄 일은 지금부터 시작이라는 듯 왜건의 문을 호들갑스럽게 열어 보였다.

"음, 얼마나 대단한지 볼까."

다그의 열정이 전염된 미라 역시 우락부락한 장인이라도 된 듯 대답하며 활짝 열린 문을 통해 안을 들여다보았다.

새로 지은 집 같은, 인기척 없는 무기질적인 공기에 섞인, 강렬하고도 어쩐지 그리운 골풀향이 미라의 콧구멍을 가득 메웠다.

왜건 안은 아담하면서도 주문대로 번듯한 일본식 방처럼 마감되어 있었다. 들어서자마자 다소 높다란 검은 석조 귀틀이 배치되어 있었고, 정면에는 햇빛을 한껏 머금어줄 듯한 커다란 창문이 끼워져 있었다. 그리고 바로 앞에는 미라가 그토록 원했던 일본식 방의 상징, 당초무늬 이불이 깔린 코타츠(앉은뱅이 탁자 아래 난방기구가 달린 것)가 위풍당당하게 설치되어 있고 위에는 귤……은 아니지만 잎이 무수하게 돋아난 화분이 놓여 있었다.

"이것 참, 상상했던 것 이상이로군."

미라는 마치 문을 지나면 일본으로 돌아갈 수 있을 듯한 착각이 들어 순수하게, 생각난 바를 입에 담았다. 그 말을 들은 몇몇 장인들이 활짝 밝아진 표정으로 주먹을 움켜쥐며 "좋았어!"라고 작은 소리로 외쳤다. 왜건의 내부 장식에 참여한 자들인 듯했다.

미라는 신발을 벗고 스커트 자락에서 흘러나온 하얗고 갸녀린 다리를 들어 다다미 바닥에 첫 걸음을 내디뎠다. 부드럽고도 단단한, 몹시도 익숙한 탄력이 느껴졌다. 그리고 나머지 한쪽 다리도 들여 가볍게 왜건 안을 둘러보았다.

코타츠 옆에는 보라색 좌식 의자가 놓여있었다. 그 뒤에는 옅은 색채를 띤 꽃이 그려진 장지문 벽장. 그 반대쪽, 선두 부분에는 자그마한 문이 나 있었다. 왜건은 마차로도 끌 수 있게 되어 있었고, 그것은 마부대로 연결된 문이었다.

잔뜩 들떠서 왜건 안을 두리번두리번 살피던 미라는 마침 눈에 들어온 벽장을 열었다. 수납 공간은 상하 2단으로 되어 있었고, 위쪽에는 바다에 까는 이불과 덮는 이불이 보였으며 아래는 텅 비어있었다.

"오오, 이불이로군. 이게 있다는 이야기는, 여기서 잘 수 있다는 겐가?"

"네, 코타츠를 구석에 붙이면 충분히 깔 수 있습니다."

미라가 돌아보며 말하자 입구에서 고개를 들이밀고 있던 다그가 기쁜 듯이 대답했다. 아무래도 벽장에 든 이불은 미라의 키에 맞춰 제작된 것인 듯했다.

"앞으로 가게 될 곳에서는 노숙을 하게 될지도 모르니 말이야. 가구는 필요에 따라 추가로 사도록 해. 그 역시 묘미 중 하나니. 어때, 움직이는 집 같아서 한층 더 비밀기지 같지 않아?"

솔로몬이 다그의 아래에서 불쑥 고개를 내밀며 어린애 같은 미소를 지어 보였다. 이동용 탈것인 동시에 생활도 가능하도록 된 설계. 남자라면 누구 할 것 없이 동경할, 자신만의 공간이라는 컨셉트로 만들어진 것이 바로 이 왜건이었다.

"음, 최고로구나!"

미라는 벽장을 닫고서 우둘투둘하게 마감이 된 벽에 살며시 손을 가져다대며 만족스럽게 대답했다.

그 말에는 다그 역시 동감인지 "마누라가 있는 집보다 편해보이는구만" 하고 중얼거리더니 자신의 것도 만들어볼까, 하고 계획을 세우기 시작했다.

대충 다 둘러본 미라는 마지막으로 안락함을 확인하고자 좌식의자에 앉았다. 그러자 눈앞에 놓인, 코타츠 위에 자리한 화분이 자연스럽게 눈에 들어왔다.

"헌데, 이 식물은 무엇이냐?"

그것은 얼핏 보기에 나팔꽃과 비슷해 보였지만 꽃잎은 없었다. 하얗고 작은 화분 같은 것에 꽂힌 망을 휘감은 덩굴에는 이파리가 잔뜩 달려 있었다. 그 이파리는 이렇다 할 특징이 없었다. 하지만 코타츠와 좌식의자 이외의 가구가 없는 가운데, 이것만 놓여있는 것을 보고 있자니 미라는 어딘지 모르게 부자연스럽다는 생각이 들었다.

그러자 그 질문을 들은 다그가 입을 열었다.

"그건 박무초(薄霧草)라고 해서 주로 화산지대에 자생하는 식물입니다. 특히 이 품종은 광합성에 의한 청정화에 특화되어 있습니다. 밀폐된 상태로도 빛만 있으면 한 사람이 숨을 쉴 만큼의 공기는 충분히 순환시킬 수 있습니다."

"그거 참으로 편리하겠구나."

말하자면 천연 공기청정기 같은 것이다. 꼼꼼이도 생각했구나 싶어 미라는 박무초의 이파리를 손가락으로 톡톡 건드리며 말없는 이파리에게 "잘 부탁한다"라고 말했다.

"재배방법도 어렵지 않고, 설치된 조명만으로도 충분히 광합성 작용을 합니다. 자세한 설명은 거기 있는 서류에 적혀 있습니다. 왜건에 관한 설명서 같은 것이니 부디 읽어봐 주십시오."

다그의 말을 듣고 시선을 옮긴 미라는 화분 옆에 다그가 말한 서류가 있는 것을 확인하고는 "알겠다"라고 고개를 끄덕이고서 일어났다.

"자아, 다음은 차고로 안내하지. 모처럼 만들었으니 전용 차고를 마련해 두었다."

솔로몬이 그렇게 말하자 장인들이 부리나케 움직이기 시작했다. 그들은 다시 최종 조정 작업에 착수하려는 것인지 왜건을 별실로 영차영차, 하고 옮겨갔다.

"헌데 최종 조정이라는 것은 언제쯤 끝나는 게야?"

미라의 물음을 들은 다그가 말하길, 작업은 이미 절반 이상 끝난 상태인지라 내일 하루면 완료된다는 모양이었다.

"그럼 하루만 기다리면 타고 갈 수 있다는 것이로구나."

다음 임무의 목적지로 가려면 이번에도 기나긴 하늘 여행이 필요하겠지만 그것을 해소하기 위해 만들어진 왜건을 하루만 더 있으면 쓸 수 있다는데 이를 기다리지 못할 이유가 어디에 있겠는가.

"그렇지. 그렇게 하도록. 그렇다면 내일은 휴일이로군."

신이 나서 말하는 미라를, 솔로몬은 어쩐지 부러운 듯이 쳐다보았다.

"흠, 휴일이라. 모처럼 쉬는 날이니 탑으로 돌아가서 느긋하게 한숨 돌리고 올까나."

주말을 맞아 집에 돌아갈 수 있게 된 샐러리맨이 된 것 같은, 그런 기분이 들기는 했지만 미라는 활짝 웃었다.

"헌데 왜건은 아이템화 해서 아이템 박스에 넣을 수는 없는 게냐? 그러는 편이 빠를 것 같다만."

차고가 있는 바깥으로 이동하며 문득 궁금해진 미라는 그렇게 물었다. 그러자 솔로몬은 살며시 고개를 가로저으며 대답했다.

"안 되더라고~. 왜건은 탈것으로 분류돼서 예외로 처리되는 모양이야. 그밖에도 크기와 무게에 따라 들어가지 않는 물건도 있다더라고."

"흐음, 만능은 아니라는 게로군."

그렇게 작은 목소리로 속닥거리며 두 사람은 작업장 정면에 자리한 커다란 문을 지났다. 하늘은 황혼으로 물들기 시작했고, 주변을 둘러보니 바로 옆에는 마구간이 있었다. 말이 저마다의 방식으로 쉬고 있었다. 그리고 그 맞은편이 목적지인 주차장으로, 지붕을 맞대고 있는 몇몇 오두막에 마차가 수납되어 있었다. 차고가 늘어서 있는 듯한 광경이었다. 그 중 하나에는 언젠가 보았던 천리마차도 있었다.

"이쪽이 미라 님 전용 차고입니다."

안내를 받아서 간 곳은 가장 왼쪽 앞에 자리한 차고였다. 다른 차고와 큰 차이는 없었지만 새로 지은 듯 곳곳이 번쩍번쩍했다.

"앞으로 성문에 내린 뒤에는 이곳으로 운반될 테니 기억해두도록."

"음, 기억해두도록 하지."

지금은 아직 텅 비어있었지만 미라와 솔로몬은 나란히 팔짱을 끼고서 그곳에 수납될 왜건의 모습을 상상했다.

"솔로몬 님, 미라 님."

두 사람의 등 뒤에서 다그가 말을 붙였다. 조금 전까지의 다소 고양된 목소리와는 달리 어쩐지 차분한, 진지한 목소리였다.

미라와 솔로몬이 뒤를 돌아보니 장인들이 정면에 횡렬로 정렬해 있는 가운데, 다그 혼자만 그 중앙에서 한 걸음 앞으로 나와 있었다.

"이번에 제작한 왜건은 현시점에서 최신 기술의 집대성이라 해도 과언이 아닙니다. 그리고 저희는 이번 경험을 통해 한층 더 성장했다고 확신하고 있습니다. 저희의 기술을 신용해 주시고, 저희가 가진 모든 것을 쏟아 부을 기회를 주신 솔로몬 님과 미라 님께 심심한 감사의 말씀을 드리고자 합니다."

다그가 그렇게 말을 마치고 깊숙이 고개를 숙이자 정렬했던 남자들도 마찬가지로 고개를 숙이며 "감사합니다!"라고 목소리를 모아 말했고, 이어서 남성미 넘치는 어색한 미소를 지어 보였다.

'……뭐라고 해야 할지, 가벼운 마음으로 부탁한 것이었다만, 이렇게까지 고마워 할 줄이야. 아닌 게 아니라 이런 일에 어울려 주어 고맙다는 말을 해야 할 사람은 이쪽이건만.'

"잘 해주었다. 앞으로도 이 나라를 위해 그 실력을 발휘해다오."

"성심성의를 다해 진력하도록 하겠습니다."

솔로몬이 어쩐지 자랑스럽다는 투로 장인들을 둘러보며 그렇게 말하자 다그 역시 당당하게 답했다.

"어때, 이게 우리나라의 장인들이야. 굉장하지 않아?"

솔로몬이 의기양양하게 입꼬리를 치올리며 말했다. 이곳에 있는 장인들 말고도 몇 사람을 더 아는 미라는 "음, 굉장하구나"라고 그들 모두를 통틀어 평가했다.

그 후, 왜건 관리 및 이용 상태에 따른 데이터 수집에 관한 회의에 돌입했다. 특제 왜건은 최신기술의 결정체이기도 한 탓에 향후를 위해 최대한 많은 정보를 모아두고 싶다는 모양이었다.

그렇게 시간이 지나, 회의는 해가 완전히 가라앉을 즈음이 되어서야 끝났다.

"시간도 늦었으니 오늘은 자고 갈 거지?"

두 사람만 남은 차고에서 솔로몬은 어쩐지 기대가 섞인 눈으로 미라를 바라보았다.

주변에 떠오른 조명에 희미하게 윤곽을 드러낸 왕성의 벽과 그보다 한참 위에 자리한, 찢어진 하늘에서 흘러나온 듯 보이는 은하수를 올려다보며 미라는 "그러도록 할까나"라고 대답했다.

그 후, 솔로몬은 남은 일을 처리하고 올 테니 이따 보자며 집무실로 돌아갔다. 그리고 미라는 오늘 안에 선물을 나눠주자는 생각에 시녀 구획으로 향했다. 그런 미라의 마음 속에 싹튼 감정은 여자 기숙사에 침입을 꾀하는 변태의 그것에 가까웠다.

하지만 문제될 것은 아무 것도 없었다. 시녀 구획은 어디냐고 미라가 묻자 모든 이들이 친절하게 가르쳐주었다. 목적지에 도착하여 '남자 출입 금지'라고 적힌 간판을 지나쳐도 말리는 이 하나 없었다. 완벽하다. 이러한 점에서는 지금의 모습도 나쁘지 않다며 미라는 득의양양한 미소를 지었다.

'기분 탓일지도 모르지만, 좋은 향기가 감돌고 있는 것 같구나.'

미라는 낯익은 얼굴, 릴리 일행이 어디에 있을까 하고 시녀구획을 제 집처럼 활보했다.

얼마간 그러고 있자 솔로몬이 말한 것과 같은 상황이 벌어졌다.

"어머, 미라 님 아니세요!"

미라가 있다는 소문을 들은 시녀들이 몰려들기 시작한 것이다. 그리고 그 안에는 당연하다는 듯 릴리의 모습도 있었다.

"그런고로 말이다. 답례라 하기에는 좀 그렇다만, 선물을 사왔으니 다 같이 나누어 가져가거라."

휴게실로 끌려간 미라는 아리스팔리우스 성국에 다녀왔다고 말한 뒤, 마도 로브 세트를 만들어준 자들에 대한 답례라며 사온 선물들을 몽땅 테이블에 늘어놓았다.

"아아, 이렇게까지 저희를 생각해 주시다니. 감격했어요!"

릴리는 앞 다투어 손을 뻗으려 하는 시녀들을 견제하며 은근슬쩍 미라의 손을 잡았다. 그리고 그 마음은 자신이 책임을 지고, 먼지 한 톨만큼도 빼놓지 않고 이 자리에 없는 자들에게 전해주겠노라 약속했다.

그러고 나서 미라는 일을 마친 시녀들과 함께 하루의 피로를 달래기 위해 전에도 들어갔던 분수 딸린 욕실로 끌려갔다. 그곳에서는 당연히 서로 시중을 들겠다며 밀려든 릴리를 비롯한 시녀들 사이에 끼어 혼쭐이 났지만 이번에는 미라도 많은 경험을 쌓은 덕에 차분한 마음으로 있을 수 있었고, 그저 농락을 당할 뿐이었던 과거와는 다른 일면을 보였다.

'농락을 당하는 게 아니다, 시중을 받는 대왕처럼 굴면 되는 게다!'

시녀들이 몰려들어도 평정심을 유지할 수 있게 된 미라는 당당히 가슴을 편 채 낙원을 만끽했다.

목욕을 마치고 나와 보니 지금까지 입었던 마도 로브 세트는 빨래를 하기 위해 가져간 상태였고, 대신 입을 옷이 준비되어 있었다. 미라는 그것을 보자마자 쓴웃음을 지었다. 이번에도 굉장한 걸 만들었군, 이라는 생각이 들어서.

"자아, 미라 님. 저희 시녀 일동이 혼신의 힘을 다한 역작, 미라 님 커스텀 드라이랍니다."

릴리가 내민 그것은 명백한 마법소녀풍 의상의 신작이었다. 미라가 생각했던 것 이상으로 전작을 마음에 들어 한 탓에 더욱 분발하여 만든 것이리라.

'터무니없이 하늘하늘한 옷이 나올 줄 알았더니만 의외로 차분해서, 그 낙차까지 포함해 나쁘지 않다고 생각했다. ……라는 말은 차마 못하겠군…….'

두 번째 작품의 답례를 하러 왔다가 예상치 못하게 세 번째 작품과 맞닥뜨리게 되었다. 미라는 그녀들의 빠른 작업 속도에 경악함과 동시에 자신을 향한 열의가 얼마나 뜨거운지가 새삼 실감되어 전율했다. 그리고 기대로 가득한 시녀들의 시선을 온몸으로 맞으며 "이거, 다음에도 선물을 사와야겠군" 하고 자포자기하며 웃었다.

그 후 미라는 신작에 관한 설명을 들었다. 설명이라 한들 신작은 전작과 마찬가지로 마도공학의 특별한 기능을 세습한 것으로 성능 자체는 같다는 모양이었다. 그날그날의 기분에 따라 갈아입으라는 뜻이었다.

그런 설명이 이어지던 도중, 미라는 반강제로 신작 의상을 입게 되었다. 그렇게 한층 더 귀여워진 신생 미라가 완성되었다.

'흠…… 역시 객관적으로 보니 끝내주게 귀엽구먼. 과연 이 몸이라고 해야 하려나.'

전신거울을 본 미라는 거기에 비친 자신의 모습에 새삼 반했다. 그 얼굴에는 마음에 남은 쑥스러움과는 정반대로 영 싫지는 않은 표정이 걸려 있었다. 그리고 시녀들로 말하자면 감개무량하다는 표정들을 짓고 있었다.

이번 의상은 원피스 타입이 아니라 브라우스와 미니스커트로 나뉘어 있어, 어쩐지 교복을 방불케 했다. 거기에 마무리로 기장이 긴 로브를 걸치도록 되어 있었다.

아카데믹 드레스의 마법소녀판이라는 표현이 적절할 듯했다. 참고로 이 시점에서 미라는 솔로몬이 디자인 단계부터 관여했음을 직감했다. 교복 스타일은 솔로몬의 취향이었기 때문이다.

"아아, 역시 미라 님. 너무너무 맵시 있으세요!"

미라의 등 뒤에서 고개를 내민 릴리는 열띤 목소리로 전신거울에 비친 미라를 절찬했다.

배색은 전작에 비해 다소 화사해졌지만 전체적인 디자인은 지금까지의 세련됨을 남겨둔 채 최대한 귀여움을 추구한 듯 보였다. 지나치게 기발하지도 않고, 그렇다고 몰개성해 보이지 않도록 아슬아슬한 수준을 목표로 했노라고 릴리와 시녀 일행은 자신

만만하게 말했다.

아닌 게 아니라 그쪽 방면에 종사하는 자들의 눈에도 흠 잡을 곳이 없을 정도로 완벽한 디자인이었다. 마법소녀풍 의상은 유행 중인 탓에 미라도 거리며 역에서 상당히 많이 보아왔다. 그 모든 것들이 상당한 완성도를 자랑하고 있었으며 귀여움이라는 점에 있어서는 차분한 디자인이었던 과거 미라가 입었던 의상이 한 발짝 뒤쳐진 지점에 있었다 할 수 있으리라.

하지만 이번 의상은 그것을 보충하면서도 마법소녀풍이라는 틀 안에서 수렴이 되어 있었으며 기성품과는 다르다는 일면을 내보이도록 완성되어 있었다.

'뭐어, 아무렴 어떠한가…….'

귀엽게 장식된 자신을 바라보면서도 발랄한 미소를 띤 채 기뻐하는 시녀들을 본 미라는 문득 미소를 지었다. 이유는 둘째 치고 이토록 기뻐해주는 시녀들을 위해 현재 상황을 기꺼이 받아들이도록 하자. 미라는 남자답게 그리 생각하기로 했다.

저녁은 집무실 옆에 자리한 휴게실에 준비되어 있다기에 신작 의상으로 몸을 감싼 미라는 릴리의 안내를 받아가며 왕성 최상층에 자리한 복도를 걸었다.

그러던 도중, 저녁 식사를 함께 할 예정인 루미나리아와 조우했다.

직후, 루미나리아는 미라의 온몸을 구석구석 훑어보더니 씨익, 하고 의미심장한 미소를 지었다. 그러고는 "꽤나 귀여워졌네"라고 속삭인 뒤, 좋은 경향이라며 미라의 어깨를 두드렸다. 여자가 된 몸을 실컷 즐기고 있는 루미나리아의 눈에는 아직도 마음 한편에 벽을 쌓아두고 있는 듯한 미라가 다소 답답해 보인 모양이었다.

하지만 한 가지 인정한 부분도 있었다.

목욕을 마치고 릴리를 따라다니는 미라의 모습을 통해 이런저런 것들을 알아챈 루미나리아가 "목욕은 즐거웠어?"라고 귓가에 대고 속삭였다. 그러자 미라는 "실컷 즐겼지"라고 대답했다. 이것이 두 사람이 공유하는 공통점이었다. 여체를 당당히 엿보고 있는 것이다.

두 사람은 얼굴을 마주본 채 콜타르처럼 끈끈하고도 음흉한 미소를 지었다.

그날 저녁은 시녀와 사용인들은 밖으로 내보내고 오랜만에 모인 친구라 할 수 있는 관계인 셋이서 신나게 수다를 떨었다. 아무래도 좋은 일부터 시작해서 나라에 관한 딱딱한 이야기며 언젠가 채집해온 번뜩임의 종자를 이용한 인형 개발 진척도. 다른 플레이어 출신자들의 상황 등이 하잘 것 없는 대화 중간중간에 끼어들었다.

한껏 들뜬 세 사람의 모습에서는 상상도 되지 않을 정도로 국가기밀로 가득한 만찬회였다.

〈6〉

오랜만에 모인 친구 셋이서 함께 한 만찬회는 루미나리아가 완전히 술에 취한 것을 계기로 막을 내렸다. 아무래도 낮에 끌려갔던 훈련에서 마음고생이 많았는지 술을 들이켜는 손이 멈추지 않은 결과였다.

시녀들에게 실려 나가는 루미나리아를 배웅한 뒤, 적절하게 취기가 돈 미라 역시 릴리의 손에 이끌려 침실로 향했다.

"이럴 때는 술이 센 것도 문제란 말이지."

남은 일을 처리하기 위해 집무실로 향하는 솔로몬은 그렇게 나직한 목소리로 중얼거렸다.

커튼 자락 아래로 흘러든 햇볕이 바닥에 반사되어 옅은 아지랑이처럼 퍼져, 밤의 잔재를 밀어내고 침대에서 고른 숨소리를 내는 미라의 머리맡을 살며시 감쌌다. 분주한 아침 시간이 지나, 슬슬 업무를 일단락지은 시녀들이 담화실로 모여들기 시작했을 무렵. 한 시녀가 무방비한 표정으로 잠든 미라에게 다가갔다.

"미라 님, 아침입니다. 미라 님."

시녀는 귓가에 대고 속삭이듯 말하며 소녀의 노출된 어깨에 손을 대고서 살며시 흔들었다. 그 말이 들려온 지 얼마쯤 지나 "우음……" 하는 소리를 내며 미라는 살며시 눈을 떴다. 그 눈에 비친 것은 희미하게 떠오른 침대 지붕의 자수와 부드러운 달빛과도 같은 시녀 릴리의 미소였다.

"좋은 아침입니다. 미라 님."

"음…… 좋은 아침."

상체만 일으켜 추라도 달린 듯한 눈꺼풀을 들어 잠기운에 저항하며 미라는 인사에 답했다.

"지금 몇 시냐?"

"오전 아홉 시 사십 분이랍니다."

꾸벅꾸벅 조는 미라는 아랑곳 않고 릴리가 이불을 들추자 검은 네글리제를 느슨하게 걸친 아리따운 몸이 드러났다. 검고 매끄러운 촉감이 일품인 비단천은 햇살처럼 하얗고 부드러운 피부와 그것을 장식하듯 흘러내린 은발을 더욱 두드러지게 했다. 그 요염한 대비는 멍해져 있던 미라를 자신의 뜻대로 갈아입힌 릴리의 범행에 따른 바였다.

릴리는 그런 귀엽고도 선정적인 미라에게서 한 순간도 눈을 떼지 않고 재깍재깍 기상 준비를 해나갔다.

"벌써, 그런 시간인가……."

어젯밤에 마신 술 때문인지 생각했던 것보다 훨씬 늦게 깬 미라는 조금 서두르자는 생각을 하며 몸단장을 하기 시작했다.

몸을 대충 추스르고 나자 당연하다는 듯 릴리가 신작 의상을 입히기 시작했다. 그때 미라는 낯선 검은 네글리제를 보고 고개를 갸웃하기는 했지만 릴리를 보고 모든 것을 알아채고는 뭐어, 아무렴 어때, 하고 흘려 넘기기로 했다.

그러고 나서 미라는 릴리의 안내를 받아 식당으로 이동했다. 아침 식사 시간은 지난 지 오래였기에 사람은 그리 많지 않았다. 남아있는 자들로 말하자면 점심 식사에 쓸 식재료를 준비하는 요리사와 티타임용 디저트를 슬쩍하고자 기회를 엿보고 있는 시녀 정도뿐이었다.

릴리가 "여기서 기다려주세요"라고 말하며 의자를 당겨주었다. 미라가 시키는 대로 자리에 앉아 기다리자 시녀들이 아침 식사를 가지고 돌아왔다.

"미라 님, 선물 감사합니다."

"맛있었어요."

"저희까지 챙겨주시다니."

시녀들은 어제 릴리에게 맡긴 선물의 감사인사를 입에 담았다. 미라는 "기뻐하는 것 같아 다행이다"라고 부드러운 미소를 머금은 채 대답했다.

"어제는 말씀드리는 걸 깜박했지만 아마라테 님 건도 감사합니다. 곧장 치수를 재러 갔답니다. 미라 님 덕분이에요."

찻잔에 홍차를 따르며 릴리가 말했다. 미라의 옷에 흥미를 보인 사령술의 현자 대행인 아마라테에게서 제작자인 릴리 일행에게 소개시켜달라는 부탁을 받았던 일을 말하는 것이었다.

시녀들은 전부터 아마라테의 의상을 만들 기회를 호시탐탐 노리고 있었다. 그랬던 것이 미라의 소개로 기회를 잡은 것이다. 미라의 주가는 급상승 중이었다.

"되었다. 되었어."

미라는 그렇게 짧게 대답하고 홍차로 입술을 적시고는 시녀의 시중을 받아가며 아침 식사를 마쳤다.

미라는 식사를 마치고 식당을 뒤로 했다. 그와 동시에 시녀들이 허겁지겁 흩어졌다. 아무래도 미라의 시중을 들고 싶어 일을 내팽개치고 온 모양이었다. 그렇게 부산스럽게 릴리 일행과 헤어진 미라는 집으로 돌아가기 전에 집무실을 찾았다.

"여어, 좋은 아침. 잘 잔 것 같네."

"음, 푹 잤고말고."

솔로몬이 서류를 내려놓고 고개를 들자 미라는 소파의 정해진 위치에 앉으며 쾌활하게 답했다. 과연 국왕이 마시는 술이라 해야 할지, 숙취가 남지도 않아 미라의 몸 상태는 최고였다.

"그거 다행이네. 아, 그러고 보니 깜박했는데 이건 이번 임무 달성 보수야."

솔로몬은 집무용 책상에 놓여있던 봉투를 집어, 그것을 소파 쪽으로 던졌다. 포물선을 그리며 날아든 갈색 봉투는 작은 금속음을 내며 미라 옆에 착지했다.

"오오, 마침 가벼워진 참이었다."

미라는 갈색 봉투를 집어 들고 내용물을 끄집어냈다. 안에 들어있던 것은 금화 열 닢, 50만 리프였다.

"다음 선물, 기대하고 있을게."

"무슨 엉뚱한 소리냐, 그게……. 뭐어, 이 몸의 눈에 드는 것이 있다면 사오마."

선물값도 포함되어 있다는 뉘앙스를 띤 솔로몬의 말에 미라는
어이가 없어 하면서도 승낙했다. 솔로몬에게 있어 미라가 가지고
오는 선물은 여행담과 더불어 한참 동안 가지 못한 여행에 다녀
온 듯한 기분에 젖어들 수 있는, 여행지의 분위기가 꽉꽉 담긴 유
리병 같은 느낌인지라 실은 상당히 기대하고 있는 모양이었다.

"해서, 그것으로 연대 특정은 할 수 있을 것 같으냐?"

텅 빈 갈색 봉투를 둘둘 말며 미라는 문득 임무를 수행하러 가
서 가지고 돌아온 대팻밥의 상태가 궁금해져 물었다.

"아까 보고가 들어왔어. 시간은 걸릴 것 같지만 어찌어찌 될 것
같대."

"흠, 헛걸음을 한 셈이 되지는 않을 것 같군."

미라는 일주일도 더 걸려 가지고 돌아온 것이 도움이 되지 않
는다면, 탑으로 돌아가 마리아나에게 어리광을 부리며 눈물로 베
개를 적셔야 할지 고민 중이었다. 하지만 성에 속한 학자들은 우
수한 모양인지 시간만 조금 걸릴 것이라는 결론을 내놓았다.

"그렇게 되었으니 안심하고 다음 임무에 착수하라고."

솔로몬은 더없이 맑은 미소를 지어 보였다. 미라는 못 말리겠
다며 한숨을 내쉬고서 자리에서 일어났다.

"나 원…… 뭐어, 되었다. 내일 보자꾸나."

미라는 두 손을 허리에 얹고 한껏 허리를 편 채 스트레칭을 하
듯 고개를 돌렸다. 솔로몬은 동작 하나하나가 어린애 같지 않다
는 생각을 하면서도 남말할 처지가 아니라며 따라하기라도 하듯
가볍게 고개를 돌렸다.

"응, 내일 봐~. 아, 참참. 너희 쪽에 있는 크레오스 군, 최근 엄청 애쓰고 있는 것 같으니까 다정하게 대해줘."

"호오, 그러하냐. 하지만 걱정할 것 없다. 이 몸은 언제나 다정하니 말이지."

등에 대고 던진 말에 미라는 그대로 손을 흔들며 대답하고는 집무실을 뒤로 했다. 중간에 카이로스 일행은 어떻게 되었는지 궁금해졌지만, 그 문제는 결국 미라의 걸음을 멈추는 데 실패했다. 습격 자체는 미라에게 대단한 일이 아니었고 솔로몬이 **알아서** 처리하겠거니 생각했기 때문이다.

그렇게 루나틱 레이크를 떠난 미라가 실버 호른에 도착한 것은 점심 시간이 지나서였다.

소환술의 탑의 최상층. 미라는 이미 자신의 집처럼 느껴지는 그 방의 문을 의기양양하게 열었다. 그러자 마침 그곳에는 바구니를 손에 든 마리아나의 모습이 있었다.

"미라 님. 어서오세요."

마리아나는 기쁜 듯 살며시 미소 지으며 고개를 숙였다. 그리고 미라는 그 모습에서 안심감을 느끼며 "음, 다녀왔다"라고 대답해 자신이 돌아왔음을 강하게 실감했다.

그 직후, 루나가 오종종 달려와 껑충 뛰어 품에 안겼다.

"오오, 루나도 건강해 보이는구나."

미라는 퓨어 래빗인 루나를 안아 그 사랑스러움에 미소를 머금은 채 **뺨**을 비볐다.

"자아, 이 몸이 자리를 비운 중에 문제는 없었느냐?"

한바탕 루나의 촉감을 만끽한 미라는 그대로 소파에 몸을 묻으며 마리아나에게 그렇게 물었다.

"네, 루나가 리탈리아 님을 전혀 따르지 않는 것 말고는 딱히 없어요."

잠시 생각한 끝에 마리아나는 미라의 품 안을 바라보며 그렇게 대답했다.

"뭐냐, 그랬던 게냐. 뭐어, 퓨어 래빗은 겁이 많다고 하니 별 수 없는 일일지도 모르겠구나."

본래 퓨어 래빗이 사람들 앞에 모습을 드러내는 일은 거의 없었다. 작은 소리만 들려도 곧장 도망치고 말 정도로 겁이 많기 때문이다. 분명 성수인 페가수스의 주인인 자신과 함께 있는 마리아나가 루나에게 특별하기에 이렇게까지 잘 따르는 것이리라고 미라는 생각했지만 사실은 그렇지 않았다.

"아뇨. 그게, 리탈리아 님의 애정표현은 루나에게 조금 부담스러운 모양이라……."

마리아나가 말하기를, 리탈리아는 귀여운 작은 동물을 너무도 좋아해서 처음 루나를 본 순간, 그야말로 딴 사람이 된 듯 흥분했다는 모양이었다.

그리고 맹렬하게 친해지려는 시도를 계속한 결과, 겁을 먹은 루나가 서서히 거리를 두게 되어 지금에 이르렀다고 한다.

"오호라……."

마술의 탑의 보좌관인 리탈리아. 열렬한 덤블프의 팬이기도 했던 그녀는 미라가 정체를 밝혔을 때도 다소 충격을 받은 눈치였다. 거기에 루나에게 거절당하기까지 했으니 심적 충격이 얼마나 클지 짐작도 되지 않았다.

'어째 미안하구나.'

더블 펀치를 얻어맞은 리탈리아에게 미라는 마음속으로 사과했다.

"헌데 마리아나여. 혹시 지금 쇼핑을 하려 가려던 참이었느냐?"

소파에서 느긋하게 쉬면서 미라는 마리아나가 든 빈 바구니를 바라보았다. 그것은 마리아나가 애용하고 있는 장바구니로, 색만 다른 것이 몇 개나 있던 것으로 미라는 기억했다.

"네. 하지만 중요한 일은 아니에요. 미라 님이 돌아오신 것보다 중요한 일은 없으니까요."

그렇게 대답한 마리아나는 옆에 있던 선반에 바구니를 내려놓고 외출용으로 보이는 앞치마를 벗어 거기에 넣었다. 철저하게 봉사할 생각으로 가득한 눈치였다.

"아니, 이 몸은 신경 쓰지 말거라. 얼마간 이렇게 멍하니 있고 싶을 뿐이니. 그대는 그대의 일을 우선시 하거라."

이미 다소 축 늘어진 미라는 루나를 쓰다듬으며 신경 쓰지 않아도 된다고 말했다. 이쪽 사정에 맞출 필요는 없다고. 하지만 그것은 미라 지상주의인 마리아나에게 가장 무의미한 말이었다.

"아뇨, 여행에서 돌아오셔서 피곤하실 미라 님의 시중을 드는 것보디 중요한 일은 없어요."

마리아나는 딱 잘라 단언하고는 시중 모드로 이행했다. 이렇게 된 이상은 뭐라 말을 한들 꿈쩍도 안 할 것이다. 하지만 미라는 자신을 위해 용건을 중단한 것이 영 불편할 따름이었다.

　그렇게 잠시 생각한 끝에 미라는 묘안을 떠올렸다.

　"좋아, 그러면 같이 쇼핑을 하러 가자꾸나."

　이곳에 머무르는 한, 마리아나가 밖에 나갈 일은 결코 없을 것이다. 그렇다면 마리아나의 용건에 자진해서 어울려주면 그만이라고 미라는 생각한 것이다.

　"아뇨, 어떻게 그런……. 미라 님을 번거롭게 해드릴 수는 없어요."

　마리아나는 미라의 제안에 당황한 눈치였지만 함께 나가자는 말은 아주 조금 솔깃한 모양이었다.

　"피곤하다 한들 정신적 피로 같은 것이니 말이다. 마침 기분전환을 하고 싶은 참이었다. 아무 것도 하지 않고 빈둥빈둥 지내는 것도 좋을 듯하나 그대의 쇼핑에 어울려 주는 것이 훨씬 유익할 것 같구나. 게다가 무엇보다도, 아직 변화한 이 도시를 자세히 둘러보지 못했거든. 어떠하냐, 쇼핑을 겸해 도시 안내를 부탁해도 되겠느냐?"

　실제로 미라는 아직 관광지로 변한 도시 실버 호른을 제대로 구경한 적이 없었다. 때문에 미라가 입에 담은 말은 절반 정도 본심이었다. 그리고 약간 억지 같긴 했지만 그 말을 들은 마리아나가 싫다고 할 리가 없었다.

　"알겠어요. 안내해 드릴게요."

마리아나는 단념한 듯 고개를 끄덕이기는 했지만 한편으로는 어쩐지 기쁜 듯한 미소를 짓고 있었다.

탑을 나선 미라와 마리아나는 그 정면에 자리한 대로를 나란히 걸었다. 참고로 루나는 사람들로 북적대는 거리는 싫은 모양인지 집을 보고 있기로 했다.

마리아나가 사려던 것은 풍수 관련 용품이라고 한다. 앞으로 며칠에 걸쳐 새로 가족이 된 루나를 위한 풍수 기반을 본격적으로 구축할 예정이라는 모양이었다.

"그것 참 중대한 임무로구나."

루나의 무병장수를 위한 것이라는 말을 들은 미라도 의욕이 불끈불끈 솟아나기 시작하기는 했지만 풍수에 관해서는 초짜나 다름없는지라 마리아나를 따라가는 것 말고 할 수 있는 일이 없었다.

마리아나는 대로에 처마를 맞대고 늘어선 가게들을 이리저리 돌아보며 작은 물건들을 하나둘 구입해 나갔다. 하나 같이 잡화점으로, 점원들의 반응으로 미루어 아무래도 마리아나의 단골 가게인 듯했다. 풍수 관련으로 상당히 자주 이용했는지 개중에는 '보좌관 마리아나 님의 풍수 코너'라는 코너까지 만든 가게도 한둘이 아니었다.

아무래도 마리아나는 제법 도시에 적응을 한 모양이었다. 미라는 점원과 친근하게 말을 주고받는 마리아나의 모습에서 묘한 안심감을 느꼈다. 하지만 친근하게 말을 붙여온 남성 점원은 그렇지 않았다. 미라가 경계심을 훤히 드러낸 채 노려보고 있었기 때문이다.

그리고 이렇게 점포를 돌아보는 내내 저 가게는 물건이 저렴하다, 저쪽 가게는 품질이 좋다, 이 길이 지름길이다, 저쪽으로 가면 모험가 종합조합 앞이다 등등, 마리아나는 길안내도 야무지게 해주었다.

그러던 중, 이번에는 커다란 인테리어 용품점에 도착했다. 아무래도 이곳이 오늘 쇼핑의 메인이라는 모양이었다.

나무 냄새가 가득한 가게 안은 넓었고, 입구 근처에는 테이블과 의자가 메인으로 전시되어 있었다. 흘끔 보인 가격은 상당한 액수였지만 안쪽으로 들어가면 일반적인 가격대의 인테리어 용품도 갖춰져 있다는 모양이었다.

그런 가운데 미라는 인테리어 용품점임에도 불구하고 형형색색의 옷이며 로브가 장식된 선반을 발견했다. 유리문이 달려있어 꽤나 소중히 모셔진 의상은 참으로 완성도가 높아, 꽤나 비싼 물건이리라고 미라는 생각했다.

하지만 어딜 보아도 그러한 의상들은 가격이 적혀있지 않았다. 어떻게 된 일인가 싶어 고개를 갸웃한 미라는 문득 눈에 들어온 가격표를 보고 그 이유를 알아챘다.

"오오, 이건 옷장인가? 꼭 전시용 선반 같군그래."

그렇다. 그곳에 있던 의상은 옷장의 사용법을 알리기 위한 전시물이었던 것이다.

"그쪽은 최근 귀족 분들 사이에서 유행 중이라고 해요. 옷을 고르기 쉬울 뿐 아니라 진열한 옷에 따라서는 그대로 인테리어 용품이 되기도 한다는 모양이에요."

"오호라."

옷장이라 하기에는 깊이가 얕고 폭이 넓어서 커다란 방이 아니면 둘 수 없을 듯했지만 훌륭한 디자인의 의상이 예쁘게 늘어서 있는 그 모습은 분명 인테리어 용품이라 하기에 충분했다. 심지어 안에 든 의상을 교체하면 얼마든 인상을 변화시킬 수가 있는 것이다.

'이건, 갖고 싶구나!'

탑에 있는 자신의 방에는 덤블프였던 시절부터 디자인을 우선시해서 모은 장비들이 잔뜩 있었다. 전시 선반형 옷장은 그것들을 활용할 절호의 물건이었다. 하지만 미라는 다시금 가격표를 확인하고는 할 말을 잃었다. 그 가격은 200만 리프. 귀족들 사이에서만 유행할 만하다고 생각하며 미라는 별 수 없이 포기했다.

이런 식으로 미라와 마리아나는 가게 안을 돌아보며 그밖에도 문이 달린 수납장이며 선반, 커튼 등을 보고 다녔다. 이때 미라는 신혼부부가 새 집에서 쓸 가구를 고르는 듯한 기분이 들었다.

인테리어 용품점에서 즐겁게 물건을 고르기를 한 시간. 루나를 위한 가구를 몇 가지 구입하여 배송 전표에 주소지를 기입하자 마리아나의 쇼핑은 모두 끝났다.

"자아, 모처럼 나왔으니 이대로 많이 알려지지 않은 명소라도 안내해 주겠느냐."

시각은 오후 세 시를 조금 지나 있었다. 아직 밤이 되려면 여유가 있었다. 모처럼 동네라 할 수 있는 실버 호른을 관광할 수 있게 되었으니 구석구석 둘러보고 싶다고 말한 참에 미라의 배에서 꼬르륵 소리가 났다. 그러고 보니 아직 점심을 먹지 않았더랬다.

"미라 님, 생각이 미치지 못해 죄송해요. 지금 당장——."

탑으로 돌아가 점심식사를. 마리아나는 그렇게 말하려 했지만 직후, 거리 건너편에 자리한 광장을 보자마자 그 말을 집어삼켰다.

미라의 눈에 비친 광장은 관광객들로 붐비는 노점 거리였다. 하지만 그뿐만이 아니었다. 마리아나가 주목한 것은 그 손님층이었다.

"미라 님. 저쪽에서 드셔보는 건 어떨까요."

무언가에 홀리기라도 한 듯 마리아나가 그렇게 제안했다. 가리킨 방향으로 고개를 돌린 미라는 그곳에 자리한 광장을 보고는 환한 표정을 지었다.

"오오, 노점이 잔뜩 있구나. 좋은 생각이로군, 가보자꾸나!"

관광지에 처마를 맞대고 늘어선 노점의 음식은 어째서 이다지도 맛있게 보이는 걸까. 두 말 없이 고개를 끄덕인 미라는 곧장 광장을 향해 걸어 나갔다.

노점 광장은 관광 명소일뿐 아니라 데이트 명소이기도 한지 곳곳에 커플들의 모습이 가득했다.

그런 거리를 걸으며 미라는 무엇을 먹을까 하고 노점을 들여다보았다. 마리아나로 말하자면 주변 분위기에 감화되었는지 평소보다 미라에게 딱 달라붙으려 했다.

이래저래 얼마간 노점을 둘러보던 미라는 동글동글 구이라는 노점을 발견하고는 멈춰섰다. 노점 앞에는 쓸데없이 시시덕대는 커플들이 있었지만 마리아나와 함께 있는 지금의 미라는 무적이었다. 살의를 품는 일 없이 대범한 태도로 노점을 향해 다가갔다.

동글동글 구이. 그것의 겉모습은 완전히 타코야키였다. 무엇이 다른가 하면 그 내용물이었다. 문어 대신 여러 가지 재료를 선택할 수 있게끔 되어 있었던 것이다.

'이 소스 냄새가 끝내주는구나.'

노점하면 역시 타코야키. 그렇다면 거기서 파생된 둥글둥글 구이 역시 먹어보아야 마땅하지 않을까.

"이 몸은 이걸로 하마. 마리아나여. 그대는 무엇으로 할지 정했느냐?"

그 분위기에서 이유 모를 그리움을 느낀 미라는 이것을 먹기로 결정하고는 마리아나에게로 고개를 돌렸다.

"저도 이쪽으로 하고자 해요."

미라와 같은 것이 좋다. 마리아나는 즉시 그렇게 판단하고 답했다. 사실 최근 마리아나의 관심사는 '짝 맞추기'였다. 또한, 이미 두 사람이 입고 있는 속옷은 색만 다르고 디자인은 같은 것으로 맞춰져 있었다.

"오호, 그러하냐. 그렇다면 속은 무엇이 좋을까."

철판만큼이나 뜨거운 커플과 교대를 하듯 노점 앞으로 나아간 미라는 그곳에 늘어선 메뉴 일람을 들여다보았다. 이어서 마리아나도 그 뒤를 따르자 노점의 점주가 깜짝 놀라 탄성을 내질렀다.

"오오?! 마리아나 님 아닙니까. 이거 영광이구만요. 결정하시면 말씀해 주십쇼."

탑의 보좌관인 마리아나도 이러니저러니 해도 유명인인 모양이었다. 몹시도 붙임성이 좋은 아저씨 점주는 마리아나에게 고개를 숙이고 나서 '허어, 이쪽은 누구신가' 하는 눈빛으로 미라를 쳐다보았다. 하지만 괜히 캐묻는 눈치 없는 짓은 않고 탑에 속한 누군가의 따님을 마리아나가 맡아 돌봐주고 있는 것이리라고 혼자서 납득했다.

그런 시선을 받고 있는 줄은 꿈에도 모른 채 미라와 마리아나는 나란히 몇 가지나 되는 메뉴를 바라보고 있었다.

"흠, 이 몸은 결정했다. 마리아나는 어떠하냐?"

미라는 10초 정도만에 결정했다. 그러자 마리아나도 메뉴 중하나에 주목했다.

"저는 치즈 미——."

치즈 믹스. 마리아나가 그렇게 말하려던 순간이었다. 마리아나의 귀가 조금 전에 지나친 뜨거운 커플의 목소리를 포착한 것은.

"아, 그쪽도 맛있겠다." "그럼 먹어볼래?" "응!" "자, 아~앙." "아~앙." "맛있어?" "응, 맛있어! 그럼 내 것도 먹어봐. 자, 아~앙." "아~앙."

그야말로 고전적인 닭살 돋는 장면을 연출하고 있었다. 하지만 연인끼리 그런 일을 하는 것은 어느 세상에서나 동경하게 되는 상황 중 하나로써 건재한 모양이었다.

그 목소리와 함께 행동까지 은근슬쩍 관찰하던 마리아나는 이거다, 하고 확신했다.

"미라 님은 어느 걸로 정하셨나요?"

"이 몸은, 이 치즈 믹스가 좋겠구나."

"그럼 저는 파 떡 믹스로 할게요."

미라가 답한 직후, 마리아나는 다시 한 번 메뉴를 훑어보고는 눈 깜짝할 새에 두 번째로 먹고 싶은 것을 선택해 보였다.

"치즈 믹스랑 파 떡 믹스 말씀이시군요. 금방 준비하겠습니다요!"

주문을 하자마자 점주는 의욕적으로 둥글둥글 구이를 만들기 시작했다. 몹시 익숙한 손놀림으로 빙글빙글 뒤집자, 둥글둥글하게 구워지는 모습이 흥미로운지 마리아나는 그 손놀림을 가만히 쳐다보고 있었다.

그렇게 완성된 둥글둥글 구이를 받아든 두 사람은 노점 광장 중간에 자리한 식사 공간에서 벤치에 나란히 앉았다.

"음, 맛있구나!"

곧장 하나를 입에 넣은 미라가 그렇게 외쳤다.

뒤를 따르듯 마리아나도 하나 먹었다. 그러고는 "이쪽도 매우 맛있어요"라고 어쩐지 궁금증을 유발하려는 듯 말했다.

"그쪽은 파 떡이었던가. 둘 다 성공이었구나!"

하지만 미라는 마리아나의 의도는 전혀 알아채지 못하고 둥글둥글 구이를 하나 더 입으로 옮겼다. 마리아나는 그 모습을 그저 지켜보고 있었다. 뇌리에는 조금 전 보았던 뜨거운 커플의 모습이 떠올라 있었다. 예정대로 되지 않을 것 같다는 사실을 깨달은 마리아나는 다음 수단에 나섰다.

"실은 좀 전에 치즈 믹스와 이것 중 어느 걸로 할까 망설였거든요."

은근슬쩍 나머지 한쪽도 신경이 쓰인다는 뉘앙스를 풍겼다. 평소의 마리아나라면 결코 하지 않을 말이었다.

"그러했더냐. 그럼 이 몸의 것도 먹어보겠느냐?"

그렇기에, 라고 해야 할지 미라에게 본심을 전혀 들키지 않고 그러한 의도가 전해진 순간, 마리아나는 승기를 잡았음을 확신했다.

"그래도 될까요."

하지만 아직 초조하게 굴어서는 안 된다며 마리아나는 자신을 타일렀다.

"음, 나눠먹는 것 역시 노점의 묘미 중 하나니 말이지. 자아."

듣고 싶었던 말이 미라의 입에서 흘러나왔다. 마리아나는 자신이 의도한 흐름대로 되었다며 기뻐했다. 하지만 미라가 마리아나의 앞에 내민 것은 둥글둥글 구이가 든 용기 그 자체였다.

"응? 왜 그러는 게냐?"

용기를 본 채 굳어버린 마리아나를 본 미라는 고개를 갸웃했다.

"아뇨, 아무 것도 아니에요. 잘 먹겠습니다."

생각대로 되지 않았다는 사실에 풀이 죽기는 했지만 마리아나는 그런 낌새는 보이지 않고 미라가 내민 용기에서 하나를 집어 입에 넣었다.

"이쪽도 정말 맛있네요."

"그렇지, 그렇지?"

미라는 마리아나의 감상을 듣고 만족스러운 미소를 지었다. 그런 미라를 가만히 바라보던 마리아나는 곧장 다음 단계로 넘어갔다.

"얻어먹기만 할 수는 없죠. 미라 님도 이쪽 걸 좀 드셔보시겠어요?"

이런 대화는 답례를 하는 것까지가 한 세트다. 그것을 커플의 모습을 통해 배운 마리아나는 후반 역전극을 꾀했다.

"오오, 괜찮겠느냐. 이 몸도 조금 궁금했었다. 그럼 하나 먹어보도록 하마."

미라가 답례를 받아들이기로 함으로 인해 기회가 생겨났다. 보좌관으로서 대접을 받기보다는 하는 편이 훨씬 기뻤다. 마리아나는 그 기쁨을 성취하기 위해 둥글둥글 구이 하나에 이쑤시개를 꽂았다.

그 다음 순간이었다.

"음, 파 떡도 일품이로구나!"

그것은 단순하게 입장이 뒤바뀌었을 뿐, 조금 전과 같은 상황이었다. 미라는 자신의 손으로 마리아나가 손에 든 용기에서 하나를 낚아채, 그대로 먹은 것이다.

마리아나는 둥글둥글 구이에 이쑤시개를 꽂은 채 어안이 벙벙해져 있었다. 하지만 미라는 마리아나의 심정을 끝내 알아채지 못했다.

"음, 맛있었다. 하지만 이것만으로는 양이 안 차는구나."

둥글둥글 구이를 다 먹은 미라는 그렇게 중얼거리고서 다시 한 번 노점을 둘러보았다. 여섯 개 짜리는 간식으로 딱 좋았지만 점심식사로 먹기에는 다소 양이 부족했다.

마리아나는 그 옆에서 의기소침해져 있었지만 그건 그거라 생각하고 잊기로 했다. 함께 있다는 현재 상황이 갖는 의미 쪽이 강해서 회복이 빨랐다. 그리고 배가 덜 찬 듯 보이는 미라의 모습에서 한 줄기 희망을 발견한 마리아나는 그 즉시 주변을 확인하여 다음 수단을 모색했다.

그러던 마리아나의 눈이 사이좋아 보이는 여자아이들을 포착했다. 그리고 귀가 그 대화를 쫓았다.

"아, 그것도 맛있겠다. 있지, 한 입만 줘~." "뭐~ 네 거 한 입 주면 줄게." "응, 줄게, 줄게. 자, 먼저 먹어." "그래? ……아, 맛있다." "그치? 그럼 이번엔 내 차례야." "아아! 잠깐, 뭐야, 그 한 입은. 이렇게 많이 먹는 게 어디 있어!" "한 입은 한 입이거든~?" "치사해, 한 입 더 내놔~!" "싫어~."

실로 친해 보이는 그 두 사람의 모습을 본 마리아나는 하늘의 계시를 받은 듯한 기분이 들었다. 연인이 아니라 친한 친구 사이. 하지만 대화 자체는 근본적으로 연인 사이에서 이루어지는 것과 다를 바가 없었다. 하지만 커다란 차이도 있었다. 그것은 먹고 있는 음식이었다.

'저건 분명, 크레이프라는 간식이었을 거예요.'

사이좋은 여자아이 콤비는 크레이프를 든 채 방금 전과 같은 대화를 나누고 있었다. 크레이프라는 음식의 특성상 그것을 손에 든 채 상대의 입으로 가져가면, 상대는 직접 입을 대고 먹을 수밖에 없다. 한 입 사이즈인 둥글둥글 구이로는 불가능했던 일이 크레이프라면 모두 가능해지는 것이다.

"미라 님. 달콤한 음식은 어떠신가요?"

순식간에 판단을 내린 마리아나는 은근슬쩍 그렇게 제안해 보았다.

"달콤한 음식이라. 글쎄. 그것도 괜찮을 것 같구나."

짭짤한 둥글둥글 구이에 이어 달콤한 음식. 나쁘지 않겠다며 고개를 끄덕인 미라는 달콤한 음식으로 종류를 한정지어 노점을 찾기 시작했다. 그리고 그 모습을 확인한 마리아나는 "저게 맛있을 것 같은데요"라고, 마치 지금 막 발견한 것처럼 말하며 크레이프 가게를 가리켜 보였다.

"오오, 크레이프라. 좋고말고. 좋아, 먹자꾸나."

크레이프는 양도 적절하고 맛의 종류도 풍부했다. 지금의 뱃속 상태로 먹기에는 실로 적절한 선택이라 할 수 있으리라고 납득한 미라는 곧장 자리에서 일어나 크레이프 노점으로 향했다.

그리고 마리아나는 그 뒤를, 호시탐탐 기회를 엿보며 쫓았다.

미라는 노점 앞에 서서 메뉴를 노려보았다. 마리아나는 그 뒤에서 슬쩍 고개를 내밀어 잽싸게 두 종류를 골랐다. 미라와 주문이 겹쳤을 때 곧장 대응하기 위해서였다.

"주인장, 이 몸은 초코 바나나 밀크로 다오."

"그럼 저는 믹스베리 요구르트로 부탁드릴게요."

"네에~ 알겠습니다~."

주문을 하자 주인장 언니가 크레이프를 굽기 시작했다. 철판에 흘린 반죽물을 얇게 펴서 눈 깜짝할 새 깔끔한 원형으로 구웠다. 그러고서 속을 늘어놓고 꼼꼼하게, 그러면서도 잽싸게 둘둘 말았다. 미라와 마리아나는 그 훌륭한 솜씨를 지켜보며 한층 더 들떠서 완성되기만을 기다렸다.

완성된 크레이프를 받아든 미라와 마리아나는 다시 노점 광장의 중앙에 자리한 식사 공간으로 돌아왔다.

"이거 일품이로구나."

벤치에 앉자마자 크레이프를 먹은 미라는 미소를 지은 채 감상을 입에 담았다. 마리아나 역시 한 입을 먹고서 "네, 맛있어요"라고 대답하며 두 입, 세 입, 계속해서 먹는 미라의 눈치를 살폈다.

어느 쪽을 고를지 망설였다는 수법은 이미 한 번 써먹었다. 남은 수법은 조금 전에 봤던 사이좋은 콤비처럼 한 입 달라고 하거나, 아니면······.

마리아나가 그런 생각을 하던 참이었다.

"마리아나여, 어째서 그렇게 쳐다보는 것이냐? ······오호, 초코 바나나 밀크의 맛이 궁금해서 그러는 것이로구나?!"

미라는 고정된 마리아나의 눈이 크레이프를 향하고 있다고 착

각한 모양이었다. 하지만 이것은 마리아나에게 둘도 없는 기회였다.

"그게, 네. 크레이프라는 걸 처음 먹어봐서 궁금했어요."

순간적으로 그렇게 대답하고 말았지만 그 말 자체는 거짓이 아니었다. 먹어본 적은커녕 먹는 모습을 본 것도, 크레이프 자체에 관심이 생긴 것도 처음이었던 것이다.

"그렇군, 크레이프를 처음 먹는 것이었구나. 그렇다면 자아, 이쪽도 먹어보거라. 달콤하고 맛있을 게다."

미라는 그렇게 말하며 크레이프를 든 손을 마리아나에게 내밀었다. 그렇다. 크레이프인 이상, 나눠먹으려면 이렇게 하는 수밖에 없기 때문이다.

"그럼…… 한 입 먹을게요."

그 순간, 마리아나는 망상했던 전개가 현실이 되어 들뜬 마음을 달래며 미라가 먹던 크레이프를 조준해 입을 가져가, 살며시 한 입 베어 물었다.

"너무나, 맛있어요."

맛도 맛이었지만 마리아나는 지금 이 순간을 곱씹으며 미소 지었다. 미라는 그런 마리아나의 모습을 바라보며 "그렇지, 그렇지?" 하고 웃었다. 그리고 무언가를 기대하듯 마리아나의 손으로 슬쩍 시선을 옮겼다.

"드세요, 미라 님. 답례예요."

"오오, 그러하냐. 그럼 한 입……."

미라는 명백히 밝아진 표정으로 마리아나가 내민 크레이프를 베어 물었다. 그리고 그것은 한 입이라고 하기에는 다소 무리가 있는 한 입이었다.

"음, 달콤새콤하니, 이것도 일품이로구나!"

미라는 입 안 가득 크레이프를 베어 문 채 만족스럽게 웃었다. 아무래도 달콤한 것을 좋아하는 미라는 처음부터 마리아나의 믹스베리 요구르트를 노리고 있었던 모양이었다.

"미라 님은 먹보예요."

서로에게 음식을 먹여준다는, 동경했던 일 중 하나를 달성한 마리아나는 미라의 입가에 묻은 크림을 닦으며 행복한 미소를 지었다.

"다녀오세요, 미라 님."

"뀨이~."

"음, 다녀오마."

마리아나와 느긋하게 휴일을 만끽한 다음날 이른 아침. 아침식사를 느긋하게 맛본 미라는 부지런히 준비를 마친 뒤, 탑 앞에서 인사를 나누고서 페가수스의 등에 올라탔다. 그리고 다시 한 번 고개를 돌려 마리아나와 루나의 모습을 눈에 새기고서 알카이트 성을 향해 날아올랐다.

그렇게 정오 전에 알카이트성에 도착한 미라는 가벼운 발걸음으로 계단을 뛰어 올라가, 솔로몬의 집무실 문을 노크하고는 대답할 시간도 주지 않고 돌입했다.

"그건 완성되었느냐?!"

미라가 기대로 가득한 표정으로 들어서자마자 그렇게 말하자 솔로몬은 서류를 갈무리하던 손을 멈추고 "완벽해"라고 말하며 웃었다.

왜건은 예정대로 어제 하루에 걸쳐 정비 점검과 최종 조정 작업을 모두 마쳤다는 모양이었다. 그리고 이제 언제든 날아오를 수 있는 상태라고 했다.

하지만 솔로몬은 곧 회의가 있어 모처럼 첫 비행을 하는 모습을 지켜보지 못하는 것이 아쉽다며 한숨을 내쉬었다.

"그렇다면 돌아올 때는 왜건에 대한 감상을 비롯해 여행담을 잔뜩 들려주도록 하마."

여행담이 될지 평범한 자랑이 될지. 좌우간 미라는 대담한 미소를 지은 채 집무실을 뒤로 했다. 그리고 곧장 왜건이 있는 작업실로 향했다.

성의 복도, 끝없이 이어진 금빛 자수가 들어간 붉은 융단 위를 미라는 종종걸음으로 나아갔다. 드디어 완성된 자기 전용 왜건으로 하늘 여행을 할 수 있다고 생각하니 무의식중에 마음이 들떴다. 미라는 애타게 기다렸던 장난감을 사서 돌아오는 길 같은 기분으로 차고로 향했다.

성 안에서 창고와 작업장을 잇는 경계 근처에 미라가 접어든 순간, 마침 그곳을 오가던 한 장인이, 우락부락한 남자들만 돌아다니는 곳에 훌쩍 나타난 미라의 모습을 발견하였다.

"좋은 아침입니다!"

남자 장인은 미라 쪽으로 몸을 돌리더니 엄청나게 큰소리로 인사부터 건넸다. 너무도 목소리가 큰 나머지 미라는 어깨를 움찔하기는 했지만 금방 아무렇지도 않은 척 마주 인사를 했다. 하지만 인사는 거기에서 끝나지 않았다. 큰소리를 들은 장인들이 차례로 모여들어 아침 인사 대합창이 시작된 것이다.

누구 할 것 없이 미라를 기다리고 있었다. 과거 최고 걸작이라 할 수 있는 왜건이 하늘로 날아오르는 모습을 보고자 미라가 오면 누구든 알 수 있게끔 신호를 하자고 모두가 입을 맞춰둔 모양이었다.

"……좋은 아침."

기백에 밀려 미라는 약간 뒷걸음질을 치며 답했다.

"지금 출발하시는 거군요?!"

장인들 사이에서 책임자인 다그가 모습을 나타내더니 기대감으로 가득한 시선을 던졌다. 동시에 그 자리에 있던 장인들도 숨을 죽인 채 답변을 기다렸다.

"음, 그렇다."

"그럼 준비하도록 하겠습니다!"

미라가 답함과 동시에 장인들은 박수를 치며 곳곳으로 흩어졌다. 보기만 하는 것이 아니라 데이터를 얻어낼 준비도 하기 위해서.

장인들의 제작을 향한 정열의 땀이 용솟음치는 가운데, 미라는 작업장에서 밖에 있는 차고로 걸어 나갔다.

풍력을 측정하는 풍차며 날아오르는 순간을 확인하기 위한 사진기 등, 마도공학에서 파생된 온갖 기기들이 차고 앞에 도열되었다. 그리고 주인공인 왜건은 장인들이 직접 광장까지 끌고 나오고 있었다.

"자아, 됐습니다, 미라 님. 준비 완료입니다."

"아~ 음. 고맙구나."

왜건을 끌고 온 장인들에게 감사인사를 한 미라는 새삼 자신의 것이 된 이동형 비밀기지를 올려다보았다. 그 하얀 차체는 햇볕

아래서 유달리 빛났고, 소박한 장식에 장갑차를 연상케 하는 겉모습 때문인지 마치 신화 속 전쟁의 여신이 모는 전차 같은 늠름한 분위기를 풍기고 있었다.

미라는 만족스러운 눈으로 왜건을 바라보며 무엇을 소환할지 생각했다.

'흐음~ 역시 가루다가 좋으려나. 다른 건…… 또 소란이 일어날 것 같으니. 크레오스가 평소 사용해서 가루다에는 그럭저럭 적응이 됐을 것도 같고.'

마음을 정한 미라는 왜건의 옆에 가루다를 소환했다. 마법진에서 빛기둥이 뻗어 나오고 사방에서 바람이 불어 닥치더니 극채색의 괴조가 모습을 드러냈다. 크레오스가 소환한 가루다보다 한층 더 큰 데다 왕자의 위엄을 두른 채 인광(燐光)을 번뜩이는 모습을 본 장인들은 손을 멈추고 무언가에 홀린 듯 입을 쩍 벌렸다. 그리고 모두가 현자의 제자라는 존재가 얼마나 굉장한 것인지를 재인식했다.

"가루다여. 그대에게 부탁하고 싶은 것이 있다면, 들어주겠느냐?"

미라가 그렇게 묻자 가루다는 똑바로 시선을 던지며 평복하듯 머리를 미라의 눈앞으로 숙였다. 과묵하지만 충신인 가루다가 경의를 표하는 방식이었다. 그 모습에서는 어떠한 명령이라도 따르겠다는 의지가 느껴졌다.

"착하구나. 해서, 부탁하고 싶은 건 이거다. 이 몸이 탈 테니 그대는 이걸 들고 날아주었으면 한다. 어때, 그래주겠느냐?"

미라는 가루다의 부리를 가볍게 쓰다듬으며 옆에 자리한 왜건을 눈짓으로 가리켰다.

미라의 말을 이해한 가루다는 엎드렸던 커다란 몸을 다시 일으키더니 무게를 가늠하듯 왜건의 꼭대기에 있는 지주를 부리로 물어 훌쩍 띄워보고서 땅바닥에 내려놓았다. 왜건의 크기는 평범한 마차와 그리 차이가 없었고 소재 단계부터 경량화를 꾀하기는 했으나 우선은 들고 날아갈 수 있는지 없는지를 확인해야만 했다.

가루다가 다시금 미라를 쳐다보며 문제없다는 듯 천천히 고개를 끄덕이자 문득 청정하고 상쾌하고도 따뜻한 바람이 주변 일대를 감쌌다. 가루다가 임무를 부여받은 것을 기뻐하고 있는 듯했다.

"그럼 앞으로 잘 부탁하마."

미라의 말에 답하듯 가루다는 힘차게 날개를 펼쳤다. 자신만만한 모습에 미라도 안심하고 왜건에 올라탔다. 동시에 정신을 차린 장인들이 계측을 시작했다. 왜건을 운반하는 가루다의 데이터도 수집하기 위해서였다.

일본식 방을 본뜬 왜건 안에서는 신발을 벗어야만 했다. 신발을 벗고서 맨발로 올라서자 다다미의 결까지 발바닥을 통해 느껴져, 그 포근한 감촉에 미라는 무심결에 미소를 지었다. 미라는 가루다에게 지시를 내리기 위해 마부대와 이어진 문으로 얼굴을 내밀었다. 왜건을 끌기 위한 지주가 보였지만 지금은 상관없었다. 미라는 정면에서 대기 중인 가루다를 올려다보며 행선지를 말했다.

"목적지는 사계의 숲이다. 여기서는…… 저쪽 방향이구나."

미라는 그렇게 말하며 사계의 숲이 있는 장소를 되짚어보고서 그 방향을 가리켰다. 가루다가 목적지를 파악하자 서서히 광장을 감싼 바람이 크고 강한 소리를 내며 웅웅거리기 시작했다. 진로를 머릿속에 그려넣고서 비상할 준비에 들어선 것이다.

"미라 님~. 다녀오십시오~!"

"조심하십시오~!"

크레오스의 왜건을 몇 번이나 배웅해온 장인들은 강해지는 바람을 통해 곧 날아오르리라는 것을 알아채고는 바람 소리에 질새라 소리 높여 배웅의 말을 외쳤다. 그러면서도 데이터는 빈틈없이 계측 중이었다.

"음, 다녀오마!"

이 나라는 마음씨 좋은 녀석투성이라 생각하며 미라는 문으로 고개를 내밀고서 손을 흔들어 답했다.

그 후, 얼마 지나지 않아 날개를 퍼덕여 몸을 공중에 띄운 가루다는 두 다리로 왜건의 지주를 단단히 붙잡고서 하늘 높이 날아올랐다. 장인들은 환호성을 지르고 기뻐하며 순식간에 하얀 점이 되어 푸른 하늘에 떠도는 구름과 동화하듯 사라져 가는 왜건을, 보이지 않게 되고 나서도 한참동안 배웅하고 있었다.

"하루 만에 갈 수 있는 거리가 아니니 힘들다 싶으면 쉬어도 된다."

알카이트성이 모형처럼 작게 보일 정도로 높은 상공. 미라는 가루다에게 그렇게 말하고서 왜건 안으로 돌아왔다. 자신을 환영해주는 듯한 골풀 냄새 속에서 깊이 숨을 들이쉰 미라는 창문에 비친 절경 앞에서 하마터면 폐 속을 가득 메운 향기를 뱉어내는 것을 깜박할 뻔했다.

'상당히 다르게 보이는구나.'

페가수스나 가루다의 등에 타고 보았던 전방위 파노라마 같은 풍경과 왜건의 창문을 통해 보이는 풍경은 완전히 인상이 달라 보였다. 현재 눈앞에 펼쳐진 풍경은 창틀이라는 한정적인 범위로 잘라낸 한 장의 그림 같았다. 나아가 자세가 자유롭기도 하여 미라는 좌식의자에 앉은 채 지금까지 본 것 중 가장 사치스러운 풍경이라는 생각을 했다.

그렇게 얼마간 미라는 스위트베리 오레를 홀짝홀짝 기울이면서 그 사치를 만끽하며 천공성을 찾아 떠도는 구름들을 살펴보았다.

스위트베리 오레를 한 병 비우고 병을 코타츠 위에 내려놓자 그 구석에 있던 서류가 눈에 들어왔다. 다그가 왜건의 설명서라 말했던 물건이었다. 미라는 설명서를 집어들고서 펼쳤다.

'그림 설명까지 곁들여져 있다니 친절하기도 하군.'

설명서에는 오늘부터 분명 오래도록 신세를 질 왜건에 관한 각종 기능이며 용도가 상세하게 기재되어 있었다. 미라는 기합을 넣고서 설명서를 숙독하기 시작했다.

설명서에는 온갖 기능에 관한 기술이 있었고 매달린 램프는 마동석을 연료 삼아 빛을 낸다거나, 코타츠 역시 마동석으로 열을 낸다는 등의 설명이 적혀 있었다. 광량이며 온도 조절에 관해서도.

그리고 박무초의 재배법은 물을 사흘에 한 번, 가끔씩 목탄재 등을 주는 것이 좋으며 광합성은 램프 불빛으로도 충분히 가능하다고 쓰여 있었다.

그밖에 추가 가구 설치법이나 내진대책에 대한 상세한 설명도 적혀 있었다.

정신이 들어보니 슬금슬금 붉은 햇살이 흘러드는 왜건 안이었다. 설명서를 대충 끝가지 훑어본 미라는 천장 중앙에 매달린 은색 앤티크풍 램프를 올려다보았다. 그것은 마도공학에 의해 개발된 조명기구였다. 그리고 그 연료인 마동석은 고대신전 네뷸러폴리스에서 대량으로 입수해두었다.

미라는 자리에서 일어나 설명서에 적힌 대로 마동석을 세트하고서 광량조절 손잡이를 비틀었다. 그러자 난색 계열 불이 밝혀졌고 램프에 씌운 은제 갓에 반사되어 위아래를 명(明)과 암(暗)으로 갈라놓았다. 어쩐지 따뜻하게 느껴지는 옅은 오렌지색 빛이 일본식 방을 본떠 만든 왜건 안을 물들였다. 조명 하나로 인상이 참 많이도 바뀐다는 생각을 함과 동시에 미라는 광량을 조절하며 주변을 가볍게 둘러보았다.

그리고 문득 시선을 돌려보니 빛을 받은 박무초가 그 이름대로 옅은 안개를 자아내고 있었다. 이 역시 설명서에 적혀 있던 현상이었다. 박무초는 다른 식물들과 달리 산소를 뱉어낼 뿐이 아니라 가스나 독소 같은 것까지 무해한 물질로 변환하는 특성을 지녔다. 그리고 그것은 광합성을 통해 발휘되며 전체를 옅게 뒤덮는 안개는 박무초라는 이름의 유래인 동시에 정화작용이 순조롭게 이루어지고 있다는 증거이기도 했다.

계속해서 설명서에 적힌 내용을 확인하기 위해 미라는 코타츠의 윗면을 들어올려 뒤집었다. 그러자 거기에는 무수한 도형과 기호가 새겨져 있었다. 그것은 일찍이 솔로몬에게 건네었던 미라의 메모를 토대로 개량된 정련대였다.

그리고 그 중앙에는 한 장의 종이가 붙어있었다.

『이러면 이동 중에도 마봉석을 만들어 비축해둘 수 있겠지? 조만간 부탁하게 될지도 모르니까 잘 부탁해. 솔로몬.』

그렇게 적혀 있었다.

미라는 찌푸린 얼굴로 종이를 떼어내 구깃구깃 뭉쳐 텅 빈 스위트베리 오레의 병에 쑤셔 넣었다.

'하지만 편리한 것은 사실이라는 말이지.'

요전까지만 해도 하늘 여행을 하려면 떨어지지 않도록 무엇이든 붙잡고 있을 필요가 있었지만, 지금은 자유로운 자세로 있을 수 있는 데다 시간도 널럴해졌다. 그렇게 생각한 미라는 곧장 정련대 앞에 앉아 아이템 박스에서 두 가지 아이템을 끄집어냈다. 언젠가 손에 넣었던 악마의 뿔과 가고일 키퍼를 쓰러뜨렸을 때 얻은 뇌광주였다. 미라는 그것들을 이용해 정련 작업을 개시했다.

처음에 한 것은 정련석 가공 작업이었다. 악마의 뿔은 매우 마력을 축적하기 쉬운 소재인지라 쓰임새는 많았지만 미라에게 그 외의 용도는 필요가 없었다. 정련석으로 가공할 수 있다는 사실 이 그 무엇보다도 중요했다.

결과적으로 악마의 뿔은 열네 개의 상위 정련석으로 가공되었 다.

'역시 악마의 뿔은 효율이 좋구나.'

본래는 몇 개나 되는 보석을 뭉쳐서 하나의 정련석을 만들어야 했지만 뿔 하나로 여러 개의, 심지어 상위 정련석이 만들어지는 지라 미라는 이보다 좋은 활용방법이 있으리라고는 생각지 않았 다. 오히려 다른 용도로 쓰는 것이 아깝다 싶을 정도였다.

어찌 되었건 여기까지는 사전 준비 작업에 불과했다. 이어서 미라는 전광주를 사용해 정련 작업을 개시했다.

시간을 들여 작업한 결과, 열네 개의 상위 정련석 중 전격 속성 을 머금은 상위 마봉석 셋과 덤으로 상위 마봉폭석 두 개가 완성 되었다. 상위가 이만큼 만들어질 정도로 전광주에 감춰진 힘은 강했다. 그런 탓에 덤블프는 과거에 가고일 키퍼를 난획했었다.

덤으로 만든 마봉폭석은 함정으로 쓰는 용도 말고도 술법을 봉 인할 수단이 있다는 것을 알고서 보험 삼아 만든 것이었다. 카이 로스와의 전투에서 사용했던 마봉폭석의 다섯 배 이상의 힘을 지 닌, 상당히 위험한 물건이었다.

'술법을 봉인한 상태로 이길 수 있다고 방심한 상대에게 이걸로 한 방. 음, 놀라는 모습이 눈에 선하구나.'

상위 마봉폭석을 든 채 미라는 혼자서 입기를 일그러뜨리며 음흉하게 웃었다.

　남은 정련석과 제작한 마봉폭석을 아이템 박스에 정리한 미라는 힘든 노동을 마친 사람처럼 땅이 꺼져라 한숨을 내쉬고는 창밖으로 시선을 던졌다. 하늘은 이미 밤의 어둠으로 뒤덮여 있었다. 무수하게 흩어진 별하늘 속에서 은하수를 등진 채 달무리를 두른 커다란 달은, 마치 대지를 지켜보는 눈동자 같아서 별들의 빛을 압도할 정도로 하얗게 빛나고 있었다.

　램프 빛은 왜건 안을 대낮처럼 비추고 있었다. 밤이 온 것을 까맣게 몰랐던 미라는 메뉴를 통해 현재가 오후 여덟 시가 조금 안 된 시간임을 확인했다. 그리고 오늘은 이쯤해두자고 생각하며 눈 아래를 둘러보았다. 검고도 넓은 초원이 바람에 술렁이며 흘끔흘끔 녹색을 들추어 보였다. 그리고 그 안쪽, 진행방향의 끝에는 달빛을 받아 은근하게 빛나는, 마치 비늘을 두른 용이 땅을 기는 듯한 길고도 굵은 강의 모습이 눈에 들어왔다.

　미라는 가루다에게 지시를 내려 그 강 옆에 착륙시켰다.

　왜건에서 나오자 비 내리는 밤과 같은, 어쩐지 마음이 차분해지는 물소리가 고막을 흔들었다. 동시에 푸른 초원의 향기가 콧구멍 가득 퍼져, 건물로 둘러싸인 세계에서는 느끼지 못했던 해방감과 고독감이 불쑥 솟구쳤다.

　한 차례 심호흡을 마친 미라는 고개를 돌려 가루다에게 손을 뻗었다.

　"수고 많았다. 지치지는 않았느냐? 푹 쉬거라."

그렇게 말하자 가루다는 조용히 목을 울리며 크게 날개를 펼쳐 답했다. 이 정도는 별 것 아니라고 말하는 듯 해서 미라는 안심한 듯 미소를 지으며 가루다를 송환했다.

"어디."

그렇게 중얼거린 미라는 아득히 먼 곳까지 달빛으로 물든 초원을 둘러보며 강을 향해 걸어나갔다.

강가에서 볼일을 본 미라는 불침번용 홀리나이트를 소환하고는 왜건 안으로 돌아가 식사를 했다. 출발하기 전에 마리아나에게 받은 바구니에 든, 타르타르 소스를 듬뿍 넣은 커다란 닭튀김 핫도그였다. 바구니에는 그밖에도 미라가 좋아하는 음식들이 잔뜩 담겨 있었다.

닭튀김 핫도그를 배어 물고 오물오물거리는 미라의 얼굴에서는 꽃이 핀 듯한 미소가 떠날 줄을 몰랐다.

저녁식사를 마친 미라는 아련한 달빛을 받은 채 조용히 흔들리는 꽃과 풀을 창문으로 바라보았다. 왜건 덕에 상당히 자유롭고도 쾌적한 시간이 생겨났다. 앞으로는 왜건으로 이동하는 일이 많아질 것이다. 그렇다면 손이 비는 시간도 늘어날 듯했다.

'모처럼 시간이 비었으니, 오늘은 오랜만에 그것이라도 해볼까.'

지금은 아직 딱히 생각이 정리되지 않은 상태였다. 하지만 미라는 자리에서 일어나 왜건을 나섰다.

아무도 없는 초원. 현재 이곳에 존재하는 것은 파릇파릇하게 자라난 풀냄새에 바람과 물이 흐르는 소리뿐이었다. 그런 초원에서 희미한, 천이 스치는 소리와 미라의 숨소리 같은 목소리가 거품처럼 떠올랐다가는 어둠에 녹아 사라져 갔다. 그것은 수없이 반복되어 서서히 격렬해졌고, 끝내는 유달리 커다란 바람 가르는 소리가 되어 허공을 꿰었다.

주먹을 내리며 숨을 내뱉은 미라는 다음 품새의 자세를 취했다.

근접전에서 선술을 보조하는 무술의 연습이었다. 덤블프였던 시절에는 부유도를 통한 이동시간 등을 이용해 했던 일이었다. 최근에는 이래저래 기회가 없었던지라 다소 게을리 하고 있었지만 지금은 절호의 기회라 할 수 있으리라. 이 무술은 친가가 도장이라 어릴 적부터 무예를 배웠다는 아홉 현자의 일원, 메이린에게 배운 것이었다. 무술명이 복잡해서 미라는 기억하지 못했지만 상당히 유명한 곳이었다.

오랫동안 손을 떼었더니 군데군데 어색하다는 생각을 하며 미라는 복습을 겸해 품새를 처음부터 되짚어보고 있는 중이었다.

'약간, 몸이 달아올랐군.'

세 번째 품새를 마쳤을 즈음, 미라는 운동으로 인해 몸이 뜨거워졌음을 알아챘다. 주변을 가볍게 둘러봐도 인기척은 없었고, 보는 눈은 머나먼 하늘에 떠있는 달과 말없는 홀리나이트뿐이었다.

문제될 것 없겠다 생각한 미라는 마도 로브 세트를 벗고 속옷 차림이 되어 달아오른 몸을 쓰다듬는 미풍이 시원하다 생각하며 연습을 재개했다.

대충 품새를 마치고는, 이어서 이 세계의 규칙을 토대로 한 훈련을 시작했다. 선술사로서의 능력을 곁들인 동작의 훈련이다.

하늘을 달리거나 땅을 내리찍거나 하며 감각을 몸에 익혀나갔다. 어느 정도 반복하던 도중, 미라는 게임이었던 시절에는 없었던 새로운 기술을 떠올렸다. 부분소환이었다. 가고일 키퍼와 싸울 때처럼 발판으로 이용하는 등으로도 사용할 수 있는.

미라는 이번에는 그 사실을 염두에 둔 채 연습을 이어 나갔다.

차가운 강으로 땀을 씻어내어 뜨거워진 몸을 식힌 미라는 강가에 놔두었던 속옷을 들고 발걸음을 돌려, 가방에서 타월을 끄집어내서 온몸을 닦고 나서 왜건으로 돌아갔다. 미라를 맞이한 일본식 방은 은근히 따뜻했고 적절한 피로감은 만족감이 되어 미라를 충족시켰다. 그리고 그것들은 서로 맞물려 스르르 잠기운을 몰고 왔다.

"음."

잠기운에 취해 이대로 잘까, 하고 갈아입을 속옷으로 뻗던 미라의 손이 멈췄다. 가방 안에 든 속옷이 모두 새로운 것으로 바뀌어 있었기 때문이다. 탑으로 돌아갔을 때 빨래 등을 가방째로 마리아나에게 맡겼었는데, 그때 풍수에 근거해 바꾼 것이리라.

'으음…… 쓸데없이 귀엽군그래…….'

미라는 굳이 말하자면 수수하고 무난한 속옷을 입기를 선호했다. 하지만 이번에는 하나 같이 브랜드품으로 통일되어 있는 데다, 소녀다운 분위기를 물씬 풍기는 물건으로만 꽉꽉 채워져 있었다.

"뭐어, 별 수 없지."

하지만 최근에는 미라도 제법 적응이 되어 있었다. 얇은 천에 레이스가 잔뜩 달린 속옷을 걸치자 소녀답지 않은, 엉큼한 미소가 입가에 걸렸다. 그리고 그 차림새로 이불을 깔기 시작한 미라는 폭신하고 부드러운 이불에 뛰어들어 그대로 잠들었다.

⟨8⟩

이스즈 연맹의 본거지를 향해 출발한 다음 날 아침. 왜건 밖에서 한껏 피크닉 기분을 내며 아침식사를 맛본 후, 미라는 다시 왜건을 타고 하늘로 날아올랐다.

피곤하면 쉬라고 말했지만 하늘을 나는 것은 숨을 쉬는 일이나 다를 바가 없는 가루다에게는 그럴 필요가 전혀 없었는지, 순조롭게 비행을 이어가 남은 여정은 절반 정도였다. 가루다 덕분에 목적지에는 예정보다 얼마간 빨리 도착할 듯했다.

직선으로 나아가는 하늘 여행길은 그야말로 순풍에 돛 단 듯 했다. 미라는 왜건 안에서 만화를 읽거나 부분 소환의 전략을 구상하거나 하며 매우 느긋한 한 때를 보냈다.

그렇게 아무 일도 없이 해가 저물기 시작해 지평선 끝에 붉은 타원이 가라앉자, 저녁놀에 물들었다가 검게 덧칠되어 가는 하늘에는 작은 모래알 같은 빛이 떠오르기 시작했다.

그리고 태양의 잔재가 종적을 감춰 가는 가운데, 달이 차오른 밤하늘을 날아 미라의 배에서 꼬르륵 소리가 요란하게 날 무렵. 달그림자로 유달리 검게 떠오른, 검은 벽 같은 절벽이 창밖에 펼쳐졌다.

"벌써 도착한 겐가?"

미라는 마부대와 이어진 문으로 고개를 내밀었다. 좌우로 느긋하게 뻗은 산맥이 진행방향 정면에서 부딪히고 교차되어 유달리 높은 절벽을 이루고 있는 것이 보였다. 별하늘을 배경으로 검게 솟아오른 모습은 그야말로 압권이어서, 그곳이 바로 목적지인 사계의 숲을 끼고 있는 사보(四寶)산맥의 중심이라는 것을 한 눈에 알아볼 수 있었다.

시각을 확인해 보니 오후 일곱 시가 지나 있었다. 밤이 늦었다고 하기에는 애매한 시간이라 이대로 쳐들어갈까도 싶었지만 애초에 밤에 방문하는 것은 좀 그렇지 않나, 하고 생각을 고쳤다.

결국 미라는 가루다에게 산기슭에 자리한 호수 옆에 착륙하도록 지시해서 오늘은 그곳에서 하룻밤을 보내기로 결정했다.

산맥에서 흘러내린 바람이 밤의 기척을 비단으로 쓰다듬듯 부드럽게 지우며, 초여름임에도 불구하고 서늘한 공기로 일대를 메우기 시작했다.

다소 이른 아침 시간. 넉넉하게 팔을 펼친 산맥의 기슭에서 눈을 뜬 미라는 잠에 취한 채로 왜건에서 나와 거울처럼 산맥을 비추고 있는 호수에서 세수를 했다.

"후우."

잠기운을 떨쳐내고서 문득 고개를 들어보니 당장에라도 눈사태를 일으켜 쏟아져 내릴 것만 같이 융기한 대지의 벽이 햇볕을 받아 허옇게 빛나고 있었다. 밤과는 인상이 전혀 다른 경관이었다.

그런 산맥을 등지고 왜건으로 돌아오던 도중, 세 개의 검은 덩어리가 미라의 시야에 들어왔다. 자세히 보니 그것은 호랑이와 비슷한 모습을 한 나이트 레이더라는 마물의 시체였다. 야행성으로 동료들과 함께 어둠을 틈타 사냥감을 노리는, 조합에서는 C랭크로 분류되는 강적이었다.

그곳에서 조금 시선을 돌려보니 불침번 임무를 띠고 선 홀리나이트의 모습이 눈에 들어왔다. 탑과 같은 거대한 방패, 그리고 아침 해를 받아 둔탁하게 빛나는 피투성이 직검. 밤중에 미라를 깨우지 않고 신속하게 제 역할을 해낸 증거였다.

'듬직하기 그지없군.'

미라는 홀리나이트의 유용성을 재확인하고는 의미가 없다는 것은 알지만 "수고 많았다"라고 말한 후 송환했다.

몸단장을 하고서 아침 식사를 마친 미라는, 이번에야말로 정말 사계의 숲이 있는 까마득한 산의 정상으로 시선을 던졌다. 안개 같은 구름에 뒤덮여 있어 상층에는 아직도 눈이 남아있었다. 표고는 천상폐허보다 훨씬 높지만 미라는 왜건을 돌아보며 확신했다. 이거라면 갈 수 있을 것이라고.

왜건에 들어가 마부대로 얼굴을 내민 채 가루다를 소환하고는 그대로 사계의 숲까지 가도록 지시를 내렸다.

서서히 고도가 높아지는 가운데, 미라는 왜건의 설명서에 적혀 있던 방법으로 내부를 밀폐시켰다. 그렇게 하면 표고가 높아져도 왜건 내부의 기압은 변하지 않고 박무초로 공기도 순환되기 때문에 고산병이 날 걱정은 전혀 없었다.

미라는 원수라도 갚은 듯 개운한 표정으로 아래로 빠르게 흘러가는 산의 표면을 창문으로 바라보았다.

얼마나 올라갔을까. 왜건 안에서 쉬고 있던 미라는 밖이 이상하게 떠들썩하다는 사실을 알아챘다. 문득 창문으로 시선을 돌린 순간이었다. 그 시선 끝에 한 줄기 붉은 빛이 위에서 아래를 향해 질주하는 모습이 보인 것은.

"무엇이었지, 방금 그건?"

미라는 창문에 찰싹 달라붙다시피 해서 밖을 올려다보았다. 그러자 진행방향 끝, 산맥이 교차된 정상 부근에 레서 와이번의 모습이 보였다. 그것을 확인하고서야 미라는 그러고 보니 이 주변은 와이번의 서식 지역이었음이 생각났다.

레서 와이번은 비룡종(種) 중에서도 하위에 속하는 생물로, 마물과는 달랐다. 하지만 용종은 용종인지라 그 육체는 강인해서, 조합이 정한 기준으로 따지자면 레서(lesser)라는 단어가 붙었어도 B랭크에 속하는 강적이었다. 더불어 매우 성질이 사나웠다.

아무래도 조금 전에 보인 붉은 빛은 레서 와이번이 내뱉은 화염 브레스인 모양이었다.

"이 몸의 가루다에게 싸움을 걸다니, 배짱도 좋구나."

그렇게 중얼거린 미라가 곧장 가루다에게 격추시키라는 지시를 내리려던 그 순간이었다. 화염 브레스가 다시금 허공을 가로지른 것이다.

그것을 본 순간, 미라는 위화감을 느꼈다. 상공에 자리한 레서 와이번은 이쪽을 전혀 보고 있지 않았다. 그렇다면 어떻게 된 일이란 말인가. 미라는 하늘을 노려보듯 응시했다.

레서 와이번은 무언가와 싸우고 있는 듯했다. 하늘을 날아다니며 무언가를 향해 화염 브레스를 몇 번이나 쏘고 활공 공격을 퍼붓고 있었다.

'저건…… 사람인가? 아니, 저러한 몸놀림이 가능한 자가 있다는 이야기는 들은 바가 없는데.'

레서 와이번이 맹공을 퍼붓는 그 중심에는 얼핏 사람 같은 것의 모습이 보였다. 그렇다, 사람 같은 것이 하늘에 떠있었던 것이다. 심지어 레서 와이번을 농락할 정도의 속도로, 자유자재로 날아다니고 있기에 미라는 자신의 눈을 의심할 수밖에 없었다.

'저러한 짓을 할 수 있는 건 플로네 정도인데, 그 아이치고는 전투방식이 지나치게 수수하고. 그렇다면 저건 대체 무엇이란 말이야?'

무형술의 현자 '초상(超常)의 플로네'. 미라는 그녀 이외의 단신으로 자유롭게 하늘을 날아다닐 줄 아는 자를 알지 못했다. 만약 저것이 정령이라면 멀리서라도 술사의 눈으로 그렇다는 것을 알 수 있을 터였다. 요정족이라면 빛나는 날개가 보일 테고. 또한 선술로도 비슷한 일은 가능했지만 그것은 어디까지나 하늘을 달리는 것에 불과했다. 마치 전투기처럼 날아다니는 그 그림자는 전혀 다른 힘으로 날고 있다는 것을 한눈에 알 수 있었다.

그렇다면 지금, 하늘을 날고 있는 저 그림자는 대체 무엇이란 말인가.

미라가 그렇게 의아해 하던 중, 상공에서의 대결에 결판이 났다.

레서 와이번이 힘없이 낙하했다. 그림자는 그것을 천천히 추적

했다. 그 거리와 방향성으로 미루어, 아무래도 그 둘이 사라진 장소는 지금 향하고 있는 목적지인 사계의 숲 같았다.

"대체 뭐였던 게야……."

정체는 모르겠지만 레서 와이번을 압도하는 듯 보였던 그림자는 사람도, 마물도 아니었다. 하물며 그러한 술법은 본 적이 없었다. 다만 한 가지 확실한 것은, 상당한 실력자가 그곳에 있었다는 사실뿐이었다.

그 둘이 떨어진 곳은 이스즈 연맹 본거지가 있다고 하는 사계의 숲. 예상컨대 그 관계자일 가능성이 높았다.

그렇다면 그곳에 있는 누군가를 자극하지 않도록 신중하게 접근해야 하리라. 그렇게 생각한 미라는 천천히 가라고 가루다에게 지시를 내렸다.

"이게, 어떻게 된 일이야……."

산맥을 넘어 자리한 목적지의 상공. 미라는 그 아래 펼쳐진 광경을 보고 눈이 휘둥그레졌다.

상공에서 내려다본 산맥은 거대한 화구처럼 보이는 광대한 분지를 중심으로 넷으로 갈라져, 잔설을 뒤집어 쓴 채 까마득히 먼 곳까지 이어져 있었다. 그것은 마치 터무니없이 커다란 거인이 대지를 움켜쥐어 치켜든 채 손만 남기고 화석이 되어버린 듯한 광경이었다.

그리고 그 손 안. 유달리 높은 절벽에 둘러싸인 깊은 분지에는 사계의 숲이 있을 터였다.

사계의 숲. 그것은 이름 그대로 사계절이 모두 존재하는, 그야말로 낙원 같은 장소였다. 그 아름다움은 미라도 똑똑히 기억했으며 그렇기에 눈앞에 자리한 광경에 놀라움을 감출 수 없었다.

현재 그 숲이 있었던 일대에는 울창한 대나무숲이 하염없이 깊게 펼쳐져 있을 뿐이었기 때문이다.

어쩌면 비슷한 다른 장소로 와버린 것은 아닐까. 그렇게 생각한 미라는 다시 한 번 주변을 둘러보고 맵도 확인해 보았다. 하지만 그것들은 모두 이곳이 사계의 숲이 맞다는 사실을 가리키고 있었다.

대체 이게 무슨 상황이라는 말인가. 사계의 숲 상공을 계속해서 선회하며 미라는 대나무숲을 바라본 채 어떻게 할지 생각했다.

그러던 중, 그것이 느닷없이 다가왔다.

조금 전에 봤던 그림자였다. 그것이 대나무숲에서 무수히 날아올라 수백이 무리를 이루어 미라의 왜건을 눈 깜짝할 새 에워싼 것이다.

"과연, 이건…… 식신인가."

그것은 사람의 모습을 한 식신이었다. 얼굴에 해당하는 부분에는 마치 봉인이라도 된 듯 오망성이 새겨진 천이 붙어있었다. 머리에는 삿갓을 뒤집어쓰고 하얀 수도복을 걸친 그 식신은 동향을 살피듯 왜건의 주변을 천천히 선회했다.

아무래도 최근 30년 동안 만들어낸 술법인 듯했다. 미라가 있었던 시절에는 인형 식신이 없었고 동물형이 대부분이었다.

'음양술도 상당히 진보한 듯하군…….'

상황으로 미루어 경계하고 있는 듯했다. 하지만 미라는 인형 식신이라는 신기술에 흥미가 동해 엉겁결에 그것을 뚫어져라 쳐다보고 있었다.

직후. 가루다의 날카로운 목소리가 울려 퍼졌다. 정체를 알 수 없는 상대로부터 미라를 보호하고자 위협한 것이다. 순간, 식신이 움직임을 멈추고서 사뿐히 거리를 벌림과 동시에 미라 역시 지금이 어떠한 상황인지를 기억해 냈다.

"아마도 괜찮겠지."

모습은 전혀 달랐지만 이곳은 사계의 숲이 틀림없을 터였다. 그리고 사계의 숲이라면 그곳에는 이스즈 연맹의 본거지가 있을 것이다. 그러한 이유에서 미라는 이 상황을 이스즈 연맹의 방어 행위라 생각하고는 가루다에게 바람을 억제하도록 지시했다. 그것은 이쪽에게 적의가 없다는 증거가 되기도 할 테니.

그렇게 한참 동안 상황을 살피고서야 아무래도 적의는 없는 듯하다는 사실을 알아챈 모양인지, 식신 중 하나가 천천히 왜건의 창문으로 다가오더니 "따라와"라고 말했다.

그리고 그것을 신호로 식신 무리가 대열을 이루어 대나무숲으로의 강하 궤도를 그려주었다. 미라는 식신의 유도에 따르라고 가루다에게 지시를 내렸다.

미라를 태운 왜건은 양 옆에 늘어선 식신의 배웅을 받으며 앞장선 식신을 따라 울창한 대나무숲에 강하했다.

대나무 잎으로 뒤덮인 하늘을 지나 도착한 대나무숲 바닥은, 아직 아침임에도 불구하고 무척 으스스하고 어슴푸레했다. 그리고 정신이 들어보니 안내를 맡았던 식신은 그 모습을 홀연히 감춘 뒤였다.

자아, 어떻게 될지. 왜건에서 내린 미라는 바람이 불어도 이파리 스치는 소리 하나 나지 않는, 정적에 뒤덮인 대나무숲을 둘러보았다.

'완전히 경계를 푼 것은 아닌 것 같군.'

여러 정령들이 미라를 포위하고 있었다.

숲 속 같은 데서 이따금씩 만나면 겸사겸사 이래저래 도움을 주는 정령은 늘 즐거운 표정을 짓고 있었다. 하지만 지금 이곳에 있는 수십의 정령들은 값이라도 매기는 듯한, 그야말로 유리구슬 같은 눈을 한 채 필요 이상으로 다가오지도 않고 경계심을 전면에 내보이고 있었다. 개중에는 위협하듯 힘을 구현화한 자까지 있었다.

정령을 노리는 키메라 클로젠이 있고, 이곳은 그 적인 이스즈 연맹의 본거지가 있다고 들은 장소였다. 그렇다면 이 정령들은 관계자일 가능성이 높았다.

적의가 없음을 나타내기는 했지만 정령들의 눈에 미라는 아직 수상한 인물로 보일 것이다. 미라는 경계하는 것이 당연하다고 생각했지만 상대가 명백한 적의를 보이자 가루다는 가만히 있지 않았다.

느닷없이 주변에서 바람이 사라졌다. 속삭이듯 귓가를 쓰다듬던 소리도 정적에 지워지더니, 가루다의 거목 같은 다리가 대지에 파고드는 둔탁한 소리만이 울려 퍼졌다.

미라를 지키고자 그 옆에 선 가루다는 극채색 깃털을 곤두세운 채 주변을 노려보았다. 마치 대기는 물론이고 그 일대를 지배할 듯한 압도적인 위압감에 정령들이 숨을 죽이는 기척이 느껴졌다.

"가루다여, 이 자들은 괜찮다."

소리가 사라진 세상에 미라의 목소리가 포근하고도 늠름하게 울렸다. 그렇게 울려다보며 두 손을 뻗자 가루다는 적의를 가라앉히고 칼을 칼집에 넣듯 미라의 두 손 사이에 부리를 내밀었다. 그리고 미라는 "걱정 말거라"라고 말하며 정령들에게도 싸울 의지가 없음을 증명하듯 가루다를 송환시켜 보였다.

절대적인 존재감을 내뿜고 있던 가루다가 사라짐으로 인해 정령들이 약간 경계를 늦추자 주변을 떠돌던 정령력의 조각도 안개처럼 사라졌다. 미라는 고개를 돌려 그것을 확인하고는 가볍게 묵례를 하고서 가장 힘이 강한 듯 보이는 정령을 바라보았다.

"놀라게 해서 미안하게 됐구나."

미라가 그렇게 말하자 정면에 있던 그 정령은 한 걸음 앞으로 나서 예를 갖췄다.

"이쪽이야말로 실례를 범했습니다. 이곳은 좀처럼 사람들이 오지 않는 곳이라."

주변에 모였던 정령 중에서도 상위일 듯한 그자는 얼핏 보면 머리카락 괴물처럼 보였다. 하얀 천 같은 옷을 둘렀으며 햇빛에 비친 이파리처럼 밝은 녹색 머리카락이 무릎 아래까지를 뒤덮고 있었다. 얼굴은 머리카락 사이로 살짝 보일 뿐이었다. 목소리는 여성의 그것이었지만 낮았고, 정령 특유의 사람에게 우호적인 빛은 보이지 않았다.

좀처럼 사람들이 오지 않는 곳이라 해도 본래 정령은 사람에게 우호적이었을 터였다. 미라의 머릿속에 곧장 키메라 클로젠의 이름이 떠올랐다. 그 영향이 이렇게 나타난 것이리라.

"그대가 이 집단의 리더로군?"

"네, 그렇습니다. 바로 알아채시다니, 보통 술사가 아니시군요."

미라가 묻자 녹색 머리를 지닌 정령은 억양이 없는 목소리로 답했다. 미라는 단순히 정령력의 입자가 유달리 짙은 것을 보고 말한 것뿐인지라 별 것 아니라고 고개를 가로저었다.

"우선 이 몸은 그대들을 해할 생각이 없다. 이스즈 연맹의 본거지가 이곳이라기에 이야기를 하러 온 것뿐이야."

미라는 단도직입적으로 목적을 말했다. 그 순간, 정령들이 술렁이기 시작했다. 그것은 동요에 가까운 목소리였고, 서서히 녹색 머리를 지닌 정령에게 주목이 쏠렸다.

"이름을 여쭈어도 될까요?"

머리카락 틈새로 녹색 머리를 지닌 정령의 주의 깊은 눈이 보였다. 됨됨이를 가늠하는 듯한, 압박감이 느껴지는 눈빛이었다.

"이 몸은 미라라고 하는 자다."

미라가 그렇게 대답한 순간이었다. 문득 숨이 턱 막혀오는 듯했던 압박감이 느슨해진 듯한 기분이 들었다.

"과연, 당신이. 그럼 소개장을 가지고 계시겠죠?"

"음, 가지고 있다마다."

아무래도 미라가 이곳을 찾을 예정이라는 사실을, 일전에 만났던 이스즈 연맹의 실버 일행이 사전에 전달해둔 모양이었다. 미라는 소개장을 끄집어내서 건넸다.

녹색 머리카락을 지닌 정령은 받아든 소개장의 봉랍과 서명을 확인하고는 "확인했습니다"라고 대답했다.

"잠시만 기다려주십시오."

녹색 머리카락을 지닌 정령은 미라에게 살며시 고개를 숙이고서 마치 안개처럼 희미해져 모습을 감췄다. 남은 것은 새싹처럼 풋풋한 향기뿐이었다.

이 자리에 있는 정령 중 절반 정도는 키메라 클로젠의 습격을 받았다가 이스즈 연맹의 도움을 받은 자들이었다. 본래는 붙임성 있는 성격일 터였지만 의롭지 못한 자들의 행동으로 인해 생겨난 의심으로 행적을 감췄다. 하지만 본질은 그리 쉽게 변하지 않는다.

적의가 없다는 것을 알자 남은 정령들은 미라에게 흥미를 보였다.

하지만 아직 과거에 입었던 상처가 남은 탓인지 일정한 거리를 둔 채 보고 있기만 할 따름이었다..

녹색 머리카락을 지닌 정령이 사라지고서 십 분 남짓이 지났을 즈음. 무성하게 자라난 대나무 잎에 가려진 하늘에서 커다란 새가 진홍빛 날개를 퍼덕이며 내려왔다. 자세히 보니 말끔하게 옷을 갖춰 입은 여성이 새의 다리를 붙잡고 있었다. 새는 두 다리가 땅에 닿음과 동시에 화르륵 불타올라 연기처럼 사라졌다. 다리를 붙잡고 있던 여성의 손에는 식부(式符)가 남아 있었다.

"이게, 어떻게 된 상황이죠?"

그 여성은 함께 돌아온 녹색 머리카락을 지닌 정령에게 물었다. 하지만 이해가 되지 않는 것은 그녀도 마찬가지인지라 "모르겠습니다"라고 답했다.

녹색 머리카락을 지닌 정령이 돌아와 보니 그곳은 콘서트 회장처럼 되어 있었다. 가수 겸 반주는 소리의 정령, 레티샤. 주최자는 미라, 관객은 그곳에 있던 정령과 동물들이었다.

정령들은 흥미로운 인간이 눈앞에 있음에도 쉽사리 다가가지 못했다. 평소와 태도가 다른 정령들의 모습을 본 미라는 아직 경계가 덜 풀린 것이려니 생각했다.

울창하고도 어슴푸레한 대나무 숲만큼이나 무거운 분위기가 진흙처럼 퍼져 있었다. 그래서 미라는 생각했다. 사람이 안 된다면 같은 정령에게 사이를 중재해 달라고 하면 그만이라고.

그 결과, 현재와 같은 상황이 벌어진 것이다. 음악에는 경계가 존재하지 않는다는 듯, 양측 사이에 놓여있던 보이지 않는 벽은 완전히 걷히었고, 정신이 들어보니 레티샤가 지은 '주주 님 노래'의 요상한 가사가 심장조차도 박자를 탈 정도로 마음을 사로잡는 아름다운 선율에 실려 울려 퍼지고 있었다.

미라로 말하자면 작전이 들어맞은 덕인지 정령들에게 에워싸여 하렘 상태가 되어 있었다.

의상을 갖춰 입은 여성이 정령들 사이를 헤치고 그런 미라 앞으로 다가왔다.

"당신이 미라 님이시군요. 이야기는 들었습니다. 일단은 증거로 훈장을 보여주실 수 있을까요."

"음…… 이거다."

미라가 훈장을 내밀어 그대로 건네자 여성은 양면을 흘끔 쳐다보고는 "감사합니다"라고 말하며 미라에게 훈장을 돌려주었다.

"확인했습니다. 다시 인사드리겠습니다. 저는 사계의 숲 순찰병장을 맡고 있는 붉은 새라고 합니다."

자신을 붉은 새라고 소개한 여성의 의상은 녹색을 기조로 하고 있었고, 옷이라고 하기에는 천이 적어 소매가 긴 닌자 복장처럼 보이기도 했다. 뒤통수에서 묶어 늘어뜨린 긴 검은머리가 그러한 인상을 더욱 두드러지게 했다.

"실버 대장에게 대략적인 사정은 들었습니다. 이스즈 연맹은 미라 님을 환영합니다."

붉은 새는 그렇게 말하며 고개를 숙이더니 품속에서 수정으로 된 방울을 끄집어내어 그것을 한 차례 딸랑, 하고 울렸다.

그러자 어찌된 영문인지 다음 순간, 어슴푸레한 대나무 숲이 환영처럼 사라짐과 동시에 미라의 기억에 있는 것과 같은, 낙원을 연상케 하는 본래의 사계의 숲이 시야 가득 펼쳐졌다.

"허어, 이건……."

미라는 그 변화에 놀라며 가슴을 가득 메운 녹음의 향내를 느끼고는, 천천히 숨을 내쉬며 등 뒤에 자리한 호수와 눈앞에 펼쳐진 숲을 둘러보았다.

사계의 숲은 그 이름 그대로의 장소였다. 생동의 봄처럼 형형색색의 꽃이 활짝 피어나고, 생육(生育)의 여름처럼 파릇파릇 힘찬 잎이 자라나며, 결실의 가을처럼 달콤한 향을 풍기는 둥그런 과실이 열리고, 휴식의 겨울처럼 싹을 머금고 잠든. 그러한 광경의 틈새를 메우듯 숲이 난립해 있었다. 무질서한 듯하면서도 화려한 색채를 계속해서 순환시키며 분명한 질서를 이루고 있었다. 그곳은 마치 산문시 같은 숲이었다.

"문제없이 해제된 듯해서 다행입니다."

붉은 새의 설명에 의하면 지금까지 보였던 대나무 숲은 모두 환영으로, 이스즈 연맹의 총수가 쳐둔 환영의 결계라는 모양이었다. 그리고 이 결계는 수정 방울 소리를 통해 해제할 수 있지만 만약 악의를 가지고 이곳에 올 경우, 환각은 더욱 깊고 강해져 죽을 때까지 빠져나오지 못한다는 모양이었다.

"그 무슨…… 무시무시한 결계로군."

대체 어디까지를 악의로 판단하는지는 알 수 없었지만, 미라는 조금 전 하렘 상태에서 느꼈던 감정은 대상이 되지 않는구나 싶어 가슴을 쓸어내렸다.

'그렇다는 이야기는, 이만한 결계술을 사용할 수 있는 술사가 이곳에 있다는 뜻이기도 한데.'

어쩌면 정말로 카구라가 얽혀 있는 것이 아닐까 싶어 미라의 기대감은 더더욱 커졌다.

"그럼 미라 님, 우선 저희의 총수를 만나주셨으면 합니다. 괜찮으시겠습니까."

"오오, 총수라는 자를 만나게 해주겠다니, 반가운 제의로구나."

이스즈 연맹에 온 당초의 목적은 이곳 소속일지도 모를 식신 냥마루의 주인을 찾기 위해서였다. 하지만 실제로 오게 된 지금은 솔로몬이 연맹 우두머리에게 보낸 편지를 가지고 있었다. 미라에게 그것은 별다른 노력 없이 우두머리와 만날 수 있는 좋은 기회였기에 즉시 받아들였다.

"으음, 그럼……."

붉은 새는 때는 지금이라는 듯, 여태 부르지 못했던 노래를 끝없이 반복하고 있는 레티샤를 바라보았다.

정령답다고 해야 할지 힘을 사용해 폭죽을 터뜨린 듯한 효과를 일으키며 분위기를 달군 정령들과의 이별을 아쉬워하면서도 레티샤는 만족한 표정으로 송환되었다.

"그럼 가실까요."

붉은 새가 그렇게 말하자 모여들었던 정령들이 "다음에 봐~" 하고 미라에게 말하고 나서 숲으로 흩어졌다. 사람에게 받은 상처가 아물지 않아 웃고 있어도 한편에 그늘이 져있는 듯 했던 정령들의 표정은 좀 전보다 부드러워져서, 이상하게도 전염될 것만 같은 미소를 머금고 있었다. 이스즈 연맹에 소속된 모든 이들이 언젠가는 되돌려주고 싶다고 바라던 정령들의 진짜 표정이었다.

붉은 새는 그런 미래를 마음 속에 그리며 호수를 본 채 혼자서 살며시 미소 지었다.

"헌데, 이 왜건은 여기 둬도 괜찮은 겐가?"

정령들과의 인사를 마친 미라는 호숫가에 당당히 내려선 왜건을 손바닥으로 가볍게 두드리며 붉은 새에게 그렇게 물었다.

"네? 아, 네. 괜찮습니다. 문제없어요. 그럼 정말로 출발하시죠."

붉은 새는 정령들에게 감화되어 다소 감상에 젖어 있었다. 필요 이상으로 고개를 가로저으며 답한 그녀는 기합을 넣고서 호숫가를 따라 걷기 시작했다.

몇 분 정도 걸은 끝에 붉은 새가 멈춰선 곳은, 역시나 호숫가였다. 왜건이 아직도 우측에 보였다.

"잠시만 기다리십시오."

붉은 새는 그렇게 말하고는 다시 수정 방울을 끄집어내서 호수를 향해 울렸다. 유리처럼 작고 맑은 소리는 여운도 남기지 않고 바람에 사라졌다. 하지만 그 파문은 극적이었다.

그것은 호수 가장자리에서 중앙을 향해 선을 그리듯 떠올랐다. 얼핏 보면 작은 파도가 맞부딪친 듯 보이는, 순간적인 선이었다. 하지만 선이 호수면에 가라앉자 느닷없이, 마치 무색투명한 거대한 판자가 천천히 꽂힌 듯 호수가 갈라지기 시작했다.

"이것 참……."

예전에 들었던 모세의 전설 같은 일도 이 세계에서는 충분히 가능한 범주에 속하는구나, 싶어 미라는 그 광경을 바라본 채 나직하게 탄성을 흘렸다.

"그럼 이쪽으로 오시죠. 잘 안 보입니다만 발치에 계단이 있으니 조심하십시오."

"음, 알겠다."

양 옆에서 마치 폭포처럼 끝없이 흘러내리고 있는 물은 바람에 흔들리는 커튼 같았고, 계단은 물에 녹아든 듯 투명한 푸른색을 띠고 있었다. 억수같이 비가 쏟아지는 가운데 하늘에서 빗방울과 함께 떨어지고 있는 듯한, 그런 광경이었다.

내려가면 내려갈수록 떨어지는 물은 물보라가 되어 주변을 푸른색에서 하얀색으로 변화시켜 나갔다.

'설마 이러한 모양새로 호수 속에 들어가게 될 줄이야.'

분명 이 앞에 이스즈 연맹의 본거지가 있을 것이다. 그렇게 생각한 미라는 그 엄중한 경비에 감탄하고 있었다.

호수 속, 환영 결계, 그리고──. 지난 일을 되짚어보던 미라는 앞장을 선 붉은 새에게 물었다.

"헌데, 사람의 모습을 한 식신이 잔뜩 있었다만 그것도 총수라는 자의 술법인가? 처음 보는 술법이었다만."

미라가 가장 먼저 만났던 이스즈 연맹의 방위망. 무수히 많은 식신. 그에 관해 묻자 붉은 새는 어쩐지 자랑스러운 투로 그렇다고 대답했다.

듣자하니 총수가 새로 개발한 식신이라는 모양이었다. 그리고 미라가 본 것은 방어를 맡고 있는 전투용으로 여러 가지 음양술을 행사할 수 있다는 듯했다.

"호오, 식신이 음양술을. 그거 굉장하군."

동물형 식신은 사용할 수 있는 능력이 거의 고정되어 있었다. 하지만 인형 식신은 식신이면서도 음양술을 사용할 수 있는 모양이었다. 이어진 붉은 새의 설명에 따르면 그런 만큼 마나 소비도 격심하다는 듯했지만 범용성은 탁월하다 할 수 있을 것이다.

그밖에도 감시용 식신이 숲 이곳저곳에 설치되어 있어 마물이

나 사람 등, 무언가가 다가오면 총수에게 자동적으로 연락이 가게끔 되어있다고 한다.

숲에 무슨 일이 생기면 총수가 직접 식신을 조종해 신속하게 대응한다. 거기에 환영 결계까지. 이스즈 연맹의 본거지는 왕성에 필적할 정도로 경비가 엄중했다.

하지만 그러한 식신이며 환영 결계를 유지하기 위해 총수는 본거지를 오래 비울 수 없다는 결점도 있다는 모양이었다.

"이만한 술법이니 그럴 만도 할 테지."

술사의 최상위인 아홉 현자라는 칭호를 지닌 미라의 눈으로 보아도 이곳의 방어에 사용된 술법은 음양술의 현자 카구라를 방불케 할 정도로 모든 것이 무지막지하게 난이도가 높았다. 쉽게 자리를 비우지 못하는 것이 당연했다.

미라는 새삼 감탄하면서도 그렇게 중대한 사실을 나불나불 이야기해도 되는 건가 싶어, 실로 자랑스러운 투로 말하는 붉은 새를 바라본 채 쓴웃음을 지었다.

그런 이야기를 하며 계단을 내려가기를 몇 분. 발치에서 탁류가 부수어지는 듯한 소리가 갈수록 커졌다.

자세히 보니 계단은 작은 문 앞까지 두 사람을 인도하고 끊겨 있었다.

'호수 바닥까지는 안 가나보군.'

미라는 하염없이 쏟아지는 폭포 끝을 들여다보았다. 호수 바닥은 아직 한참 아래 있었고, 어떤 원리인지 호수 바닥에 떠오른 호수면이 용소(龍沼)처럼 쏟아지는 물보라를 받아내고 있었다.

문은 호수 중간 정도에 떠있는 듯한 모양새로 존재했다.

붉은 새가 그 문에 수정 종을 가져다 대고서 손바닥으로 눌렀다. 작고도 중후한, 그러면서도 날카로운 소리를 내며 문이 입을 벌렸다.

안내에 따라 문을 지나보니 눈앞에는 작은 도시가 펼쳐져 있었다.

어쩐지 일본의 과거 모습을 방불케 하는, 하지만 과거에 있었던 것보다 훨씬 화려한 환상적인 헤이안쿄(교토의 옛 이름) 같은 모습을 한 도시가 그곳에 있었다. 이곳저곳을 활보하는 사람들은 이국에서 온 듯했고 형형색색의 머리카락과 옷을 걸친 정령들이 이국적인 느낌을 더욱 북돋고 있었다.

'참으로 오리엔탈하구나.'

입구의 위치는 높아, 나와 보니 전망탑 같은 곳이었다. 미라는 도시 전체가 훤히 보이는 그 장소에서 일대를 내다보며, 유독 눈에 띄는 돌기둥에 주목했다. 구획 정비가 이루어진 도시에 돌기둥이 같은 간격으로, 하늘을 찌를 듯 뻗어있었다. 기둥은 합계 스무 개로 문이 있는 위치보다 훨씬 높이 뻗어있었으며, 그 끝을 따라가 보니 하늘을 온통 뒤덮은 물 그 자체가 일렁이고 있었다.

햇볕은 한참 먼 호수면에 반사되기도, 침투하듯 깊이 스며들기도 하여 물의 벽을 뚫고 도시에 장맛비처럼 쏟아지고 있었다. 땅을 보니 바람에 따라 흔들리는 호수면이 투사되어 법칙성이 전혀 없는 만화경처럼 빛이 웃고 있었다.

미라는 붉은 새를 따라 나선 계단을 내려가서 거리로 나섰다. 그리고 가장 커다란 건물로 향하던 도중, 붉은 새가 간결하게 본거지에 관한 설명을 해주었다. 주변을 오가는 면면들은 이스즈 연맹에 속한 자들 말고도 협력자와 보호된 정령들이라고. 특히 어린 정령은 전투력이 낮아, 적극적으로 보호하고 있다는 모양이었다.

그 말은 사실인지 어디를 보아도 알몸 상태에 가까운 어린 정령이 눈에 띄었다. 윤리관이 송두리째 파괴될 듯한 광경이었다.

협력자에 관해서는 기술 방면으로 도움을 주고 있는 자가 가장 많은 모양이었다. 정령의 협력 덕분에 질 좋은 물건을 만들 수 있어, 이 도시는 장인들에게 호평을 받고 있다고 붉은 새는 말했다.

계속해서 걷던 도중, 붉은 새는 이스즈 연맹의 전투요원으로 보이는 무장한 남녀에게 간단히 인사를 하고 스쳐 지나갔다. 동시에 본거지 안에는 키메라 클로젠을 처음으로 포획하는 데 도움을 준 미라에 관한 소문이 퍼져 있는지 '혹시 그 아이가……'라고 미라 일행에게 말을 붙여오는 자가 한둘이 아니었다.

그런 상황 속에서도 특히 미라의 눈길을 끈 것은 청년과 정령이 사이좋게 손을 잡고 있었다는 사실이었다. 붉은 새가 말하기를 사람과 정령이 서로에게 끌려 맺어지는 일이, 이곳에서는 그리 드문 일이 아니라는 모양이었다. 존재의 위상은 달라도 사랑에는 경계가 없노라고 붉은 새는 열변을 토해냈다.

그렇게 도착한 장소는 도시의 가장 안쪽. 헤이안쿄로 말하자면 바로 궁전에 해당되는 장소였다.

토담으로 둘러싸여 있었지만 정면에 자리한 문은 이미 활짝 열려있었다. 문지기인 두 사람이 붉은 새를 보고 고개를 숙였다. 그문 안쪽에는 여러 건물들이 늘어서 있었다.

붉은 새와 문지기가 대화를 나누는 동안, 미라는 이리저리 각도를 바꾸어 가며 문 안쪽을 들여다보았다.

"미라 님, 우선은 정전(正殿)으로."

"으……음. 알겠다."

대화를 마치고 통과 허가를 받은 붉은 새가 입가에 미소를 머금은 채 말을 붙이자 고개를 길게 빼고 앞으로 몸을 내밀고 있던 미라는 겸연쩍은 미소를 지은 채 고개를 끄덕였다.

토담 안도 토담으로 구분이 되어 있었다. 미라는 붉은 새의 안내에 따라 모퉁이를 돌았다. 문을 지나고서는 눈에 띄는 사람과 정령의 수가 격감하여 궁전에는 쓸쓸하면서도 현란하고 장엄한 분위기가 가득했다.

두 사람의 발소리가 조용히 이어지는 가운데 두 번째 모퉁이를 우측으로 돌자 다른 문이 나타났다.

문 안쪽에는 정전이 엄숙하게 자리하고 있었다. 신발을 벗고 나무로 된 복도를 걸어 알현용 공간 앞까지 나아갔다. 붉은 새는 여기까지만 안내를 할 요량인지 미닫이문을 열더니 한 걸음 물러나 그 자리에 무릎을 꿇고 앉았다.

"드시죠, 미라 님. 총수께서 기다리십니다."

"안내하느라 수고가 많았다."

미라는 그렇게 말하며 문을 지났다. 그러고서 긴 복도를 나아가자 커다란 방이 나타났다. 바닥은 모두 나무로 되어 있었고 벽은 하얗게 칠해져 있었다. 방 중앙에는 길고 커다란 앉은뱅이 책상이 안쪽을 향해 놓여 있었고, 그 앞에는 방석이 깔려 있었다. 그리고 그 맞은편에는 이미 한 사람이 자리에 앉아있었으며 그 옆에는 보좌관으로 보이는 자들이 앉은뱅이책상을 사이에 끼고 마주보는 모양새로 앉아있었다.

"앉으시지요."

부드러운 미소를 지으며 보좌관 중 한 명이 말했다. 미라는 시키는 대로 앉은뱅이책상으로 다가가 책상다리를 하고 앉았다.

미라와 정면에 앉은 자는 서로 마주보는 모양새가 되었다. 보라색 옷을 둘렀으며 머리에는 하얗고 얇은 천이 드리워진 갓 같은 것을 쓰고 있었다. 그 천은 상체를 뒤덮고 있어 얼굴은 확인할 수가 없었다. 하지만 어째서인지 미라는 이 자가 이스즈 연맹의 우두머리이리라는 것을 확신할 수 있었다.

'도시의 구조도 그렇고 이 자, 동향이 아닐까.'

현실의 헤이안쿄와 비슷한 오리엔탈한 도시 구조를 통해 미라는 혹시 플레이어 출신자가 아닐까 하고 추측해 보았다. 하지만 얼굴이 보이지 않아 조사할 수가 없었다.

"우선 이스즈 연맹의 통합 본부에 온 걸 환영해. 나는 우즈메. 일단은 연맹의 총수야. 그리고 당신은 미라 씨지? 키메라 중 한 명을 생포하는 데 도움을 주었다고 들었어. 고마워."

하얀 천 탓에 얼굴이 보이지는 않아도 그 목소리로 미루어 여성이라는 것을 알 수 있었다.

155

"그리 대단한 일은 하지 않았다. 그대들의 싸움에 끼어든 것뿐이니."

미라가 그렇게 답하자 우즈메는 "꽤나 겸손하네"라고 말하며 웃었다.

"그런데 이 소개장에는 당신이 사람을 찾고 있다고 적혀 있었어. 그게 우리의 동료 중 한 명일지도 모른다고. 자세히 말해주겠어?"

"음, 지금으로부터 3주 정도 전에 있었던 일이지. 정령을 지키는 식신과 만났더랬다."

애초에 이스즈 연맹에는 아홉 현자의 일원과 관련이 있을지도 모르는 식신의 이름을 쫓다가 오게 된 것이었다. 미라는 그렇게 운을 떼고는 진혼도시 카라낙에서 돌아오는 길에 있었던 일을 이야기했다.

"카라낙이라. 대답하기 전에 말해줘. 그 인물을 찾는 이유는 뭐야?"

미라가 이야기를 마치자 우즈메는 그렇게 물었다. 설령 은인이라 해도 동료를 해칠 생각이라면 가르쳐줄 수 없기 때문이리라. 하지만 물론 미라에게는 그럴 생각이 없었다.

"물어보고 싶은 게 있는 것뿐이다. 이 몸은 본래 그 자와는 다른 인물을 찾고 있다만, 그 녀석과 관계가 있을지도 모른다 생각했거든. 단서는 식신의 이름이라는 실로 사소하고 애매한 것뿐이지. 하지만 정보가 아주 없는 것은 아니니 닥치는 대로 알아보는 수밖에."

"그래? 사람을 찾기 위해 사람을 찾다니, 복잡하기도 하네."

"본인도 상당히 복잡한 인물이지."

미라가 솔직하게 말하자 그 언동을 가만히 듣고 있던 보좌관 중 한 명이 우즈메의 눈치를 살피듯 시선을 날렸다. 마치 떠보기라도 하듯 미라를 바라보던 우즈메는 문득 어깨에서 힘을 빼고 보좌관에게 살며시 고개를 끄덕였다.

"좋아, 잠깐 기다려."

우즈메는 그렇게 말하더니 보좌관이 내민 서류를 받았다.

"분명 그 시기에, 카라낙 근처에 몇 사람이 있었어. 그리고 식신의 이름이라고 했으니 찾는 사람은 음양술사겠지? 그렇다면, 이 둘 중 한 명이 아닐까 싶은데."

우즈메는 인사에 관한 서류를 들추어 주변에서 식신을 부리며 작전 수행 중이었던 몇몇 사람들 중에서 음양술사 두 명의 이름을 찾으며 답했다.

"호오, 두 사람이라. 그러면 그 중 식신에게 냥마루라는 요상한 이름을 붙일 만한 사람은 있나?"

없다면 이 이야기는 거기서 끝이겠지만, 두 사람이라면 그 중에 있을 가능성도 높을 것이다. 미라는 기대감을 품은 채 이곳까지 온 원인이 된 식신의 이름을 입에 담았다.

그 순간이었다. 보좌관 두 사람이 움찔 어깨를 떨며 쭈뼛쭈뼛 우즈메를 쳐다보았다.

"냥마루가…… 요상해?"

조금 전까지와는 다른, 명백하게 반음이 내려간 목소리로 우즈메가 물음의 일부를 되풀이했다. 그 목소리를 들은 두 보좌관의 어깨가 더욱 격렬하게 떨렸다.

"음, 꽤나 단순한 데다 독창적이지 못하기까지 한 괴상한 이름 아니냐. 특징적이라 좋은 판단 소재라 생각한다만."

"아아, 있지. 근데 요상한가~? 좋은 이름 같은데~."

우즈메가 서류로 확인한 음양술사 중 냥마루라는 이름의 식신을 부리는 음양술사가 있기는 한 모양이었다. 그 말을 들은 미라는 약간 흥분해서 말을 이었다.

"오오, 있었나! 해서, 지금 어디에 있지? 만날 수 있겠느냐?"

"지금은 그림다트 쪽으로 출장 중인 것 같은데~. 그나저나 그렇게 요상한가~? 귀여운 이름 같은데~."

이번에야말로 단서가 이어졌구나 싶어 미라는 의기양양하게 계속해서 질문했다. 하지만 우즈메는 냥마루라는 이름에 관해 거듭 물어왔다. 그리고 그 목소리는 처음 들었던 것에 비해 겉꾸미는 것을 잊은 듯한 소녀의 음성이 슬쩍 섞여 있었다. 이스즈 연맹의 총수는 바닥에 두 손을 짚은 채 미라를 노려보듯 하얀 천에 숨은 얼굴을 앞으로 내밀고 있었다.

'이상하게 걸고넘어지는군……'

이상할 정도의 집착이 엿보이는 우즈메의 말, 그리고 뾰로통해진 듯 보이는 태도. 그것은 어쩐지 그리운, 누군가와 비슷한 모습이었다. 그런 모습을 본 미라의 머릿속에 있는 어느 인물의 그림자가 우즈메와 옅게 포개어졌다.

"……헌데 말이다. 카메키치, 노로조, 피스케, 가우타 등의 이름을 식신에게 붙이는 녀석이 있다만, 그대는 어찌 생각하지?"

"완전 잘 어울리고 귀엽고, 멋진 이름이네! 참 잘했어요 도장감이야!"

미라가 기억하는 식신의 이름을 늘어놓자 우즈메는 엄지를 척 세우며 답했다. 목소리가 들뜬 것으로 미루어 진심 어린 답변이라는 것을 또렷이 알 수 있었다.

설마, 그리고 역시나. 얼굴을 가린 하얀 천을 바라보는 미라의 머릿속에 낙관적인 가능성 하나가 떠올랐다.

"고양이 카페 농성 사건."

미라는 마치 주문을 외듯 그렇게 중얼거렸다. 어떤 인물과 어울리다 휘말려 든 흑역사 중 하나인 사건을 시사하는 단어였다.

곧바로 그 말의 효과가 나타났다. 우즈메는 갑자기 벼락이라도 맞은 듯 허리를 젖히더니 벌떡 일어나 어흠, 하고 헛기침을 한 번 하고서 조용히 다시 앉았다.

"둘 다 자리 좀 비워줘."

우즈메가 담담한 목소리로 그렇게 말하자 보좌관 둘은 고개를 숙이고서 자리에서 일어나 소리 없이 퇴실했다.

"미라, 씨? ……혹시, 할아버지?"

미라가 중얼거린 말에 우즈메는 분명히 반응했고, 그 단어를 알만한 인물이 떠올랐는지 설마설마 하는 투로 그렇게 물었다.

'이걸 단서 삼아 더듬어 나갈 예정이었다만, 이렇게 금방 찾을 줄이야.'

"오랜만이구나, 카구라여."

고도의 음양술에 의한 본거지 방어 기구, 식신의 이름에 관한 감성, 그리고 결정적이었던 것은 뽀로통해져서 두 손으로 바닥을 짚은 자세였다. 미라가 아는 카구라의 버릇 중 하나였다.

　이렇게 이스즈 연맹의 본거지 최심부, 궁전 비슷한 구조로 된 곳의 정전에서 오랜 친구 두 사람은 드디어 재회했다.

9

"화장 도구 상자를 쓴 거구나. 이미지가 완전 반대라 바로 못 알아봤잖아, 나 참."

체면을 차릴 필요가 없어져서인지 카구라는 긴장을 푼 듯 다리를 편하게 뻗고 머리에 썼던 갓을 귀찮다는 듯 벗어던졌다. 그러자 그 안에 갇혀있던 흑요석처럼 윤기가 흐르는 검은 머리가 공기를 머금고 두둥실 떠올라 퍼졌다.

"그대도 그러한 천으로 얼굴을 숨기지 않았느냐. 처음부터 드러내었다면 문답을 할 필요도 없었을 터인데."

카구라의 얼굴은 화장 도구 상자로 손을 보지 않았는지 미라가 기억하는 얼굴 그대로였다. 눈동자 위에서 똑바로 자른 앞머리에 둥그렇고 검은 눈 위에 붓으로 그린 듯 얇은 눈썹이 얹어져 있었다. 속눈썹은 길고 입가는 여전히 부루퉁하게 앙다물어져 있었다. 얼핏 보면 옛 일본의 좋은 집안 규수처럼 보이리라. 하지만 완전히 긴장을 푼 지금의 모습은 언니에게 집안의 명예를 몽땅 다 맡긴 철부지 여동생 같아 보였다.

"나도 이래봬도 여기서는 유명인이거든. 아홉 현자였다는 소문이 퍼지면 이상하게 보는 녀석들이 나타날지도 모르잖아, 라고 해서 비밀로 하고 있어. 내 정체를 아는 건 아까 봤던 두 사람이랑 다른 세 사람뿐이야. 아아, 그리고 방금 할아버지……도 알게 됐지."

카구라는 득의양양하게 콧방귀를 뀌더니 미라의 모습을 뚫어 져라 쳐다보며 신음했다.

"지금은 미라라는 이름을 쓰고 있지? 할아버지가 미라라. 뭔가 기분이 이상한데, 어떻게 불러야 해?"

"부르고 싶은 대로 부르면 되잖느냐."

"할아버지…… 미라……. 으음~ 어감이 하늘과 땅차이네."

덤블프였을 때는 카구라에게 할아버지라고 불렸었다. 당시부 터 품어온 것과 현재의 인상 차이 탓에 카구라는 새 붓을 쓸 때 같은 어색함과 위화감을 느끼면서도 미라에게 바짝 다가가 눈을 가늘게 뜬 채 말을 이었다.

"그래서, 그 애를 찾아서 누굴 찾으려고 했어?"

"그 애라니?"

카구라는 마치 원수라도 보는 듯한 눈초리로 미라를 노려보았 다. 미라로 말하자면 드디어 한 사람 찾았다며 안도하던 참이라 카구라가 내뱉은 말에 담긴 의미는 착지 지점을 잃고 미라의 머 릿속에서 데구르르 굴러 떨어졌다.

"찾고 있다고 했잖아. 냥마루의 술사를."

"오오, 그러했지. 허나 그건 이제 되었다. 냥마루라는 이름을 식신에게 붙였기에 어쩌면 그대나 그대의 지인이 아닐까 추측했 던 것이니. 이 몸이 찾던 이는 애초에 그대였으니 말이야. 이것 참, 수고를 덜었구나."

미라 역시 다리를 펴고 편한 자세를 취한 채 이제 그 술사 건은 아무래도 좋다 말하며 웃었다.

여담이지만 냥마루의 술사는 카구라가 직접 돌봐준 적이 있는 여성 음양술사였다. 기간은 짧았지만 진짜 현자의 제자라 할 수도 있는 존재였다. 그런 그녀가 검은 고양이 형태의 식신과 계약할 때 카구라가 말했던 것이다. '얘 이름은 냥마루로 해'라고.

카구라의 말을 감히 거부할 수가 없어 식신의 이름은 냥마루로 결정되었고 그 결과, 미라의 눈에 띄게 된 것이다.

"흐음~ 그랬어? 그래서, 무슨 볼일로 나를 찾아왔어?"

여러모로 아끼고 있는 그 술사가 아니라 자신에게 볼일이 있다고 말한 탓인지, 어쩌 부루퉁해 보이던 카구라가 내뿜던 분위기가 누그러졌다.

"솔로몬의 부탁으로 왔지. 지금은 조약인지 뭔지로 정전상태지만 내년에는 다시 전쟁이 시작된다지 뭐냐. 그래서 방어의 요채면서도 돌아오지 않는 그대들을 이 몸이 찾고 있는 게지."

미라는 카구라의 변화는 개의치 않고 그렇게 용건만을 말했다.

"그래서 온 거였구나."

아홉 현자는 국방을 떠받치는 기둥으로써 몇 번이나 나라를 지키고 승리로 이끌어온 영웅이었다. 카구라에게도 그렇다는 인식은 있는 모양이었다.

"허나 겨우 그대를 찾아낸 것까지는 좋다만, 지금 당장 돌아오라는 건 무리일 듯하구나."

미라는 그렇게 말하며 실내를 둘러보고는 보좌관 두 사람이 나간 방향을 슬쩍 고개만 돌려 쳐다보았다.

"맞아, 그 녀석들을 그냥 내버려둘 수는 없어."

이만한 조직을 만들어낸 요인이 된 키메라 클로젠의 존재를 남겨둔 채 그 우두머리가 물러날 수는 없는 노릇이었고, 그런 일이 용납될 리도 없을 테니.

"그나저나 이만한 조직을 만들었다는 사실도 놀랍구나. 그대는 솔선해서 우두머리가 될 성격은 아니었던 것 같다만, 사람은 변하기 마련인가 보군그래."

블루와 화이트 등, 신자의 숲에서 만났던 이스즈 연맹의 부대, 솔로몬이 보여주었던 팸플릿, 그리고 사계의 숲 정령들과 본거지에서 대기 중인 대군. 지금껏 보아온 그것들을 떠올리며 미라는 진심으로 감탄하여 정면에 있는 카구라에게 다시 시선을 돌렸다.

미라의 그 말은 카구라로 하여금 초심을 떠올리게 했다. 이스즈 연맹을 조직하는 데 이른 경위이자 지금의 원동력이 되고 있는 감정을.

"왜냐하면, 절대로 용서할 수 없는 걸."

카구라가 중얼거리듯 내뱉은 한 마디는 마치 커다란 외침처럼 파르르 떨리고 있어, 미라의 가슴에 강하고 무겁게 와닿았다.

카구라는 원래 알카이트 왕국으로 돌아가려 했다. 하지만 그녀에게는 돌아가지 않는…… 아니, 돌아갈 수 없는 이유가 생겨 버렸다.

이스즈 연맹. 온 대륙에 흩어져 삼림 보호 등의 활동을 하고 있는 자선단체로 알려진 조직의 이름. 하지만 그 본질은 정령을 노리는 키메라 클로젠에게 대항하는 무장 조직이었다. 그 조직이 생겨난 것은 십 년도 더 전의 일이었다.

카구라 역시 미라, 그리고 다른 플레이어들과 마찬가지로 정신이 차려보니 이 현실이 된 세계에 서 있었다.

이 세계에서의 생활이 시작된 장소는 그림다트 북쪽에 펼쳐진 대삼림 지대. 주변에 사람은 없고, 그저 자연만이 한없이 펼쳐져 있는, 문명과 단절된 변경의 땅이었다.

카구라는 온몸을 감싼 위화감, 가상세계에서는 경험해보지 못한 오감을 모두 자극하는 모든 것들에 당황했다.

상황을 완전히 파악하지 못한 채 누군가에게 묻고자 카구라는 가까운 도시로 이동하기로 결심했다. 그리고 평소처럼 과금 아이템인 부유도로 이동하려 했지만 그럴 수가 없어 고개를 갸웃했다. 이동하기 위한 선택지가 메뉴에 없었던 것이다. 그리고 이때 메뉴 화면이 변했다는 사실을 알아챘다. 로그아웃까지 못 하게 되었다는 사실도.

깊은 숲속. 상담할 만한 상대는 한 사람도 없었고 지인과의 개별 채팅에도 반응이 없었다.

카구라는 느닷없이 비경이라 할 수 있는 자연이 지배하는 장소에 고립되었다는 사실을 깨달았다.

유일하게 다행이라 할 수 있는 것은 그때까지 축적해온 것들이 완전히 헛되지는 않았다는 점이었다. 아홉 현자라 불렸던 실력 덕분에 대삼림 안에서도 위협이 될 만한 마물은 존재하지 않아서, 타인에 의해 해를 입을 가능성은 지극히 낮았다.

하지만 시간은 멈추지 않고 계속 흐르고 태양은 기울어갔다.

하늘을 뒤덮을 듯 들어선 나무들이 빛을 가로막은 숲속에는 밤이 한 발 먼저 찾아왔다. 희미하게 황혼이 다가오더니 눈 깜짝할 새 어둠으로 바뀌어 숲을 침식하기 시작한 것이다.

압도적인 어스름 앞에서 무형술의 빛은 촛불처럼 위태로워서 방향감각이 애매해졌다.

그리고 카구라는 어안이 벙벙해졌다. 긴 시간을 걸어다니며 상황을 정리해본 결과, 꿈같은 일이지만 이건 진짜 현실이라는 답에 도달했기 때문이다. 어디인지도 알 수 없는 숲속에서 완전히 갈곳을 잃고 말았다.

카구라는 짜증과도, 초조함과도 다른 불합리한 감정으로 머리를 싸쥔 채 웅크려 앉아 폐 속에 든 모든 것을 토해내는 듯한 한숨을 몇 번이나 내쉬고 있었다.

그러던 때, 나뭇가지 사이에서 무언가가 고개를 내밀었다. 인기척 비슷한 것이 느껴지기는 했지만 바람과 벌레 울음소리밖에 없었던 그곳에서, 명확한 의미를 띤 목소리가 들려왔다.

"왜 그래?"

반사적으로 고개를 든 카구라는 목소리가 들려온 방향으로 고개를 돌린 순간, 비명을 질렀다. 새까만 숲속, 무형술의 못 미더운 빛을 받아 허옇게 떠오른 사람의 형태를 띤 얼굴이 나무 옆에서 자신을 들여다보고 있었기 때문이다.

하지만 놀란 것은 카구라뿐만이 아니었다. 그 목소리의 주인공도 비명에 놀라서 풀숲에 나자빠진 것이다. 목소리의 주인공은 허둥지둥 자리에서 일어나 도리도리 고개를 가로젓더니 다시 나무 뒤쪽으로 달려가서는 또 얼굴만 내밀었다.

흘끔 보였을 뿐이었지만 카구라는 그 자의 특징을 통해 정체를 알아챘다. 긴 머리카락을 감싼 무수한 빛의 알갱이, 한 장의 천처럼 간소하면서도 고귀해 보이는 옷. 그리고 붙임성 있는 그 표정.

그 자는 숲에 사는 정령이었다.

하지만 카구라는 당황했다. 지금까지 정령 쪽에서 무언가를 물어온 적은 없었기 때문이다. 유일한 예외가 있다면 특정 퀘스트나 전투 중에 '괜찮아?'라고 말하며 회복시켜줄 때뿐이었다.

수상하게 여기면서도 카구라가 시선을 던지자 정령은 나무에 숨은 채로 미소를 지은 채 손을 흔들어주었다. 기억에 없는 짓을 하고 있었지만 사람에게 호의적인 면은 변함이 없었다. 아무리 생각해도 불안감만이 차오르는 상황이었지만 카구라는 과감하게 대답을 해보기로 했다.

카구라가 한 마디를 대꾸하자 정령은 나무 뒤에서 나와 "어디 아파?" "여긴 위험해." "혼자야?" 하고 많은 질문을 던져왔다.

카구라는 그 질문에 답하며 현재 자신의 상황을 말했다. 탈것을 사용하지 못하게 되어 돌아가지도 못하고, 이제 어쩌면 좋을지 모르겠다고.

약한 소리를 한참 쏟아낸 카구라는 또다시 땅이 꺼져라 한숨을 내쉬었다.

그렇게 초췌해질 대로 초췌해진 카구라에게 정령은 말했다.

"많이 힘들었겠다."

정령은 자신을 리샤라 소개하더니 이곳은 마물이 나오니 안전한 곳으로 가자고 했다.

카구라는 자신도 자기소개를 하고서 살며시 고개를 끄덕이고는 자리에서 일어나 리샤의 뒤를 따라 숲속을 걸었다. 그리고 커다란 호수에 도착했다.

숲이 조금 트인 자리에 자리한 호수면에서 별빛이 일렁이고 있었다. 그러던 중, 그 미세한 빛이 거대한 무언가를 비추었다. 독채집만한 그것은 사람 몸집보다도 크고 굵었으며, 어둠에 묻힐 정도로 수많은 존재의 피를 빤 듯 어두운 색을 띤 두 개의 엄니가 돋아난 멧돼지였다. 맹수로 알려진 그레이트 랜스 보어였다.

갑자기 맹수와 맞닥뜨린 카구라는 순간적으로 경계 자세를 취했지만 리샤는 기쁜 듯 웃으며 그 멧돼지를 친구라 소개했다.

자세히 보니 그레이트 랜스 보어는 그 자리에 떡하고 드러누워 쉬고 있었다. 그리고 눈을 떠서 카구라를 보더니 "이런이런, 손님이신가?" 하고 낮고도 탁한 목소리이기는 했지만 말을 했다.

이 세계에는 정령진화라는 특수한 개념이 있었다. 정령과 함께 오랜 시간을 보낸 동물은 특수한 힘을 얻거나 말을 할 수 있게 되거나 하는 것이다. 게임이었던 시절에는 주로 이벤트 등에서나 볼 수 있는 존재였다. 그리고 아무래도 이 그레이트 랜스 보어는 그 정령진화를 한 듯했다.

카구라가 자기소개를 하자 멧돼지는 멀티컬러라 불러달라며 웃었다. 그것은 리샤가 붙여준 이름으로 자신도 마음에 든다는 모양이었다.

리샤는 멀티컬러에게 몸을 기대듯 앉아 카구라에게 손짓을 했다.

카구라가 옆에 앉자 리샤는 "오늘은 여기서 자. 날이 밝으면 사람들 있는 곳까지 바래다줄게"라고 말하며 또다시 그늘 없는 미소를 지어 보였다.

카구라는 고맙다고 인사를 하고는 뻣뻣하기는 했지만 따뜻하고도 푹신한 멀티컬러의 배에 몸을 기대고서 하늘에 가득한 별을 올려다보며 함께 잠들었다.

리샤는 아침에 눈을 뜬 카구라를 약속한 대로 인근 도시까지 바래다주었다. 바람의 정령인 자신의 힘으로 카구라를 끌어안고서 하늘을 난 것이다. 숲속 깊은 곳이었던지라 조금씩 쉬어가며 이동한 탓에 시간은 제법 걸렸지만 해가 질 무렵에는 도시에 도착할 수 있었다.

도시 근처에 내려선 카구라는 몇 번이나 감사인사를 했다. 그리고 멀티컬러에게도 고맙다고 전해달라고 부탁했다.

매우 짧은 시간이기는 했지만 다 갚지 못할 은혜를 입은 카구라는 생각했다. 그리고 반드시 언젠가 답례를 하겠다고 약속하고 헤어졌다.

리샤가 카구라를 데리고 간 곳은 그림다트의 북단에 위치한 그린 게이트라는 도시였다. 삼신국에 속해서 그럭저럭 규모가 큰 덕에 충분한 정보를 얻을 수 있었다.

도시에 도착한지 한 달이 지났을 즈음. 카구라는 현재 상황을 거의 다 파악했다. 이 세계는 '아크 어스 온라인'과 같은 세계로

10년도 전부터 현실이 되었으며 다수의 플레이어들이 자신과 마찬가지로 갑자기 이 세계에 와 있다는 사실. 그리고 그 세월 동안 판명된 상이점까지.

자신이 처한 상황을 이해한 카구라는 일단 알카이트 왕국으로 돌아가야겠다고 결론을 내렸다. 그림다트는 어스 대륙의 북쪽에 위치하기에 부유섬이 없이는 긴 여행길이 되겠지만 이동 방법을 찾았기 때문이다.

하지만 카구라는 도시를 떠나기 전에 숲으로 시선을 옮겼다. 출발하기 전에 신세를 졌던 리샤와 멀티컬러에게 한 번 더 감사 인사를 하고 싶었다.

카구라는 몇 가지 선물을 챙겨 주작인 피스케를 타고 하룻밤을 보냈던 호수로 향했다.

기억을 더듬어 도착한 호수 앞에서 카구라는 할 말을 잃었다. 그 모습이 기억 속에 있는 것과는 딴판으로 변해있었기 때문이다. 주변에 있는 나무들은 태풍이라도 지나간 듯 쓰러져 가지가 흩날려 있었고, 별을 비추었던 호수는 수천 개의 이파리며 진흙으로 햇볕을 거부하듯 탁해져 있었다.

장소를 잘못 찾았나 생각한 다음 순간, 카구라는 달려 나갔다.

호숫가, 풀이며 진흙범벅이 된 작은 산. 그곳에 부러진 듯한 엄니의 뿌리가 보였기 때문이다. 장소는 틀림이 없었다. 이 황량해진 호수는 그날 밤, 평안한 휴식을 제공해주었던 장소가 맞았다.

가까이 가 보니 산의 윤곽이 훤히 보였다. 동시에 카구라는 밑고 싶지 않은, 외면하고 싶은 공포에 눈을 크게 뜬 채 입술을 파르르 떨었다.

그곳에 놓여있던…… 아니, 그곳에 있던 것은 멀티컬러였다.

그 온몸은 예리한 날붙이로 베인 듯 무수한 상처로 뒤덮여 있었고 검산(劍山)처럼 부러진 칼날이 곳곳에 꽂혀 있었다. 그 너무도 처참한 멀티컬러의 모습을, 카구라는 받아들이지 못하고 그저 망연자실해서 서 있었다. 바로 그때였다.

"아가, 씨……인가."

낮고도 탁한, 당장에라도 끊어질 듯한 목소리가 카구라의 귀에 들렸다. 쉬고 희미하고 또렷하지도 않은 목소리였지만 분명히 들렸다.

카구라는 용수철처럼 고개를 들어 괜찮은 것인지, 대체 무슨 일이 있었던 것인지 물으며 수중에 있는 회복약을 있는 대로 멀티컬러의 몸에 뿌렸다.

멀티컬러는 가까스로나마 숨이 붙어있었다. 그는 당장에라도 숨이 끊어질 듯한 상태로 기력을 쥐어짜내어 말했다.

무장한 인간들이 느닷없이 습격해 왔다고. 그리고 리샤를 데리고 가버렸다고. 구해내고자 싸웠지만 이기지 못했다고. 분하고 괴로운 투로 말하더니 리샤를 부탁한다는 말을 끝으로 멀티컬러의 눈에서 빛이 사라졌다.

카구라는 밤새도록 울었다. 함께 한 시간은 하루는커녕 반나절도 되지 않는 인연이었지만 완전히 고립되었던 카구라에게 손을 내밀어 준 리샤와 멀티컬러는 카구라의 마음 깊숙한 곳까지 새겨진 소중한 친구였던 것이다.

날이 밝자 카구라는 퉁퉁 붓고 새빨개진 눈으로 호숫가에 매우 커다란 구멍을 팠다. 하다못해 편히 잠들었으면 하는 마음에 꽂혀있던 검을 뽑고 몸을 깨끗하게 닦고서 멀티컬러를 매장했다.

도시로 돌아온 카구라는 적극적으로 정보수집을 재개했다. 그리고 정령을 습격하는 자들의 정보를 모아 행동을 개시했다. 그 활동으로 인해 카구라의 주변에는 그녀에게 공감하는 자들이 모여들었고, 그것은 그룹에서 길드로, 계속해서 규모가 불어나 이스즈 연맹이라는 조직이 되었다.

절대적인 결의가 깃든 카구라의 시선을, 미라는 정면으로 받았다.

모든 마음이 전해진 것은 아니다. 하지만 용서 못한다고 한 카구라의 말에 아직 이 세계에 온지 한 달도 되지 않은 자신은 상상도 못할 감정이 담겨있다는 것만은 느낄 수 있었다.

"참으로 복잡한 이유가 있는 모양이로군."

"그래. 솔로몬 씨한테는 미안하지만 끝날 때까지는 안 돌아가."

카구라의 눈에는 결연한 의지가 깃들어 있었다. 소중한 친구를 빼앗기고, 잃은 슬픔과 분노로 시작한 일이기는 했지만 지금은 지키고 싶다, 구하고 싶다는 의지를 지닌 동료들이 곁에 있었다. 그녀는 증오에 삼켜지지 않고 올곧고 강한 눈빛으로 지금의 심정을 말로 옮겼다.

"그렇군. 어차피 이대로 내버려두어도 될 녀석들은 아니니 말이지."

미라도 그렇게 말하며 동의했다. 미라도 사람들의 좋은 이웃인 정령을 해치는 키메라 클로젠은 이대로 내버려둬서는 안 될 조직이라고 생각했다. 이곳까지 오던 도중에 스쳐 지나간, 이스즈 연맹이 보호하고 있는 정령도 카구라가 만든 이 조직이 없었다면 키메라 클로젠의 희생양이 되었을 것이다. 그것만 생각해도 이스즈 연맹은 중요한 조직이었다.

"하지만 뭐어, 글쎄. 오래 걸렸지만 이제 얼마 안 남았어. 머지않아 결판이 날 거야."

카구라는 결의가 깃든 불꽃같은 눈동자에 물처럼 맑고도 격류처럼 격렬한 감정을 실은 채 그 말을 입에 담고는 "할아버지 덕분이라고도 할 수 있겠지만"이라고 말을 이었다. 그리고 그 말에 담긴 의미에 관해, 미라가 생포하는 것을 도왔던 키메라 클로젠 소속 남자의 처우에 관해 말했다.

미라가 블루 일행과 헤어지고서 며칠 후, 이송부대가 블루 일행의 거점에 도착해 그대로 키메라 클로젠 소속 남자는 본거지로 이송되었다고 한다. 그리고 카구라가 직접 모든 정보를 토해내게 한 후, 처단하였다고 한다.

그 남자는 말단이었는지 얻어낸 정보의 내용은 몇몇 활동 거점의 위치며 암구호 같은 것뿐이었다. 키메라 클로젠의 간부 멤버며 납치한 정령을 어떻게 하고 있는지에 관해서는 전혀 듣지 못했던 모양이라 그러한 정보는 여전히 베일에 싸여 있었다.

"전부는 아니지만 몇몇 거점을 제압했어. 예상대로 경계 태세가 빨리 깔려서 허탕을 친 곳도 몇 군데 있었지만 한두 사람이라도 생포해서 그 사람들을 통해 또 다른 거점을 알아내면 그만이니까. 지금은 그렇게 녀석들의 거점을 샅샅이 뒤지고 있는 중이야. 최대한 힘을 깎아내고서 단번에 칠 거야."

카구라는 고양될 것만 같은 목소리를 억제하며 그렇게 설명했다. 거점을 제압해 조금씩 힘을 깎아나간다. 본래부터 세력 자체는 이스즈 연맹이 더 컸기에 가능한 강행책이었다. 따라서 키메라 클로젠은 은밀히 움직이고 있었다. 철수 속도가 빠른 것도 그 때문이었다.

"흠, 그렇다면 녀석들의 본거지도 이미 알아낸 게냐?"

열이 오르기 시작해 서서히 얼굴이 붉어져 가는 카구라에게 미라가 그렇게 묻자, 카구라는 태엽이 다 돌아간 장난감처럼 급격하게 풀이 죽어 고개를 푹 숙이더니 앉은뱅이책상에 엎어졌다.

"상당히 용의주도한가 봐. 키메라의 말단에게는 작은 거점을 순회하는 정도의 임무밖에 주지 않는 모양이야. 하지만 뒤지다 보면 하나 정도는 쓸만한 정보를 건질 수 있을 거야. 만약 알아내지 못한다 해도 거점을 제압하면 정령들의 피해를 억제할 수는 있을 테고."

"흠, 뭐어, 그렇기는 하지."

말단이 아는 거점은 같은 말단이 모이는 작은 것뿐이었다. 그것들을 아무리 뒤진들 거물에는 도달하지 못한다는 뜻이다. 그 이야기를 들은 미라는 그러고 보니 솔로몬에게 봉서를 건네받았다는 사실을 생각해 냈다. 생각지 못하게 카구라와 만나는 바람에 깜박하고 있었지만 이스즈 연맹에게 보낸 편지였다.

"그런 일이라면 이게 도움이 될지도 모르겠구나."

미라는 그렇게 말하며 일어나 카구라에게 다가갔다. 그러자 카구라는 고개를 푹 숙인 채 "뭔데~?" 하고 얼굴만 돌렸다. 앉은뱅이책상에 엎어진 자세는 시점이 낮아, 다리와 흔들리는 스커트 자락이 정면으로 보였다. 그리고 그것—덤블프가 이것—미라라고 생각하니 무심결에 웃음이 터져 나왔다.

"무어냐, 대체. 뭐, 그보다 이거나 받아라."

미라는 카구라의 옆에 털썩 앉아 가지고 온 봉서를, 카구라의 뺨을 쿡쿡 찌르듯 내밀었다. 카구라는 우울한 투로 그것을 받아서 보낸 이의 이름을 확인했다.

"어머, 솔로몬 씨가 나한테?"

"정확히는 이스즈 연맹의 수장에게 보낸 것이지."

"흐음~ 그래?"

그렇게 짧게 답하며 카구라는 봉투를 뜯어 서면을 확인해나갔다.

편지에 적힌 내용은, 이 편지를 건네받기 전에 언급했던 정령왕에 관한 사항이었다. 키메라 클로젠이 정령왕을 노리고 있다. 그렇게 예상하게끔 한 정보. 그리고 세 던전의 이름이었다.

처음에는 조용히 읽던 카구라의 표정이 서서히 험악해짐과 동시에 붉으락푸르락해졌다. 그야말로 구멍이 뚫리는 것이 아닐까 싶을 정도로 편지지를 빤히 응시하고 있었다.

그리고 다 읽고서는 편지를 내던지듯 앉은뱅이책상에 내려놓았다.

"정령왕…… 아하, 그런 거였어?"

이스즈 연맹측에서 파악한 키메라 클로젠의 동향과 대조하여 확신을 얻은 카구라는 대담하게 입가를 치올려 웃었다. 드디어 빛을 찾은 듯했기 때문이다.

"도움이 된 모양이로군그래."

"응, 많이."

카구라는 고양된 마음을 감추지도 않고 신이 나서 답했다.

"그리고 여기에는, 필요하면 할아버지를 부려도 된다고 적혀 있었어."

카구라는 그렇게 덧붙여 말하고는 "기대할게"라고 포식자 같은 눈초리로 빙긋 웃었다.

"뭣……이라고?"

그 한 마디로 또 휴식은 물 건너갔음을 깨달은 미라는 카구라 대신 앉은뱅이책상에 엎어진 채 손을 흔들어 알았다는 뜻을 밝혔다. 우선시해야 할 것은 한 시라도 빨리 키메라 클로젠을 몰아내는 일이었다.

이동 시간 동안만이라도 충분히 휴식을 취할 수 있도록 다음에 왜건에 들여놓을 이런저런 물건들을 정리해두자고 미라는 속으로 결심했다.

"빨리 움직일수록 좋겠지? 지금 있는 간부들만이라도 모아서 긴급회의를 해야겠어. 거기서 할아버지를 덤블프가 아닌 미라로

서 협력자라고 소개할 건데…… 그러고 보니 어쩌다 그렇게 된 거야?"

애초에 어째서 여자아이가 된 것인지, 카구라는 새삼 궁금해진 모양이었다.

"실은 이러저러해서 말이다."

"그래? 고생 많았겠네."

"호오, 통했나. 참 편리한 말이로군!"

"하나도 모르겠지만."

"그럴 테지!"

쓸데없기 이를 데 없는 대화를 나눈 후, 미라는 자기보신에 관한 모든 것을 감춘 채 솔로몬이 마련해준, 덤블프인 채로는 움직이기 어려울 테고 아홉 현자를 찾기에는 딱 좋기 때문이라는 구실을 들먹였다. 카구라는 "그렇게까지 하다니, 꽤나 기합이 들어갔네" 하고 반신반의하는 눈치이기는 했지만 납득했다.

"이번 건 중요한 미션이 될 것 같은데 동행한다 해도 지금의 할아버지는 영 못 미덥게 생겼잖아? 뭔가 칭호 같은 거 없어? 우리 애들이 찍소리도 못할 만한. 알카이트 왕국의 특사라거나 솔로몬 왕의 측근 같은 건 거리감이 있어서 임팩트가 부족한데."

덤블프인 미라의 실력은 카구라도 잘 알았고 믿고 있기도 했다. 하지만 동행하게 될 멤버들은 모르는 상대와 목숨을 공유해야 하는 셈이었다. 덤블프가 도움을 주겠다고 하면 누구 할 것 없이 두 손 들어 기뻐할 것이다. 하지만 온 대륙을 돌아다녀야 하는 임무가 있는지라 그렇게 말할 수는 없었다.

하지만 미라에게는 편리한 칭호가 있었다.

"흐음~ 칭호라. 일단은 덤블프의 제자라고 둘러대고 있다만."

미라가 그렇게 말하자 카구라는 어이가 없다는 눈초리로 미라의 온몸을 훑어보더니 입 안에서 화약이라도 터진 듯 웃음을 터뜨렸다.

"자기 입으로, 자기 제자라고 하다니, 뭐야 그게! 그런 생각은 하지도 못 했네! 하지만 뭐어, 나쁘지 않은 걸. 그런 걸로 하자."

간부에게 소개하기 위한 미라의 사회적 지휘가 결정되자, 이스즈 연맹의 향후 방침을 정하기 위한 긴급회의가 소집되었다.

10

궁전의 한 방에 이스즈 연맹의 중역들이 앉은뱅이책상을 에워싸듯 늘어앉아 있었다.

연맹의 우두머리인 카구라, 우즈메는 물론이거니와 주력 전투부대의 대장과 참모, 멀티컬러즈의 총대장, 총괄원 대표, 그리고 정예인 히든이 두 사람. 현재 즉시 소집할 수 있는 멤버들로 미라가 가져온 정보를 의제 삼아 긴급회의를 연 것이다.

당사자인 미라로 말하자면 현재 다른 방에서 대기 중이었다. 카구라에게는 신뢰할만한 인물인 데다 솔로몬왕의 이름 아래 협력 체제를 구축할 예정이라지만 간부들에게는 미라에 관해 어느 정도 설명을 할 시간이 필요했기 때문이다.

미라는 대기하는 동안, 수세식에 가까운 구조의 변기 앞에서 당황하거나 오랜만에 맛보는 화과자를 즐기며 줄곧 붉은 새와 담소를 나누었다. 냥마루의 술사는 짧은 시간이기는 했지만 카구라에게 지도를 받았다는 이야기며 분위기상 식신의 이름을 '냥마루'라 지을 수밖에 없었다는 이야기도 나왔다. 그리고 그것은 붉은 새에게도 남의 일이 아니었던 모양인지 미라를 마중하러 왔을 때 봤던 붉은 새, 빨간 날개 큰독수리의 이름은 '피요노신(노신(之進)은 에도시대에 흔히 사용했던 가명의 돌림자 중 하나)'이라고 했다. 그때 붉은 새는 먼눈을 한 채 "존경스러운 분이기는 하지만……"이라고 중얼거렸다.

미라는 뭐라 할 말이 떠오르지 않아 그저 동정할 따름이었다.

그렇게 얼마간 지나자 남자가 부르러 와서 미라는 회의실로 향했다.

그곳은 처음에 카구라와 이야기를 나누었던 방과 비슷한 구조였으며 차이를 들자면 중앙에 놓인 앉은뱅이책상이 정사각형이라는 점 정도였다. 그런 앉은뱅이책상을 둘러싼 간부들은 직위에 상응하는 분위기를 두르고 있었다. 그자들의 시선이, 미라가 들어옴과 동시에 일제히 집중되었다. 미라가 속으로 식겁한 가운데 카구라가 "여기여기" 하고 손짓을 했다.

미라가 이동하자 시선도 이동했다. 그리고 미라는 권유에 따라 카구라…… 아니, 이스즈 연맹의 총수 우즈메의 옆에 앉았다.

"얘가 아까 말했던 정보를 가져와준 알카이트 왕국의 사자야. 그리고 다들 알겠지만 키메라 클로젠의 일원을 잡았을 때 도움을 준 사람이기도 해."

"미라다."

우즈메가 소개하자 미라는 간결하게 자기 소개를 해 보였다.

그 순간, 감탄 섞인 탄성이 일었다. 키메라 클로젠의 일원을 생포했다는 정보는 당시 눈 깜짝할 새 이스즈 연맹의 관계자들에게 널리 퍼져 다 같이 그 위업을 칭송했을 정도였다. 현재 이루어지고 있는 키메라 클로젠의 각 거점을 함락하는 계기가 된 사건이었다. 그 공로자가 눈앞에 앉은 소녀였다. 그 몸에 얼마나 큰 힘이 깃들었기에 그런 일을 해낸 것인가 싶어, 간부들은 흥미진진한 눈빛으로 미라를 쳐다보았다.

"그리고 한 가지 더 말하자면, 얘는 아홉 현자의 일원인 덤블프의 제자이기도 해."

우즈메가 때는 지금이라는 듯 그렇게 덧붙여 말하자 그 자리에서 소리가 완전히 사라졌다. 하지만 그것도 잠시 뿐, 우즈메가 카구라라는 사실을 아는 간부 중 한 명은 그 말을 순순히 받아들였다.

"가짜에 관한 이야기는 가끔씩 들었습니다만……. 우즈메 님이 직접 거론하실 정도니 진짜겠죠. 키메라보다 한 수 위였던 것도 납득이 되는군요."

간부 중 우즈메와 가장 가까운 자리에 앉아있는 초로의 남자는 미라의 마음에 쏙 드는 모양의 수염과 함께 고개를 주억거리며 우즈메의 말을 긍정했다. 그리고 그 말을 들은 다른 간부들도 옳은 소리라고 납득하며 저마다 미라를 칭찬했다.

그들은 칭찬을 하는 김에 한 사람 한 사람씩 자기소개를 하기 시작했다.

"벨레로폰 부대라는 부대의 대장을 맡고 있는 미자르다. 잘 부탁한다."

"마찬가지로 벨레로폰 부대의 참모. 아리오트라고 합니다."

벨레로폰 부대라는 두 사람 중 대장이라고 밝힌 미자르는 간소한 가죽 갑옷을 입고 있었다. 나이는 마흔을 넘은 듯 보였고, 주름이 눈에 띄기 시작한 그 딱딱한 표정을 유지한 채 미라를 정면으로 쳐다보았다.

아리오트라 말한 자는 조금 전에 미라가 제자임을 가장 먼저 인정한 초로의 남자였다. 수수한 로브를 걸치고 로맨스그레이색 머리를 말끔하게 뒤로 넘기고 있었다.

"소문은 들었다. 실버의 부대가 신세를 졌다는 모양이더군. 나는 멀티컬러즈 부대의 총대장을 맡고 있는 콘고. 잘 부탁한다."

거뭇한 피부와 그곳에 있는 일동에 비해 월등하게 커다란 체구는 갈리디아족의 그것이었다. 하얀 머리는 짧게 잘랐고, 다박수염이 잔설처럼 얼굴 절반을 메우고 있었다. 콘고라는 남자는 몸집에 비해 작은 눈으로 미라를 바라보며 쾌활하게 웃었다.

"나는 코핀. 각국 통괄원의 책임자, 라고 하면 되려나."

코핀은 살며시 손을 흔들며 자신을 소개했다. 이 세계에서는 일반적인 옷인 바지에 셔츠, 거기에 하피(法被)(일본의 전통 복장 중 하나로 통이 큰 겉옷. 무가의 하인, 장인까지 폭넓게 입었으며 현재는 장인이 주로 입고, 축제 복장으로 입기도 한다) 같은 것을 걸치고 있어, 미라를 제외하면 그곳에서 가장 젊어 보였다. 하지만 장명족인 엘프의 특징이 보이니 실제 연령은 분명치 않았다.

"히든인 뱀."

"같은 소속의 전갈이야."

히든이라 밝힌 두 사람은 거리를 걷는 모험가와 큰 차이가 없는 차림새를 하고 있었다. 뱀은 검은 로브, 전갈은 장수풍뎅이를 연상케 하는 재질의 가슴 갑옷을 입고 있었다. 양쪽 모두 여성으로 검은 머리카락에 눈매가 매서운 것이 뱀, 복숭아색 쇼트커트에 맑은 미소를 짓고 있는 메오우족이 전갈이었다.

"자아, 자기소개는 끝났지? 그럼 본론으로 돌아가자."

대충 분위기가 가라앉은 것을 확인한 우즈메가 회의를 재개했다. 그 말은 귀여운 미라의 등장으로 인해 무의식중에 느슨해진 장중의 분위기를 졸라매어 대(對) 키메라 클로젠에 대한 안건으로 의식을 통일시켰다.

"아까 말한 세 개의 던전. 여기에 이쪽에서도 정예를 보내야겠어."

미라가 가져온 정보는 거의 다 전달된 상태로, 그 건에 관한 본격적인 이야기에 앞서 미라를 부른 모양이었다.

"그래야지. 이만큼 귀중한 정보를 알았으니. 녀석들의 간부만 붙잡으면 국면은 크게 변할 거야. 그나저나 이 정보, 좀 더 자세히 조사해 보는 편이 좋지 않을까. 듣자하니 정령왕을 노리고 있다는 건 아직 억측의 영역 같던데. 우리를 유인하기 위한 함정일 가능성도 있고."

미자르는 그렇게 말하며 한 가지 의문점을 제시했다. 키메라 클로젠의 목적이 정령왕이라는 것은 그 동향을 통해 유추해낸 추측에 불과하다. 실제로는 예상이 완전히 빗나가 있거나 용의주도하게 준비한 함정일 우려도 있는 것이다.

일리 있는 이야기다 싶었는지 누구 할 것 없이 생각에 잠겨 한숨을 흘렸고, 앉은뱅이 책상을 둘러싸듯 방석 위에 앉은 이국정서가 넘쳐나는 자들이 일제히 침묵했다. 하지만 그때, 참모인 아리오트가 어떤 추론을 입에 담았다.

"분명 그럴 우려도 있습니다만 키메라가 정령왕을 노리고 있다는 이야기는 우리가 파악한 상황을 통해서도 추측할 수 있을 듯

하군요."

벨레로폰 부대의 참모 아리오트. 그는 이스즈 연맹의 두뇌이자 우즈메의 정체를 아는 몇 안 되는 이들 중 하나였다. 멤버들에게는 절대적인 신뢰를 받고 있는 그가 그렇게 말을 내뱉자 눈 깜짝할 새에 시선이 그의 한 몸에 집중되었다. 미라 역시 흥미롭다는 듯 고개를 돌렸다.

"역시 아리오트야. 말해 봐."

"그러면······."

우즈메가 재촉하자 아리오트는 품안에서 켜켜이 접힌 종이를 끄집어내서 앉은뱅이책상 위에 펼쳤다. 두 팔을 좌우로 뻗은 길이보다 큰 그것은 대륙 지도로, 무수한 표시가 전체적으로 새겨져 있었다.

"아시다시피 현재 키메라의 각 거점을 기습하여 많은 물자와 정보를 획득하고 있습니다. 이 지도에 있는 표시는 그 거점이 있었던 장소지요. 이미 오십 곳을 넘겼고 앞으로도 계속 늘어날 겁니다. 과연 대단하다고 해야 할지, 키메라는 내빼는 속도 하나는 빨라서 거점의 숫자에 비해 생포한 인원 수는 적습니다. 하지만 착실히 전력을 깎아내는 일로는 이어지고 있지요. 이제 시간문제라 해도 과언이 아닐 겁니다."

"그래, 맞아. 말단들뿐이지만 그래도 정령들의 피해는 눈에 띄게 줄었어. 그런 만큼 잘 시간도 없다고 대원들이 매일 우는 소리를 하고 있지만 말이야."

아리오트가 재확인을 하듯 제시한 정보에 멀티컬리즈 부대 총대장인 콘고가 쓴웃음 같은, 하지만 자신만만한 미소를 지으며 맞장구를 쳤다. 키메라 클로젠의 거점 습격은 멀티컬러즈 부대가 주축이 되어 움직이고, 거기에 이송원 등이 합류하는 형태로 작전이 진행 중이었다. 지금까지의 조사와는 달리 확실하게 키메라 클로젠의 전력을 깎아내고 있는 것이 실감되는 탓인지 들려오는 우는 소리는 농담 반 진담 반이어서 콘고는 일소에 부치며 더욱 분발하라며 독려하고 있다는 모양이었다.

"그럼 본론으로 들어가겠습니다. 현재 상황을 통해 알 수 있듯 저희에게는 순풍이, 저쪽에는 역풍이 불고 있다 할 수 있습니다. 하지만 상대는 키메라입니다. 이대로 끝날 리가 없죠. 그 증거로 이러한 정보가 들어왔습니다. 소문에 따르면 최근, 키메라 측에 가담하는 모험가들의 움직임이 눈에 띄게 늘었다 합니다. 저희가 거점 제압에 나선 것 역시 최근이지요. 녀석들이 정령왕의 힘을 얻으면 분명 전황은 반전될 겁니다. 본래부터 전력은 이쪽이 한 수 위였으니 그것을 뒤집을 모종의 책략을 준비하고 있었을 테고, 그것을 이번 기회에 실행했다. 이렇게 생각할 수도 있지요."

아리오트가 말을 마치자 연신 고개를 끄덕이던 우즈메가 가장 먼저 입을 열었다.

"응, 우리가 더없이 유리한 상황이야. 하지만 그 말이 맞아. 이대로 그 녀석들이 가만히 있을 리가 없어."

순수한 전력으로는 뒤진다는 것을 잘 알고 있을 키메라 클로젠은 불리하다고 판단되면 그 즉시 도주를 꾀할 만큼 철저했다. 하지만 이대로 가면 손발을 모두 꽁꽁 묶이는 것은 시간문제였다.

따라서 총공세에 나선 것이라 생각할 수 있었다.

"가능성이 있다면 다소의 위험부담은 감수해야지."

미자르가 굳은 표정으로 말했다.

미라가 건넨 편지에 적혀 있던 것은 모두 상급 던전의 이름이었다. 그 난이도는 현재, 막 상급이 된 모험가가 공략할 수 있을 정도가 아니었다. 요컨대 보내지고 있는 키메라 클로젠에 속한 자나 관계자도 상당한 실력자라는 뜻이리라. 그리고 키메라 클로젠에게도 중대한 임무이기에 그 중에는 상층부와 이어진 자가 섞여있어도 이상할 것이 없었다. 이번 작전의 취지는 그들을 조준해 보자는 것이었다. 성공만 하면 아직 판명되지 않은 적의 본거지를 알아낼 수도 있었다. 미자르가 말했듯 위험성을 고려해도 실행해볼 가치는 있으리라.

아리오트도 함정은 아니라고 단언하지 않고 그 위험성을 인정하면서도 작전에 임할 가치는 충분하다 했다. 그에 납득한 일동은, 그럼 온갖 개연성을 내포한 이번 임무를 수행할 만한 자로는 누가 있을지에 관한 이야기로 넘어갔다.

"어정쩡한 실력으로는 완전히 대처하지 못할 일도 있을 테고 상대의 숫자도 불명. 장소도 뿔뿔이 흩어져 있고. 우리가 나설 수 있으면 좋겠지만 이곳을 비울 수는 없는 노릇이고. 정예를 보내는 건 좋지만 누굴 보내면 좋을지?"

코핀은 그 자리에 모인 면면을 일망하며 의향을 묻듯 우즈메에게 시선을 보냈다. 확실하게 생포하려면 그야말로 상대의 배는 되는 전력이 필요할 것이다. 그리고 이스즈 연맹 최대의 임무인 이상 필요한 것은 정예 중에서도 정예이리라.

코핀에 이어 일동이 주목한 가운데 우즈메는 가볍게 입술을 적시듯 혀를 날름거리고는 한 박자 쉬었다가 입을 열었다.

"모든 히든을 집결, 팀을 만들어 던전으로 보내려고 해."

그 말이 떨어짐과 동시에 긴장감이 가득했던 이스즈 연맹 간부들의 표정이 풀어졌다.

"적임일겝니다."

"그래. 마음 놓고 맡겨도 될 거야."

아리오트와 미자르가 즉시 우즈메의 안을 긍정하자 다른 네 간부도 잇달아 지지의 뜻을 표명했다.

"그렇지?!"

우즈메는 마치 백점만점을 받은 어린애처럼 밝은 표정으로 말했다.

간부들은 우즈메가 직접 나서겠다고 말하지는 않을까 내심 조마조마했던 것이다. 무슨 일이든 최선을 다하려는 우즈메를 이 핑계 저 핑계, 이 방법 저 방법으로 달래는 것도 그들의 임무 중하나였다. 이번에도 걱정이 앞섰지만 어찌어찌 무난한 인선으로 정해졌다며 가슴을 쓸어내린 것이다.

"지금 히든들은 어디에 있어?"

우즈메가 그렇게 묻자 앉은뱅이책상에 펼쳐진 대륙 지도에 아리오트가 신속하게 표식을 세워 나갔다. 히든의 움직임 역시 그가 파악하고 있는 모양이었다.

"어제까지의 보고에 의하면 현재는 이렇게 분포되어 있을 듯합니다."

표식은 전부 다 해서 열 개. 또한 이 자리에 있는 두 사람을 포함해 히든은 다 합쳐 열두 명이었다. 우즈메가 대륙 지도를 노려보고 있자 세 개의 표식이 더 추가되었다.

"천칭의 성채, 수호자의 서재, 환영회랑은 여기 있습니다. 보아하니 서고와 회랑은 문제없을 것 같은데 말이지요. 하루에서 이틀 정도면 각각 가장 가까운 던전에 모일 수 있을 테니. 남은 문제는 던전 허가증과…… 성채 쪽일 듯 합니다만."

새로 추가된 장소 주변에는 분명 조금 전 히든을 나타내는 표식이 멀지 않은 거리에 새겨져 있었다. 그 세 장소는 던전이기에 조합의 허가증이 필요했다. 아리오트는 대륙 지도에 시선을 떨어뜨린 채 머릿속으로 방안을 찾다가는 몇 번인가 고개를 끄덕이고서 결론을 입에 담았다.

"마침 A랭크 이상의 자격을 지닌 자들이 적절하게 흩어져 있습니다. 이 자들에게 허가증을 발급해달라고 하면 서고와 회랑은 문제없을 듯합니다. 하지만 성채는 방법이 없군요. 현재의 배치 상태로 미루어 이 본부에서 인원을 보내는 편이 빠를 겁니다."

"그러네, 뱀이랑 전갈…… 둘만 보내기는 걱정되는데."

나머지 두 곳에는 다섯 명씩 깔끔하게 팀을 나눌 수 있었지만 천칭의 성채만 두 사람. 실력은 있지만 상대의 편성이 불명확한 탓에 그녀들만으로는 불안감이 남을 수밖에 없었다.

동석한 히든 소속 두 사람도 자신의 실력에 자신은 있었지만 이번 임무의 중요성은 인식하고 있기에 그 말을 가만히 받아들이고 있었다.

"두 사람은 C랭크였을 터. 그렇다면 A랭크 협력자를 최소한 한 명은 확보해야겠군요."

아리오트가 그렇게 말을 잇자 뱀과 전갈은 말없이 고개를 끄덕였다.

A랭크 모험가라면 천상폐도로 가던 도중 만났던 하인리히 정도의 실력자일 것이다. 협력자를 찾기가 그리 쉽지는 않을 듯했지만 이곳, 이스즈 연맹의 본부에는 그들에게 협력하고 있는 모험가들도 많이 체재하고 있었다. 우즈메는 그 중에서 한 사람을 선택하면 되리라 생각하고는, 혼자 가도 거뜬할 미라에게 시선을 던졌다.

"그런데…… 미라. 사계의 숲에는 하늘을 날아 왔다고 들었는데, 구체적으로는 어떻게 온 거야?"

미라는 우즈메의 물음에 반응해 대륙 지도에서 시선을 떼고는 질문의 내용을 머릿속으로 반추하고서 의기양양한 표정으로 답했다.

"왜건을 타고 이 몸이 소환한 가루다에게 운반하게 했지."

"역시 그렇구나~. 비행할 수 있는 대형 사역계가 있으면 그런 것도 할 수 있구나. 부럽다."

우즈메는 호박 마차 같은 동화에 나올 법한 왜건을 머릿속에 그리고는 그것에 타고 하늘을 나는 자신의 모습을 상상해 보았다. 음양술에도 사역계 술법은 있지만 가루다만큼 덩치가 커다란 것은 없었다. 따라서 타거나 매달리는 것이 고작이었고 쾌적한, 그야말로 공주님 같은 미라의 이동수단이 우즈메는 진심으로 부러울 따름이었다.

"그런데 그 왜건에는 몇 사람 정도 탈 수 있어?"

"흐음~ 글쎄……. 세 명 정도이려나."

미라는 왜건의 내부를 떠올리며 말했다. 자신이 앉고 한 사람, 그리고 또 한 사람을 공간에 배치한 결과, 도출된 정원이었다. 그 이상 타면 약간 좁아지리라 예상하며 미라는 답했다.

"세 명이라아. 아, 조합에 등록은 했어?"

"음, 했다. 하지만 C랭크니 허가증은 발행해주지 않을 것이야."

질문의 의도를 파악한 미라는 미리 랭크가 부족하다는 사실을 전했다. 우즈메는 "할아버지라면 식은 죽 먹기일 테니 좀 따 놔"라고, 아무에게도 들리지 않을 정도로 작은 목소리로 중얼거리고는 동석한 히든 두 사람에게로 시선을 돌렸다.

"그럼 별 수 없지. 뱀, 당신은 여길 지켜. 미라랑 전갈, 그리고 A랭크 중 한 사람에게 협력을 구해서 허가증을 입수. 이동은 하늘 나는 왜건을 타고 최단거리로. 그러면 되겠지?"

그 말은 결정사항으로, 마지막 확인을 구하는 한 마디는 주로 미라, 그리고 뱀을 상대로 한 말이었다.

"상관없다."

"……알겠어."

미라는 이미 한 배를 탔으니 별 수 없다는 투로 답했고, 뱀도 다소 늦게 고개를 끄덕였다. 하지만 멤버에서 제외된 뱀은 입을 굳게 닫은 채 부루퉁해져서 검고 긴 머리를 손가락으로 지분거리고 있었다. 향후의 흐름을 좌우할 중요한 임무에 히든 중 자신만 참가하지 못한 것도 모자라, 그 원인이 탈것의 정원이라니. 경애하는 우즈메의 명령이라지만 뱀은 곧장 납득할 수가 없었다.

그런 모습을 보다 못한 콘고가 "아~ 그 뭣이냐"라고 머뭇거리며 운을 떼어 합의점을 찾을 수 있을 만한 말을 골라 입에 담았다.

"키메라는 상당히 강한 녀석들이 올 것으로 예상되잖아. 그리고 A랭크 던전쯤 되면 마물도 상당히 강할 테고. 단순한 탐색만이라면 모를까, 숫자가 얼마나 될지 모르는 상대와 싸우러 가는데 세 명은 너무 적지 않을까?"

콘고가 그렇게 말하자 뱀은 그 즉시 고개를 들어 끄덕이고는 그 기세를 이어받아 말을 이었다.

"이번 임무, 매우 중요. 반드시 성공. 세 명은 위험. 그러니 동행 희망."

겉보기보다 어린 음색으로 뱀이 담담하게 말을 늘어놓았다. 심지어 말을 끝맺을 때마다 두 손으로 앉은뱅이책상을 두드리며 강조하기까지 했다.

이 시점에서 이미 우즈메와 간부들 사이에는 약간의 의견 차이가 있었다. 그것은 단순한 전력에 관한 의견이었다. 우즈메의 작전내용은 완전히 미라를 최대전력으로 상정한 것이었다. 우즈메는 미라가 아홉 현자 본인이라는 것을 알고 그 실력을 파악하고 있었지만 간부들은 아홉 현자의 제자라고 소개를 받았을 뿐이라 소문으로 전해들은 정도의 정보밖에 알지 못했다. 그래서 상급

술사보다 강하거나 자신들과 비슷한 정도일 것이라는 인상을 품고 있었다.

"그렇군요. 이번 임무는 지금가지 수행했던 것들 중 가장 중요합니다. 무슨 수를 써서든 성공시켜야만 합니다. 애초에 사자 분께 저희 임무를 돕게 하는 것부터가 좀 그런 것 같습니다만……미라 님이 동의하신 것을 보면 모종의 약정이라도 있는 것일 테지요. 하지만 현자의 제자님이라고는 해도 실력도 모르는 채로 맡기려니 다소 불안함이 남는군요."

이스즈 연맹 설립 이래 최대의 임무에 오늘 막 이곳에 온, 알카이트 왕국의 사자를 투입한다. 미라라는 소녀는 전환점을 마련해준 은인이기는 했지만 아직 신뢰하기에는 판단자료가 부족해, 간부들이 보기에는 외부인의 영역을 벗어나지 않는 존재였다. 하지만 조직의 우두머리인 우즈메가 전면적으로 신뢰하고 있다는 것은 태도를 통해 알 수 있었다.

우즈메는 아홉 현자인 카구라와 동일인물, 그리고 알카이트 왕국이라 하면 그 아홉 현자를 보유한 나라였다. 그 나라의 사자니 믿는다. 혹은 옛 동포인 덤블프의 제자라는 사실도 한몫 거들었는지도 모른다. 아리오트는 우즈메와 미라의 신뢰관계를 그렇게 파악하고 있었다.

앉은뱅이책상에 놓인 솔로몬의 편지를 흘끔 쳐다보고는, 거기에도 무언가가 적혀있으리라고 추측한 아리오트는 당사자인 미라를 살펴보고자 시선만을 던졌다. 그러자 어찌된 일인지 마치 음미하듯 가만히 자신을 쳐다보는 미라와 눈이 마주치고 말았다.

아리오트는 현자의 제자의 실력이 얼마나 될지 겉모습을 통해 조금이라도 가늠해 보려 했지만 고려해야 할 점은 그 반대가 아니었을까 하고 자신의 행동을 반성했다. 오히려 미라는, 자신들이 힘을 빌려줄 가치가 있는 존재인지 어떤지를 가늠해보고 있지 않았을까.

"그건 문제없어. 미라의 됨됨이는 내가 보증하고, 그 실력도 마찬가지야. 아마 지금 여기서 제 실력으로 붙으면 10분 후에는 미라랑 나 말고는 아무도 서 있지 않을 걸."

우즈메의 정체를 아는 아리오트와 미자르, 콘고가 설마 그럴 리가, 하고 반사적으로 미라에게로 시선을 옮겼다. 다른 면면들도 조금 늦게 미라를 쳐다보았다.

미라는 제자라 하기는 했지만 애초에 현자 본인이었다. 간부들의 역량을 아는 우즈메가 그렇다니 그 말은 사실이리라.

그에 반해 제법 이상적인 모습으로 늙은 아리오트에게 참고할 만한 점은 없을까 하고 관찰 중이던 미라는 자신에게 시선이 집중되자 몸속까지 들여다보는 듯한 기분이 들어 거북해서 쓴웃음을 지었다.

"으음~ 과대평가인 듯한 기분도 들지만 말이다. 뭐어, 젊은이들에게는 그리 쉽게 지지 않을 게다. 그리고 천칭의 성채라 했지? 그곳에서 출현하는 마물 정도라면 걱정할 것 없다. 문제는 키메라의 정예인지 뭔지의 실력이 어느 정도인가 하는 것일 테지."

미라는 우즈메의 발언을 대체로 긍정했다. 뱀이 약간 얼굴을 찌푸렸지만 우즈메는 당연하다는 듯, 공로라도 세운 듯 콧김을 내쉬었다. 다른 간부들은 그러한 말을 태연스럽게 내뱉는 그 자신감에서 진실미를 엿볼 수 있었다. 그러던 중, 한 사람이 그 말에 반응을 보였다.

"난 알아."

전갈이 미라의 의문에 답하듯 말을 받았다.

"전에 딱 한 번, 키메라의 간부와 맞닥뜨린 적이 있었거든. 간부라 해도 키메라 내부에서 어느 정도의 위치에 있었을지는 확실치 않지만, 말단과는 확연하게 격이 달랐어. 대충 말하자면 나랑 비슷한 정도였달까? 뭐, 도망치지 않았다면 내가 이겼겠지만!"

약간의 자신감을 내보이며 전갈은 추측을 입에 담았다. 하지만 발언자인 전갈의 실력을 몰라서는 비교가 되지 않았다. 전갈은 그 사실을 알면서도 우즈메가 저렇게까지 믿는 미라의 실력이 얼마나 될지, 호기심 비슷한 감정을 표정에 훤히 드러낸 채 제안했다.

"우즈메 씨를 못 믿겠다는 건 아니지만, 미라의 실력을 한 번 확인해 보는 건 어떨까. 내가 상대할게. 그러면 다른 사람들도 안심하고 맡길 수 있을 테고 뱀도 납득할 수 있을 거야."

"네에, 그게 가장 좋겠군요."

임무의 중대성을 감안하자면 신중에 신중을 기울여 나쁠 것은 없을 것이라 생각한 아리오트가 그 자리에서 동의했다. 우즈메 역시 간부들의 마음을 이해하기에, 여전히 미라의 승리를 확신한 채 입을 열었다.

"알겠어. 조금 어울려줄 수 있을까?"

부디 전갈의 자신감이 산산조각나지만은 않기를 바라며 우즈
메는 미라에게 물었다.

"음, 상관없다."

미라 역시 키메라의 정예가 어느 정도의 실력을 지녔을지 알 좋
은 기회라 생각해 흔쾌히 승낙했다. 그리고 회의는 일시중단되
어, 일행은 궁전 중앙에 위치한 정원으로 향했다.

11

바람은 없고 파도처럼 흔들리는 나무 사이로 새어나온 햇살이 하늘에 자리한 호수면을 지나 땅바닥에 비추어, 물방울 무늬를 자아냈다. 이스즈 연맹의 본거지는 호수 바닥에 있어, 전면이 수족관 같은 장소였다. 그 중 가장 깊은 곳, 중역들이 모인 궁전 안뜰에서 미라와 단검을 두 손에 각각 든 메오우족 여성, 전갈이 마주보고 있었다.

'아홉 현자 덤블프는 소환술사의 정점. 그렇다면 당연히 저 애도 소환술이 메인이겠지? 하지만 아홉 현자 이야기에는 선술로 근접전에도 대응한다는 구절도 있었던 것 같아. 제자라면 그걸 배웠을지도 몰라. 그렇다고 거리를 벌리면 소환술의 먹잇감이 될테고…… 나도 원거리전은 질색이니까아.'

전혀 예측이 안 되는 상대 앞에서 전갈은 덤블프에 관한 기억을 우물 밑바닥에서 퍼올리듯 기억해내서는 대처법을 생각했다.

"준비 다 됐지~? 그러면, 시자악!"

우즈메의 신호를 듣고 있자니 기운이 쑥 빠질 것만 같았지만, 전갈은 거기에 현혹되지 않고 지체없이 가속했다. 거리를 벌렸다가 소환술을 사용하기라도 하면 골치 아파진다. 그렇다면 전투를 개시하자마자 자신의 특기인 근접전으로 몰아가면 그만이다. 전갈은 그렇게 결론을 내렸다. 그리고 그것을 가능케할 만큼의 민첩성도 지니고 있었다. 마치 시위를 떠난 화살처럼 전갈은 저공을 미끄러지듯 나아가 미라에게 육박했다.

그야말로 눈 깜짝할 새 접근전 범위에 돌입한 전갈은 단검을 번개와도 같은 속도로 내질렀다. 상대의 목 언저리에 칼날을 들이대면 그로써 결판이 난다.

단검은 목적한 대로 상대의 목 언저리에 닿았다. 하지만 그 순간, 미라의 모습은 마치 환상처럼 흐려져 곧 사라졌다.

"어라?"

전갈은 어쩐지 얼빠진 소리를 내면서도 망설임 없이 몸을 틀어 재가속했다. 미라주 스텝이라는 것을 간파하고는 그 즉시 미라의 기척을 쫓은 것이다.

'정예라 할 만하군그래.'

미라는 전투 초반이라면 미라주 스텝은 그럭저럭 실력이 있는 자를 상대로도 효과가 있으리라고 내다보고 있었다. 그리고 전투가 시작됨과 동시에 과연 카구라 아래 모인 정예라며 감탄했다. 환영을 쫓아 무턱대고 검을 휘둘러대기만 했던 거만한 귀족 카이로스와는 달리 전갈은 신속하게 대응해왔기 때문이다. 기척에 반응해 똑바로 미라를 향해 질주하는 그 모습에서는 많은 경험과 수련을 쌓았다는 것을 엿볼 수 있었다.

몇 차례의 엇갈림을 반복해, 서로의 거리가 단검의 사정권에 돌입한 직후, 전갈이 날카로운 일격을 내질렀다. 빠른 속도로 최단거리를 꿰뚫는 찌르기였다. 하지만 미라는 그 칼날을 부분소환한 타워실드로 막아냈다. 그와 동시에 기세를 완전히 죽이지 못한 전갈의 몸이 그대로 방패에 부딪혔다.

"뭐야 이거, 어디에서 나왔지?!"

전갈은 아슬아슬하게 낙법을 취해 간신히 충격을 최소한으로 억제한 듯했다. 부분소환은 미라가 막 개발한 신기술인 탓에 그것을 처음 본 전갈은 놀라면서도 주의 깊게 상황을 주시했다.

직후에 방패가 소멸하자 그곳에 있었을 터인 미라의 모습도 홀연히 사라져 있었다. 하지만 전갈은 초조해하지 않고 기척을 살폈다. 그 직후였다. 벌레가 등줄기를 기어오르는 듯한 기분 나쁜 한기를 느낀 전갈은 순간적으로 펄쩍 뛰어 물러났다. 순간, 땅바닥이 망치질이라도 한 듯 움푹 패더니 내장까지 쩌렁쩌렁 울리는 충격의 여파가 전갈의 몸을 관통하고 파열음이 울려 퍼졌다.

'이건 분명 선술의…… 충파!'

현상을 통해 술법을 간파하고는 그 궤도로 발동지점까지 산출해낸 전갈은 다음 공격을 경계하며 위쪽으로 고개를 돌렸다. 그곳에는 분명 미라가 있었다. 부분 소환한 방패로 시야를 가리고 공활보로 전갈의 머리 위로 도약했던 것이다.

미라로 말하자면 손에 남은 느낌을 확인하며 전갈의 반응속도에 혀를 내둘렀다. 완전한 사각에서의 공격이었음에도 불구하고 맞기 직전에 피했기 때문이다. 하지만 미라는 왜건으로 이동 중에 생각해낸 이번 전법은 그럭저럭 유용할 것 같다며 단단히 마음에 새겨두기로 했다.

"아직 사거리 안이야!"

전갈은 감탄한 미라는 아랑곳 않고 순식간에 끌어올린 투기를 단검에 실어 하늘을 향해 그었다. 그러자 작은 소용돌이가 마치 아가리를 벌린 뱀처럼 이빨을 드러낸 채 허공에 떠오른 미라를 덮쳤다. 미라는 그것을 선술로 바람을 두른 두 손으로 받아내고 으스러뜨리고서 전갈을 내려다본 채 씨익 웃었다.

"제법이로군."

허공을 걸으며 이어서 날아든 두 번째 소용돌이를 받아넘긴 미라는 기쁜 듯 상대를 바라보았다. 표적을 잃은 뱀이 허공에서 풀어지자 압축된 공기가 선풍이 되어 안뜰을 휩쓸었고, 그 바람에 미라의 스커트가 초목과 함께 두둥실 떠올랐다. 그로 인해 아슬 아슬하게 그늘 아래 있었던 성역이 훤히 드러나자 총괄원 대표인 코핀이 환호성을 질렀다. 하지만 다음 순간, 뱀의 손에 의해 숙청 당했다. 미자르와 아리오트는 그 즉결 재판에 휘말려들지 않도록 금지 구역이 된 성역으로부터 자연스러운 동작으로 시선을 떼었다. 그리고 "생긴 것답지 않게 상당히 되바라졌군"이라고 중얼거린 콘고가 순식간에 코핀의 뒤를 따른 모습을 보고 합장했다.

그러는 동안에도 주역 두 사람의 공방이 이어졌다.

전갈이 단검을 휘둘러 일으킨 소용돌이를, 미라가 이번에는 중간에 상쇄시켰다. 하지만 그 세 번째 뱀에게는 아직 이빨이 남아 있었다. 얇고 둥그런 톱 같은 날이 그 뒤를 쫓듯 투척되어 제 역할을 마친 뱀의 몸을 뚫고 튀쳐나와 미라에게 육박한 것이다. 그 칼날은 본래 독을 발라 사용하지만 이번에는 시합인 탓에 그러지 않았다. 전갈은 살짝이라도 스치면 승리를 선언해도 되리라고 생각한 모양이었다.

칼날은 미라의 발치로 빨려들 듯 날아들었다. 얼굴 근처를 노리기를 전갈이 주저한 탓도 있었지만 그보다는 맨손으로 자신이 자신 있어 하던 기술을 격파한 것을 염두에 두고 손이 닿지 않는 부분을 노린 것이리라.

"또?!"

날카로운 금속음이 울리더니 칼날은 힘을 잃고 나뭇잎처럼 떨어져 내렸다. 전갈은 또다시 어디선가 나타난 흠집 하나 없는 방패를 보고 넌더리가 난다는 투로 소리쳤다.

그리고 직후, 미라는 이번에도 방패와 함께 모습을 감추었다. 칼날을 막음과 동시에 미라는 전갈의 사각에 해당되는 방패 뒤에 한 장의 방패를 더 소환해서 그것을 발판 삼아 축지를 사용해 상대의 머리 위를 뛰어 넘었다.

전갈은 재빨리 기척을 감지하고 고개를 돌렸다. 방패가 사라지고서 1초도 채 되지 않아 반응했다. 미라는 그 민첩성을 높이 평가하며 요격의 강도를 높였다.

"엑……"

전갈은 뺨을 씰룩이며 쓴웃음을 지은 채 그런 목소리를 흘렸다. 최대한 빨리 반응했다는 실감이 그녀에게는 있었다. 하지만 눈앞에는 가장 경계했던 덤블프의 제자의 소환술이 완벽한 형태로 구현되어 있었다. 이때 전갈은 기준으로 삼았던 이는 소환술사와 대치 중인 상대의 격차를 또렷이 실감했다.

'심지어 둘이나……. 소환술은 분명…… 지정, 선택, 소비, 발동이었던가. 그 녀석은 하급이라도 2초는 걸린다고 했는데, 그랬는데—!'

전갈은 마음속으로 소환술사 지인에게 화풀이를 하고는 눈살을 찌푸린 채 이제 어쩔까 생각했다. 그녀의 앞에는, 공주를 지키듯 백과 흑으로 된 기사가 그저 조용히 붉은 두 눈을 번뜩이며 서 있었다.

'이런이런, 이런 실력자를 상대하다 보면 무심결에 움직이고 싶어져 못 쓰겠구먼. 초심, 초심으로 돌아가자. 보란듯이 소환술을 써야지.'

두 기사의 뒤에서 미라는 턱끝을 손가락으로 쓸며 견학자 측을 흘끔 쳐다보고서 반성을 하며 기합을 다시 넣었다.

"자아, 본 시합을 시작하지."

미라가 그렇게 말하자 다크나이트는 거의 예비동작도 없이 시작부터 최고 속도로 뛰쳐나갔다. 당연히 표적은 빈틈없이 경계 자세를 취한 히든의 일원, 전갈이었다.

그러자 전갈은 "우와, 무서워!" 하고 인간답지 않은 외모와 거동에 놀라면서도 지극히 냉정하게 응전을 개시했다.

폭풍처럼 가차 없이 허공을 가르는 검은 검을 밑으로 피한 전갈은 빈틈을 찌르듯 단검을 휘둘렀다. 무기의 사정거리 차이도 있어 막아서는 안 된다고 판단한 그녀는 회피에 중점을 두고 작은 기회를 노리는 전술로 전환했다.

하지만 상대의 술법으로 만들어진 육체는 내재된 마나가 남아 있는 한 계속해서 재생되었다. 정확한 기술로 깊은 상처를 내도 금세 수복되는 모습에 전갈은 또다시 넌더리가 난다는 듯 눈살을 찌푸렸다. 소환술사 지인도 있어 소환술에 관한 조예가 깊었기에 전갈은 원망을 하는 데서 그쳤지만, 그런 지식이 없었다면 불사의 존재인가 하는 의심이 들어 전의가 깎여나갔을 것이다.

하지만 한 순간도 긴장을 풀 수 없을 정도로 훌륭한 검술 실력에 보고 들은 바보다 압도적으로 빠른 다크나이트의 재생 속도 앞에서 전갈은 후회할 수밖에 없었다.

그럼에도 전갈은 두 번, 세 번 공격을 거듭하여 상대가 특정 자세를 취하도록 유도해 절호의 기회를 노려 칼을 날렸다. 혼신의 힘을 다한 일격은 다크나이트의 복부를 파고들어 기어이 그 재생의 허용량을 넘기고 말았다.

다크나이트가 유리처럼 부수어지자 그 파편은 미립자가 되어 안개처럼 흩어졌다. 전갈은 그 광경 앞에서 고양되어 순간적으로 미소를 지어 보였지만 오래지 않아 날카로운 눈초리로 고개를 돌리고서 내달렸다. 아니, 내달리려 했다.

"말도 안돼……."

쓰러뜨렸을 터인 다크나이트가 아무 일도 없었다는 듯 코앞에 서 있었다. 초조함이 밀려들어 전갈은 반사적으로 뒤로 펄쩍 뛰어 거리를 벌렸다. 남은 것은 홀리나이트뿐이라고 멋대로 생각했던 전갈은 다크나이트가 지닌 상급 소환체에 버금가는 전투력 탓에 소환술의 장점을 잊고 있었던 것이다. 그것은 마나가 남아있는 한 얼마든지 전력을 추가할 수 있다는, 매우 기본적인 지식이었다.

상급 소환은 영창에 시간이 걸린다. 전갈은 그 사실을 아는 술사에게 들었다. 무슨 수를 써서든 접근전으로 몰고 가 영창할 시간을 주지 않으면 소환술사의 최대 전력을 봉인할 수 있다. 하지만 그 대신 하급 소환은 2초 정도 만에 불러낼 수 있다. 하급 소환체는 다르다는 사실을 몸소 학습한 바 있었지만 애초에 미라의 다크나이트는 하급이라 할 수 없을 정도로 단련되어 있었다. 그런 탓에 전투 도중, 전갈은 상급 소환을 상대하고 있다는 착각을 하고 만 것이다. 그만한 강자조차도 미라에게는 얼마든 보충할 수 있는 장기짝에 불과했건만.

후방에 버티고 선 미라는 다크나이트 옆으로 고개를 내밀어 마치 시험하고 관찰하기라도 하듯, 하지만 어쩐지 즐거운 듯이 전갈을 바라본 채 미소를 짓고 있었다. 심지어 소환술사는 하급으로 상급 영창 시간을 버는 것이 상투적 수법이라 알려졌지만 미라는 그럴 낌새도 보이지 않았다. 태도로써 상급 소환은 필요 없다고 말하고 있는 것이다.

전갈은 그 사실에 분해하면서도 정면에 자리한 다크나이트와 후방에 자리한 홀리나이트를 흘끔 쳐다보고서 키득키득 웃기 시작했다. 이것이 대륙 최강 술사의 제자구나, 싶어서. 자신에게 자만심은 전혀 없다고 생각했다. 그럼에도 마음 한 구석으로 자신은 강하다고 자만하고 있었구나 싶어, 전갈은 마음을 비웠다.

"어디까지 통할까!"

전갈은 당초의 목적을 잊고 한 수 배우겠다는 마음가짐으로 다크나이트를 향해 달려 나갔다.

전투는 더욱 격화되어, 전갈은 모든 방법을 총동원해 흑기사를 격파해 나갔다. 그때마다 다크나이트는 재소환되었다. 의욕이 넘쳤던 전갈도 착실하게 피로가 누적되어 서서히 움직임이 무뎌져 갔다. 그럼에도 더욱 날카로워진 자신의 장기로 열두 번째 다크나이트를 베어 쓰러뜨렸다.

'각오는 했지만 슬슬 지치네~……. 나, 왜 싸우고 있는 거였더라……?'

의지와는 무관하게 꾸역꾸역 음식을 추가해주는 식당처럼, 아무리 쓰러뜨려도 다음 개체가 나타났다. 전갈은 지칠 대로 지친 덕에 냉정함을 되찾았다. 그리고 생채기 하나 나지 않은 흘리나이트를 보며 땅이 꺼져라 한숨을 내쉬었다. 그런 광경과 상황에, 시합을 보고 있던 다섯 명 중 누군가가 "이것 참……" 하고 동정 섞인 목소리를 흘렸고, 다른 이들도 비슷한 소리를 했다.

"정말, 제법이군그래."

미라는 세계가 현실이 되어 이런저런 사양이 바뀐 술법의 성능을 활용하기 위해 비는 시간에 상상해왔던 전술을 보란 듯이 실험하고 있었다. 역시 상상과 현실은 다르다며, 얻어진 경험을 가슴에 새기며 실험을 속행할 의지를 불태웠다.

"아직 멀었다, 이제 시작이다~."

현실이 된 지금 현재, 이토록 유익한 술법 실험을 해본 일이 없었던 미라는 마치 술에 취한 듯 기분이 들떴고, 그 모습을 본 우즈메이자 카구라는 과거의 광경을 떠올리며 쓴웃음을 지었다.

"말도 안 돼……."

전갈이 절망으로 가득한 목소리로 중얼거렸다. 신이 난 미라가 다크나이트 다섯을 동시에 소환한 것이다. 일대일이라면 대응할 수 있었지만 이렇게 되면 방법이 없었다.

"항복~!"

항복할 뜻을 밝히는 명료하고도 시원스러운 전갈의 목소리가 안뜰에 울려 퍼졌다. 단검은 이미 땅바닥에 떨군 상태였고 하얀 손수건을 백기 대신 들고 있었다.

"흠…… 뭐어, 좋다. 어떠냐, 소환술은 굉장하지?"

미라는 홀리나이트의 어깨에 올라탄 채 몹시 자랑스럽게 가슴을 펴며 말했다. 이스즈 연맹의 정예를 상대로 이 정도 성과를 거두었으니 충분히 소환술을 인정받을 수 있으리라고 생각한 탓인지 몹시 만족스러운 표정이었다.

하지만 사실 이 시점에서 약간의 오해가 있었다. 이스즈 연맹의 정점은 두 말할 것 없이 아홉 현자의 일원인 카구라였다. 당연히 그녀와 덤블프가 절차탁마했다는 사실을 잘 알고 있었고, 그런 탓에 소환술의 유용성 역시 널리 알려져 있어 연맹 내에서도 중용하고 있었다. 그리고 전갈의 소환술사 지인 역시 이스즈 연맹의 멤버인 덕에 이곳에 있는 이들은 소환술은 쇠퇴했다는 세간에 퍼진 인상은 가지고 있지 않았던 것이다.

그 결과, 모든 이가 소환술에 대한 새로운 인상을 갖게 되었다.

"소환술이라는 건 그 뭣이냐, 아주 만만치 않는 것이로군."

"한 번 걸려들면 이렇게까지 일방적인 전개로 몰고 갈 수 있다니."

미자르가 말을 골라 조심스럽게 말하자 아리오트도 동의하며 쓴웃음을 지었다.

"아하하하하하! 굉장해, 잔인하기 그지없어!"

뭐라 말을 하기가 꺼려지는 분위기 속에서 모든 이가 생각했던 말을 코핀이 거리낌 없이 입에 담았다. 그것을 나무라는 자는 없었다. 오히려 만장일치로 동의하고 나섰다.

"뭣……이라고……?"

예상과는 다른 일동의 반응 앞에서 미라의 표정이 굳어졌다.

"소환술이 그런 건지, 아가씨 성격이 그런 건지……."

어쨌든 강력한 전력이 보태졌으니 됐다 생각한 콘고는 그렇게 중얼거리며 어쩐지 얼빠진 얼굴로 홀리나이트의 어깨에 올라탄 미라의 애수를 띤 모습을 바라보았다.

시합도 끝나 회의실로 돌아오던 도중, 미라는 콘고에게서 객관적으로 본 시합의 평가를 들었다. 콘고가 말하기를 미라는 깃털 빠진 작은 새를 가지고 노는 고양이 같았다고 했다.

소환술을 상대로 이길 방법이 떠오르지 않는다며 어깨를 축 늘어뜨린 전갈을, 우즈메가 "저건 예외야"라며 다독였다. 그런 두 사람의 뒷모습을 흘끔 쳐다보며 미라는 향후의 선전 방법을 바꿔야 할지를 놓고 고민에 빠졌다.

머지않아 일행이 회의실에 도착하자 때를 살피던 시종들이 차를 나눠주었다. 일동이 자리에 앉자 아리오트가 헛기침을 한 번 하고서 그것을 입에 대었다.

"하급 소환만으로 그렇게까지 전갈 공을 압도하다니 놀랐습니다. 분명 우즈메 님이 말씀하신 대로 저희로는 상대가 안 될 것 같군요."

우즈메가 의기양양한 얼굴로 "그치?!" 하고 가장 먼저 답했다. 아홉 현자라는 동료 의식에서 자연스럽게 나온 말인 듯 했다.

"전력으로 나무랄 데가 없군. 아군이 되어준다니 마음이 든든한 걸."

찻잔에 든 차를 단숨에 비운 미자르는 녹초가 된 듯 앉은뱅이 책상에 엎어진 전갈을 흘끔 쳐다보고는 이의가 없음을 표명했다.

결과적으로 미라의 실력은 파악했으므로 천칭의 성채에 동행시키는 데 이의를 제창할 자는 없었다. 하지만 뱀만은 약간 난감하다는 듯한, 복잡한 표정을 한 채 고개를 숙이고 있었다. 애초에 시합의 발단이 된 것은 자리를 지키라는 지시를 받고 낙담한 뱀의 마음을 헤아려 내뱉은 콘고의 발언이었다. 하지만 사실 그 발언은 뱀의 마음을 온전히 헤아린 것이 아니었다. 뱀은 미라의 실력을 믿지 못했던 것이 아니라, 단순히 이스즈 연맹 과거 최대의 임무에 참여하지 못하는 것이 불만이었던 것뿐이었다. 실제로 그녀는 미라의 실력에 관해서는 언급한 적이 없었고 동행을 희망한다는 의지를 내비췄을 뿐이었다.

"왜 그러냐, 뱀. 아직도 납득 못 하겠냐? 나도 충분히 맡길 수 있겠다고 본다만."

뱀이 탐탁치 못한 표정을 짓고 있다는 사실을 알아챈 콘고가 말을 붙였다. 뱀은 그 말에 반응해 천천히 고개를 들어 곁눈질로 우즈메의 눈치를 살피며 입을 열었다.

"그녀에게 불만은, 없어. 하지만, 동행하지 못하는 게…… 못마땅. 히든에서 나만, 왕따."

"아아……."

뱀의 그 발언을 듣고서야 콘고는 이해했다. 이번 임무는 히든을 총동원해 실행될 예정이었다. 하지만 혼자만, 뱀만 인원 제한이라는 이유로 제외된 것이다. 차라리 전력으로 쓰기에 부족함이 있다는 말을 듣는 편이 나았을 것이다.

생각에 잠겨 팔짱을 낀 콘고는 "흐음~" 하고 신음하더니 그 험상궂고도 다정해 보이는 얼굴로 미라를 바라본 채 다시 한 번 확인을 구했다.

"아가씨가 타고 온 왜건이라는 건, 그거지? 사역계에게 끌게 하는 거. 자세히 본 적이 없어서 잘 모르겠지만, 세 사람만 탈 수 있다는 건 중량 문제 때문이야?"

"아니, 중량은 문제없을 게다. 단순히 넓이가 좀……. 셋이 앉으면 좁아질 것 같아서 말이다."

미라는 중량에 관해서는 걱정할 것이 없다고 생각했다. 가루다에게 처음 왜건을 보여줬을 때, 한발로 가볍게 들어 올렸기 때문이다. 그러니 넓이가 문제라고 말했다. 그러자 그 말을 들은 뱀이 미라에게 달라붙을 기세로 몸을 돌렸다.

"못 앉아도 상관없어. 걸리적거리지 않을 곳에 서 있을 게. 밖에 매달아도 좋아. 그러니까, 동행 희망."

뱀은 앉은뱅이책상에 손을 짚고 몸을 내민 채, 거절하면 울음을 터뜨리는 것이 아닐까 싶은 표정으로 그야말로 간절하게 미라에게 시선을 보내며 애원했다.

"어때? 괜찮겠어?"

우즈메의 물음을 들은 미라는 왜건 내부를 머릿속에 그려보았다. 그리고 자신과 뱀, 전갈, 거기에 아직 보지 못한 A랭크 모험가(여성 희망)를 그곳에 배치하여 가상 하렘을 형성하고는 살짝 좁은 것도 괜찮겠다 생각하며 의미심장한 미소를 지은 채 전혀 문제없겠다고 결론을 내렸다.

"그렇군. 조금 좁기는 하겠지만, 그래도 좋다면야!"

"……저기, 응, 그럼 뱀도 동행하는 걸로."

뭔가 뱃속에 시커먼 것이 또아리를 틀고 있는 사람처럼 꺼림칙한 기색이 가득한 미라의 표정에, 우즈메는 내심 한숨을 내쉬며 동행을 허가했다.

"감사."

뱀은 앉은뱅이책상에 머리를 박을 기세로 고개를 숙여 감사인사를 했다.

이렇게 천칭의 성채로 갈 사람은 네 명이 되었고 회의는 본격적인 작전 입안 단계로 이행되었다.

한 시간 남짓에 걸친 회의로 방침이 정해지자 간부들은 해산과 동시에 연락이며 준비를 위해 분주하게 뛰어다니기 시작했다.

그 자리에 남은 것은 미라와 우즈메뿐이었다. 두 사람은 작전에 관한 이야기는 일단 미뤄두고 서로의 현재 상황에 관한 이야기를 간단히 주고받았다.

도중에 이스즈 연맹의 유래에 관한 이야기도 나왔는데, 그때 미라는 손녀를 지켜보는 듯한 눈으로 이야기를 듣고 있었다. 그 이야기를 다 들은 미라는 "이 몸만 믿어라"라고만 말했다. 카구라에게 있어 한참동안이나 만나지 못한 동료인 미라는, 모습도 목소리도 딴판으로 바뀌어버리기는 했지만 그 한 마디는 마음 속 깊은 곳에 와 닿아, 화톳불처럼 빛을 밝혀 눈 깜짝할 새 현재를 비추어주었다. 가상현실에서 쌓아올린 인연은 시간의 골짜기에 묻히지 않고 그 자리에 남아, 흔들리지 않는 확고한 유대처럼 느껴졌다.

카구라는 쑥스러움을 감추려 애를 쓰면서도 만면에 미소를 지은 채 "고마워"라고 말했다.

12

이스즈 연맹의 본거지인 호수 속 마을. 그 안쪽에 자리한 정전에서 미라와 하얀 천이 드리워진 갓을 깊숙이 눌러쓴 우즈메가 나란히 밖으로 나왔다. 두 사람은 동행자 중 한 명인 A랭크 모험가와 담판을 짓기 위해 연맹에 협력 중인 모험가가 모여있는 구획으로 향하고 있었다. 던전인 천칭의 성채에 들어가려면 A랭크 이상에게만 발급되는 허가증이 필요하기 때문이다.

도중에 스쳐 지나던 몇몇 주민들이 두 사람에게 인사를 해왔다. 현재 이스즈 연맹의 총수인 우즈메—카구라를 대하는 주민들의 태도는 부자연스러워 보이기는커녕 다들 매우 편하게 말을 붙여올 정도였다. "우즈메는 오늘도 기운이 넘쳐 보이네"라거나 "안녕, 우즈메……랑 귀여운 아가씨?" 같은 식이었다. 카구라 역시 그 인사에 손을 흔들어 답해주고 한두 마디를 섞고서 헤어지는 일을 몇 번이나 반복하고 있었다.

본거지에는 현재, 이스즈 연맹의 구성원과 협력 중인 모험가며 기술자, 상인, 그리고 보호대상이 살고 있는 듯했다. 스쳐 지나간 상대는 협력자로 카구라의 사상, 그리고 연맹의 목적을 이해하고 힘을 빌려주고 있는 자들이라고 한다. 카구라는 그런 자들을 총수로서가 아니라 정령을 걱정하는 개인으로서 접하고 있었다. 지위의 차이라는 벽 없이, 이곳에 있는 이들은 모두 동료라는 인식을 품고 함께 지내고 있는 것이다.

인사를 나누며 두 사람은 본거지 입구의 좌측 구획 중 가장 큰 건물 앞에 도착했다. 파란 기와지붕에 하얀 벽, 그리고 붉은 기둥이 눈에 띄는, 역시나 어쩐지 오리엔탈 방면으로 치우쳐 헤이안쿄를 연상케 하는 건축물을 올려다보니 수면에서 일렁이는 광채(光彩)가 시선 끝에 비추었다. 미라는 관광 기분으로 그런 광경을 둘러보고 있었다.

"어디 보자~ 있으려나~."

찍어둔 A랭크 모험가라도 있는지 카구라는 의기양양하게 그 건물의 문을 밀어열었다. 그러자마자 몇 겹으로 포개어진 떠들썩한 소리가 돌풍처럼 틈새에서 뿜어져 나왔다.

그 건물은 협력자의 대기 장소 겸 주점이었다. 바닥을 한 단 높여 연회장으로 쓰고 있는 다다미방풍의 가게 안에서는 모든 이들이 다다미 위에 직접 앉아 쉬며 담소를 나누고 있었다. 특히 지금은 최근 거칠 것이 없는 그들의 행보 탓에 분위기가 한창 들떠 있는 듯 보였다.

"어라, 우즈메 아씨. 무슨 일이십니까?"

주점의 주인으로 보이는 남자가 카구라가 온 것을 알아채고는 입구 옆에 자리한 조리장에서 여전히 손을 움직이며 물었다.

"아아, 중요한 임무 때문에 왔어."

옅게 비추어 보이는 하얀 천 안쪽에서 카구라는 날카로운 눈을 한 채 대답하고는 다다미로 올라가기 위한 턱 앞에 멈춰 서서 연설을 하듯 두 손을 치켜들었다.

"자아, 주모~옥!"

카구라는 머리 위에서 손뼉을 치며 가게 안을 향해 소리쳤다. 그러자 마치 썰물이 빠져나가듯 소리가 뚝 그치더니, 이내 무수히 많은 시선이 밀물처럼 밀려들었다.

"오오, 임무인가!"

어수선한 분위기 속에서 기다렸다는 듯 누군가가 외쳤다. 이어서 비슷한 내용으로 몇 사람이 외쳤고, 카구라는 그것이 가라앉기를 기다렸다가 간결하게 말했다.

"A랭크를 한 명 모집하고 있어. 전위가 좋을 것 같고."

이런 일이 자주 있는지 그곳에 모인 모험가들 중 조건에 들어맞지 않는 자는 말 떨어지기가 무섭게 농담 섞인 푸념을 꽥꽥대고 늘어놓기 시작했다. 그런 가운데 조건에 맞는 몇 사람이 가벼운 발걸음으로 앞으로 나섰다. 남녀, 나이도 20대 후반부터 50대 정도까지. 결과적으로 해당자는 남자 다섯 명과 여자 세 명이었다.

미라는 그 여덟 명을 둘러보고는 "호오" 하고 탄성을 흘렸다. A랭크라면 미라가 만난 이들 중에서는 하인리히와 동등한 셈이었다. 따져보면 숙련도에 차이는 있을 테지만 그럼에도 최소한의 실력은 추측할 수 있었다. 그리고 기준으로 삼은 하인리히의 실력은 충분하고도 남을 정도였다. 그런 A랭크가 전위로 한정지었음에도 여덟 명은 대기하고 있었던 것이다. 이스즈 연맹이 얼마나 강대한 조직인지를 엿볼 수 있었다.

"이번 임무지는 천칭의 성채인데, 가본 사람 있어?"

카구라는 만족스러운 표정으로 모험가들의 얼굴을 둘러보며 말했다.

"있지. 10년 정도 전이었지만."

여덟 명 중 한 명, 로멘스그레이색 머리를 뒤로 넘긴, 척 보아도 노련해 보이는 남자가 답했다. 세월의 흔적이 새겨진 얼굴은 남성미를 북돋아주었고, 그 체구는 장년 남자들에게도 뒤지지 않을 정도로 탄탄했다. 특히 지금은 가벼운 복장을 하고 있어 긴 세월에 걸쳐 단련한 육체가 한층 더 두드러졌다.

'훌륭하군그래…….'

초로의 남자는 언젠가 역의 홈에서 마주쳤던 노신사와는 방향성이 달랐지만 미라의 이상에 가까운 모양새로 나이를 먹었다. 무엇이 다른고 하면 정(靜)과 동(動)으로 갈린다는 것이었는데 초로의 모험가는 동적인, 쾌활한 인상을 주는 남성이었다.

"그럼 결정났네."

카구라가 그렇게 말하며 손가락을 튕기자 초로의 남자는 말없이 힘차게 고개를 끄덕였다. 나머지 일곱 명은 아쉽다는 표정으로 해산했다.

"으음, 아론 씨였지? 잘 부탁해."

기억 속에 있는 상대의 이름을 입에 담으며 카구라가 오른손을 내밀자 초로의 남자 아론은 그 손을 단단히 마주 잡았다.

"그래, 맡겨만 둬라. 그래서, 천칭의 성채에서 뭘 하려고 그러지?"

아론이 그렇게 묻자 카구라는 이어지는 말을 강조하듯 둘째손가락을 세우고서 입을 열었다.

"이번 임무는 아주 중요해. 중대한 정보가 들어왔어. 확정 정보는 아니지만 확률은 높아. 그리고 아마 다시 없을 기회일지도 몰라."

카구라는 그렇게 운을 떼고서 임무에 관해 간결하게 이야기하기 시작했다. 키메라 클로젠의 다음 목표가 정령왕으로 예상된다. 그리고 천칭의 성채가 그와 관련되어 있다…….

아론뿐 아니라 나머지 일곱 명, 그리고 조건에 부합하지 않았던 자들도 그 이야기를 조용히 듣고 있었다.

"정령왕이라. 천벌 받을 짓만 골라서 하는 녀석들이로군."

카구라의 설명이 끝나고 문득 정적이 찾아온 가운데, 일동이 떠올렸던 생각을 아론이 분노를 담아 딱 부러지게 말로 옮겼다. 그리고 그 한 마디를 계기로 키메라 클로젠을 비난하는 노호가 일제히 터져 나왔다.

"정숙~!"

카구라의 한 마디로 떠들썩해졌던 장내가 다시금 침묵을 되찾았다. 카구라는 일동이 진정한 것을 확인하고는 자신도 조용히 타오르는 감정을 추스르며 말을 이었다.

"물론 그냥 내버려두지 않을 거야. 확정된 건 아니라지만 사실일 경우 키메라의 유력자가 나타날 확률은 높아. 그 녀석을 제압하는 게 이번 임무야. 잘만 되면 지금 이상의 정보를 입수할 수 있을 거야."

"이거 책임이 막중하구만. 지금까지 겪어온 일 중 최고로. 그래서, 다른 동행자는? 모험가가 나쁜이라는 건 허가증 요원으로 쓰겠다는 건가. 나머지는 히든이라도 끌어모은 건가?"

"그래, 전갈과 뱀, 그리고 이 애까지."

카구라는 히든 두 사람의 이름 외에 아론을 물끄러미 관찰하고 있던 미라를 소개했다. 그와 동시에 눈 깜짝할 새 미라에게 시선이 집중되었다. 당사자는 갑자기 아론과 눈이 마주치는 바람에 놀라서 고개를 돌렸지만, 그렇게 달아난 곳에서도 눈이 마주쳐서 그제야 자신이 주목을 받고 있다는 사실을 알아챘다.

카구라의 이야기를 중간 정도까지밖에 듣지 않은 미라는 그 상황에 순간적으로 어리둥절해졌지만 순간적으로 미소를 지은 채 일단 당당하게 가슴을 젖혔다.

"전갈 아가씨랑 뱀 아가씨라. 더할 나위 없는 멤버군. 하지만 이 작은 아가씨는 처음 보는데. 그래도 뭐어, 동행을 허락한 걸 보면 어지간한 실력자라는 뜻이겠지?"

아론은 최근 유행하는 마법소녀풍 의상에 몸을 감싼 미라를 가만히 바라보았다. 중대한 임무라는 것을 누구보다도 잘 알 카구라가 어정쩡한 인물을 고를 리가 없음을 아론은 알았다. 오랜 시간에 걸쳐 쌓아올린 신뢰가 그 근거가 되어 주었다.

"이쪽은 미라. 키메라의 일원을 처음 생포했을 때의 협력자이자 아홉 현자 덤블프의 제자이기도 해. 아론 씨는 미라를 보조해 줬으면 해."

카구라는 천천히, 자신만만하게 고개를 끄덕였다. 그러자 실내가 술렁이기 시작했다. 아론은 이 자리에 모인 모든 모험가들이 경의를 표하고 있는 존재였다. 주 전력이 되어도 이상할 것이 없는 아론에게 보조하라는 지시를 내리다니. 심지어 미라라 불린 소녀가 행방불명 상태인 현자의 제자라니.

"흠, 좋아."

하지만 아론은 즐거운 듯한 목소리로 답하고는 미소를 지은 채 그 지시를 받아들였다. 그러고는 카구라에게 인정받은 현자의 제자라는 자의 실력이 얼마나 될지, 기대감이 가득한 눈으로 미라를 다시 한 번 바라보았다.

아론에게 상세한 설명을 하기 위해 세 사람은 주점 2층에 있는 회의실로 장소를 옮겼다. 회의실은 이번처럼 협력해줄 모험가와의 회의를 위해 준비된 방이었다. 세 사람은 적당한 자리에 앉아 저마다 편한 자세를 취했다. 그 후, 한숨을 돌리고서 카구라가 입을 열었다. 그리고 아직 추측 단계이기는 하지만 틀림없다며, 키메라 클로젠이 정령왕을 노리고 있다는 답에 도달한 근거를 늘어놓았다. 나아가 이 건에 알카이트 왕국, 술사조합이 협력 중이라는 사실도 전달했다.

술사의 나라로 이름 높은 알카이트 왕국, 그리고 모험가의 동향을 알 수 있는 술사조합. 이를 들은 아론은 충분히 신뢰할 만한 정보원임을 인정했다.

그런 서론이 끝나자 드디어 임무의 상세 내용 설명에 돌입했다. 아론이 때때로 맞장구를 치고 보충 설명을 요구하기도 하며 카구라의 이야기를 듣는 동안, 미라로 말하자면 주점에서 눈독을 들여놓았던 올시즌 오레를 음미하고 있었다.

회의 내용은 목적지까지의 이동수단이며 동행자, 상대측 전력 분석과 행동 예상에까지 이르렀다. 적의 구속 수단과 이송은 히든인 두 사람이 책임질 것이라는 말을 끝으로 카구라는 이야기를 매듭지었다.

"대충 정해졌으니 준비가 필요하겠군. 언제 출발하지?"

설명을 다 들은 아론은 각종 정보를 정리하여 필요할 듯한 물자를 머릿속에 나열했다.

"내일이야. 내일 아침 아홉 시!"

카구라는 미라가 행복한 표정으로 기울이고 있는 유리잔을 애써 외면하며 딱 부러지게 답했다.

"별로 여유가 없군. 서둘러 준비해 볼까."

키메라 클로젠이 출입하고는 있다지만 언제 나타날지는 모를 일이다. 상황에 따라서는 현지에서 며칠이나 잠복을 해야 할 것이다. 하지만 키메라 클로젠이 천칭의 성채에서 모든 목적을 달성한 뒤에 도착하는 것보다는 훨씬 낫다. 그렇기에 되도록 빨리 출발할수록 좋다. 아론도 그렇게 이해하고는 그대로 자리에서 일어났다.

"아, 이거 가져가."

뒤를 따르듯 카구라가 자리에서 일어나더니 카드 형태의 푸른 종이조각을 아론에게 내밀었다.

"오오, 고맙군. 유용하게 쓰도록 하지."

아론은 기쁜 듯 그것을 받아들었다.

"그러면 내일 시간되면 늘 모이는 곳으로 와."

"알겠다."

짧고도 힘 있게, 딱 부러지는 말투로 대답한 아론은 여행 준비를 위해 숙박하고 있는 방으로 돌아갔다. 얼마 되지 않아 미라와 카구라도 회의실을 뒤로 했다.

"할아버지는 준비 안 해도 돼?"

모험가들의 집합소이기도 한 주점 겸 여관을 나서자마자 카구라가 걸음을 멈추며 물었다.

"흐음~ 약이라면 대충 갖춰두었다."

미라는 아이템 칸을 훑어보아 긴급용 약품류 재고를 확인하더니 그 중 하나를 적당히 끄집어내 보였다.

"이것도 남아있어서 말이지. 죽기 직전인 상태에 빠진다 해도 마음 탁 놓아도 될 것이야."

미라는 그렇게 말하며 걸쭉한 복숭아색 액체가 든 수정을 가볍게 흔들어 보였다. 그것은 '여신의 은혜'라는 아이템으로 사용하는 즉시 생명력을 모두 회복할 수 있는 최상급 회복약이었다. 그리고 그 효과는 현실이 된 세계에서도 여전했다.

"할아버지는 이 세계에 온지 아직 한 달도 안 됐지? 그러면 아직 큰 부상도 안 입어봤겠네?"

"뭐어, 그렇지. 그게 뭐 어쨌다는 게야?"

미라는 '여신의 은혜'를 아이템 박스에 다시 넣으며 대답했다. 그 직후, 카구라가 천천히 미라의 머리를 손바닥으로 때렸다. 그것은 가벼운 충격이었지만 엄연한 고통을 수반한 충격이었다.

"뭐냐, 갑자기."

미라가 입술을 비죽거리며 항의하자 카구라는 이어서 두 손으로 얼굴을 찌부러뜨리듯 미라의 뺨을 찰싹 때렸다.

"자아, 문제입니다. 방금 전 걸로 할아버지는 어느 정도의 대미지를 입었을까요."

몇 번이나 자신을 때린 카구라를 노려보던 미라는 상대의 다소 낮고 진지한 목소리에 부루퉁했던 표정을 누그러뜨렸다.

"흠……. 10 전후일 것 같군그래."

어떠한 의도에서 그랬는지는 상상도 되지 않았지만 미라는 머리와 뺨에 남은 감촉으로 미루어 감으로 대답했다. 카구라는 그 말을 듣고는 작위적으로 한숨을 푹 내쉬고서 둘째손가락과 엄지로 동그라미를 만들어 "정답은 제로야"라고 답했다.

"그러면, 이 세계에 먼저 온 선배로서 할아버지에게 알려줄게. 우선 대미지의 유무는 맞는 측에 얼마나 영향이 있느냐로 결정돼. 아까처럼 가벼운 건 생명에 지장을 주지 않으니 대미지는 제로. 몇 번 정도 반복하면 조금은 영향이 있겠지만 말이야."

카구라는 거기서 일단 이야기를 끊고는 미라의 이마를 손가락으로 쿡, 하고 찌르더니 "이것도 제로"라고 말하며 자신을 노려보는 미라의 시선을 흘려 넘기고 말을 이었다.

"요컨대 대미지를 받는다는 건 죽음에 가까워진다는 거야. 게임이었을 때는 아무리 대미지를 입어도 생명력 수치가 줄어들 뿐이었지만 현실이 된 지금의 세계에서는 전체의 절반 정도의 대미지를 입으면 고통을 비롯한 여러 가지 영향이 나타나서 제대로 싸울 수가 없게 돼. 다시 말해서 빈사 상태가 되었을 때, 자기 손으로 약 같은 걸 쓸 수 있을 리가 없다고."

"흠……."

현실인 이상, 부상에 따른 고통이나 그에 수반되는 출혈, 의식 혼탁 현상 같은 영향이 나타날 수밖에 없다. 아무리 효과가 좋은 약이라 해도 사용하지 못하면 의미가 없다는 말을 들은 미라는 과거와 현재의 차이를 새삼 인식했다.

"옳은 말이구나. 조심하마."

미라는 아직도 다소 게임이었던 시절의 감각을 벗어나지 못했던 듯하다고 반성하며 카구라의 말을 진지하게 받아들였다. 그러자 카구라는 자신의 아이템 박스에서 황록색 액체가 든 작은 병을 끄집어내서 반성 중인 미라의 얼굴 앞에 들이밀었다.

"그럴 때 이 영약이 필요한 거지. 미리 복용해두면 고통도 완화되고 출혈도 억제돼. 게임에 익숙한 우리 같은 사람들한테는 너무너무 고마운 약이지."

카구라는 자랑이라도 하듯 그렇게 말하더니 미라가 시선을 떼지 못하는 그 약을 아이템 박스에 다시 넣었다.

"이걸 사용하면 부상이나 독으로 움직이지 못하는 일 없이 예전처럼 싸울 수 있게 돼. 하지만 그냥 자기 몸을 속이는 것뿐이니까 약을 사용할 시간을 버는 게 이 약의 본질이지."

카구라가 보여준 약은 플레이어가 만들어낸 것인 듯했다. 전투 중 실제로 느끼는 고통은 전에 없던 공포를 발생시켜 몇 배, 몇십 배로 부풀어 오르게 하기 마련이다. 플레이어 중 일부는 그것이

원인이 되어 전투를 포기했을 정도다. 하지만 마물이 만연한 세계에서는 어쩔 수 없이 싸워야만 할 때도 있다. 영약은 그런, 현실이 된 세계에서 플레이어들이 느낀 공포를 바탕으로 개발되어 값비싸기는 해도 상비약으로 널리 쓰이고 있었다.

특히 실력이 엇비슷한 상대와 대치할 때는 이 영약의 유무에 따라 승패가 결정되는 일도 있을 것이다.

"이건 얼마에 팔고 있느냐?"

미라는 영약의 유용성을 그 즉시 이해하고는 소지금이 얼마인지 생각하며 그렇게 물었다.

"하나에 20만 리프야. 커다란 점포에서는 대부분 취급하고 있어."

"약 하나에 20만이라. 효능을 생각하자면 싸다고, 할 수 있으려나……."

"이래봬도 꽤 싸진 거야. 내가 처음 손에 넣었을 때는 50만이나 했는 걸. 게다가 이 영약뿐 아니라 강력한 약은 게임이었던 시절보다 몇 배, 십여 배로 가격이 뛰었어. 뭐어, 목숨과 직결된 문제니 별 수 없는 일이지만."

카구라가 말했듯 약, 특히 죽음의 구렁텅이에서 돌아올 수 있을 정도의 상급약은 수요가 급등했다. 이는 플레이어 출신자들이 일제히 사들인 결과였다. 그러한 약은 보험 대신 쟁여두는 자도 많은 데다 원료도 희귀한 탓에 시장에서는 품귀 현상이 이어지고 있다고 한다.

"그건 그렇고 준비 말인데, 약 말고 음식은 괜찮아? 사정에 따라서는 며칠 분량이 필요해질 지도 모르는데."

카구라의 말을 들은 미라는 아이템 칸을 열어 수중에 있는 식재료를 확인했다. 미라는 대충 훑어보고서 한숨을 푹 쉬었다.

"믹스베리 오레 정도밖에 없구나."

카구라는 그렇게 대답한 미라에게 조금 전에 아론에게도 건네주었던 카드 형태의 푸른 종잇조각을 내밀었다.

"그러면 이걸 줄게. 우리가 발행하는 교환표인데 상업구획에 있는 식재료상에 건네면 일주일치 식량과 교환해줄 거야. 예전과 달리 식사는 필수니까 할아버지도 늘 비축해두는 편이 좋을 거야."

"흠, 그렇겠군. 그럼 고맙게 쓰도록 하마."

미라는 교환표를 받아들고서 지금까지는 정말로 무계획적이었다 생각하며 지난날을 돌아보았다. 그리고 천상폐도로 향하던 도중에 만났던 길베르트를 떠올렸다. 그는 조리기구를 지참하고 있었고 채취한 식재료를 그 자리에서 조합하여 식사를 만들고는 했다.

실제로 식사야말로 모험가의 기본이라는 듯 모험가용 조리기구 세트도 여러 종류가 판매되고 있었다.

"요리는 잘 하는 편이 아닌데 말이지. 조리기구 등도 있는 편이 좋으려나."

찌고 굽고 볶는 기본기 말고는 자신이 없는 미라는 희미하게 기억하는 카레 만드는 법을 떠올려 보았다. 어지간히 큰 실수를 하지 않는 한 일정한 맛이 보장되는 요리이기에.

"우리 아이템 박스는 조합이 대여해주는 것과는 달리 안에 넣어두면 음식물이 썩지 않으니까 도시락을 쟁여두는 것도 방법이야."

카구라는 자신의 왼쪽 소매를 들추어 거기에 있는 팔찌를 가리키며 말했다.

"호오…… 그러했나. 그것도 괜찮겠구나."

미라는 다소 놀란 투로 대답했다. 아이템 박스에 넣어두면 썩지 않는다는 것은 알고 있었다. 아니, 그렇게 인식하고 있었다. 하지만 카구라의 말로 미루어 조합에서 대여되는 조자의 팔찌 쪽은 보존 중인 식량이 부패하기도 하는 모양이었다.

거기까지 생각한 미라는 일전에 고대신전 네뷸러폴리스에 함께 갔던 에멜라가 준비하던 모습을 기억해냈다. 조자의 팔찌를 가지고 있으면서도 주로 보존성에 중점을 두고 식재료를 구입했던 일을.

'알고 보니 제법 편리한 물건이었군.'

조자의 팔찌에는 그밖에도 중량에 따른 제한이 있었다. 자신의 왼팔에서 은빛으로 빛나는 팔찌를 흘끔 쳐다보고 있자니 새삼 단말이란 대체 어떻게 되어먹은 것인가 하는 의문이 싹텄다.

"지금까지 신경 쓴 적이 없었다만, 이건 대체 무엇인지 원. 게임 시스템과 직결된 장치였을 터인데, 현재 그 시스템은 작동하고 있지 않지 않으냐?"

빼려 해도 이음매조차 보이지 않는, 차갑게 빛나는 은팔찌가 당연하다는 듯 그 자리에 있었다. 미라는 팔찌를 손가락으로 두드리며 그렇게 물었다. 그러자 카구라는 왼쪽 소매를 다시 내리며 "그러게 말이야"라고 짧게 대답하고는 "다만……" 하고 말을 이었다.

"일반적으로는 아티펙트, 조자의 팔찌의 오리지널이라는 식으로 알려졌어."

"아주 틀린 말은 아니로군."

아티펙트란 신이 내린 물건을 말한다. 화장 도구 상자에 관해 설명할 때 사용했던 변명을 여기서 듣게 될 줄이야, 라는 생각을 하며 미라는 쓴웃음을 지은 채 납득했다.

"뭐어, 그런 부분은 전문가한테 맡겨두도록 해. 그보다 준비는 단단히 해 둬. 능력만으로는 해결이 안 되는 일도 잔뜩 있으니까."

"음. 명심해두마."

미라가 그렇게 말하자 카구라는 만족스러운 표정으로 고개를 끄덕이며 전방에 자리한 거리를 가리켰다.

"이리로 쭉 가면 상업구획이야. 필요한 물건들을 다 사면 돌아와. 나는 처음 만났던 그 건물로 먼저 돌아가 있을게."

카구라는 그렇게 말하더니 팔을 크게 휘둘러 상업구획 방향을 가리켰던 손가락을 궁전이 있는 방향으로 옮겼다. 미라는 그 손가락이 가리키는 방향을 눈으로 쫓으며 "오냐"라고 대답했다.

길을 가는 사람들과 인사를 나누며 당당한 발걸음으로 돌아가는 카구라의 뒷모습을 배웅하며 미라는 상업구획이 있다는 방향으로 걸어나갔다.

13

고개를 들면 아쿠아리움처럼 푸른색으로 가득한 하늘이 펼쳐진 환상적인 풍경 아래서, 여느 곳보다 많은 사람들로 붐비는 장소가 있었다. 상업구획이라 불리는 그곳에는 생활이며 모험에 꼭 필요한 물건들이 늘어서 있었다. 상인들 중에도 이스즈 연맹에 협력하는 자가 다수 존재하는 모양이었다.

취급하는 물건을 알아보기 쉽도록 간판을 내건 점포가 처마를 맞대고 있고, 군데군데 노점도 보였다.

그런 상점가를 방불케 하는 구획 안을, 미라는 이리저리 돌아다니고 있었다.

'꽤나 붐비는군그래.'

스쳐 지나는 사람이며 앞을 가는 사람들의 모습이, 흡사 박람회라도 온 듯 다양했다. 메오우족에 갈리디아족, 드워프족과 엘프족이 있는가 하면 요정족에 용인(龍人), 마인 같은 희소종까지 망라되어 있었다. 나아가 그 복장 역시 다양하여 실용성에 특화된 갑옷이며 닳도록 사용한 무구를 장착한, 말하자면 모험가풍의 차림새. 형상, 색상, 그리고 이래저래 눈길을 끄는 특징적인 민족의상. 무엇을 전문으로 다루고 있는지 한눈에 판별할 수 있는 마크가 붙은 앞치마를 걸친 장인. 그런가하면 셔츠에 바지 차림과 같은 털털한 차림새를 한 자나 언젠가 보았던 운동복 차림을 한 자도 있었다.

밀려들기도, 밀려나가기도 하며 어지럽게 흘러가는 사람들 속을, 정령들도 하늘을 날 듯 흘러가고 있었다.

카구라에게서 받은 교환표는 대량의 식량으로 교환되었다. 이렇게 많이 필요할까 싶기는 했지만. 좌우간 식량을 받아든 직후에 무구점이며 약 가게를 들여다보며 게임이었던 시절과의 세세한 차이를 파악하던 미라는 현재, 자유롭게 산책을 하는 중이었다.

노점에서 폴폴 풍겨온 냄새가 인파를 타고 사방에서 밀려들었다. 멈춰 서서 주변을 둘러본 미라는 무언가에 홀린 듯 노점에 불쑥 고개를 내밀었다.

'음, 저 정령은……'

또다른 향기에 홀려 문득 고개를 들어보니 미라의 시선 끝에 신자의 숲에서 봤던 어린 정령의 모습이 보였다. 이스즈 연맹과 처음 만났던 호수에서 무수히 많은 나비에게 손을 뻗고 있던 어린 정령이었다. 지금은 하늘에 자리한 호수면이 일렁거릴 때마다 살랑살랑 땅바닥에 비추는 빛을 쫓아 이리저리 오가며 놀고 있는 듯 보였다.

그 후 이스즈 연맹이 무사히 보호했구나 싶어 즐겁게 뛰노는 어린 정령의 모습을 본 미라는 안도했다.

그때였다. 미라는 느닷없이 등에 충격을 받고 앞으로 고꾸라져 그대로 엎어지듯 넘어졌다.

"무슨 일이냐?!"

우선 고개를 든 미라는 주변을 쏘아보았다.

"아앗, 미안해~ 정말로 미안해~."

그런 말과 함께 누군가가 미라의 허리를 살며시 감싸더니 그대로 안아 일으켰다. 고개를 돌려보니 옅은 보라색 머리를 하나로 땋은, 옅은 색 로브를 두른 여성의 모습이 있었다. 어쩐지 어려 보이는 얼굴의 여성은 "미안해~"라는 말을 반복하며 열심히 미라의 옷에 묻은 먼지를 털어주었다.

"아니, 문제없다."

미라는 그렇게 말하며 여성의 얼굴을 가만히 쳐다보았다. 위화감······이라기보다는 어디선가 만난 듯한, 혹은 누군가와 닮은 듯한 느낌이 들었기 때문이다. 곧 먼지를 다 털어낸 여성은 고개를 들어 미라를 똑바로 쳐다보더니 천천히 꼬옥 끌어안았다.

"무슨 일이냐~?!"

넉넉한 로브를 사이에 두고 어렴풋한, 부드러운 감촉이 뺨에서 느껴졌지만 미라는 갑작스러운 포옹에 놀라 반사적으로 몸을 젖혀 탈출했다.

"아, 미안해. 나도 모르게······."

여성은 어깨를 축 늘어뜨리더니 미라를 끌어안았던 두 손을 허전한 듯 꼬물거렸다. 미라 역시 뺨에 남은 여운을 떠올리고는 새삼 아쉽다는 듯 어깨를 늘어뜨렸다.

그런 비창한 표정을 짓고 있던 두 사람을 향해 한 남자가 조심조심 말을 붙였다.

"리네. ······겨우 찾았다 싶었더니만, 뭐 하고 있는 거야?"

리네라 불린 여성은 "부딪혔어~"라고 대답하더니 그제야 생각이 났다는 듯 미라의 몸을 어루만졌다. 그 손놀림은 다정했고, 하

229

얀 빛에 둘러싸여 있었다.

"미안해. 다친 데 없어? 정말로 미안해~."

리네의 손이 내뿜는 빛은 성술에 의한 것이었다. 그 손이 미라의 몸에 닿자 별 것 아닌 수준의 작은 찰과상이 옅은 빛과 함께 사라져 갔다. 남자는 무슨 일이 있었는지를 대충 알아챘는지 미라의 몸을 다 치료한 리네의 머리를 쥐어박았다.

"또 어린 정령이라도 보며 걷고 있었겠지. 나 원."

아무래도 남자의 말이 맞았는지 리에는 변명을 하기는커녕 "응"이라고 대답하고는 사과의 말과 함께 미라에게 고개를 숙였다. 하지만 고개를 든 그녀는 똑바로 미라를 쳐다보더니, 또다시 두 손을 뻗어 미라를 꼬옥 끌어안았다.

"어떻게 하면, 되는 게냐?"

이번에는 저항하지 않고 그대로 있으며, 미라는 일행으로 보이는 남자에게 시선을 던지며 물었다. 지금의 미라에게는 조금 전과 같은 흑심은 없었다. 자신을 바라보던 리네의, 어쩐지 슬퍼 보이는 표정이 그렇게 만들었던 것이다.

"그쯤 해 둬, 리네."

남자가 속삭이듯 그렇게 말하자 리네는 아쉬운 눈치로 미라를 놓더니 깊은 한숨을 내쉬었다.

그 남자의 나이는 서른을 조금 넘긴 듯 보였다. 적절하게 탄탄한 몸에 벼 이삭 같은 금빛을 띤 머리카락은 단정하게 잘려 있었다. 경장갑으로 몸을 감쌌으며 허리 좌우에 검을 차고 있었다. 그리고 길게 째진 눈에 가느다란 안경을 쓰고 있어, 사려 깊고 차분할 듯한 인상을 풍겼다. 남자는 누가 보아도 미남이었다.

"나는 애슐리. 이쪽은 내 아내인 리네지만, 아무래도 아내가 실례를 한 것 같군. 미안하다."

자신을 애슐리라 소개한 남자는 진심으로 미안하다는 듯 표정을 흐린 채 고개를 숙였다.

"아니, 그다지 신경 안 쓴다. 아무래도 사연이 있는 듯하니 말이지."

조금은 놀랐지만 큰 해는 입지 않은 데다 몇 번이나 사과를 하는 바람에 미라는 다소 식겁해서 그렇게 대답했다.

"고맙군."

고개를 든 애슐리는 다소 쓸쓸해 보이는 표정으로 말을 이었다.

"우리는 부부인데, 올해로 열 살이 되는 아들이 있지. 하지만 사정이 있어서 벌써 몇 년이나 만나지 못했어. 그 반작용인지 리에는 어린 정령을 빤히 쳐다보거나 비슷한 또래의 아이를 충동적으로 끌어안거나 하게 되었지. 사람과 부딪힌 것도 벌써 몇 번째인지. 그때마다 주의를 주고는 있는데."

애슐리는 그렇게 말하며 리네를 살며시 끌어안았다. 그 모습은 무언가로부터, 혹은 무언가를 지키는 듯 보이기도 했다.

"딱하게 되었군⋯⋯."

아들이 보고 싶은 나머지 어린아이의 모습을 한 어린 정령을 눈으로 쫓으며 걷다 사람에게 부딪혔다. 그리고 겉모습은 아이인 미라를 같은 이유로 끌어안았다. 그런 리네의 사정을 안 미라는 동정하면서도 그 사정이라는 것이 무엇일지 궁금해졌다. 그토록 사랑하는 아들을 만나지 못하는 이유가 대체 무엇일까.

"실례가 되지 않는다면 사정을 들려주겠느냐?"

"그래, 좋지."

미라가 묻자 애슐리는 망설임 없이 고개를 끄덕였다. 그리고 끌어안고 있던 리네를 살며시 놓아주고는 그 머리에 손을 턱 올렸다.

"리네는 정령과 엘프의 혼혈이야."

"호오……. 그러했나."

그 말을 들은 미라는 리네에게 시선을 보냈다. 그러자 그 시선을 알아챈 리네는 두 손을 벌려 품에 안기라고 말하듯 밝은 미소를 지었다.

지금부터 본인의 사정을 이야기 한다 해도 전혀 신경 쓰이지 않을 것이라는 투로. 그 모습을 확인한 미라는 애슐리에게로 다시 시선을 돌렸다. 리네는 조용히 두 팔을 내리며 고개를 숙였다.

"들어본 적이 있을지 어떨지 모르겠지만, 정령과의 혼혈로 태어난 자는 특수한 기능을 가지게 되지. 그리고 리네는 정령을 끌어들이는 능력을 타고 났거든. 당연히 키메라는 그 기능을 이용하고자 했지. 그때 우리는 이스즈 연맹에게 구조되어 그대로 보호를 받게 돼, 지금 이곳에 있는 거야."

거기까지 말한 애슐리는 주변—— 이스즈 연맹의 본거지인 호수 속 도시를 둘러보며 사랑하는 자를 지켜내지 못한 자신의 무능함에 쓴웃음을 지었다.

"녀석들은 리네를 포기하지 않은 모양이더군. 그 즉시 감시망이 깔렸지. 어디서 눈을 빛내고 있을지 모르는 일이라 섣불리 나가서 아들과 만나는 모습을 보이거나, 리네의 아이라는 사실이 들키거나 하면 그 비열한 녀석들은 분명 아들에게 손을 대서 리네를 조종하려 하겠지. 그래서 이 싸움이 끝날 때까지는 일체 접근하지 않는 편이 좋겠다 싶어서…….”

애슐리 역시 아들을 만나지 못하는 일이 괴로운 모양인지 리네의 행동이 이해가 안 가지는 않는다며 미라의 머리에 살며시 손을 얹었다.

애슐리가 말한 것처럼 정령과 인간족 사이에서 태어난 아이는 모종의 특이성을 타고 나는 일이 있다. 개중에서도 리네의 기능은 키메라 클로젠이 보기에 그 목적을 달성하는 데 이루 헤아릴 수 없을 정도의 효과를 기대할 수 있는 것이었다. 그렇기에 리네는 집요하게 표적이 되었다. 본부로 이동하는 동안에도 수십 차례나 습격을 받았다. 그런 탓에 도중에 아이를 데리고 오기는커녕 키메라 클로젠이 그 관계성을 조금이라도 알아챌 만한 짓은 할 수가 없었던 것이다.

사정을 이해한 미라는 흐린 미소를 짓고 있는 리네에게 말없이 머리를 내밀었다.

“오오, 애슐리랑 리네잖아. 그리고 아가씨도 있었군.”

멀리서 보면 사이좋은 가족처럼 보이는 세 사람에게, 모험 준비를 하기 위해 상업구획을 찾은 아론이 말을 걸었다. 애슐리와 리네는 아론과 구면인지 “안녕하세요, 아론 씨”라고 미소를 지은 채 대답했다.

"아무래도 부인이 또 발작을 일으킨 모양이로군."

아론은 격하게 쓰다듬는 바람에 머리가 다 헝크러진 미라를 흘 끔 쳐다보더니 진지한 표정을 한 채 애슐리에게 시선을 던졌다. 어린 정령을 눈으로 쫓다가 부딪히거나, 아이를 보면 끌어안는 리네의 행동은 이곳에서는 제법 유명한 모양이었다.

아닌 게 아니라 그 대상에 속하는 미라의 모습을 본 아론은 단 번에 어떻게 된 상황인지를 알아맞혔다.

"하지만 그것도 조금만 더 참으면 돼. 곧 중요한 임무가 시작될 거야. 상황이 크게 바뀔 거라고. 결판도 곧 날 테고. 분명 머지않 아 아이를 만날 수 있을 거야."

아론은 그렇게 힘차게 말을 이었다. 애슐리와 리네는 놀란 듯 얼굴을 마주보고서 "정말이십니까?!"라고 기대로 가득한 목소리 로 되물었다.

"그래, 정말이지. 매우 강력한 조력자가 나타나 줬거든. 너희, 이 아가씨가 누구인지 알아?"

"그러고 보니 아직 이름도 못 들었군요."

애슐리는 미처 생각 못했다는 듯 말하더니 미라를 똑바로 쳐다 보았다. 동시에 리네도 뜨거운 시선을 보내왔다. 그런 두 사람의 시선 속에서 미라는 가슴을 젖히고 턱 끝을 손으로 쓸며 위엄이 철철 흐르는 목소리로 "미라다"라고 대답했다.

"최근 키메라의 구성원을 붙잡았다는 소문이 있었지? 그건 이 아가씨의 공이라더군. 심지어 우즈메 아가씨가 인정한 실력자이기도 하지. 어때, 든든하지?"

아론은 그렇게 말하더니 입꼬리를 치세워 씨익 하고 쾌활하게 웃어 보였다. 평소에는 별로 웃지 않고 매처럼 조용하고 위엄 있는 모습만 보이는 아론의 보기 어려운 표정에, 애슐리와 리네도 엉겁결에 미소를 지었다.

"그랬나요. 그것 참 믿음직하군요!"

애슐리는 놀란 듯 눈을 휘둥그레 뜨며 환희했다. 이스즈 연맹의 총수로서 군림하는 우즈메. 그 실력은 그 아래 모여든 모든 이들이 경외하는 동시에 두려워할 정도의 것이었다. 때문에 판단기준이 높아, 애슐리가 아는 우즈메에게 인정을 받은 자는 A랭크 모험가와 그들에 필적하는 자들 중에서도 상위에 속하는 한 줌의 인물들뿐이었다.

귀여운 옷으로 몸을 감싼 미라를 빤히 쳐다보던 애슐리는 호수면이 일렁이는 하늘을 올려다본 채 세계는 넓다는 생각에 웃으며 나직하게 한숨을 흘렸다.

"맡겨만 두거라. 이 몸도 약속하마. 가까운 시일 내에 결판을 내 보이겠다고. 그러니 조금만 더 참거라."

부모에게 자식과 만나지 못하는 것이 얼마나 괴로운 일인지, 미라는 아직 알지 못했다. 하지만 부모를 만나지 못하는 아이의 괴로움은 사무치도록 알았다. 미라는 경솔하게 확답을 해서는 안 될 일이라는 것을 알면서도 그렇게 말할 수밖에 없었다.

"이제 곧, 만날 수 있어. 이제 곧……."

미라를 지그시 바라보던 리네는 한 점의 그늘도 없는 당당한 미라의 발언에 안도하며 눈을 감았다. 그리고 소중한 무언가를 지키듯 두 손을 포개어 품에 안았다. 애슐리는 그런 리네의 어깨에 살며시 손을 두르고는 미라와 아론에게 말없이 고개를 살짝 숙여 감사인사를 했다.

"그럼 이만. 좋은 소식을 기다리라고."

아론은 손을 맞잡은 부부를 흘끔 쳐다보고는 내일 출발할 준비를 해야 한다며 상업구획으로 떠나갔다. 언뜻 보인 그 눈빛은 날붙이처럼 날카로웠고 그런 동시에 다정함으로 가득하여, 마치 보검과도 같은 광채를 머금고 있었다.

"뭐어, 그렇게 된 게다. 그대들은 그대들대로 할 수 있는 일을 하거라."

미라는 본거지에서 꼼짝도 못해 답답할 따름인 두 사람의 마음을 헤아려 그렇게 말하고서 다시 귀갓길에 올랐다.

리네뿐 아니라 애슐리 역시 키메라 클로젠에게 얼굴이 알려진지라 희망한들 외부 작전에는 참가할 수가 없었다. 두 사람은 당당하고도 믿음직해 보이는 미라의 뒷모습을 기도하는 심정으로 배웅했다.

돌아오는 길 도중. 미라는 가로등이 밝혀지기 시작한 거리를, 애슐리와 리네의 얼굴을 떠올리며 걷고 있었다.

'……가만, 애슐리와 리네. 어디서 만났더라.'

그렇게 희미하게 기억에 남은 그 이름을 반추해 보았지만, 남의 이름을 외우는 것이 젬병인 미라는 결국 끝까지 기억해내지 못했다.

　주로 식량을 사들인 미라는 카구라의 말대로 궁전으로 돌아가, 하녀의 안내를 받아 안방으로 향했다. 그곳은 이스즈 연맹 총수의 방으로, 처음 만났을 때와는 달리 간소한 차림새를 한 카구라가 있었다.

　"뭐라고 해야 할지, 옷 입는 건 여전하구나."

　카구라의 모습을 본 미라는 곧장 그렇게 말했다.

　"이게 제일 마음이 놓이는 걸 어떡해."

　빨간 운동복을 입은 카구라는 보고 있던 서류에서 눈을 떼어 미라를 흘끔 쳐다보았다.

　"그래서, 준비는 다 했어?"

　"대충은 했지."

　"그래?"

　카구라는 짧게 답하더니 자리에서 일어나 방구석에 산더미처럼 쌓여있는 방석 중 한 장을 집어 앉은뱅이책상 옆에 내려놓았다.

　"할아버지 이야기를 들려줘."

　원래 있던 장소로 돌아오며 카구라는 호기심 어린 어린애 같은 얼굴로 그렇게 말했다.

　"이 몸도 여러모로 묻고 싶은 게 있던 참이었다."

　미라 역시 같은 생각을 하고 있었다. 카구라는 이 세계에서 어떻게 살아왔을까. 미라는 바라던 바라는 듯 방석에 털썩 앉아 카구라와 마주했다.

그 후 두 사람은 본격적으로 서로의 이 세계 경험을 털어놓기 시작했다.

미라에게는 한 달만, 카구라에게는 십여 년 만의 대화인 탓에 이야기꽃이 폈다.

"어째 세계가 크게 변할 것 같더구나. 그러니 이 몸도 협력하기로 한 게다."

미라는 다른 아홉 현자를 찾아 분주히 돌아다니고 있다는 사실을 이야기했고, 그 중에서도 특히 발렌틴과 만난 일을 상세하게 이야기했다. 다름이 아니라 그가 지금 얽혀있는 일과 악마에 대한 진실에 관해.

"발렌틴 씨는 지금 그런 일을 하고 있구나. 그나저나 암약하고 있다는 건 알았지만 악마에게 그런 비밀도 있었다니. 놀랐어."

악마를 악마이게 하는 능력을 봉인함으로 인해 악마는 본래의 사명을 되찾을 수 있다. 그렇게 하면 더는 인류의 절대적 적대자가 아니게 된다. 그리고 실제로 사명을 되찾은 악마, 파우스트와도 만났다. 그런 이야기를 들은 카구라는 순순히 놀란 눈치를 보임과 동시에 고뇌하는 듯한 표정을 지었다.

"전에 이 숲에 침입해온 악마, 쓰러뜨려 버렸는데⋯⋯."

아무래도 악마는 사계의 숲에도 왔던 모양이었다. 목적은 알 수 없었지만 정령들을 상처 입혔기에 가차없이 토벌했다고 카구라는 말했다.

"뭐어, 별 수 없지. 이러한 사정이 있는지는 나도 듣기 전에는 몰랐으니 말이야. 뭐어, 악마는 다시 악마로 전생한다더군. 너무 괴로워할 것 없다."

사악함에 물든 상태의 악마는 재앙 이외의 그 무엇도 아니었다. 내버려두었다가 피해가 확산되면 본전도 못 찾는다.

"전생이라……. 그러면 그때 대전에서 쓰러뜨렸던 그 많은 악마들이 한꺼번에 전생하는…… 그런 일도 있을 수 있을까."

삼신국 방위전. 인류 측이 승리하고 마족 측이 패배하여 종결된 대전. 그 전쟁 후, 실제로는 그렇지 않았지만 악마는 전멸했다고 선언할 수 있을 정도로 토벌되었다.

"그러고 보니 그랬지. 전생 러시 같은 현상이 일어났다가는 그야말로 악몽이 따로 없을 게야……."

한참 전의 일이었지만 조만간 차례로 전생하지 않을까 싶었다. 역사적으로 삼신국 방위전을 제하면 악마가 공공연히 움직인 적은 거의 없었다. 암약하는 것이 악마의 방식이었다.

쥐도 새도 모르게 온 대륙에 퍼지기라도 하면……. 그건 그것대로 성가신 일이리라. 그렇게 되기 전에 지금 있는 악마들만이라도 제 정신을 차리게 해서 아군으로 끌어들이고 싶은 참이었다.

"뭐어, 지키기 위해서는 별 수 없이 해치워야겠지만, 좀 껄끄럽기는 하네."

"음, 이 몸도 그렇게 생각했다. 그래서 발렌틴에게 이것을 맡아왔다만, 그대에게도 이걸 한 세트 주마."

지금의 아마는, 말하자면 세뇌된 선한 사람 같은 것이었다. 이 사실을 알게 된 이상은 싸우기 어려울 수밖에 없었다. 그래서 미라는 발렌틴에게 받았던 검은 끈과 하얀 돌을 카구라에게 건네주고 그 사용법을 가르쳐 주었다. 우연히 악마와 조우했을 때, 토벌 이외의 선택을 할 수 있도록.

"아하, 알겠어. 만약 발견하면 쓰도록 할게."

공작급의 악마라도 자유를 빼앗을 수 있는 검은 끈과 발렌틴의 동료를 부르기 위한 하얀 돌. 카구라는 편리한 도구도 다 있다며 놀란 눈치였지만 기뻐하며 그것을 받았다.

그 후에는 얼마간 편안한 잡담으로 이야기꽃을 피웠다.

그러던 중에 미라는 키메라 클로젠과 관련된 일이 완전히 해결되면 아홉 현자로서 알카이트 왕국으로 돌아오겠다는 약속을 받아내는 데 성공했다. 카구라 역시 목표를 달성할 때까지 힘을 빌려주겠다는 확약을 미라에게 받아냈다.

이야기는 점점 잡담으로 변하여 탑에 데리고 돌아간 퓨어 래빗, 루나의 이야기에 카구라가 빠져든 참에 하녀가 목욕 준비가 되었다고 말하러 왔다.

"그러면 다녀올게. 나중에 루나 얘기, 자세하게 해줘야 해?"

카구라는 그렇게 말하고서 먼저 목욕을 하러 갔다. 문이 닫히자 나무 바닥으로 된 방에는 짙은 정적이 깔렸다.

미라는 이제 어쩔까 하고 새삼 실내를 둘러보았다. 중앙에는 둥그런 앉은뱅이책상이 놓여있고 몇몇 서류가 쌓여있었다. 그 위에 자리한 천장에는 갓이 달린 램프가 매달려 있어 실내를 밝게 비추어주고 있었다. 방구석에는 연못이 있고 빛을 받으면 안개를 토해내는 박무초가 심어져 있었다.

'꽤나 얌전한 분위기의 방이로군.'

카구라의 현실 세계의 방을 본 적이 있는 미라는 그런 인상을 받으며 뭉개뭉개 안개를 토해내고 있는 박무초를 바라보았다. 그러고 있자니 문득 지난밤의 일이 뇌리에 떠올랐다.

'모처럼 시간이 비었으니 목욕을 하기 전에 그것을 해두도록 할까나.'

생각하자마자 곧장 자리에서 일어난 미라는 부리나케 카구라의 방을 뒤로 했다.

미라는 약간 헤매기는 했지만 전갈과 모의전을 치루었던 안뜰에 도착했다. 회랑을 비추는 등롱에서 흘러나온 빛이 산울타리를 넘어 안뜰에 가라앉은 밤의 어둠에 희미하게 물들이고 있었다.

그런 가운데, 문득 빛구슬이 나타나 주변에 자리한 어둠을 일소해 버렸다. 미라가 무형술로 조명을 만들어낸 것이다.

황토색 땅에 서서 한 박자를 쉬었다가 자세를 잡은 미라는 본격적으로 연습을 개시했다.

미라가 연습을 시작하고서 얼마나 시간이 흘렀을까. 부자연스럽게 밝은 안뜰을 확인하고자 전갈이 얼굴을 비추었다. 그리고 그곳에서 술사로는 보이지 않는 몸놀림으로 은빛 잔광을 띤 채 뛰쳐오르는 미라의 모습을 목격했다.

'저건…… 미리인가. 저 움직임은 어디 무술일까? 토모에파(巴

派)랑 비슷하긴 한데······.'

미라는 정해진 무술의 품새를 반복하는가 싶더니 중간중간 소환술과 선술을 끼워 넣어서는 예상이 되지 않는 여러 가지 공격을 펼쳐 나갔다.

"그런 식으로도 움직일 수 있었구나. 그건 무술의 일종이야?"

흥미가 동한 전갈은 안뜰을 둘러싼 산울타리를 가볍게 뛰어넘어 발소리도 내지 않고 착지해서는 반짝이는 눈으로 미라에게 물었다.

"뭐어, 그러하다. 이름은 잊었다만."

미라는 고양이처럼 소리도 없이 산울타리를 뛰어넘은 전갈의 모습을 보고 감탄하며 답했다. 전갈은 "그렇구나~"하고 아쉬운 듯 어깨를 늘어뜨렸다.

"그것도 스승님한테 배웠어?"

"으음~ 그렇다고 해야 하려나."

실제로는 선술의 현자 메이린에게 배운 것이었다. 미라의 답변은 어정쩡해졌지만 전갈은 그 점을 의아해하기는커녕 진심으로 기쁜 듯한 눈으로 미라를 똑바로 쳐다보았다.

"그런데 있지, 연습 상대 같은 거 필요 없어? 체술이라면 내가 상대해줄게."

전갈은 그렇게 말하더니 준비운동 대신 곡예적인 공중제비돌기를 해서 그대로 적절하게 거리를 벌려 착지해서 자세를 잡았다. 예비동작이 작은데도 높이 뛰어오른 전갈의 도약은 하체가 잘 단련되어 있기에 가능한 것이었다. 그리고 미라는 그 실력을 충분히 잘 알았다. 전갈의 실력은 다크나이트와 정면으로 싸워 십여 개체를 쓰러뜨렸을 정도였다. 단순히 체술만으로 겨루면 미라보다 한 수 위일지도 모르는 상대다.

"흠……."

미라는 전갈과 정면으로 마주본 채 호흡을 가다듬고는 입꼬리를 치올렸다.

"그러면 한 수 배우도록 해볼까."

동의를 뜻하는 말에 전갈은 표정이 확 밝아져서는 몸 이곳저곳에 숨겨두었던 암기를 땅바닥에 내버렸다.

"그건 내가 할 말이야."

그렇게 두 사람의 연습이 시작되었다. 미라는 술법을 사용하지 않고, 전갈은 무기와 기술을 사용하지 않고. 그것은 순수한 몸과 몸의 대결이었다.

미라와 전갈의 연습은 하녀가 목욕탕이 비었다며 부르러 올 때까지 이어졌다. 연습을 끝낼 타이밍을 잡지 못하고 있던 두 사람은 하녀의 말을 듣자마자 무너져 내렸다. 미라는 머리카락이 다 헝클어져서 하늘을 올려다본 채 주저앉아, 이마며 뺨에서 쉴 새 없이 흐르는 땀을 소매로 닦았다. 전갈은 온몸에 땀이 난 것도 개의치 않고 엎어지듯 웅크린 자세로 크게 어깻숨을 쉬며 땅바닥을 물들여 나가는 물방울을 바라보았다.

그러고 나서 미라는 하녀의 안내를 받아 목욕탕까지 갔다. 전갈도 당연하다는 얼굴로 따라왔다.

궁전에 만들어진 목욕탕은 내부가 모두 돌로 되어 있어, 꼭 동굴 같았다. 따뜻한 물을 가득 받아둔 욕조는 커다래서 열 명은 편히 몸을 담글 수 있을 듯했다.

울퉁불퉁하게 생긴 천장에서 떨어진 물방울이 파문을 일으켰지만 그 소리는 폭포처럼 흘러내리는 목욕물 소리에 녹아들어 지워졌다. 기분 좋게 울리는 물소리와 부드러운 비단옷처럼 몸을 감싸는, 촉촉하게 젖은 공기가 목욕탕에 가득했다.

'흠흠, 탄탄한 것이 좋은 몸이로구나!'

시야는 수증기로 희끄무레하게 물들었지만 그럼에도 미라는 전갈의 몸에 자리한 언덕과 분지를 명확하게 구분해 내며 만족스럽게 고개를 끄덕였다.

욕조에 몸을 담근 두 사람은 연습 때 알아챈 서로의 버릇이며 특징에 관해 이러쿵저러쿵, 그야말로 목욕물보다 뜨겁게 의견을 교환했다.

욕실이라는 모든 이가 태초의 모습으로 돌아가는 매혹적인 공간에 울리는 이야기 소리의 내용은, 야릇함이라고는 찾아볼 수 없는 땀내 나는 것이었다.

두 사람의 열띤 의견교환회는 누가 먼저랄 것 없이 울린 공복을 호소하는 꼬르륵 소리로 막을 내렸다. 전갈은 내일 보자며 인사를 하고는 궁전에 위치한 자신의 방으로 돌아갔다.

미라로 말하자면 준비되어 있던 유카타를 입고 하녀를 따라 카구라의 방 앞으로 갔다. 하녀가 문을 열자 실내에서 허기를 더욱 부추기는 냄새가 풍겨왔다. 앉은뱅이책상에는 고풍스럽고 화사한 요리들이 늘어서 있었다.

"빨리빨리."

맞은편에 앉은 운동복 차림의 카구라가 재촉하듯 손짓을 했다. 미라가 목욕을 마치고 나오기를 기다렸는지 카구라 역시 배가 고픈 눈치였다.

"이것 참, 호화롭기도 하군그래."

진수성찬 앞에서 미라는 신이 난 목소리로 말하고는 고양이처럼 민첩한 동작으로 비어있는 방석에 앉아 방의 주인인 카구라를 지그시 쳐다보았다.

카구라는 모습이 변했다고는 하나 오랜만에 만난 그리운 친구를 맞이했다.

그리고 저녁 식사는 두 사람의 재회를 축하하는 건배로 시작되었다.

14

카구라와 저녁 식사를 한 후, 궁전에 준비된 방에서 하룻밤을 보낸 미라는 오첩반상으로 된 예스러운 아침 식사까지 챙겨먹었다.

그리고 현재, 전갈, 뱀, 두 사람과 합류하여 배웅을 나온 카구라와 함께 본거지 출구인 탑 앞까지 와 있었다.

올라가려니 한숨이 나올 것만 같은 탑을 올려본 뒤, 미라는 세 사람의 뒤를 따라 나선계단에 발을 내디뎠다.

탑 최상층인 호수와 본거지를 나누는 문 앞에 도착해 보니 이미 아론이 와 있었다. 금속으로 보강되기는 했지만 경장비에 속하는 갑옷을 두르자 숙련된 관록이 몸에서 배어 나오는 듯했다.

"좋은 아침, 아론 씨."

"그래, 안녕."

우즈메— 카구라가 말을 걸자 아침 해를 받아 빛나고 일렁이는 **하늘**을 올려다보고 있던 아론은 대답을 하며 일행 쪽으로 고개를 돌려 네 사람을 쳐다보고는 미소를 지었다. 또한 이스즈 연맹에서는 임무에 나설 때 이 자리에서 합류하는 것이 통례인 모양이었다.

"이것 참 호화스러운 멤버로군."

아론이 들뜬 목소리로 말했다. 현재 이곳에 있는 자는 이스즈 연맹의 정점과 그 정예, 거기에 현자의 제자였다. 사실 아론은 이번 여행이 기대된 나머지 잠을 설쳤을 정도였다.

그에 전갈은 자신만만하게 입가를 치올렸다. 뱀으로 말하자면 아론을 흘끔 쳐다본 뒤, 조용히 눈을 내리깔고서 "커"라고 중얼거렸다. 왜건의 허용량을 신경 쓰는 눈치였다.

"그러면 최종 확인을 해보자."

딴 사람이 된 듯 굳어진 표정으로 카구라는 작전을 설명하기 시작했다.

"우선 행선지는 천칭의 성채. 이동은 미라의 왜건을 타고 하늘로. 목적은 키메라 클로젠 간부를 포획하는 것. 여기까지는 알겠지?"

"그래, 문제없어."

아론이 그렇게 답하자 일동도 하나같이 고개를 끄덕여 동의했다. 그것을 확인한 카구라는 미라에게 시선을 날리며 말을 이었다.

"왜건은 가루다에게 운반시킬 거지?"

"음, 그렇다!"

소환술은 전투뿐 아니라 왜건 등을 통해 다른 방면으로도 유용하게 활용할 수 있다. 미라는 그런 뜻을 담아 의기양양하게 가슴을 펴고서 말했다.

미라의…… 아니, 덤블프를 잘 아는 카구라는 기억 속에 있는 가루다의 풍격을 떠올리고는 살짝 어깨를 으쓱였다.

"허가증을 받기 위해 살루트에 있는 조합에 들를 필요가 있으니까 그때는 마차로 갈아타. 저런 새가 날아오면 너무 눈에 띄어서 경계할 우려도 있으니까."

카구라는 그렇게 소환술의 활약을 제한하는 말을 내뱉었다.

"음, 알겠다……."

미라는 새끼고양이처럼 등을 둥그렇게 만 채 고개를 떨구었다. 카구라는 말을 이었다.

"아, 일단 살루트가 보이면 육로로 바꿔. 키메라를 상대할 때는 신중에 신중을 기할 필요가 있으니까."

미라는 카구라의 말에 맞장구를 치며 소환술 부흥의 길은 멀고도 험하구나, 하고 한숨을 내쉬었다.

"키메라의 간부가 언제 나타날지 모르니까 아마 현장에는 얼마간 머물러야 할 거야. 그때 불침번과 감시는 전갈과 뱀에게 맡길 테니까 아론 씨랑 미라는 만반의 태세를 갖춰둬."

"그래, 알겠어."

아론은 그렇게 대답하며 미라를 흘끔 쳐다보았다. 카구라의 말에서 미라에 대한 절대적인 신뢰가 느껴졌기 때문이다. 눈앞에 있는 소녀에 대한 아론의 기대는 더더욱 부풀어올랐다.

"이 멤버라면 전투에 관해서는 걱정 없을 거야. 포박에 관해서도 전갈과 뱀에게 구속구를 건네줬으니 움직이지 못할 정도로만 혼내주면 돼."

카구라의 못을 박는 듯한 그 말은 모두 미라에게 한 말이었다.

"흠, 이 몸은 전투에 집중하면 된다는 뜻이로군그래."

미라는 말의 의미를 이해하고는 그렇게 말하며 살며시 미소 지었다. 잔인하다는 평가를 들은 소환술을 재인식시킬 좋은 기회라 생각했기 때문이다. 미리 작전 내용을 들었던 전갈은 자신만만하게 미라에게 "맡겨만 둬"라고 말했다. 뱀 역시 말없이 힘껏 고개를 끄덕였다.

"그러면 가볼까. 나도 일과가 있으니까 숲까지만 배웅할게."

카구라는 그렇게 말하며 걸음을 옮겨 외부와 이어진 문에 손을 댔다. 그러자 물속과 도시의 경계를 지나 문의 위쪽에 자리한, 투명한 막 너머에서 쏟아지는 폭포가 눈에 들어왔다. 아래서 바라본 호수가 갈라지는 모습 역시 엄청난 장관이었다.

"헌데, 일과라는 게 무엇이냐?"

갈라진 호수 중간, 투명한 계단을 오르며 미라는 문득 물었다. 그 칠칠치 못한 카구라가 일과라니, 라는 생각이 들어 궁금해진 것이다.

"글쎄, 뭘까요."

카구라는 뒤를 돌아보며 거드름을 피우듯 미소만 지을 뿐 답하지 않았다. 전갈과 뱀, 아론은 그것이 무엇인지를 아는 눈치였다.

뭐어, 곧 시작할 것이라고 하니 조만간 알 수 있겠지, 하고 미라는 애써 신경 쓰이지 않는 척을 했다.

그렇게 아쿠아리움 속 같은 수중계단을 끝까지 올라, 사계의 숲에 도착하자 매끄러운 공기가 다섯 사람을 맞이했다. 아침 안개 빛나는 상쾌한 아침의 기척이 느껴졌다.

과연 수많은 정령들이 사는 숲다웠다. 미라는 상쾌한 공기를 가슴 가득 들이쉬며 아련한 꿈 속 광경처럼 하얗게 흐려진 숲을 둘러보았다. 어슴푸레하고, 나무들의 숨결 같은 것이 일대에 자욱하게 깔려 있었다. 하지만 불쾌한 느낌은 털끝만큼도 들지 않고, 엄숙한 청정함만이 가득했다.

'좋은 곳이로구나.'

미라가 그런 감상에 젖어있던 참에 문득 붉은 새가 숲속에서 모습을 나타냈다. 그리고 나오자마자 카구라에게 달려와 "준비 다 되었습니다"라고 무언가를 보고했다.

"수고했어. 그럼 바로 시작하자!"

그렇게 말한 카구라는 미라 쪽으로 고개를 돌리며 "마수 사냥의 상식을 깨부숴주겠어"라고 자신만만하게 말했다.

"마수 사냥이라?"

아무래도 카구라의 일과라는 것은 마수 사냥인 모양이었다. 하지만 여기서 미라는 문득 의아해졌다. 마수라는 것은 강력한 개체이기는 하지만 사람들이 사는 마을에서 떨어진 오지에 사는 경우가 많아, 그리 쉽게 만날 수 있는 것이 아니었다. 일과로 삼으려면 그야말로 온 대륙을 제트기 같은 속도로 이동하며 찾아다녀야만 할 것이다.

혹시 지금 찾으러 가기라도 하겠다는 건가. 미라가 그렇게 생각한 순간이었다.

"저게 뭔지 알아?"

카구라가 득의양양한 얼굴로 사계의 숲의 한구석을 가리키며 도전적인 눈초리로 그렇게 말했다.

자세히 보니 그곳은 짙은 안개로 뒤덮여 있었다. 어쩐지 위화감이 느껴지는 그것은 주변에 깔린 아침 안개보다 훨씬 깊고 어두웠다. 더불어 카구라의 분위기로 미루어 평범한 답변은 정답이 못 되리라고 미라는 추측했다.

그럼 대체 무엇일까.

평범한 안개가 아닌 안개. 그렇게 생각하던 중 문득 떠올랐다. 얼마 전에 안개와 연관이 있는 일을 겪었더랬지.

"설마 그것이냐. 시공의 일그러짐?"안개에 관해 기억에 남은 일로는, 언젠가 신자의 숲에서 그것을 보았던 일을 들 수 있으리라. 그래서 미라는 그것을 떠올리며 대답했는데, 분하게도 자신이 없어서 그 목소리는 어쩐지 눈치를 살피는 듯한 뉘앙스를 띠었다.

신자의 숲에서 보았던 안개. 그것은 마나의 일그러짐을 정화하는 정령이 없었던 탓에 발생한 현상이었다. 하지만 이 숲은 어떨까. 이스즈 연맹의 본거지는 정령으로 넘쳐나기에 정화를 못 할 리는 없을 터였다.

그런 축복받은 환경에 그 시공의 일그러짐이 발생할 리가 없다. 미라는 그렇게 생각했지만 카구라는 시시하다는 듯 뾰로통한 표정을 지었다.

"정답이었던 모양이로군."

실로 알기 쉬운 표정을 지은 카구라를 보고 미라는 빙긋 웃었다.

"그래, 정답이야. 어째서 아는 거야."

어지간히 문제에 자신이 있었는지 카구라는 진심으로 불만스러운 투로 미라를 노려보았다. 실제로 저 안개를 척 보기만 하고 시공의 일그러짐이라는 것을 알아챌 자는 없으리라.

"이미 조우했거든!"

미라도 당시, 처음 봤을 때는 알아채지 못했다. 하지만 미라에게는 숲의 전문가, 코로포쿠루 자매가 있었다. 마치 공격을 되받아친 듯 가슴을 젖힌 채 미라는 신자의 숲에서 있었던 일을 간결하게 이야기했다.

"뭐야~. 거기까지 알고 있었어? 헤에~."

숲의 식물을 조종하여 시공의 일그러짐을 망설임 없이 나아가 그 원인을 없애버릴 수도 있는 코로포쿠루 자매에 관한 자랑. 미라가 입에 담은 이야기의 내용은 대략 그런 것이었다. 그것을 끝까지 들은 카구라는 확연히 기분이 좋지 않아 보였다. 하지만 그것도 잠시뿐, 문득 미소를 지어 보였다.

"하지만 그렇다면 이건 모르겠지?"

카구라가 안개가 있는 숲을 향해 손을 흔들었다. 그러자 안개가 더욱 진해지더니 직후, 귀를 찢을 듯한 포효가 사계의 숲을 뒤흔들었다.

"호오!"

자세히 보니 숲속에 나무보다 키가 큰 짐승이 우뚝 서 있었다. 그것의 이름은 '도르기스 팽'. 미스릴 검보다도 날카로운 엄니를 지닌, 사자와 비슷한 겉모습을 지닌 마수였다.

마수 도르기스 팽은 아크 대륙 산속에서 가끔씩 발견되는 강적으로 그 힘은 최상위 플레이어라도 고전할 정도였다. 그것이 믿기지 않게도, 시공의 일그러짐에서 나타난 모양이었다.

미라는 황급히 요격 태세를 취했다. 하지만 카구라가 그것을 손으로 제지했다.

"말했잖아, 내 일과라고. 일단 보고 있어."

카구라는 그렇게 자신만만하게 말하더니 오른발을 한 걸음 앞으로 내디뎠다. 그 순간이었다. 오른발을 중심으로 마치 파문이 일어난 듯 빛의 고리가 사계의 숲 전체로 퍼져 나간 것이다.

그 빛의 고리는 숲에 새겨진 술식을 기동시켰고, 어느샌가 대지가 온통 빛을 내뿜기 시작했다. 그리고 그 모든 것에 음양술에서 사용하는 표식이 떠올라 있었다.

"이것 참 놀랍군 그래. 이곳 숲 전체를 진으로 삼은 겐가."

미라는 빛나는 표식을 둘러보며 중얼거렸다.

음양술사에게는 진을 친다는 전투방법이 있었다. 간단히 말하자면 자신에게 유리한 영역을 만들어낼 수 있는 것이다. 한 사람을 둘러쌀 정도의 넓이라도 상당히 품이 드는 술법이건만 과연 이스즈 연맹의 본거지, 그리고 과연 아홉 현자라 해야할지. 아무래도 카구라는 이 광대한 숲 전체에 진을 친 모양이었다.

미라가 그렇게 감탄하고 있는 동안 전황은 요동치고 있었다. 하지만 그것은 실로 일방적인 전개였다.

도르기스 팽이 카구라를 발견하고 달려들려 한 순간. 사계의 숲 곳곳에서 빛의 띠가 무수하게 뻗어나와 도르기스 팽을 눈 깜짝할 새 그 자리에 동여매고 말았다.

마수 도르기스 팽. 그 힘은 아홉 현자라 해도 만만하게 볼 수 없을 터였다. 하지만 한 걸음이라도 이 진에 발을 들인 이상 그 차이는 크게 벌어질 수밖에 없었고, 때문에 더 이상 도르기스 팽에게는 저항할 방법이 없었다.

카구라가 손을 치켜들자 숲 곳곳에서 어제 보았던 식신들이 모습을 드러냈다. 그리고 손을 내리친 순간, 그 식신들은 집행자로 돌변하여 도르기스 팽을 압도한 채 말끔한 시체로 바꾸어놓았다.

"어때?"

멀리서 "회수, 시작하겠습니다~"라는 붉은 새의 목소리가 들려오는 가운데, 카구라는 의기양양하기 이를 데 없는 얼굴로 미라에게 고개를 돌렸다.

"이런 말은 별로 하고 싶지 않다만, 훌륭하구나."

품이 엄청나게 드는 만큼 완전히 진에 빠져들었을 때의 음양술은 반칙에 가까운 효과를 자랑한다. 설령 미라라 해도 이 진 안에서 카구라에게 이기는 것은 불가능할 것이다. 완전히 손 놓고 구경만 한 꼴이 된 미라는 다소 분해하면서도 맹우의 성장을 칭찬했다.

하지만 미라는 카구라가 자랑한 그것들 속에서 몇 가지 의문점을 느끼기도 했다.

"헌데 일과로 마수 사냥을 하고 있다고 한 것을 보면, 도르기스 팽이 출연한 건 우연이 아니었다는 것이로군?" 시공의 일그러짐에서 무엇이 나타날지는 예상이 불가능하다. 미라가 신자의 숲에서 보았던 시공의 일그러짐은 무작위로 이런저런 마물들이 튀어나오게끔 되어 있었다. 하지만 상황으로 미루어 카구라는 그것을 임의적으로 지정한 듯 보였다.

이건 대체 어떻게 한 일일까. 미라가 그렇게 물으려던 참에 카구라는 더더욱 득의양양한 표정으로 대답했다.

시공의 일그러짐. 그것은 마나의 정체(停滯)로 인해 발생되는 현상이다. 그리고 마나의 정체는 정령이 흐름을 바로잡지 않은 결과에 따른 것이다. 요컨대 정령에게는 마나의 흐름을 바꾸는 힘이 있다는 뜻이다. 그러므로 고의로 흐름을 흐트러뜨리면 임의적으로 일그러짐을 발생시킬 수도 있다는 모양이었다.

카구라는 정령들과 협력하여 이 일그러짐의 법칙을 조사해서 해명한 듯했다. 그 결과 주변의, 아크 대륙 정도까지의 거리라면 시공의 일그러짐으로 연결할 수 있게 되었다.

하지만 주변 환경에 미치는 영향이 큰 탓에 하루에 한 번이 한도라고 했다.

그리고 이 기술의 활용법으로 카구라가 생각해낸 것이 먼 곳에 있는 귀중한 마수소재를 입수하는 것이었다.

이스즈 연맹의 지부는 대륙 각지에 존재한다. 그곳에서 매일같이 마수발생 보고가 들어와, 생식 구역과 좌표를 특정하는 데는 어려움이 없었다. 그래서 현재는 이를 이용하여 세계 각지의 마수를 사냥해, 이스즈 연맹의 전력 강화에 활용하고 있다는 모양이었다.

마수에 따른 피해는 마물 문제와 더불어 각국이 골머리를 썩는 문제이기도 해서 사회공헌으로도 이어지고 있다며 카구라는 무척 자랑스러워했다.

"사기가 따로 없군……."

멀리 있는 마수를 불러들이는 것도 모자라 준비가 갖춰진 영역으로 강제 연행을 하다니, 이게 반칙이 아니면 뭐란 말인가. 미라는 쓴웃음을 지었다.

"이걸로 마수 가죽으로 된 질 좋은 레더 아머를 여러 개 만들 수 있겠어. 발톱도 검의 재료로 쓸 수 있을 테니 꿩 먹고 알 먹는 격이지."

카구라는 운반되는 도르기스 팽을 배웅하며 만족스러운 미소를 지었다. 괴상하리만치 상처가 없는 말끔한 시체였다. 최대한 주의를 기울였다는 증거였다.

"이 방법이라면 레이드 보스도 처리할 수 있을 것 같군그래."

미라 역시 도르기스 팽을 바라보며 문득 그렇게 중얼거렸다. 그러자 카구라는 자못 당연하다는 듯 "할 수 있을 걸~?"하고 자신만만하게 답했다. 하지만 아무리 카구라라도 레이드 보스를 완전히 억누르기는 어려울 테고 사계의 숲에도 피해가 발생할 테니 안 하겠다며 웃었다.

이렇게 이스즈 연맹의 전력은 나날이 강화되었다. 미라는 실로 믿음직스럽다고, 아군이라 다행이라고 생각하며 카구라의 옆얼굴을 바라본 채 살며시 미소 지었다.

"그러면 잘 부탁해!"

일과 후, 곧장 아침 회의가 있는 탓에 겸사겸사 배웅을 할 수 있는 것도 여기까지인 모양이었다. 카구라는 붉은 새의 재촉을 받으면서도 끝으로 그렇게 말하며 네 사람을 배웅했다. 현재, 꾸

릴 수 있는 최고의 인선으로 임하는 임무인 탓인지 그 표정에는
눈곱만큼의 불안감도 보이지 않았다.

다녀오겠다고 쾌활하게 대답한 미라 일행은 호숫가를 따라 나
아갔다. 포근한 숲의 향내가 감도는 가운데 곳곳에서 고개를 내
민 정령들은 임무에 나서는 네 사람에게 가호를 걸어주었다. 미
라는 몸 안에서 느껴지는 희미한 온기에서 고향에 돌아온 듯한
안도감을 얻었다.

"꽤나 극진한 배웅이로군그래."

"이해관계가 일치하는 데다 이곳에 있는 이들은 모두 동료니
까."

전갈은 정령들에게 손을 흔들어 답하며 미라가 중얼거린 말에
답했다.

정령의 가호에는 두 가지 종류가 있었다. 영속적으로 효과를
발휘하는 타입과 시간제한이 있는 효과를 부여하는 타입. 전자는
정령과 친밀해짐으로써 얻을 수 있는 것으로, 여러 가지 특수 기
능의 습득 조건으로 설정되어 있는 일이 많았다. 후자는 주로 정
령의 변덕으로 얻는 것이 대부분이었다. 그리고 이번에 미라 일
행에게 걸린 가호는 후자 쪽 타입이었다.

미라는 셀 수 없이 중첩된 가호에서 포근함, 온기를 느끼며 키
메라 클로젠을 타도하겠다는 각오를 한층 더 단단히 굳혔다.

가호를 해주는 정령에게 감사하며 계속해서 걸어가자 왜건에
아이들이 모여있는 모습이 보였다.

"음……."

"어라라. 놀이터가 되어 버렸네."

그것은 숲에 사는 어린 요정들이었다. 지주에 매달리거나 왜건 위에 올라가서는 뛰어내리는 등. 그곳에는 흐드러지게 핀 미소가 넘쳐나고 있었다.

숲의 녹음과 호수의 푸른빛에 에워싸여 있어도 눈에 띄는 하얀 왜건이 너무도 신기해 보였는지 어린 정령들이 뛰노는 놀이터가 되어 있었다.

노는 데 정신이 팔린 어린 정령들을 왜건에서 떼어내는 데도 애를 먹은 데다, 어린 정령들은 네 사람에게 들러붙어 놀라달라고 떼를 썼다. 미라는 약간 아쉬워하며 품에 안았던 아이를 보모 역할을 하는 정령에게 건넸다.

마음을 다잡은 미라는 거드름을 피우며 왜건의 문을 열었다. 그 순간, 전갈이 누구보다도 먼저 미라의 옆에서 고개를 내밀고는 "오오~!"하고 감탄 섞인 소리를 냈다. 그리고 그 목소리에 혹한 뱀과 아론이 뒤를 이었다.

"일본풍 양식 왜건은 처음 봤지만, 이거 괜찮군. 쾌적할 것 같아."

"이건, 예상 밖."

아론은 일본풍 양식 특유의 차분한 분위기를 좋아하는지 그 장점을 똘똘 뭉쳐놓은 왜건의 내부 장식에 감탄한 모양이었다. 뱀으로 말하자면 상상했던 내부 장식과 차이가 있었는지 당황한 눈치였다. 그에 반해 전갈은 정면에 보이는 커다란 창문을 보고는 그곳에서 보일 하늘에서의 풍경을 기대하는 눈치였다.

"신발은 거기서 벗거라."

미라가 그렇게 말하자 어린애처럼 눈빛을 빛내던 전갈과 아론은 시키는 대로 그 즉시 신발을 벗고 왜건에 올라탔다.

미라 전용으로 만들어진 왜건 안은 미라와 아론, 그리고 전갈까지 세 명이 들어가자 상당히 좁아져서, 뱀은 거북해 하며 안에 들어와서는 그대로 방구석에 섰다.

"음? 왜 그래?"

구석에 바싹 달라붙은 뱀을 본 아론이 물었다.

입을 다문 뱀 대신 전갈이 일의 전말을 설명했다. 왜건이 크지 않은 탓에 본래는 세 명이서 갈 예정이었던 임무였지만 뱀이 어떻게든 따라가고 싶다고 애원했다. 그런 탓에 조금이라도 걸리적거리지 않고자 저러는 것이라고.

아론은 그런 것이었나, 하고 납득했다. 하지만 미라는 오히려 그러고 있으니 마음이 영 불편했다.

"뱀이여, 그쪽 끝을 들어다오."

미라는 그렇게 말하며 엉거주춤한 자세로 코타츠의 끄트머리에 손을 걸쳤다.

"알겠어."

고개를 끄덕여 답하더니 뱀은 미라를 흉내 내듯 코타츠를 붙잡았다. 그리고 구호와 함께 들어 올려서는 구석으로 이동시켰다.

"이것으로 조금은 넓어졌을게야."

코타츠는 왜건의 한복판에 자리하고 있었던 탓에 이동시키기만 했는데도 제법 넓어진 듯 보였다. 미라는 만족스러운 투로 말하고는 뱀에게 앉으라고 권하고 자신은 마부석으로 고개를 내밀어 출발 준비를 하기 시작했다.

아론은 문득 다른 세 명의 머리를 내려다보며 체격을 비교해 보고는 아무 말 없이 벽 근처에 좁게 앉았다.

준비를 마친 미라가 코타츠 옆으로 좌식의자를 가져가 그곳에 앉자 위에서 누르는 듯한 희미한 압박감이 네 사람을 감쌌다.

"우와, 점점 떠오르고 있어!"

창가에 진을 치고 있던 전갈은 색채가 넘쳐나는 숲이 부쩍부쩍 멀어지는 것을 보고는 신이 나서 말했다.

"조금 무서울 정도인데."

아론도 전갈을 따라 창문으로 시선을 던졌다. 그 옆에서 오도카니 무릎을 꿇고 앉아있던 뱀은 훔쳐보기라도 하듯 눈아래로 시선을 옮기더니 한없이 펼쳐진 대지의 모습에 말없이 눈빛을 빛냈다.

사계의 숲에서 날아올라 네 시간 정도 하늘 여행을 즐긴 참에 진행방향에 마을 살루트가 보이기 시작했다.

"조금만 더 가면, 살루트."

뱀이 보고하듯 좌식의자에서 쉬고 있는 미라에게 말했다.

"흠, 그러면 착륙하도록 할까."

그렇게 답한 미라는 길이 있는 근처로 강하하도록 가루다에게 지시를 내렸다.

천천히 강하하기 시작한 왜건은 도로에서 조금 떨어진 초원에 착륙했다.

'어디보자, 누구에게 끌어달라고 할까.'

한 번 착륙해서 육로로 가는 것은 키메라 클로젠이 괜한 경계심을 품지 않게 하기 위함이었다. 왜건을 끄는 것도 그 의도에 맞는 자여야만 했다. 그 사실을 염두에 둔 채 미라는 생각에 잠겼다.

'히포그리프……는 눈에 띄고……. 페가수스는 날개를 접게 하면 말처럼 보이니 어쩌어찌 될지도 모르겠군. 하지만 육지 적성이 낮으니 힘이 달릴지도 몰라. 육지 적성으로 선택하자면 움가르나가 제일이지만…… 겉모습이 말조차도 꿀꺽 삼킬 정도로 커다란 뱀이니, 눈에 띄지 않을 수가 없겠고.'

"왜 그래, 미라 아가씨."

미라가 일어선 채 끙끙대기 시작하자, 출발할 낌새가 없는 것이 신경 쓰였는지 아론이 물었다.

"아니 무얼, 눈에 띄지 않게 왜건을 끌게 할 만한 것이 선뜻 떠오르지가 않아서 말이지."

"그런 거였나."

아론은 그렇게 말하며 납득했다. 지금 그의 눈앞에 있는 것은 소환술의 현자, 덤블프의 제자라 하는 미라였다. 아론은 언뜻 보았던 가루다의 빛나는 날개를 떠올리며 그러한 것뿐이라면 고민할 만하다고 생각한 듯했다.

미라가 다시금 생각에 잠기자 옆에서 조마조마해 하던 뱀이 활약할 기회를 얻고자 "왜건을 끄는 거라면, 나한테 맡겨줘"라고 말했다.

"그러고 보니 뱀 아가씨는 사령술사였지."

의문스러워하지도 않고 이해가 됐다는 표정으로 아론이 중얼거렸다.

"흠, 그러면 맡기마."

뱀이 보내오는 곧은 시선과 아론의 그 말을 통해 사령술사만의 방법이 있는 것이리라고 판단한 미라는 고개를 끄덕였다. 뱀은 "고마워."라고만 말하고 마부석의 문을 열었다. 기본적으로 무표정했던 그 얼굴에는 도움이 될 수 있다는 것이 기쁜지 희미한 미소가 떠올라 있었다.

왜건 밖으로 나간 뱀은 네 발 골렘을 만들어내는 술법을 발동시켰다.

미라는 어떻게 해결할지 궁금해서 살며시 마부석으로 고개를 내밀었다. 그리고 도마뱀 비슷한 몸통에 돋아난 통나무처럼 굵은 다리와 끝이 갈고리처럼 생긴 세 개의 꼬리를 지닌 그 골렘의 모습을 보고 요상한 박력에 눈살을 찌푸린 채 왜건 안으로 돌아왔다. 이러한 모습의 골렘이 끌게 해도 정말 눈에 띄지 않을까 싶었던 것이다.

하지만 미라의 걱정과는 달리 아론과 전갈은 여전히 편히 쉬고 있었다. 이 현실이 된 세계에 관해서는 아직 모르는 것이 더 많음을 자각하고 있는 미라는 두 사람의 태도를 통해 문제없으리라 판단했다.

뱀이 행사한 그 술법은 왜건 등을 끌게 할 노동력으로 새로이 개발된 사령술 중 하나였다. 그렇기에 일반 대중에게 널리 알려져, 모험가에서부터 상인, 귀족에 이르기까지 여러 계층의 사람들이 폭 넓게 이용하고 있었다.

비슷한 일을 할 수 있는 사역계로는 음양술과 소환술도 있었지만 이 사령술은 안정성이 매우 뛰어났다. 그 결과, 견인 골렘은 거의 여행의 상식으로 자리 잡았으며 그 지명도는 눈에 띄지 않는다는 목적을 간단히 충족시킬 정도였다.

미라가 시선을 실내로 다시 돌림과 동시에 왜건은 천천히 움직이기 시작했다. 자세히 보니 골렘이 세 개의 꼬리로 지주를 붙잡고 실로 가뿐하게 끌고 있었다.

"그럼, 부탁하마."

미라는 몸은 우락부락한 것이 재주도 좋다며 감탄했다. 그 말을 들은 뱀은 "맡겨줘"라고 대답하며 힘 있게 고개를 끄덕였다.

달그락달그락 바퀴 구르는 소리가 나더니 기분 좋은 진동이 온몸을 흔들기 시작했다. 왜건을 타고 지상을 달리는 여정은 하늘 여행과는 또 다른 정서로 가득했다. 일정한 리듬을 이룬 그 소리가 기분 좋게 느껴지는 육로 여행에, 속도를 중시해 하늘로 날아다니기만 했던 미라는 이 역시 풍류라 생각하며 창밖으로 시선을 던졌다.

미라 일행을 태운 왜건은 순조롭게 도로를 달려 오후 중반에 마을 살루트에 도착했다.

사전에 조합의 위치를 확인해뒀던 뱀은 능숙하게 골렘을 조종해 왜건을 몰았다. 그곳은 유명한 상점이 처마를 맞대고 늘어선 대로로, 사람 말고도 여러 대의 미차가 오가고 있었다. 창문으로 대로를 바라보던 미라는 견인 골렘이 여럿 스쳐 지나가는 것을 보고서 이런 이유로 눈에 띄지 않을 것이라 했구나, 하고 뱀의 의도를 그제야 이해했다.

살루트의 마을 풍경으로 말하자면 목조 건축물이 주를 이루고 있었고, 커다란 건물이며 중요한 장소는 석조로 되어 있었다. 서부극 속에 드문드문 서양 건축을 의식한 디자인의 건물이 자리해 있는 듯한 분위기였다. 그러면서도 분위기를 망치는 일 없이 나무와 돌에 의한 독특한 경관이 펼쳐져 있었다.

미라가 그런 마을 풍경을 만끽하는 동안 왜건은 두 채가 나란히 자리한 석조 건물 앞에 도달했다. 궁전 같은 외관을 지닌 그 건물에는 대륙 공통인 조합의 문장이 새겨져 있었다.

"어디, 다녀와 볼까."

아론은 그렇게 말하며 천칭의 성채의 허가증을 발행받기 위해 왜건에서 내려 조합으로 들어갔다.

허가증 수속은 5분 만에 완료되었다. 아론이 돌아와서 탑승한 것을 확인한 뱀은 다시금 왜건을 몰았다.

다음에 도착한 곳은 커다란 여관이었다. 그곳에는 번듯한 마굿간과 왜건을 두기 위한 차고가 있었다. 마음 놓고 왜건을 보관할 수 있으며 차고만 이용할 수도 있는 여관을, 뱀이 어제 조사해 둔 것이었다. 미라의 왜건을 타고 던전에 가면 키메라 클로젠이 나중에 올 경우, 누군가가 먼저 왔다는 사실을 알고 그것만으로 경계할지도 모를 일이다. 이번 임무는 그러한 요소를 철저하게 배

제해가며 수행해야만 했다.

뱀은 두 마디, 세 마디를 여관 담당원과 나누고서 유도에 따라 차고로 왜건을 몰아 지정한 곳에 세우고서 이용 일수며 요금에 관해 자잘한 수속 등을 해나갔다.

세 사람은 그런 대화를 나누는 뱀을 등진 채 왜건에서 내렸다.

목조 차고에는 크고 작은 여러 왜건들이 세워져 있었고 작업복을 입은 담당원이 정성껏 손질을 하는 모습이 보였다. 미라는 주변을 둘러보며 이곳이라면 안심할 수 있겠다고 납득했다.

"오래 기다렸지?"

"하나부터 열까지 모두 떠맡겨 미안하구나."

수속을 마친 뱀이 돌아오자 미라는 왜건의 주차권을 받으며 그렇게 말했다.

"별 것 아냐."

뱀의 그 대답에 억양은 없었지만 그 표정은 약간 기뻐 보였다. 그리고 약간 쑥스러워하는 듯 보이기도 했다.

마을 살루트는 모험가가 많아 척 보아도 상당한 실력자라는 것을 알 수 있는 자들이 여러 모임을 형성하고 있었다. 흔히 말하는 그룹이라는 것이었다. 미라는 시야에 들어온 그룹의 밸런스를 멋대로 평가하며 자신만만하게 앞장서서 걷는 뱀을 쫓아 대로를 걸었다.

도중에 대로에서 약간 떨어진 길에 들어섰다. 그 끝에는 여러 대의 마차가 대열을 이루고 있었다. 자세히 보니 여러 모험가 그

룹들이, 늘어선 마차의 마부와 무언가를 교섭하고는 올라타고 있었다.

"호오, 승합마차인가."

미라가 그렇게 중얼거리자 뱀이 뒤를 돌아보며 고개를 가로저었다.

"약간 달라. 여긴 마차 택시 탑승장. 승합마차보다 비싸. 하지만 개인 단위로 빌릴 수 있어. 모험가의 이동수단으로 흔히 이용되고 있어. 지금의 우리에게는 이쪽이 낫겠다고 판단했어."

승합마차는 일정 구간을 왕복해서 중간중간 여러 이용자들이 탑승하는, 말하자면 버스의 마차 버전에 가까운 것이었다.

그와는 달리 마차 택시는 개인, 혹은 그룹을 목적지까지 옮겨다 주는, 새로우면서도 보편적인 이동수단이라고 한다. 이스즈 연맹의 극비 임무를 띠고 움직이고 있는 미라 일행에게는 다른 이들과의 접촉을 최대한 줄인 채 보편적이기에 눈에 띄지 않을 수 있는, 현재 상황에 딱 맞는 탈것이었다.

"호호오. 택시라. 확실히 그 편이 홀가분하고 좋을 것 같구나."

어디에 키메라 클로젠의 끄나풀이 있을지 알 수 없는 상황에서, 정신을 바짝 차리고 있을 필요가 적은 마차 택시는 현재 선택할 수 있는 수단 중에서도 상책이라 할 수 있으리라.

미라가 동의하자 뱀은 의기양양하게 마차를 타기 위한 대열에 뛰어들었다.

몇 분 후, 마차 택시의 마부와 합의를 본 뱀이 돌아왔다. 아무래도 대열에서 적절한 마차를 구한 모양인지 미라 일행을 안내하는 발걸음도 가벼웠다.

마차 대열에 늘어선 마차들은 마차라는 한 마디 단어로 치부하기가 거리껴질 정도로 종류가 풍부했다. 말만 해도 경종마부터 중종마까지 다양했고 그밖에도 튼튼한 뿔을 지닌 수소에 위세등등하게 콧김을 내쉬는 커다란 멧돼지 등 여러 종류가 모여 있었다. 거기에 견인 골렘까지 끼어 있었다.

각 종류에 따라 주행 거리며 속도가 달라, 목적에 따라 선택하는 것이 상식이었다. 목적지인 천칭의 성채는 바위산 중앙에 있어 그럭저럭 마력(馬力)이 필요한 장소였다. 그런 탓에 뱀이 선택한 마차 택시는 마부가 둘 있고 뱀이 보여준 것보다 크기가 큰 견인 골렘이 두 마리 연결되어 있었다.

힘과 나름의 속도를 겸비한 마차 택시가 미라 일행을 태우고 도로에서 산길에 들어선 가운데, 뱀은 조심조심 눈치를 살피듯 미라에게 시선을 보냈다. 마차에 타고서부터 미라의 말수가 줄어든 것 같았기 때문이다. 마차가 마음에 안 든 것인지 아니면 억지로 따라온 자신의 존재가 마뜩치 않은 것인지. 뱀은 그런 생각이 들어 불안해졌다.

'골렘이 그렇게나 늘어서 있던 데다, 식신의 모습까지 있었건만……. 어째서 소환체는 하나도 없었던 겐지…….'

미라는 창틀에 턱을 괴고서 산길을 달릴수록 식물이 듬성듬성해지는 풍경을 바라보며 소환술도 이 식물들처럼 쇠퇴해 가는 것이 아닐까 하는 생각에 젖어있었다.

그 후, 두 사람의 분위기를 알아챈 아론이 말을 건 것을 계기로 뱀의 불안감은 불식되었다. 미라는 뱀에게 불만이 있는 것이 아니라 그저 소환술이 보이지 않았던 것이 소환술사로서 마음에 들지 않은 것뿐이라 말했다.

동시에 미라의 우려 역시 가루다처럼 비행이 가능한 것을 소환할 수 있는 술사는 사회의 중역들이 거두어들여 마치 택시보다 훨씬 높은 지위에 속한다는 아론의 말로 인해 우선은 걷히었다.

이후, 모험가 그룹으로 위장한 일행은 시종 부드러운 분위기를 유지한 채 천칭의 성채에 도착했다.

15

마차 택시에서 내려 얼마간 거친 바위 산길을 올라가자 우뚝 선 바위벽에 파묻힌 듯 보이는 목적지가 모습을 드러냈다. 주변에는 이름 모를 풀이 듬성듬성 자라 있었고, 좌측에는 커다란 연못이, 우측에는 바닥이 검게 보일 정도로 깊은 절벽이 있었다.

천칭의 성채는 그 호수와 절벽 사이에 놓인 육지를 틀어막는 모양새로 지어져 있었다.

성채는 투박하고 거대한 잿빛 성과 호수에서 절벽까지를 가로지르는 성벽으로 구성되어 있었다. 긴 세월 동안 색이 바래기는 했지만 압도적인 존재감은 아직도 건재했고 하늘에서 불어 내려온 바람은 침입자를 거절하듯 주변 일대를 쓸어내렸다.

그곳은 머나먼 옛날, 불락왕(不落王)이라 불렸던 왕의 거성으로 사람과 마물의 대전이 일어났을 때 최종 방어선이 되었던 장소였다. 절대적인 방어력을 자랑하는 성벽은 거대한 마물조차도 고개를 쳐든 채 넘기를 포기했을 정도로 거대했다. 하지만 대전의 영향은 막대하여 난공불락이었던 성문은 크게 우그러들어, 지금은 출입문으로서의 기능을 하지 못했다.

"진짜 크다~."

"그렇구나. 정말 크구나."

앞길을 가로막듯 우뚝 선 성벽을 올려다보며 전갈이 말했다. 미라는 성벽을 흘끔 쳐다본 후, 춤을 추듯 흔들리는 전갈의 꼬리를 본 채 마치 함께 산책을 나온 손녀의 천진한 말에 대꾸를 하듯 다정한 목소리로 답했다.

다소 관광 기분에 젖어있던 전갈은 호수 옆에 자리한 작은 요새에 들어섬과 동시에 마음을 다잡고 어슴푸레한 요새 안과 지하를 잇는 계단을 막고 있는 결계 앞에서 멈춰 섰다. 천칭의 성채의 본래 출입문인 문은 사용할 수 없게 된 탓에 현재는 탈출용 비밀통로로 준비된 길이 유일한 입구가 되어 있었다.

'자아, 실력이 어떤지 구경이나 해볼까.'

아론은 A랭크 던전인 천칭의 성채에 한 번 온 적이 있었다. 당시에는 여섯 명으로 된 그룹의 일원으로 탐색 작업에 참가하여 최전선에서 자신이 애용하는 무기를 휘둘렀다. 하지만 이번에는 우즈메에게서 미라를 보좌하라는 지시를 받았다. 이번 임무의 전투요원은 히든 두 사람과 미라인 것이다. 이스즈 연맹의 본부에 있다 보면 히든의 소문은 자연스럽게 귀에 들어오기 마련이라 전갈과 뱀의 실력은 대략 예상이 되었지만 현자의 제자는 본 적이 없어 실력을 예측할 방도가 없었다.

착실하게 수련을 거듭해 현재의 실력을 얻은 아론은 그런 자신을 훌쩍 뛰어넘는, 천재라는 부류에 속하는 자들을 관찰하는 것이 취미였다. 그들은, 범인(凡人)들은 생각도 못 할 발상을 잔뜩 해내기 때문이다. 그것들을 알고 보다 높은 경지를 목표로 하는 것이 삶의 낙인 범인이라고 호언하는 아론이었지만, 보는 것만으로 천재의 기술을 이해하고 제 것으로 만드는 것 역시 훌륭한 재능이라는 사실까지는 알아채지 못한 모양이었다.

조합의 결계를 지나 좁은 통로를 걸어 나아갔다. 그곳은 두 사람이 간신히 지날 정도로 좁았고 돌기둥과 블록으로 보강 조치가 되어 있었다.

어슴푸레하고 장마철이 연상되는 눅눅한 공기 속에서 아론의 허리에 매달린 랜턴의 빛이 흔들릴 때마다 이곳저곳에 떼지어 있던 검은 벌레들이 곳곳으로 흩어졌고, 전갈은 그때마다 징그럽다는 듯 신음소리를 흘렸으며 미라 역시 표정을 구겼다.

목소리의 여운이 사라지면 네 사람의 발소리가 한층 더 두드러지게 들렸다. 그런 일을 몇 번이나 반복한 참에 작은 방에 도착했다. 계속 전진하자 랜턴의 불빛이 희미하게 주변을 비추었다. 헐벗은 바위벽에 썩은 촛대 몇 개가 붙어있는 것 말고는 아무 것도 없었다.

그곳은 비밀 통로를 숨기기 위한 비밀 방이었다.

"어디 보자, 어떤 거였더라."

방의 특성상 정규 성채 안으로 난 길 역시 감춰져 있어, 아론은 그렇게 중얼거리며 겹겹이 접은 종이를 끄집어내서 그것과 벽을 번갈아 보며 개폐장치를 찾았다.

"간단해졌군그래."

수 차례 손을 댄 탓인지 벽의 한 부분이 명백하게 닳아진 것을 발견한 아론은 한숨 섞인 투로 말하며 그곳을 밀어 넣었다. 그러자 희미한 진동과 함께 벽의 일부가 문처럼 열리더니 미풍이 비밀 방으로 흘러들어 미라의 은빛 머리카락을 흔들어놓았다.

'이곳도 오랜만이구나.'

한 걸음 앞으로 나서자 좌우로 뻗고 이리저리 뒤엉킨 통로가 눈에 들어왔다. 천칭의 성채의 첫 번째 층. 그곳은 복잡한 미궁으로, 비밀 방은 그 한복판으로 이어져 있었다.

"전투는 맡겨둬도 되는 거지?"

아론이 새삼 그렇게 확인하자 전갈이 "걱정마!"라고 쾌활하게 답했고 뱀은 조용히 투지를 불사르며 말없이 고개를 끄덕이더니 전투용 골렘을 만들어냈다.

그리고 미라 역시 소환술을 선보일 기회라는 듯 코트를 펄럭이며 다크나이트를 소환, 내친 김에 다크로드로 변이시켰다. 미라의 옆에 선 다크로드의 살육에 특화된 모습은 주인을 지키기 위해 악마에게 영혼을 판 기사 같은 인상을 풍겼다. 그 온몸을 뒤덮은 칼날 갑옷은 피에 젖은 듯 둔탁한 빛을 머금고 있었다.

"오오~ 이게 변이 소환이구나~."

전투 전 준비운동을 하던 전갈은 다크로드의 모습을 보고는 탄성을 질렀다. 단독으로 임무를 수행하는 히든의 일원인 전갈은 유독 여러 종류의 전사와 술사의 기능에 조예가 깊었다. 그녀는 이야기로만 들었던 변이 소환이 신기한지 구석구석 관찰하기 위해 다크로드에 달라붙었다.

"조심하거라~."

다크로드는 전신흉기라는 표현이 말해주듯 마치 애교라고는 눈곱만큼도 없는 고슴도치 같은 모습을 하고 있었다. 그런 다크로드를 관찰하는 데 정신이 팔려 얼굴이 닿을까말까 할 정도로 바짝 달라붙은 전갈을 곁눈질하며 미라는 마음에도 없는 충고를 했다.

그리고 아론이 눈살을 찌푸린 채 노려보고 있는 종이로 시선을 옮겼다.

"꽤나 복잡한 얼굴을 하고 있군그래."

미라는 그렇게 말하며 아론이 들고 있는 것을, 눈높이보다 약간 높은 탓에 발돋움을 해서 들여다봤다.

"예전에는 충분히 보였는데 말이지. 나도 나이를 먹었나 보군. 너무 자잘해서 잘 안 보여."

아론은 미라의 머리를 내려다보며 한숨을 한 차례 내쉬더니 자조하듯 옅은 미소를 지은 채 눈두덩을 손가락으로 눌렀다. 그 종이에는 천칭의 성채의 1층인 미로가 상세하게 그려져 있었고 빠져나가는 경로가 붉은색으로 표시되어 있었다. 더불어 주의사항까지 메모되어 있었다. 그것은 던전의 겨냥도이자 답파했던 플레이어들이 적은 기록 중 하나였다.

덤블프였던 시절에는 플레이어들간의 거래로만 구할 수 있었지만, 지금은 이러한 지도도 모험가를 대상으로 한 가게에 당연하다는 듯 진열되어 있기도 했다.

겨냥도는 당시의 것보다 훨씬 치밀해진 듯 보였지만, 천칭의 성채의 그것은 아무리 보아도 지나친 감이 넘쳐나는 물건이었다.

'다소 지나치게 자잘한 것 같다만, 이 몸도 나이가 든 겐가…….'

미라는 필요없는 루트까지 망라한 극단적으로 세밀한 겨냥도에서 고개를 돌려 눈을 깜박거리고는 빠져나가는 루트에 해당되는 방향으로 시선을 옮겼다.

통로의 폭은 3미터 정도로 같은 간격으로 발광원리를 알 수 없는 푸른빛이 촘촘히 늘어서서 미로를 밝히고 있었다. 정적을 내포한 듯 차가운 돌벽으로 수천 년의 시간을 버텨낸 건조물임에도 불구하고 노후화된 낌새는 없었다. 눈에 띄게 남은 것은 전투의 흔적인 얼룩과 흠집뿐이었다.

천칭의 성채는 대략적으로 전, 중, 후층으로 나뉘어 있으며 각각의 역할이 달랐다.

후층은 미라 일행이 성채를 방문했을 때 올려다 보았던 성벽보다 훨씬 거대하고 튼튼한 벽이 있어, 최상위 마수조차도 막아낼 수 있다고 한다. 중층은 매우 넓은 공간으로 정면 성벽 문과 이어져 있다. 이곳에는 참호의 흔적이며 썩어 문드러진 병기들, 무너져내린 방벽 등이 무참하게 나뒹굴고 있는 상태로, 과거 최대의 격전지가 되었던 장소였다. 그리고 전층은 4개 층으로 나뉘어 있고 그 최상층에는 정령왕이 강림했다는 사령실이 있었다.

"나한테 맡겨. 안내할게."

뱀은 끙끙대고 있는 두 사람에게 그렇게 말하더니 골렘을 앞세워 전진하기 시작했다. 그 손에는 뱀 본인이 준비한 겨냥도가 들려있었고, 간결하게 빠져나가는 루트가 적혀 있었다.

미라와 아론은 얼굴을 마주보고서 가볍게 어깨를 으쓱하고는 미소를 주고받고서 뱀을 쫓아갔다.

미로에 발을 들인지도 어언 10분 남짓. 뱀의 골렘이 모퉁이 직전에서 걸음을 멈췄다.

"적."

뱀이 경고함과 동시에 골렘은 바닥이 꺼질 정도로 격렬한 발소리를 내며 달려 나가, 모퉁이에서 뿜어져나오듯 나타난 창백한 연기에 울툭불툭한 주먹을 박아 넣었다.

"우악스럽기도 하군."

그 연기는 나이트 고스트라 불리는 마물로 상념(想念)으로 구축된 몸은 물리적인 간섭에 내성이 있었다. 하지만 골렘의 일격은 확실히 손상을 입혔다.

나이트 고스트는 그 원인이 된 주먹에서 달아나듯 분산되어 허공을 날아가, 미라 일행과 떨어진 곳에서 다시 형태를 이루었다. 마물은 갑옷을 걸친 기사 같은 형상이었지만 군데군데 빈틈이 보였다. 골렘의 주먹으로 인해 깎여나간 부분이리라.

"아스트랄 오일을 가지고 있는데, 이거 필요 없으려나."

부상을 입은 마물의 모습을 본 아론은 손에 든 도끼를 허리에 걸치며 나머지 한 손에 들고 있던 작은 병을 파우치에 다시 넣었다. 활약할 기회를 잃고 돌아온 초승달 모양의 비취색 날이 아론의 허리에서 다소 쓸쓸하게 흔들렸다.

"그럴지도 모르겠군."

미라는 뱀의 분투를 지켜보며 동의했다. 실체가 없는, 흔히 유체계열이라 불리는 마물은 물리공격에 강하다는 특징이 있었다. 이럴 때 필요한 것이 아론이 가지고 온 아스트랄 오일이라는 도구였다. 이것을 무기에 도포함으로써 상대의 물리 내성을 무효화할 수 있는 것이다. 물론 효율은 떨어지지만 쓰지 않고 두들겨 패서 쓰러뜨리는 수도 있었다.

미라와 아론이 그런 이야기를 하는 동안 나이트 고스트는 골렘의 호쾌한 라이트 스트레이트에 산산이 찢겨 그대로 허공에 녹아들었고, 이어서 나타난 두 번째 나이트 고스트는 골렘에게 짓눌린 채 [추장술 : 용해윤회]에 의해 폭산했다.

자잘한 불똥이 흩날리는 가운데 뱀은 새로운 골렘을 만들어내더니 우쭐한 표정으로 뒤를 돌아보았다. 하지만 가장 어필하고 싶었던 상대인 미라는 아론이 준비해온 다양한 아이템에 정신이 팔려 있었다. 본 적이 없는 것이 너무도 많았기 때문이다.

그런 미라의 모습을 본 뱀은 눈에 띄게 낙담했다.

"에이, 너무 신경 쓰지 마."

다소 의욕이 지나쳐 보이기도 하는 뱀이 걱정되어 전갈이 말을 붙였다.

"우즈메 씨가 셋이서 가라고 했는데 끼어든 게 여러모로 신경 쓰여서 솔선해 움직이려는 거지? 어떻게든 도움이 되어야겠다고."

뱀이 여러 차례 그러한 조짐을 보인 것을 전갈은 똑똑히 보고 있었다. 마차 때도 그랬고 그때는 배려심이 있다 싶은 정도였지만 전투에서까지 그러니 그냥 넘어갈 수가 없었다.

"그렇지, 않아. 이번 임무는 최고 중요도의 임무. 그러니 당연."

쓸데없이 고집이 세다는 생각이 들기는 했지만 전갈은 난감하게 됐다는 투로 콧김을 푹 내쉬고는 뱀의 이마를 찰싹 때렸다.

"그럼 더더욱 협력해야지. 이건 우리의 임무니까."

전갈의 말을 들은 뱀은 입을 다문 채 고개만 끄덕였다.

"왜 그러느냐?"

아론이 지참한 도구를 대충 다 훑어본 미라가 그런 두 사람에게 말을 붙였다. 고개를 돌린 전갈과 뱀은 아무 것도 아니라고 고개를 가로저으며 대답하고서 미라가 손에 든 물건에 주목했다.

"보험이다. 흔한 일은 아니다만 저주를 걸어오는 마물이 가끔씩 나와서 말이지."

그렇게 말하더니 미라는 손에 든 부적, 지나치게 멋들어지게 쓰는 바람에 뭐라고 적혀있는지 알 수가 없는 종잇조각을 두 사람에게 건네주었다. 그것은 '항주령마부(抗呪靈魔符)'라는 것으로 고위 영체계열 마물에게 걸릴 우려가 있는 '저주'라는 특수한 상태이상을 일정 수 무효화할 수 있는 아이템이었다. 용도가 한정적인 탓에 그다지 나돌지 않는 아이템이기도 했다.

"헤에~ 고마워."

"감사."

전갈은 흥미롭다는 듯 받아든 부적을 쳐다본 뒤, 사이드 파우치에 넣었고 뱀은 두 손으로 받아들어 소중한 물건을 다루듯 로브 안주머니에 넣었다.

이 '항주령마부'는 미라의 아이템 박스 구석에 잠들어 있던 것으로 아론이 준비해온 도구를 보던 중에 생각이 난 물건이었다.

물리 공격이 메인인 클래스는 고위 영체 계열을 싫어했지만 술사들에게는 최대 생명력이 낮다는 종족의 전체적인 특징 탓에 오히려 좋아했다. 이닌 게 아니라 게임이었던 당시, 술사는 고스트

버스ㅇ즈라 불렸을 정도였다. 미라 역시 같은 길을 지난지라 현재 가지고 있는 부적은 그 흔적 같은 것이었다.

하지만 아직 1층이니 그렇게까지 경계할 필요는 없었다.

뱀의 안내로 전진하던 도중, 때때로 나이트 고스트가 때를 지어 출현했지만 골렘이 벽이 되어준 틈에 주변을 발판 삼아 질주하는 전갈과 다크로드의 무수한 칼날이 가차 없이 물리쳤다. 아론은 실로 즐거운 듯, 하지만 눈빛을 빛내며 그 모습을 관찰했고 미라 역시 때는 지금이라는 듯 다크로드에게 공격 명령을 내렸다.

'벽까지 발판 삼아 달릴 수 있다니. 어떤 훈련을 하면 저럴 수 있는 겐지.'

슬슬 두 자릿수에 달할 정도로 나이트 고스트의 집단을 승천시킨 참에 미라는 전갈의 기동력에 주목했다. 폭이 3미터 정도 되는 통로에서 바위덩이인 골렘과 전신흉기인 다크로드가 날뛰고 있는 가운데, 전갈은 그 틈새를 누비듯 상하좌우에서 몸을 날렸다. 그 움직임은 마치 집을 친 거미처럼 종횡무진했고, 거기에서 뻗어나온 날카로운 일격은 그야말로 전갈이라는 이름에 어울리는 것이었다.

"헌데 전갈이여. 그 체술은 어디서 배운 게냐?"

첫 번째 층의 공략은 순조롭게 진행되었고, 후반에 접어들어 연계도 거의 완벽해지기 시작했을 즈음, 정밀도가 더욱 높아진 전갈의 움직임을 본 미라가 물었다. 벽을 타고 달리는 것으로도 모자라 천장까지 두 발로 내딛고 달렸기 때문이다. 그러한 기능은 게임이었던 시절에는 본 적이 없었다. 처음 보는 새로운 기능은 미라에게 첫째, 둘째를 다툴 정도의 관심사였다.

"우리 마을. 카라사와 마을이라고 하는데, 어느 정도 나이가 되면 다들 배우는 전통 기능이야."

전갈은 전선에서 뛰쳐올라 그대로 거꾸로 천장을 걷다가 그렇게 대답하며 미라의 옆에 폴짝 뛰어 착지했다.

"요컨대 마을 사람 모두가 그대처럼 뛰어다닐 수 있다는 게냐?"

나이트 고스트를 물리쳐 나가는 모습을 곁눈질하며 미라는 전갈을 바라본 채 다시금 질문을 던졌다.

"으~음, 그렇지는 않아. 벽이랑 천장에 달라붙는 것까지는 아무나 할 수 있지만, 그 다음 단계는 본격적인 수련이 필요하거든. 재능이 있고 없고에 따라 수련을 받게 할지 말지가 결정돼. 참고로 나는 마을에서 제일가는 재능이라며 칭찬받았었어."

전갈은 조금 자랑을 하듯 그렇게 말하며 뛰어오르더니 천장에 착지해 그대로 걷기 시작했다. 미라는 그 모습을 흥미진진하다는 듯 눈으로 쫓으며 최대한 아무렇지도 않은 척 본론을 입에 담았다.

"그것 참 굉장하군. 이 몸도 해보고 싶은데 말이지. 가르쳐줄 수 없겠느냐?"

미라는 흘끔 눈치를 살피듯 전갈에게 시선을 보냈다.

"으음~ 마을에서 1등이었던 나는 특례로 이래저래 우대를 받았지만 이 기능만은 절대로 가르쳐주지 말라고 해서…… 아니, 애원을 하더라고. 그러니까, 미안해~."

전갈은 몸을 날려 땅바닥으로 돌아와서는 그렇게 말하며 미라의 머리를 한 차례 우왁스럽게 쓰다듬었다.

"우음, 아쉽구나."

머리카락이 눈에 걸린 것도 아랑곳 않고 미라는 부루퉁해져서 그렇게 중얼거렸다. 그런 미라의 모습을 본 전갈은 기뻐졌다. 그 우즈메가 인정한 현자의 제자가 자신의 기술에 흥미를 보였기 때문이다.

"하지만 어쩌면 카라사와 마을에 가면 가르쳐줄지도 몰라. 촌장한테 인정을 받을 수 있다면, 말이지만. 그런 일도 있었던 모양이야."

"호오, 호오호오! 그건 참말이냐?!"

드물기는 했지만 외부 사람에게 전통기능을 가르쳐줄 때도 있었다. 전갈이 그 사실을 기억해내서 말하자 미라는 잽싸게 반응했다.

"응. 그런 얘길 들은 적이 있어. 조건은 엄격한 모양이지만 말야."

"가능성이 있다면 시험해 봐야지. 해서, 그 카라사와 마을이라는 건 어디 있느냐?"

신이 나 미소를 지은 채 미라는 질문을 이어갔다.

"그게, 그림다트 서쪽 숲 속이야. 포레스트 하이드라는 대륙철도 역이 가장 가까운 역이었던가?"

"숲 속이라. 그 주변 숲은 제법 깊을 터인데, 그런 곳까지 철도가 달리고 있었나."

"아주 예전에는 숨은 마을이라고 불렸을 정도로 작아서 찾기 어려운 마을이었대. 하지만 지금은 그럭저럭 활기찬 마을이 됐거든."

어스 대륙을 일주하게끔 깔린 철도는 당연히 중간에 산맥이며 숲 등과 맞닥뜨릴 수밖에 없었다. 온갖 고난을 뛰어넘어 그것들을 개척해 나간 결과, 카라사와 마을처럼 교류가 발생하는 일도 있었다. 당시에는 그 일로 이래저래 문제도 있었지만 지금은 완전히 잠잠해진 모양이었다.

"숨은 마을이라. 그거 기대되는구나."

미라는 언제쯤이 될지 모를 향후 방문 예정에 카라사와 마을을 추가하고 다크로드에게 마나를 쏟아 부었다. 그로 인해 특수한 능력이 각성된 다크로드는 온몸에 돋아난 칼날에서 넘쳐나는 검은 마나를 자유자재로 다루어 육박해 오는 나이트 고스트 집단을 눈 깜짝할 새 일소했다.

이미 미라의 예정은 산더미처럼 쌓여 있었다. 그렇다면 우선 눈앞에 있는 사안부터 신속하게 처리하자는 생각에 아예 힘조절을 않기로 한 것이다. 결과, 미쳐 날뛰는 어둠이 무수한 마물을 탐욕스럽게 먹어치웠다. 그 압도적인 폭력의 파도에 끼어들 여지가 없어진 전갈과 뱀은 망연자실해서 서있을 수밖에 없었고, 그 뒤에서는 아론이 "이게 세계의 심오함인가"라고 들뜬 목소리로 중얼거렸다.

그 후, 굴레에서 벗어나 본래의 능력을 발휘하며 마구 날뛴 다크로드로 인해 미궁 1층의 마물은 거의 시야에 들어오자마자 티끌이 되어 사라져갔다. 미라와 시합을 한 경험이 있는 전갈은 그 참상을 보고 약간 뺨을 씰룩거렸고, 전투로는 상대가 안 된다는 사실을 깨달은 뱀으로 말하자면 그 즉시 길안내에 충실하기로 결심했다.

과잉전력과 신속한 안내로 인해 일행은 순조롭게 미로를 탈출해 출구 직후에 자리한 십자로에 도착했다. 이곳은 천칭의 성채에서 커다란 분기점에 해당되는 장소로, 길은 직진과 상하좌우로 나뉘어 있었다.

십자로에서 직진하면 정문과 이어진 중층으로 나갈 수가 있다.

좌측으로 꺾으면 토벌 퀘스트를 수주했을 시에 한해 레기온 구울이라는 마물이 출현하는 광장이 나왔다.

우측으로 꺾을 경우, 성채에 인접한 절벽의 중턱으로 나갈 수 있다. 특수한 도구를 이용하면 그곳에서 지하 필드로 내려갈 수 있었다.

계단을 내려가면 돌로 된 천칭이 놓인 제단이 있다. 하지만 그뿐으로 미라가 아는 한, 퀘스트 등과도 무관한 장소였다.

'사령실은 이 위였지.'

각각의 통로를 못 미더운 불빛이 아련히 비추고 있었다. 미라는 그 중 하나인, 위층으로 이어진 계단으로 시선을 옮겼다.

임무의 목적은 키메라 클로젠의 간부를 포획하는 것이다. 언제 나타날지 모르는 상대를 어디서 기다릴지가 문제였지만 그 문제는 왜건에서 이동 중에 상의를 해둔 상태였다.

상대의 목적이 정령왕인 이상 가장 관련성이 짙은 장소에서 진을 치고 있는 것이 제일. 다시 말해 최상층인 사령실이 최적의 장소였다.

　네 사람은 다른 통로에는 눈길도 주지 않고 2층으로 걸음을 옮겼다.

〈16〉

　돌벽으로 둘러싸인 천칭의 성채 2층의 작은 방에, 검고 불길한
칼날을 두른 다크로드와 둔중한 회색을 띤 커다란 골렘이 묵직한
소리를 내며 발을 들였다.

　두 개체가 그대로 방 중앙까지 걸어가자 그 뒤를 따르듯 미라
일행이 계단을 올라 실내에 들어섰다.

　작은 방은 계단과 이어진 입구도, 그곳에서 다른 곳으로 이어
진 출구도 같은 형태로 되어 있었다. 아무런 장식도 없는 살풍경
한 벽에는 일부 던전 특유의 푸른 불꽃이 일렁일렁 흔들리고 있
었다. 전후좌우 어디를 보아도 그다지 차이가 없어서 느닷없이
내던져지면 방향감각을 잃을 것만 같았다.

　천칭의 성채 2층은 모든 곳이 같은 구조로 된 백 개의 방이 짧
은 통로로 연결되어 있었다. 그 방을 일정 순서대로 지나지 않으
면 3층으로 가는 계단에 다다를 수 없게끔 되어 있다. 대전 당시
걸어둔 방황의 술법이 아직도 남아있어 한 곳이라도 틀리면 같은
곳을 맴돌다가 결국 입구로 돌아가게 된다.

　"첫 번째 방은 오른쪽."

　뱀은 그렇게 말하며 방에 들어서자마자 우측 통로로 골렘을 한
걸음 전진시켰다. 그 손에는 겨냥도가 쥐어져 있었다. 지도에는
세로 열 줄, 가로 열 줄로 합계 백 개의 작은 방이 바둑판의 눈처
럼 그려져 있고, 그 위에 빠져나가는 루트를 나타내는 빨간 선이

그어져 있었다.

'우좌좌우앞우앞우좌좌우앞, 이었던가. 오랜만이로군.'

처음 온 이들에게 2층의 답파 난이도는 거의 절망적이라 할 수 있을 정도지만 호기심 왕성한 플레이어들의 공적이라 해야 할지, 이미 2층은 공략이 끝난 상태로 지금은 저렴한 가격으로 겨냥도를 손에 넣을 수 있었다. 미라는 뱀의 손에 들려있는 그 겨냥도를 쳐다보며 게임이었던 당시에 천칭의 성채 공략자들 사이에서 유행했던 주문을 속으로 뇌까려 보았다.

미라 일행은 골렘을 앞장 세워 전진했다. 뱀의 안내에 따라 우, 좌, 좌, 우, 앞, 우, 앞 순서로 방을 지났다. 도중에 출현하는 것은 공격 수단이 늘어난 나이트 고스트의 상위체와 엘레멘터라는 영체 계열의 속성 변이종으로 불리는 마물이었다. 하지만 변화무쌍한 검은 칼날과 파괴에 특화된 쇠주먹, 그리고 쉴 새 없이 번뜩이는 두 자루의 단검. 거기에 마나를 도포한 도끼가 그러한 것들을 모조리 일소해 나갔다.

"좋아, 바로 이거지."

아론이 감개에 젖어 말했다. 1층에서는 전투에 참가하지 않았지만 2층에서는 솔선해서 자신의 무기인 도끼를 휘둘렀다. 그는 눈만으로 세 사람과 두 개체의 움직임을 파악하고는 상황에 따라 적절하게 연계를 하기 시작했다.

그 순응성이 아론의 무기이자 특기였다. 보고 익히는 것을 철저하게 추구한 것이 그의 전투 스타일이었다. 일격씩 시험하듯, 아론은 마물에게 도끼를 내리찍고는 그 손맛을 확인했다.

이렇게 섬멸력이 증강된 일행이 몇 번째인지 모를 마물들을 소탕하고서 다음 방에 들어선 순간이었다.

"음, 저건……."

미라는 그곳에 있는 이물(異物)을 보고 조용히 중얼거렸다.

"검? 누가 놓고 갔나?"

전갈은 그렇게 말하며 천장에서 바닥으로 훌쩍 내려왔다.

방의 중앙에 오도카니 있는 것은 칼집 없는 검이었다. 도신은 녹이 슨 듯 검붉었지만 그 칼날은 건재해서 피에 굶주린 짐승의 이빨과도 같은 예리함이 엿보였다. 하지만 가장 특징적인 것은 손잡이 부분이었다. 사자의 머리를 본뜬 장식이 손잡이를 뒤덮고 있었다. 검을 든 손을 보호하고 상황에 따라서는 타격에도 이용할 수 있는 바스켓 힐트(basket hilt)라는 것이다.

전혀 인상에 남지 않을 정도로 특징이 없는 좌우대칭 방이 연속되던 중, 그 검은 명백하게 이질적이고도 선명한 변화였다.

술사의 길만을 걸어온 미라는 그 검이 어떻게 분류되는지는 모른다. 하지만 그럭저럭 명품이라는 것은 알았다. 그 이유는 단순히, 천칭의 성채 2층에 아무렇게나 놓여있기 때문이었다.

"이거, 운이 좋은 것 같군."

그 검이 의미하는 바가 무엇인지 짚이는 바가 있는 아론은 여자들을 흘끔 쳐다보고서 유쾌한 목소리로 말했다.

"성가시게 됐을 뿐이지."

그에 반해 마찬가지로 그 의미를 아는 미라는 천천히 공중에 떠오른 검을 성가시다는 눈으로 바라보았다. 그 옆에서는 전갈이 갑자기 움직이기 시작한 검을 보고 놀라 고양이귀와 꼬리를 바짝 세운 뒤, 깜짝 놀란 적 없다는 듯 전투 자세를 취하고 있었다.

기본적으로 무표정했던 뱀으로 말하자면 옅은 미소를 지은 채 품 안에서 단검을 끄집어냈다. 파도처럼 구불구불한 도신은 범자(梵字) 로 가득하여 한눈에 술구라는 것을 알 수 있었다.

네 사람이 각각 반응을 보이자 작은 방 중앙에 검은 안개 같은 덩어리가 무수히 모여들기 시작했다. 그 중심에 자리한 검은 당 연히 평범한 검이 아니었다.

안개는 차례로 모여들어 풍선처럼 부풀어 오르더니 갈수록 짙 어져 칠흑빛 구체가 되었다. 그것은 공중에 떠올라 있기는 했지 만 무척 묵직한 기척을 두른 채 독살스러운 파문을 공간에 퍼뜨 리고 있었다. 그 모습은 마치 악마의 심장 같았고, 울리는 고동은 자신이라는 족쇄를 현세에 박아 넣는 망치소리 같았다.

이윽고 구체가 일그러지기 시작하더니 엿가락처럼 늘어났다가 줄어들기를 반복하며 상승했다. 미라의 눈높이보다 높게, 아론의 키높이보다 위로 떠오르는 모습을 네 사람의 눈이 쫓던 가운데 철퍽, 소리를 내며 느닷없이 검은 덩어리에서 무언가가 떨어졌 다. 네 사람의 시선이 그 물체에 빨려들었다.

"술사 타입인 것 같군."

"호오~ 보기만 해도 아나 보지?"

미라가 기억하는 특징을 통해 추측하자 아론은 요상한 기운을 고조시켜 나가는 물체를 노려본 채 감탄한 투로 말했다.

"전사 타입은 훨씬 굵직하고, 무엇보다도 손가락이 다섯 개 있을 게다."

"……오호라."

바닥에 떨어진 검은 물체는 마치 갓난아기처럼 힘없이 널브러져 있었다. 그 모습은 사람의 해골과 흡사했으며 으스스함을 그 위에 한 겹 두르고는 있었지만 분명 한 가지 다른 점이 있었다. 손에 해당되는 부분이 완전히 결여되어 있었던 것이다.

아론이 미라가 지적한 바대로 생긴 그 손을 확인하며 납득하던 중, 검은 해골이 천천히 몸을 일으켰다. 하지만 그 거동은 부자연스러워서 줄 달린 꼭두각시 인형의 시간을 거꾸로 돌린 것처럼 보였다. 그런 탓인지 어딘가 무기질적이고 현실미가 결여된 듯한 인상을 주었다. 하지만 달그락 소리와 함께 그들을 바라보는 해골의 눈구멍에는, 꺼림칙한 살기를 띤 차가운 불꽃이 밝혀져 있어, 명백한 적으로서 그 존재를 주장하고 있었다.

뒤틀린 자세로 선 검은 해골이 손가락이 없는 오른손을 머리 위로 들었다. 그러자 공중에 있던 검은 덩어리는 가느다란 끈이 되어 그 오른팔을 타고 몸통까지 얽어매더니 누더기처럼 해골을 으스스하게 장식했다.

그것은 무수히 많은 영체가 모종의 힘을 지닌 물체를 숙주 삼아 빙의한 것으로 천칭의 성채에 출현하는 마물 중에서도 상위에 속했다. '레기온 레이스(wraith)'라 불리는 이름의 마물이었다.

그 특성 탓에 토벌만 하면 특수한 무구나 도구를 손에 넣을 수 있지만 출현률은 1할 정도로 알려졌다. 그것을 운이 좋다고 한 아론의 평가는 현재의 전력을 간단히 비교한 결과에서 비롯된 것이었다. 레기온 레이스에 관한 이야기를 듣고, 그 이야기에 등장하는 레이스의 전력을 배로 해석해도 자신들이 질 것 같다는 생각이 눈곱만큼도 들지 않았기에.

"──……──!"

알아들을 수 없을 정도로 나직한, 하지만 치열하고도 미친 듯한 비명소리를 레기온 레이스가 터뜨렸다. 그 목소리를 신호로 뱀은 골렘의 등 뒤에 몸을 붙이고서 꼬리털을 곤두세운 전갈에게 손짓을 했다.

"온다."

주변의 분위기가 일변한 것을 느낀 아론은 잘 쓰는 팔에 힘을 주고 살며시 몸을 기울여 다크로드의 옆에 숨어서, 방 중앙에 있는 해골을 노려본 채 투명한 액체가 든 작은 병을 파우치에서 끄집어냈다. 미라는 대처법을 아는 듯한 동료들의 모습을 흘끔 쳐다보고는 적의 움직임에 의식을 집중했다.

직후, 레기온 레이스의 두 눈이 순간적으로 빛나더니 원한으로 가득한 외침을 내지르며 손가락 없는 손을 치켜들었다. 그러자 그 손에서 홍련의 불꽃이 솟아올라 눈 깜짝할 새 구체를 형성했다. 그것은 레기온 레이스전(戰)의 개막 신호로 게임이었을 당시에는 초행자 전멸기로 여겨졌던 전역 공격 패턴이었다.

방 안을 붉게 밝힌 홍련의 구체는 가속도적으로 부풀어 올라, 그 술자 자체와 거의 같은 크기가 되더니 곧장 수축되었다. 그리고 다음 순간, 빛 번짐 현상을 일으킬 듯 강렬한 섬광이 터짐과 동시에 공간을 뒤흔들 정도의 굉음과 모든 것을 불태울 듯한 업

화가 실내에 퍼졌다. 휘몰아친 바람은 화룡의 숨결처럼 미쳐 날뛰어 공간을 가득 메웠던 공기에서 순식간에 습기를 앗아갔다.

"요란하기도 하구먼."

하얗고 커다란 타워실드가 허공으로 사라지자 그 뒤에서 미라가 모습을 드러냈다.

"소문으로는 들었지만 상당하군."

다크로드의 옆에서 떨어진 아론은 잔뜩 그을린 실내를 가볍게 둘러보며 중얼거렸다. 그 손에 든 작은 병은 비어있었다.

"죽는 줄 알았네~. 근데 뭔가 세 사람 다 이렇게 될 걸 알고 있었던 것 같은 반응이네. 혹시 나만……."

골렘 뒤에서 쭈뼛거리며 고개를 내민 전갈은 세 사람 모두 멀쩡한 것을 확인하고서 안도의 한숨을 내쉬었다.

"예습은 필수."

뱀은 표정을 유지한 채 무수히 많은 균열이 생겨 거의 허물어져 가는 골렘을 재구축했다.

경험을 통해 행동 패턴을 알았던 미라는 타이밍을 맞춰 홀리나이트의 방패를 부분소환하여 화염을 막았고, 모험가 동료들로부터 그 패턴에 관한 이야기를 들었던 아론은 화염 내성을 높이는 물의 방호막을 발생시켜주는 작은 병을 사용함과 더불어 흑기사를 벽으로 이용했다. 천칭의 성채에 관해 철저하게 예습해온 뱀은 본래부터 화염에 강한 골렘을 방패로 사용했고 전갈은 우등생인 뱀에게 물어갔다. 네 사람은 파괴의 폭풍이 지나간 뒤, 그렇게 아무 일도 없었다는 듯 레기온 레이스의 앞에 늘어섰다.

성대하게 울려 퍼진 개막 신호에 의한 여운이 채 식기도 전에 양측은 시위를 떠난 화살처럼 뛰쳐나갔다.

　레기온 레이스가 두 팔 끝으로 화염탄을 기관총처럼 흩뿌렸다. 그 즉시 옆으로 도약한 아론은 탄막으로 가득 메워진 레기온 레이스의 정면을 차가운 표정으로 흘끔 쳐다보고는 전투도끼를 쥔 손에 투기를 실었다. 전갈은 종횡무진으로 질주하며 화염의 비를 지나쳐 보내고는 답례라도 하듯 원반형 칼날을 던졌다. 무거운 발소리를 내며 정면으로 돌격하는 골렘의 표면은 폭염에 파묻혀 꿍음과 함께 깎여나갔지만 부수어지지는 않았다. 그 등 뒤에서는 주구인 단검을 쥔 뱀이 딱 붙어서 달리고 있었다.

　'개틀링은 종반에 사용하는 기술이었는데, 역시 게임이었던 시절과는 움직임이 다르군그래.'

　미라는 이미 최전선에서 한 발짝 물러난 위치에서 게임과의 상이점을 관찰하며 다크로드에게 공격명령을 내렸다.

　미친 듯 난사를 계속하던 레기온 레이스는 날카로운 각도로 날아든 칼날이 두 어깨에 꽂히자 술식이 흐트러져서 공격을 멈출 수밖에 없었다. 그리고 당연히 그 빈틈을 놓칠 자는 이곳에 없었다.

　타이밍을 살피던 아론은 낮은 자세로 칼을 겨눈 채 단숨에 가속했다. 수많은 경험으로 단련한 그 움직임은 완벽하다는 한 마디로 표현할 수 있는 것이었지만 과연 A랭크 던전의 상위 클래스라고 해야 할까. 레기온 레이스의 얼어붙을 듯한 눈빛이 아론을 똑바로 포착하고 있었다. 하지만 움직이지 않았다. 아니, 움직이

291

지 못했다. 압도적인 폭력을 두른 검은 칼날이 정면에서 똑바로 날아들고 있기에.

직후, 유리에 금이 갈 때 날 법한 둔탁한 소리가 울렸다. 그것은 레기온 레이스가 온힘을 다해 발생시킨 장벽에 다크로드의 검이 충돌한 소리였다.

레기온 레이스는 최대의 위협으로 판단한 일격을 막아냈다. 그리고 그 즉시, 닥쳐드는 제2의 대처 사항인 아론을 자신의 장기로 쓸어버리려 했다. 그때, 장벽의 금이 수면에 퍼진 파문처럼 확대되었다. 고작 한 번 막힌 정도로 살육의 화신인 다크로드가 공세를 늦출 리가 없었다. 결과, 레기온 레이스의 주의가 순간적으로 흐트러져 아론에게 최대의 기회라 할 수 있는 빈틈이 발생했다.

측면에서 육박한 아론은 기세를 몰아 혼신의 힘을 다한 일격을 내질렀다. 거기에 담긴 투기는 절단한다는 목적만을 위해 연마된 것으로, 레기온 레이스의 대퇴부에 닿자 그 한곳에 집속되어 그 자리를 마치 톱날처럼 억지로 깎아내고 절단했다.

한쪽 다리를 잃고 자세가 크게 무너진 레기온 레이스는 반사적으로 화염의 술법을 행사했다. 하지만 이미 그 자리에 아론의 모습은 없었고 이미 달려 나가 일정한 거리를 둔 채 경계자세를 취하고 있는 참이었다. 레기온 레이스는 무릎을 꿇은 듯한 모양새로 분통하다는 듯 주변을 노려보았다. 그러다 위를 올려다 본 그 두 눈이 바닥에 산산이 흩어진 다리의 일부를 밟아 부수는 무기질적인 거인을 포착했다. 골렘의 거구는 약한 빛속에서 보아도 굳건하고, 무엇보다도 난폭했다.

직후, 발을 내디딘 골렘이 둔기 같은 그 온몸으로 레기온 레이스에게 돌격하자 착각할 방도가 없을 정도로 명확한 뼈 부러지는 소리가 울려 퍼졌다.

"역시 뼈에는 타격계가 가장 잘 먹히는군······."

호쾌하게 뒤엉킨 두 개체가 땅바닥을 구를 때마다 뼈 부스러기와 돌조각을 튀기는 모습을 미라는 쓴웃음을 지은 채 지켜보았다.

골렘의 돌격에 의한 기세는 쇠할 줄을 몰라, 레기온 레이스는 그대로 벽에 격돌했다. 동시에 충격이 방 전체를 울렸다. 레기온 레이스는 몸이 깎여나간 채 골렘과 뒤엉켜, 마치 잔해더미 같은 모양새가 되었지만 그럼에도 계속 움직이고 있었다.

손 없는 팔이 골렘의 복부로 날아들었다. 골렘은 그것을 균열투성이 팔로 뿌리쳤고 순식간에 발사된 화염탄은 엉터리 화약처럼 천장에서 작렬했다.

흩날리는 불똥은 천천히 불타 없어졌고 새빨간 빛은 마치 무대의 장막처럼 쏟아져, 슬슬 종막의 양상을 띠기 시작했다.

가장 먼저 움직인 것은 골렘이었다. 초 단위로 금이 퍼져나가는 팔로 레기온 레이스를 억누른 것이다.

"끝내겠어."

뱀은 술구로 보이는 단검을 손에 쥔 채 그 한 마디와 함께 전갈에게도 뒤지지 않을 정도로 민첩하게 뛰쳐나가며 뭐라 중얼거렸다. 호응하듯 골렘의 돌팔에 마나가 집속되어 임계에 달함과 동시에 폭음을 내뿜으며 돌팔과 레기온 레이스의 일부기 함께 날이

갔다.

턱이 떨어지도록 벌어진 검은 해골의 입에서는 질척한 진흙처럼 농밀한 원성이 흘러나왔다. 그것은 애처롭고도 듣기 괴로운 소리였지만 그 목소리를 신경 쓰는 이는 아무도 없었다. 미라에게는 귀에 익은 목소리에 불과했고 다른 셋 역시 적의 목소리에 동할 심약한 신인 시절은 지난 지 오래였기 때문이다.

따라서 최후의 일격은 한 치도 어긋나지 않고 레기온 레이스의 턱부터 정수리까지를 꿰었다.

해골의 두 눈에 밝혀진 불은 순식간에 빛을 잃었고, 검은 해골은 마치 처음부터 그러했다는 듯이 잿더미처럼 무너져 내려 옅은 잔광을 흩뿌리며 허공으로 흩어졌다.

귀에 거슬리는 잡음은 그 즉시 그쳐, 정적이 깔린 채 막이 내렸다.

뱀은 전투가 개시되고서부터 계속 표정 하나 바꾸지 않았지만 지금은 잔광이 옮겨 붙기라도 한 듯 옅게 빛나는 단검을 바라본 채 입가를 살며시 끌어올리고 있었다.

'레이스가 스러질 때 파리하게 빛났는데, 저 무기의 효과인 겐가.'

미라가 몇 번이나 보았던 레기온 레이스의 최후는 온몸이 느닷없이 모래로 변해 흘러내리는, 조용하고도 덧없는 것이었다. 하지만 이번에는 달랐다. 검은 해골을 구성했던 입자에서 작은 빛이 흘러나와 단검으로 빨려 들어간 것이다.

처음 보는 현상에 처음 보는 무기. 이 역시 30년이라는 시간 속에서 생겨난 것일까 싶어 미라는 뱀이 가진 단검을 흥미롭다는 눈으로 바라보았다. 그런 미라에게 "왜 그래?"하고 아론이 물었다.

"저 단검, 본 적이 없는 무기다 싶어서 말이다."

미라의 대답을 들은 아론은 시선을 쫓아 미라가 말한 단검을 보더니 "아아, 저거"라고 안다는 표정으로 말했다.

"저건 분명 미스…… 뭐라는 대거였던가. 분명 사령술사가 저걸로 뭔가를 한다고 들었던 것 같은데…….'

아론은 거기까지 말하더니 그 이상은 기억이 안 나는지 잔뜩 찌푸린 얼굴로 끙끙대기 시작했다.

"이봐~ 뱀 아가씨. 그 단검은 뭐 하는 물건이었지?"

아론은 결국 생각하기를 포기하고 본인에게 물었다. 그러자 뱀은 손에 든 단검을 만족스러운 표정으로 바라보며 입가를 치올린 채 기쁜 듯한 말투로 대답했다.

"이건 미스틱 대거. 부정한 혼을 적출해서 봉하기 위한 술구. 술식 확장에 필요."

뱀은 두 사람에게 보이도록 한 차례 도신을 내밀어보이고는, 단검을 품안에 있는 칼집에 넣었다.

이번 전투에서 뱀은 자신의 술법을 강화할 '군체'라는 레기온 레이스가 지닌 특성을 얻었다는 모양이었다. 그 생각지 못한 수확에 고양된 것인지 뱀은 묻지도 않은 것을 술술 읊어댔다.

미스틱 대거는 은의 탑에서 개발되어 최근 몇 년 동안 보급된 새로운 술식에 필요한 술구라고 했다. 레기온 레이스처럼 특수한 영혼에만 유효하다고 했다.

"흠, 그러한 것이 있을 줄이야."

설명을 들은 미라는 감탄한 투로 말했다. 그 모습에 기분이 좋아진 뱀은 자랑이라도 하듯 골렘을 만들어내 보였다. 새로운 돌 골렘은 조금 전에 봤던 것보다 두 팔이 거목의 뿌리처럼 굵고 탄탄했다.

"이건 스톤 골렘에 '호완(豪腕)'의 특성을 추가한 것. 그밖에도 '준각(俊脚)' 등 여러 가지가 있어."

뱀은 그렇게 말하더니 녹색 액체가 든 작은 병을 들이켜고서 약간 미간을 찌푸렸다. 작은 병 안에 든 것은 마나를 회복하는 약으로 일반적으로 맛이 썼다.

"사령술도 진화한 게로군."

미라는 울퉁불퉁한 팔을 지닌 골렘의 표면에 손바닥을 가져다대며 감개 깊다는 투로 중얼거렸다.

'이거 소환술에도 뭔가 있을지도 모르겠군.'

골렘을 올려다보며 미라는 소환술의 미래를 그렸다.

"어이쿠, 내 정신 좀 봐."

아론은 겨우 생각이 났다는 듯 골렘의 발치에 널브러진 검을 주워들었다. 그것은 레기온 레이스의 숙주로, 특별한 힘을 지닌 물체였다.

"역시 수왕(獸王)의 붉은 이빨인가. 이거 좋은 선물이 생겼구만."

검붉게 변색된 도신을 천장을 향해 치켜들며 아론은 빙긋 미소를 지었다.

소소한 노력으로 적절한 보수를 얻은 뒤, 천칭의 성채에서는

최강이라 여겨지는 레기온 레이스를 토벌한 네 사람을 막을 것은
아무 것도 없었던 데다 파괴력이 더욱 강해진 골렘의 활약 덕에
일행은 순조롭게 두 번째 층도 돌파할 수 있었다.

17

미라 일행은 계단을 끝까지 올라 바로 나타난 빈터에서 간단한 휴식을 취했다.

무릎을 꿇게 한 다크나이트의 다리를 의자 삼아 앉은 미라는 믹스베리 오레를 한 손에 든 채 한숨을 돌렸다. 아론은 땅바닥에 털썩 주저앉아 물통을 기울여 벌컥벌컥 물을 마셨다.

천칭의 성채 공략 경험자는 아직 제법 여유가 있어 보였다.

그에 반해 처음인 전갈과 뱀은 불안한 눈으로 이곳저곳을 쉴 새 없이 둘러보며 가벼운 식사를 입으로 옮기고 있었다.

"나도 처음에는 놀랐지만 완전히 무해한 곳이야. 그렇게 경계하지 말라고."

텅 빈 물통을 거꾸로 뒤집어 흔들며 아론이 히든 두 사람에게 말했다.

"실은 마물이 섞여있거나 하진 않겠지?"

"뭔가, 으스스."

전갈은 비스킷을 왼손에, 단검을 오른손에 든 채 눈을 가늘게 뜨고서 주변 일대를 훑어보았다. 뱀으로 말하자면 골렘의 발치에 아래로 들어가 철벽 같은 방호 태세를 구축하고 있었다.

"마물은커녕 레기온 레이스조차도 여기까지 도망쳐오면 돌아가는 모양이더군. 이곳에 걸린 방황의 술법이 엄청 강력하다는 소리겠지."

일찍이 이곳을 찾았을 때의 자신을 보는 듯한 두 사람의 모습에, 아론은 희미한 미소를 지은 채 주변을 둘러보았다. 그곳에는 틀에 넣고 찍어낸 듯 밋밋한 표정으로 뛰어다니는, 검을 빼들고 있는 기사들이 있었다.

그것은 마물들과의 결전이 있었던 옛 시대에 사용되었던 정령술의 흔적으로 침입해온 마물을 교란하기 위한 환영이었다.

"결계라아. 설명을 들어도 역시 불안해!"

전갈은 그렇게 말함과 동시에 환영 중 하나에게 원반을 던졌다. 작은 바람 가르는 소리와 함께 환영에게 빨려들어간 원반은 기사의 발치를 통과해 잿빛 돌바닥에 튕겨 날카로운 소리를 냈다.

"봐, 괜찮잖아."

몇 번인가 반복되는 잔향을 흘려들으며 아론은 입가를 치올렸다.

"그런 것, 같긴 한데. 빨리 가자!"

빈터에 걸린 정령술은 매우 고도의 것이라 공격을 가한 상대에게 환영기사가 무시무시한 표정으로 검을 겨누도록 되어 있었다. 환영인 탓에 물리적인 해는 전혀 없지만 그 박력은 다크로드에 뒤지지 않을 정도라 전갈은 꼬리를 곤두세우며 갈 길을 재촉했다.

그런 전갈의 모습에 미라 역시 처음 공략했던 당시의 일을 떠올리며 일어나, 까마득하게 먼 천장을 바라보았다.

천칭의 성채 세 번째 층. 그곳은 3층부터 8층까지가 뻥 뚫린 입체 미로로 구성되어 있었다. 종횡무진으로 뻗은 무수한 계단은 거미집처럼 뒤엉키고 때로는 분기되며 공간 전역에 둘러쳐져 있었다.

무질서하게 뒤엉킨 계단이 몇 번이나 교차된 플로어의 중심에는 커다란 정사각형 방이 있고 작은 탑 같은 기둥이 그것을 지탱하고 있었다.

입체가 된 만큼 평면이었던 지금까지와는 달리 잠시만 한눈을 팔아도 헤맬 듯했다.

"이 계단을 끝까지 올라가면 좌측 내려가는 계단으로 막다른길이 나올 때까지 직진. 중간에 꺾인 길 있음."

뱀은 복잡기괴한 세 번째 층의 겨냥도를 해독하며 정규 루트를 찾아 나갔다.

계단을 오르는 건 피곤한 일이라며 흑기사의 어깨에 올라탄 미라는, 가슴 앞에서 모으게 한 검은 팔 위에 두 다리를 얹은 채 양갓집 규수처럼 당당히 가슴을 젖히고 있었다.

아론은 뱀보다 약간 후방에 늘어서서 겨냥도를 들여다보고는 그 난해함에 이맛살을 구기고 있었다.

전갈로 말하자면 스쳐 지날 때마다 적대행동을 해오는 환영기사를 상대로 약간 울상이 되어 있었지만 그래도 꼬리를 말고 도망치지 않고 입을 한 일 자로 다물고서 마주 노려보았다. 그러자 점차 웅크렸던 몸도 펴졌고, 지금은 꼬리를 살랑살랑 흔들며 환영기사에게 손을 흔들어주고 있었다.

환영기사는 익숙해지면 별 것 아니었지만 천칭의 성채의 방어

기구는 그것뿐이 아니었다. 계단이며 허공 구석구석에 빛과 공간을 굴절시키는 결계가 쳐져 있어 한 걸음을 내디디면 어디를 어떻게 전진하고 있는지 파악이 불가능해지는 구조로 되어 있는 것이다.

위를 올려다보니 기사의 환영이 계단을 분주하게 오르내리고 있었다. 심지어는 위아래가 뒤집힌 자도 있어서 마치 속임수 그림 속에라도 들어와 버린 것이 아닐까 하는 착각이 드는 광경이었다.

이 세 번째 층이 천칭의 성채의 메인이라 해도 과언이 아닐 것이다. 너무도 철저한 탓인지 마물조차도 이 계층에는 결코 출현하지도, 발을 들여놓지도 않았다.

초행에게는 이토록 성가신 장소도 없을 테지만 이곳은 이미 많은 선구자들이 답파를 마친 던전이었다. 몇 걸음 앞에 있었을 터인 뱀이 갑자기 사라지는가 하면 코앞에 있는 등, 시각 정보를 교란시키는 여러 가지 일들이 일어나는 입체 미궁이라 한들, 지금은 겨냥도로 진로를 확인하며 전진하면 무사히 통과할 수 있었다.

그렇게 몇 번이나 확인을 거듭하며 계단을, 회랑을, 커다란 정사각형 방을 통과한 미라 일행은 중간에 멈춰 서서 위아래가 뒤바뀐 아래쪽을 들여다보고 있었다.

"겨냥도에 의하면, 여기일 거야."

뱀은 현재 지점과 겨냥도를 몇 번이나 견주어보고 결론을 내리기는 했지만 어쩐지 자신감 없게 말했다.

"역시 보기만 해서는 모르겠구만."

아론은 계단 아래를 노려보며 눈살을 찌푸렸다.

"대충 기억은 나지만 반드시 맞다고 단언할 수는 없으니 말이지."

미라는 게임이었던 시절에도 빈번히 들락거린 장소는 아니었던 탓에 세 번째 층의 환각만큼은 아니라지만 애매하기 그지없는 기억을 돌이켜 보았다.

지금 있는 장소는 지금까지 지나온 길과 변함없는 계단 한복판으로, 전체 정규 루트의 2할 정도를 소화한 지점이었다.

"내려가 보면 알 수 있지 않아?"

계단 가장자리에 웅크려서 아래쪽을 들여다보던 전갈은 거울에 비친 듯 반사되어 보이는 자신을 향해 손을 흔들며 그렇게 말했다.

"호오, 믿음직스럽군그래."

"역시 히든."

"잘해 봐."

어떻게 할까 고민하던 세 사람은 때는 지금이라는 듯 전갈의 발언을 지지하며 당연하다는 듯 그 역할을 떠넘겼다.

미라 일행의 발치. 결계에 의한 빛과 공간의 굴절로 알아보기 힘들었지만 그물코처럼 둘러쳐진 계단은 장소에 따라서는 뛰어내려서 루트를 단축할 수도 있었다.

세 번째 층은 정규 루트를 따라가면 하루는 꼬박 걸리는 장대한 미로였다. 자칫하면 하루에 걸쳐 느긋하게 공략하다가 단축 루트를 사용한 키메라 클로젠에게 추월당할 수도 있었다. 언제 나타날지 모르는 상대인 이상, 가장 빠르고 짧은 길로 목적지에 도착해서 만반의 준비를 갖추고 기다리는 것이 상책이리라.

따라서 단축할 수 있는 장소는 모두 이용할 예정이었다.

세 사람의 기대로 가득한 시선에 전갈은 자신이 실언을 했음을 알아채고는 입가를 씰룩거렸다.

단축 루트는 겨냥도에 기재되어 있기는 했지만 도저히 시각 정보를 전혀 믿을 수가 없었다. 지도를 해석하던 뱀은 틀림없을 거라고 생각하면서도 선뜻 발을 들이지 못하고 있었다.

아론으로 말하자면 공략 경험은 있었지만 그때는 시간을 들여 정규 루트를 따라 갔다. 그래서 단축 루트에 관해서는 경험이 없어, 계단 아래를 노려볼 따름이었다.

그리고 유일한 경험자인 미라는 천칭의 성채의 성가신 점 때문인지 공략하고서 꽤 오랜 시간이 흐른 탓인지 양쪽 다인지. 기억이 이곳이 틀림없다고 단언하지 못할 정도까지 흐려져 있었다.

"빛은 안 돼도, 목소리는 들려. 내려가면 주변 상황을 알려줘."

뱀은 몇 번이나 겨냥도를 확인하고 나서 여기가 틀림없다고 보장을 하듯 전갈에게 고개를 끄덕여 보였다.

"으응……."

이미 전갈이 선발대로 결정된 분위기로 이야기가 진행되고 있었다. 당사자는 뱀의 말을 들으며 반사되어 보이는 자신과 함께 쓴웃음을 지을 따름이다.

"그러면 다녀올게!"

하지만 한 번 방침이 정해지자 곧바로 결단을 내린 전갈은 "우랴~!" 하는 기합성을 남기고 계단에서 뛰어내렸다. 마치 거울에 빨려드는 듯한 그 모습을 배웅한 후, 세 사람은 조용히 귀를 기울였다.

『우와, 의외로 가깝잖아! 아, 깜짝 놀랐네. 간 떨어지는 줄 알았어!』

아무도 보이지 않는 아래쪽에서 그런 혼잣말이 미라 일행의 귀에 들려왔다.

"일단 문제는 없는 것 같군."

아론은 고개를 들고서 어깨를 으쓱했다. 미라도 앞으로 몸을 내밀었던 자세를 바로 잡으며 "그런 모양이야" 하고 대답하고는 다크나이트에 다시 앉았다.

"상황, 보고."

뱀은 다소 안심한 듯한 표정을 지었으나 곧장 마음을 다잡고 전갈에게 그렇게 말했다.

『오오, 안 보이는데 목소리가 들려. 뭐야, 이거. 이상해~.』

"빨리."

『네~에. 으음, 착지한 장소는 층계참이야. 꽤 가까웠어. 그리고 아래로 이어진 계단이랑 돌아서 위로 올라가는 계단이 있어. 위쪽 길은 중간에 두 갈래로 나뉘어 있고. 어때, 맞아?』

전갈의 설명 덕에 뛰어내린 곳의 위치가 확실해졌다. 그 정보와 겨냥도에 기재된 것을 대조해본 뱀은 안도한 듯 어깨를 늘어뜨리고는 틀림없다는 뜻을 담아 고개를 끄덕였다.

"정답인가 보군. 지금 뛰어내릴 테니까 전갈 아가씨는 떨어져 있어!"

『알았어~.』

아론이 그렇게 말하자 금방 전갈의 답변이 들려왔다. 그것을 듣고서 몇 초 기다리던 아론은 자신이 말한 바대로 뛰어내렸다. 이어서 뱀도 한 걸음을 내딛는 모양새로 계단 아래로 사라졌다.

'시끌벅적한 공략이군그래.'

천칭의 성채 세 번째 층부터는 혼자서 공략한 적밖에 없는 미라는 유쾌한 듯 입가를 치올려 미소를 지은 채 다크나이트와 함께 계단에서 뛰어내렸다.

"처음은, 위로 전진해서 갈래 길에서 오른쪽."

지름길을 지나 내려선 층계참에서 뱀은 잽싸게 진행방향을 확인해 걸어 나갔다.

"이걸로 얼마나 단축한 거지?"

"약 여섯 시간."

"호~ 그렇게 많이?"

그렇게 말하며 아론은 뱀의 뒤를 따라 겨냥도를 들여다보았다.

"그러면 금방, 도착하겠네."

보고도 못 본 척. 아론과 뱀의 태도를 통해 그것이 대세임을 알아챈 전갈은 연기를 하는 듯한 투로 그렇게 말하며 두 사람의 뒤를 따랐다.

층계참 한복판. 그곳에는 자신의 엉덩이를 손으로 부여잡고서 새우처럼 몸을 젖힌 채 울상이 되어 끙끙대는 미라의 모습이 있었다.

그것은 착지에 의한 영향이었다. 전갈은 가깝다고 했지만 그럼에도 고저차는 있었다. 그것이 이번에는 2층 집 높이 정도였고, 어느 정도 몸을 단련한 자라면 뛰어오를 수도 있는 높이였다.

실제로 사방으로 질주하던 전갈은 둘째 치고 탄탄하게 단련된 육체를 지닌 아론이나 상응하는 훈련을 받은 뱀도 문제는 없었다. 선술사 기능을 지닌 미라도 당연히 고저차의 영향은 경미할 터였다.

문제는 미라가 앉아있던 다크나이트였다. 인간의 형상을 띠고는 있지만 인간에게는 불가능한 거동을 아무렇지도 않게 해내는 그것은 착지하는 순간 무릎을 굽혀 충격을 흡수한다는 동작을 필요로 하지 않았다. 그 결과, 어깨에 앉아있던 미라의 엉덩이에 모든 충격이 직격한 것이다.

걱정이 되기는 했지만 너무도 얼간이 같은 미라의 그 모습에 뭐라 위로를 하면 좋을지를 생각해내지 못한 세 사람은 신음하는 소녀에게 등을 돌려 모르는 척, 안 보이는 척을 하기로 결정한 듯했다.

층계참에서 계단을 올라 갈림길에서 우측으로 틀어 얼마간 걷던 중. 부활한 미라가 천천히, 천천히 계단을 오르던 세 사람 곁으로 슬그머니 합류했다.

"이 앞, 단축할 수 있는 장소는 둘."

"저녁 시간 전에는 도착할 것 같군."

뱀이 겨냥도를 펼치자 아론은 편승하듯 그것을 들여다보며 대답했다. 그것은 아무 일도 없었던 셈 쳐서 다시 모험으로 돌아가기 위한 연기였다. 뱀은 본래부터 감정을 별로 표정에 드러내지 않는 탓에 연기에 위화감이 없었다. 움직임은 어색했지만 아론도 그 역할을 잘 해내었다.

"그러게, 말이야. 밥 먹을, 생각하니, 기대된다~."

문제는 전갈이었다. 그녀의 연기는 초짜라는 말로는 부족할 정도였다. 발연기라는 말이 절로 떠오르는, 연기력은 눈을 씻고 봐도 없는 유감스러운 대사는, 연기를 하는 원인이 된 미라에 관한 생각을 의식의 저편으로 날려버릴 정도로 파멸적이었다.

그러나 전갈의 자신만만한 표정을 보아하니 역할을 완벽하게 해냈다고 확신하고 있는 듯했다.

하지만 미라 역시 세 사람이 자신을 배려해 보고도 못 본 척을 해주고 있다는 사실은 알아챈 눈치였다.

"좋아, 가볼까."

"음, 그러지."

"이 앞, 직진하다가 좌측."

침묵은 오래 가지 않았다. 암묵적인 양해가 이루어져 이 일도 없었던 셈치기로 하고 걸음을 옮겼다.

"뱀은, 엄청, 요리를, 자알해~."

전갈은 만점짜리 미소를 지은 채 연기를 이어갔다.

"아~ 그거, 기대되는구나……."

무의식적으로 상처를 벌리는 그 모습에 미라는 쓴웃음을 감춘 채 대답을 했다. 아론과 뱀은 시선을 고정한 채, 사명이라도 되는 듯 계속해서 겨냥도를 노려보았다.

전갈이 발연기를 하기 시작하고서부터 약 네 시간. 두 번째 단축 지점을 무난하게 통과한 미라 일행은 짧은 휴식 시간을 가져가며 순조롭게 전진해 세 번째 단축 지점에 도착했다.

"여기가 마지막. 겨냥도에 의하면 이 앞은 최상층 코앞, 대계단이 있는 광장."

위아래를 합쳐 여섯 개의 갈림길이 교차된 층계참에서 뱀은 유일하게 계단이 없는 한 곳에 서서 이곳이라고 말했다.

"호~ 그 장소로 연결되어 있는 건가."

과거에 한 번 이 장소를 공략한 적이 있는 아론은 꼬박 하루에 걸쳐 도달했던 당시의 광경을 떠올리며 익숙해진 발걸음으로 층계참에서 뛰어내렸다.

"드디어 끝이구나아. 빨리 밥 먹고 싶어."

"아까부터 그 소리만 해."

연기는 둘째 치고 전갈이 배가 고픈 것은 정말인 모양이었다. 뱀은 그런 전갈의 모습을 어이없다는 투로 바라보며 한숨을 내쉬어 보이더니 "카레면 되지?"라고 한 마디를 하고서 층계참 가장자리로 걸어갔다.

"사랑해!"

전갈은 꼬리를 바짝 세우더니 희색이 만면하여 뛰쳐나가 단축 지점을 넘었다.

미라 역시 그 뒤를 따르기 위해 흑기사의 어깨에서 땅바닥에 내려섰다. 그리고 한 걸음 내디딘 참에 문득 그 발을 뒤로 물렀다.

'그러고 보니…… 여긴 분명 좌측 끝에서 뛰는 게 좋았던 것 같은데 말이지.'

공략 당시의 희미한 기억을 떠올린 미라는 일동이 뛰어내린 장소에서 좌측으로 한참 떨어져서 뛰어내렸다.

빛을 굴절시키는 결계를 지나자 눈아래에는 광대한 공간이 펼쳐져 있었다. 미라는 그것을 흘끔 쳐다본 직후, 원형 발판에 착지했다. 이어서 다크나이트가 둔탁한 금속음을 내며 등 뒤에 내려섰다.

천칭의 성채의 최상층으로 이어진 대계단 앞에는 최종방어라인에 해당되는 결전장이 펼쳐져 있었다. 전체가 돌로 된 광장 이곳저곳에는 격전이 있었음을 말해주는 흔적들이 깊이 패여 있었다.

그곳에는 마물의 침공을 막고 요격하기 위한 방어탑이 무수하게 세워져 있고 곳곳에는 허물어진 발리스타가 그대로 남아 있었다.

결전장은 어딜 보아도 무너져있거나 깨져있거나 했지만 전혀 볼품없어 보이지는 않았다. 일찍이 사력을 다해 싸웠던 전사들의 용맹한 모습이 떠오르는 듯한 장렬한 광경이었다.

미라는 방어탑 중 하나의 꼭대기에 서 있었다. 그 탑은 10미터가 조금 못 되는 높이로 전망이 좋아 먼저 내려간 세 사람의 모습도 잘 보였다.

아론은 엉거주춤한 자세로 식은땀을 흘리며 무언가를 참는 눈치였다. 전갈은 "깜짝이야~!"라고 말하며 발을 연신 굴렀고 뱀으로 말하자면 아론과 비슷한 자세로 입을 다문 채 약간 울상이 되어 있었다.

최종 단축 지점. 그곳은 이전의 두 개에 비해 지면과의 거리가 세 배는 되어 낙하 대미지를 면할 수 없는 높이였다. 하지만 유일하게 미라가 뛰어내린 지점에서는 방어탑의 꼭대기에 착지할 수 있어 안전하게 내려갈 수 있었던 것이다.

미라는 약간 쓴웃음을 지은 채 탑의 나선계단을 내려가 세 사람과 합류했다.

"아~……. 기억 난 게 뛰기 직전이라 말이지."

아론과 뱀은 부자연스러운 자세로 마치 그 자리에 뿌리라도 내린 듯 꼼짝도 못했다. 미라는 변명을 늘어놓으며 그런 두 사람의 무언가를 호소하는 듯한 시선을 슬그머니 외면하고서 대계단 끝을 바라보았다.

18

입체미로를 지나. 최종방어 라인이었던 대형 홀 안쪽에는 최상
층과 이어진 대계단이 있었다. 그 계단의 가로 폭은 10미터 정도
로, 무언가 거대한 것이 굴러 내려오기라도 한 것인지 계단의 모
서리가 군데군데 둥그렇게 깎여 있었다.

미라 일행은 현재 그런 대계단을 끝까지 오른 참이었다. 눈앞
에는 입을 쩍 벌린 복도가 멀리, 최심부까지 뻗어있고 그곳에 점
재하는 화톳불은 숨을 쉬듯 확대와 수축을 반복하며 공간을 밝히
고 있었다.

"이제 계단은 지긋지긋해."

아론은 한숨을 내쉬며 고개를 돌려 까마득히 아래로 보이는 대
형 홀을 내려다보았다. 입체미로에 이은 대계단은 상당히 힘들었
는지 전갈과 뱀도 사이좋게 등을 맞대고 주저앉은 채 말없이 동
의했다.

미라로 말하자면 이제 아예 편하게 가는 데 도가 텄다. 홀리나
이트에게 대형 방패를 수평으로 들게 해서는 거기서 책상다리를
한 채 꾸벅꾸벅 졸기까지 했다. 따라서 체력적인 피로는 전혀 없
었다.

"사역계 술사들은 참 편하겠구만."

홀리나이트에서 훌쩍 뛰어내리는 미라를 눈으로 쫓으며 문득
아론이 그렇게 투덜댔다. 그러자 그 말에 뱀이 격하게 반응했다.

"그 인식은 착각. 본래, 마물이 없는 장소에서는 마나를 온존해야 해."

뱀은 꿰어버릴 듯 날카로운 눈빛으로 아론을 노려보았다. 그녀의 말대로 뱀은 시간이 경과하여 골렘이 소멸된 후로 재생성시키지 않고 이곳까지 왔다. 그에 반해 미라는 다크나이트와 홀리나이트를 소환해서는 그 승차감을 음미하고서 홀리나이트의 방패를 특등석으로 결정했을 정도로 마나 소비에 관해서는 대범했다. 하지만 그것은 막대한 마나를 가지고 있는 동시에 그 회복량도 다른 사람들과는 비교도 되지 않을 정도로 많다는 기반이 있기에 가능한 일이었다.

"아아, 그러고 보니 그랬지. 당연하다는 듯이 사용해서 전혀 이상하다는 생각을 못 했는데…… 미라 아가씨의 마나 잔량은 괜찮은 건가?"

운동도 별로 하지 않았으면서 한바탕 일을 마친 노동자처럼 기지개를 켜며 몸을 푸는 미라의 모습에 아론은 눈살을 찌푸렸다.

"그녀는 특별."

그렇게 말하며 미라를 바라보는 뱀의 눈동자에는 선망의 빛이 섞여 있었다.

"호오~ 과연 현자의 제자라 이건가."

아론은 미라의 칭호를 떠올리고는 툇마루에서 차를 홀짝이는 노인처럼 올시즌 오레로 목을 축이는 소녀를 감탄에 찬 눈으로 바라보았다.

"음?"

긴장감 없이 축 늘어져 있던 미라는 진행 방향에서 문득 푸른 빛이 어른거린 것을 보고는 저건 뭘까 하고 눈살을 찌푸린 채 몸을 내밀었다.

그 직후였다. 배 속에 든 것이 밀려나올 듯한 굉음이 전방에서 밀려들더니 오래지 않아 그에 호응하듯 복도가 드드드 떨렸다.

"무슨 소리지."

아론은 지체 없이 일어나서 경계태세를 취했다. 전갈과 뱀 역시 신속하게 자세를 취하고서 소리가 들려온 곳을 날카로운 눈으로 바라보았다.

"이 앞, 마물은 없을 텐데."

복도 끝은 천칭의 성채의 최심부로 뱀이 말한 바대로 마물이 출현하지 않는 플로어였다. 미라와 아론도 그렇게 기억했지만 소리는 분명 그곳에서 들려왔다.

네 사람이 주목한 가운데 다시금 푸른빛이 튀고 부풀어 올랐다. 그러더니 다시 굉음과 진동이 눈 깜짝할 새 밀려들어 빠르게 일행이 있는 곳을 지나쳤다.

"방금 그건 폭염이로군. 술법에 의한 건가?"

"마나의 잔재가 확인됐어. 술법이 틀림없을 거야."

빛을 목격한 아론이 물어보듯 중얼거리자 뱀이 고개를 끄덕이며 대답했다.

"그렇다면 누군가가 있다는 뜻이네. 혹시 키메라가 선수를 친 걸까?!"

전갈은 당장이라도 뛰쳐나갈 듯 발을 동동 구르며 전방을 노려보았다. 가장 빠른 길로 이곳까지 오기는 했지만 키메라 클로젠이 그보다 먼저 공략을 마쳤을 우려는 분명 있었다. 모든 것이 한 발 늦은 꺼림칙하기 그지없는 조우전이었다.

하지만 현재 상황은 다소 이해가 되지 않았다.

"그럴지도 모르지. 허나 녀석들은 무엇과 싸우고 있는 게지?"

네 사람이 본 빛은 전투에 의한 것이 분명했다. 하지만 이 앞에서는 마물이 출현하지 않는다. 그렇다면 무엇과 싸우고 있는 것일까.

"가보자!"

도저히 가만히 있을 수가 없는지 전갈이 가장 먼저 달려나갔다. 뱀이 그 뒤를 쫓듯 바로 뒤를 이었다.

아론도 잽싸게 수중에 있는 아이템을 확인하고는 크게 심호흡을 하고서 달려나갔다. 투지로 가득한 그 눈빛은 날카로웠고, 앞장서서 나아가는 전갈 일행보다 앞쪽을 바라보고 있었다.

"어부지리라도 취할 수 있으면 좋으련만."

미라는 홀리나이트를 송환하고는 발소리가 나지 않도록 허공을 달려 눈 깜짝할 새 아론을 따라잡았다.

복도의 막다른길 우측에 있는, 활짝 열린 문 옆. 그곳에 몸을 붙이고서 내부 상황을 살피는 전갈과 뱀의 표정은 명백히 당혹감으로 물들어 있었다. 그런 두 사람의 등에 달라붙다시피 위치를 잡은 미라는 최심부를 슬그머니 들여다보았다.

실내는 마치 소나기라도 지나간 듯 물바다가 되어 있었다. 그와 상반되게 조용히 불타오르는 푸른 불꽃이 땅을 기듯 몸을 뒤틀며 무언가를 태우고 있는지 타닥타닥 소리를 냈다.

'이건…… 어떻게 된 게지?'

그 광경을 본 미라는 두 사람과 마찬가지로 눈이 휘둥그레져 입을 다문 채 할 말을 잃었다.

"이게, 다 뭐야……."

따라잡은 아론 역시 상황을 확인하고는 동요한 기색을 감추지 못했다.

천칭의 성채의 최심부. 과거에는 작전실로 사용되었던 그 방 안에 다섯 명의 존재가 있었다. 미라 일행은 그 중에서도 한 인물을 주시했다.

일렁이는 푸른 빛의 바다에 서있는 것은 그 남자 한 명뿐이었다. 큰 키에 마른 체구. 독특한 문양이 그려진 적자색 긴 옷을 입고 왼손에는 날카로운 세검, 오른손에는 크로스보우를 들고 있었다. 그는 은테 안경 안쪽에 자리한 잿빛 눈동자를 가늘게 뜬 채 발치에 드러누운 누군가를 조용히 내려다보고 있었다.

"내분?"

다섯 명의 복장은 각각 달라 얼핏 보기에 공통점이 없어 보였다. 하지만 굳이 들자면 몸 어딘가에 박힌 크로스보우의 화살과 화염에 탄 것인지 아직도 연기가 오르는 화상이, 땅바닥에 쓰러진 네 사람에게는 있었다.

키메라 클로젠끼리 공적을 두고 다투기라도 한 것일까. 누구 할 것 없이 그렇게 생각한 직후, 널브러져 있던 경장비를 한 남자가 상체를 일으켜, 앞으로 고꾸라질 듯한 발걸음으로 긴 옷을 입은 남자의 등 뒤에서 기습을 시도했다.

그의 동작은 부상을 입었음에도 불구하고 정지 화면의 한 장면처럼 흐리게 보일 정도로 날쌔었다. 경장비를 한 남자의 손에는 눈에 익은 검은 단검이 쥐어져 있었다.

그 단검이 완전한 사각에서 긴 옷을 입은 남자의 등 뒤에 꽂혔다고 모든 이가 생각한 순간, 긴 옷을 입은 남자의 모습이 잔상을 남긴 채 사라지더니 무언가가 부서지는 둔탁한 소리와 함께 경장비를 한 남자가 부자연스러운 자세로 허공에 떠올랐다.

그렇게 된 이상 경장비를 한 남자에게는 저항할 방법이 없었다. 세검이 가슴을 관통하자 선혈로 된 꽃이 피어났고, 흘러내린 붉은 물방울 역시 푸른 바다에 불타, 그의 생명과 함께 흔적도 없이 사라져 갔다.

콧구멍에 들러붙는 듯한 철과 재의 냄새가 자욱한 가운데, 담담하게 세검을 뽑은 긴 옷을 입은 남자는 그곳에서 뿜어져 나오는 피보라도 개의치 않고 어딘지 모를 먼 곳으로 시선을 던졌다. 그 표정은 초승달처럼 어둡고 얼음조각상처럼 냉랭했다.

남자의 시체가 땅바닥에 떨어지자 검은 단검이 데구르르 땅바닥을 굴렀다. 그러자 그것을 본 긴 옷을 입은 남자의 눈동자가 서서히 격정의 빛으로 물들었다. 그때까지의 태연했던 표정은 오간데 없고, 몇 번이고, 여러 차례 다리를 치켜들어 검은 단검을 거칠게 밟아 부서뜨렸다.

하지만 그 변화는 순간적이었고 감정이 사라진 듯 다시 표정을 지운 긴 옷을 입은 남자는 확실하게 죽었는지를 확인하기 위해서 인지 주변에 널브러진 시체를 세검으로 찌르고 돌아다니기 시작했다.

"저 문양은, 하늘의 민족."

긴 옷을 입은 남자가 등을 보인 순간, 그 등에 새겨진 독특한 문양을 본 뱀이 작은 목소리로 말했다.

"하늘의 민족이라고?! 어째서, 그런 녀석이──."

아론은 하늘의 민족이라는 말을 들어본 적이 있는 듯했다. 그 것이 어째서 이곳에 있는 건가 싶어 눈살을 찌푸린 직후, 그 이유를 알아챘다. 그 이유는 지극히 단순했다. 자신들과 비슷한 목적이었던 것이다. 하지만 한 가지가 명확히 달랐다. 살리느냐 죽이느냐였다.

초조함에 사로잡힌 험악한 눈빛으로 아론은 혹시나 하고 실내에 널브러진 시체를 확인했다. 그 순간, 똑바로 일행을 바라보는 긴 옷을 걸친 남자와 눈이 마주쳤다.

"이 녀석들의 동료인가?"

담담한, 하지만 약간의 노기를 띤 목소리와 함께 긴 옷을 입은 남자는 손에 든 크로스보우를 미라 일행에게 겨누었다.

"아니, 아니야. 그렇게 위협하지 말라고. 우리는 적이 아니니까."

아론은 그렇게 말하며 온몸을 긴 옷을 입은 남자 앞에 드러내더니 천천히, 보란 듯이 손에 든 무기를 도로 넣었다. 그에 이어 전갈과 뱀도 적의는 없다고 어필하며 모습을 드러냈다.

'하늘의 민족⋯⋯. 무엇이었더라. 어디서 들어본 것도 같은데.'

단어는 들은 적이 있는 듯했지만 그것이 어떤 의미였는지는 기억이 나지 않았다. 하지만 아론 일행의 행동으로 미루어 긴 옷을 입은 남자는 적대할 대상이 아니라는 분위기이기에 미라는 조금 늦게 세 사람의 뒤를 슬그머니 따라갔다.

입구에서 모습을 나타낸 네 사람을, 긴 옷을 입은 남자는 얼어붙을 듯한 눈으로 구석구석 훑어보아 무엇이든 판단 재료가 될 만한 것을 찾으려 했다.

"아무래도 평범한 모험가는 아닌 것 같은데…… 정체가 뭐냐."

무언가를 느낀 것인지 약간 경계를 푼 긴 옷을 입은 남자는 크로스보우의 사출구를 천장으로 돌렸다. 하지만 세검은 쥔 채 최소한의 경계 자세는 풀지 않았다. 그래서 아론은 한 걸음을 더 내디뎌 실내를 가볍게 둘러보며 잘 쓰는 손의 손가락으로 긴 옷을 입은 남자의 옆에 드러누운 시체를 가리켰다.

"그 녀석들은 키메라의 동료지? 아니야?"

"……그래, 맞아."

긴 옷을 입은 남자는 살며시 시선을 내리더니 피웅덩이 속에서 절명한 남자의 옆얼굴을 흘끔 쳐다보았다. 그리고 그 표정을 원한, 증오, 분노, 온갖 부정적인 감정을 뒤섞은 듯한 색으로 물들이더니 모멸로 가득한 눈으로 욕지거리를 하듯 대답했다.

"역시, 그런가."

표정에는 드러내지 않았지만 그 말을 들은 아론은 크게 낙담했다. 표적이었던 키메라 클로젠이 이 모양 이 꼴이 난 이상, 임무를 수행할 방도가 없어졌기 때문이다.

"정체가 뭐냐고 물었지. 우리는 그 녀석들을 붙잡으러 왔다. 그렇게 말하면 알겠지?"

아론은 짜증스러운 감정을 감추려 하지도 않고 한숨 섞인 투로 그렇게 말하고는 한 사람이라도 살려둘 것이지, 라고 속으로 투덜댔다.

불확정 요소의 개입을 예상치 못한 것은 아니었다. 상대의 표정, 그리고 하늘의 백성이라는 사실을 통해 현재와 같은 상황이 벌어진 이유도 짐작할 수 있었다. 하지만 이번 임무의 중요성은 역대 최고라 해도 과언이 아니었다. 아론이 그런 태도를 취하는 것도 무리는 아니리라.

하지만 긴 옷을 입은 남자는 신경이 곤두선 아론의 말은 개의치 않고 그저 잠시 생각을 하다가 입을 열었다.

"……그래, 이스즈 연맹인가."

네 사람의 정체를 떠올린 긴 옷을 입은 남자는 그렇게 말하며 겨누고 있던 세검을 칼집에 넣고서 경계를 풀었다.

수단은 달라도 목적은 같다. 긴 옷을 입은 남자와 이스즈 연맹은 그런 관계였다.

긴 옷을 입은 남자에게서 뿜어져 나오던 압박감이 사라졌음을 확인하고서야 아론이 방 안으로 발을 들였고 전갈과 뱀도 그 뒤를 이었다.

'참으로 처절하구나…….'

미라는 온몸에서 피를 흘리고, 화상을 입고, 고통으로 가득한 표정으로 절명한 키메라 클로젠의 시체를 슬쩍 쳐다보자마자 표정을 구기며 고개를 돌렸다. 키메라 클로젠과 싸우기로 결심한 순간부터 사람의 시체를 보게 될 일도 있으리라고 각오는 해두었지만 처음부터 이런 참상을 보았으니 별 수 없으리라.

"이거, 우리 임무는 실패로군."

아론은 일말의 가능성조차 뿌리째 뽑아낸 듯 철저하게 파괴된 네 사람의 시체를 가볍게 둘러보고 나서 한숨 섞인 투로 말하며 긴 옷을 입은 남자를 노려보았다.

"그거 미안하게 되었군."

그렇게 말하면서도 미안해하는 기색은 없었다. 긴 옷을 입은 남자는 네 사람과 스쳐 지나가는 모양새로 출구를 향해 걸어 나갔다.

"아아, 그 대신이라고 하기에는 좀 그렇지만, 그 쓰레기들에게서 얻어낸 정보를 하나 알려주지."

방의 출구를 지난 참에 문득 멈춰 선 긴 옷을 입은 남자가 등을 돌린 채 입을 열었다.

"세인트 폴리 무역국. 그곳 어딘가에 본거지가 있다더군."

긴 옷을 입은 남자는 그 말만을 남긴 채 소리도 없이 사라지듯 떠나갔다. 남은 것은 속삭이는 듯한 공기의 흐트러짐 뿐. 하지만 미라는 불어드는 그 바람 속에서 비애로 가득한 목소리가 들려오는 것만 같았다.

"어딘가라니, 꽤나 조잡한 정보로군. 뭐어, 없는 것보다는 낫나."

아론은 별 수 없다는 듯 고개를 가로젓더니 품속에서 종잇조각을 끄집어내서 얻어낸 정보를 기입했다.

"생포했다면 자세한 위치도 판명됐을 텐데 말야."

전갈은 지금의 상황을 둘러보고서 목소리 톤을 낮춰 중얼거리고는 근처에 널브러진 시체 옆에 웅크려 앉았다.

"이대로 돌아갈 수는 없으니 또 남아 있는 게 없나 찾아보자."

"그래야겠군. 끔찍한 상태이기는 하지만 이 잣듯 뒤져보면 뭔가 나올지도 모르니까."

종잇조각을 품안에 넣은 아론은 그렇게 동의하며 근처에 있는 시체를 조사하기 시작했다.

"안쪽을 뒤져볼게."

시체 뒤지는 일은 두 사람이면 충분하다고 판단한 뱀은 그렇게 말하며 방의 안쪽, 사령실이 자리한 방향을 향해 걸어 나갔다.

"이 몸도 도우마."

그 자리에서 결단을 내린 미라는 종종걸음으로 뱀을 쫓아가, 따라잡아서는 앞을 다투듯 사령실로 뛰어들었다. 시체 검사와 가택 수색. 어느 쪽이 좋으냐고 물으면, 어지간히 별종이 아니고서는 다들 후자를 택할 것이다.

사령실 중앙에는 커다란 석제 받침대가 자리해 있고 그것을 무너진 의자의 잔해가 에워싸고 있었다. 그보다 안쪽, 정령왕이 지휘를 했다고 알려진 장소에는 무수한 구멍이 뚫린 기둥이 횡렬로 늘어서 있었다. 그것은 얼핏 보면 우리처럼 보이기도 했다.

'가만, 구멍 같은 게 뚫려있었던가. 작은 구슬이 끼워져 있었던 것 같은데.'

미라는 사령실 안쪽에 자리한 기둥을 바라보며 문득 그런 위화감을 느꼈다. 그다지 자주 찾은 곳도 아니라 이곳까지 온 것은 게임이었던 시절에도 두세 번 정도여서 자세히는 기억이 나지 않았다. 하지만 그곳에 우뚝 선 기둥이 정령왕의 영향을 억제하는 장치의 일부였음은 명백했다.

뱀도 당연하다는 듯 곧장 기둥이 있는 곳으로 향해, 그곳에 새겨진 기이한 문양과 구멍을 조사하기 시작했다.

미라 역시 전에 왔을 때의 일을 떠올리며 기둥 주변을 빙글빙글 돌았다. 그러던 중, 미라는 문득 조금 전에 있었던 일 중 궁금한 것이 있었음을 기억해 냈다.

"헌데 들어본 적은 있다만, 도무지 기억이 안 나는군. 하늘의 백성이라는 게 무엇이었더라?"미라는 멈춰 서서 턱 끝을 손가락으로 쓸며 그렇게 물었다. 그러자 기둥에 달라붙어 구멍을 들여다보던 뱀은 손을 멈추고는 용수철처럼 몸을 돌려 미라의 눈앞까지 달려왔다.

"하늘의 민족은 정령 신앙을 가진 부족 중에서도 소수인, 피프스 아니마라 불리는 부족 중 하나. 정령을 신으로 모시는 건, 어느 부족이나 마찬가지. 하지만 피프스 아니마 일족은, 상급 정령을 우두머리 삼아 함께 살아. 그밖에도 땅의 민족, 바다의 민족, 불의 민족, 달의 민족이 있어."

뱀은 질문에 대한 답 말고도 관련 정보를 줄줄 늘어놓았다. 그리고 그 정보는 안개가 끼어있던 미라의 기억을 선명히 불러 일으켰다.

"피프스 아니마! 그래, 그러했지. 이제야 생각났다. 그래서 키메라 놈들이 저 모양이 된 것이로군."

게임이었던 시절, 정령 신앙 부족과 함께 싸우는 퀘스트가 있었다. 하지만 그때 등장했던 것은 최대 파벌 일족뿐이었다. 피프스 아니마 일족, 나아가 하늘의 민족이라는 이름은 그러한 것도 있다는 정보가 개시된 정도로, 당시에는 자세히 언급되지 않았다.

그러한 세세한 설정만 들쑤시며 조사하고 다니던 기특한 친구의 자신감 넘치는 얼굴이 미라의 머릿속에 떠올랐다. 하늘의 민족이라는 단어도 그 친구에게 들은 것이었기 때문이다.

그렇게 긴 옷을 입은 남자의 정체를 앎과 동시에 미라는 조금 전에 보았던 참상에도 납득했다.

"그들에게 키메라 클로젠의 행동은 최대의 악. 그래서 사형 이외의 선택지가 없어."

뱀은 포획하지 못한 것이 어지간히 분했는지 부루퉁해져서 눈을 내리깔았다.

"과격한 사상이군. 게다가 그것을 실행할 수 있을 만큼의 실력이 있어 더욱 성질이 고약해."

앞에 있던 방의 상태가 뇌리에 떠올라 미라는 얼굴을 찌푸렸다. 긴 옷을 입은 남자의 손에 죽은 키메라 클로젠 네 명이 간부인지 어떤지는 아직 판명되지 않았지만 그래도 천칭의 성채 최상층까지 도달할 정도의 실력이 있는 것은 분명했다. 그런 자들 넷을 상대로 눈에 띄는 외상도 입지 않고 단죄한 그 솜씨는 압도적이라 해도 과언이 아니리라.

뱀 역시 그에 동의하듯 고개를 끄덕이더니 잠시 생각한 끝에 입을 열었다.

"하지만 조금 의문. 아까 그 남자, 뺨에 신관의 문장이 있었어. 그건 부자연. 피프스 아니마의 신관에게 살생은 금기. 그리고 피프스 아니마에게는 질서를 어지럽히는 자를 처단하는 전문 집단, '단죄'가 있을 텐데. 아까 봤던 건 본래, 그 단죄가 할 일."

신관이 금기를 범했다. 신앙의 세계에서 그 중대성은 헤아릴 수 없는 것일 터다. 뱀이 본 것이 정확하다면 긴 옷을 입은 남자는 키메라 클로젠과 같은 죄를 범했다 해도 과언이 아닐 것이다.

"흠…… 그렇게까지 해서 해내야만 하는 무언가가 있다는 겐가."

"그럴지도 몰라. 하지만 우리가 신경 써 봐야 소용없어."

"그렇, 구나."

긴 옷을 입은 남자는 키메라 클로젠에 대한 명백한 혐오감을 온몸으로 내뿜고 있었다. 그 모습을 본 미라는 어쩐지 신앙심과는 다른 감정이 숨어 있는 듯한 기분이 들었다.

그러한 대화는 침묵과 생각이 뒤엉킨 가운데 끝나, 두 사람은 다시 흩어져서 사령실 안을 뒤지기 시작했다.

19

십여 분 정도 사령실을 뒤져 보았으나 이렇다 할 유익한 단서는 남아있지 않아, 미라와 뱀은 시체 검사팀 두 사람에게 기대하며 그 자리를 뒤로 했다.

그러자 작전실에서는 아론과 전갈이 바닥에 웅크리고 앉은 채 늘어뜨린 물건들을 조사하고 있었다.

"어떠냐. 뭔가 단서가 될 만한 것은 있더냐?"

합류하여 대화를 나누기 시작한 전갈과 뱀 옆에서 미라는 아론에게 그렇게 말했다.

아론은 흘끔 미라를 흘끔 쳐다보더니 "뭐어, 일단 보라고"라고 대답하며 눈짓으로 바닥을 가리켰다.

그곳에 널려있는 것은 키메라 클로젠의 유류품이었다. 요상한 문양이 떠오른 단검이 세 자루, 액체가 든 여러 종류의 작은 병, 마법진이 새겨진 천, 여덟 장의 지도, 그리고 던전 출입허가증.

그러한 것들을 확인한 미라는 그 중에서 하나를 집어 들었다.

"지도는 여덟 장이나 되지만 두 종류뿐인 것 같군."

그렇게 말하며 펼친 지도는 게임이었던 시절에 사용했던 것보다 훨씬 세밀했다. 순간적으로 어딘지 알아보지 못했던 미라는 살짝 눈살을 찌푸리고서 기억을 되짚어 보았다.

"그래, 맞아. 하나는 바로 이곳, 천칭의 성채. 그리고 나머지 한쪽은――."

"환영회랑이로군!"

아론이 정답을 말하기 전에 도면과 일치하는 던전이 어디인지 생각해낸 미라는 눈빛을 빛내며 날카롭게 그 이름을 입에 담았다.

"그래. 키메라 녀석들은 각각 한 장씩을 가지고 있었지. 그리고 그쪽이 그곳 허가증이고."

아론은 그렇게 말하며 바닥에 놓인 카드로 시선을 옮겼다.

"네 장 모두?"미라는 그 중 한 장을 집어 들며 고개를 갸웃했다. 그룹으로 행동하는 이상 통행증은 한 장이면 충분하기 때문이다.

"그래, 한 사람당 한 장씩. 뭐어, 키메라 녀석들은 개별행동이 기본이니까. 그리 이상한 일은 아니야. 거기 있는 넷은 각각 단독으로 임무를 띠고 있었겠지."

"오호라. 확실히 그 편이 눈에 띄지 않겠군."

"바로 그거야. 아차, 그러고 보니 그쪽은 어땠지? 수확은 있었어?"

아론이 기대 섞인 얼굴로 묻자 미라는 살며시 쓴웃음을 지으며 바닥에 널린 유류품 앞에 털썩 앉아 절레절레 고개를 가로저었다.

"딱히 이렇다 할 만한 것은 없더군. 굳이 들자면 기둥에 박혀있었을 터인 구슬이 사라졌다는 정도일까. 허나 그게 녀석들이 한 짓인지 어떤지는 판단하기가 어렵구나."

그렇게 대답한 미라는 지도를 원래 있던 위치에 돌려놓고는 부루퉁해져서 한숨을 내쉬었다.

"흠, 기둥…… 기둥이라……."

보고를 받은 아론은 그렇게 중얼거리며 신음했다. 그리고 얼마간 생각한 후에 종이다발 중 하나를 주워들어 "이걸 봐 줘"라고 말하며 미라에게 내밀었다.

그것을 받아든 미라는 팔랑팔랑 종이를 넘기며 훑어보았다.

"이건 혹시, 그 기둥을 스케치한 건가."

그 종이다발에는 모두 눈에 익은 풍경이 그려져 있었다. 그렇다. 조금 전까지 미라와 뱀이 조사하던 사령실의 풍경이었다. 그것도 사령실의 조감도는 물론이고 각도며 시점을 바꾸어가며 그린 것이 수십 장이나 있었다. 심지어 구석에 숫자가 적혀있어 조감도와 대조해보면 어느 시점에서 그린 것인지 알 수 있게끔 되어 있었다.

"그런 모양이야. 구슬이 박혀있었는지는 기억이 잘 안 나지만, 역시 이 기둥은 정령왕과 모종의 관계가 있다고 보아도 지장이 없을 거야."

그렇게 말하며 아론은 널려있던 종이다발을 하나 더 집어 적당히 들추었다. 거기에도 마찬가지로 기둥을 스케치한 것이 그려져 있는 모양이었다.

"거기에도 같은 것이 그려져 있군."

아론이 손에 든 종이를 들여다본 미라는 자신이 손에 든 것과 비교해 보았다. 그것은 다른 사람이 그렸는지 화풍이며 시점이 각각 달랐다. 하지만 숫자가 적혀있다는 점은 같았다.

"그래, 나머지 두 권도 마찬가지야. 이 그림에 무슨 의미가 있는 지까지는 모르겠지만 우선 이게 우리 손에 들어온 것으로 인해 저쪽 일에 차질이 생겼으면 좋겠는데 말이지."

"동감이다."

어떠한 용도인지는 아직 알 수 없었지만 스케치는 정령왕을 노리는 키메라 클로젠의 목적에 필요한 것이리라. 유류품 앞에서 웅크려 앉아있던 미라는 종이다발을 원래 위치에 돌려놓으며 다른 다발도 훑어보았다.

모두 다 화풍은 달라도 기둥을 스케치했다는 공통점은 그대로였다. 요컨대 가장 중요한 것은 이 공통점이라 할 수 있으리라.

"흠, 확인을 좀 해볼까."

자리에서 일어난 미라는 종이다발을 손에 든 채 다시금 사령실을 향해 걸어 나갔다. 아론은 뭔가를 알아챈 듯한 그 말을 듣고 기대감이 싹터, 말없이 미라의 뒤를 따랐다.

사령실을 다시 둘러보고서 미라는 스케치를 자세히 보았다. 조감도에 적힌 숫자를 보고는 그 위치에 서서 번갈아 보았다.

확인하고 번갈아 보기를 십 분 남짓 반복하던 미라는 "오호라"라고 중얼거리는 자신을 지켜보던 아론을 향해 씨익 웃어 보였다.

"뭔가를 알아낸 모양이군."

"아직 추측 단계지만 말이지."

들뜬 투로 아론에게 그렇게 대답한 미라는 그대로 땅바닥에 털썩 주저앉았다.

"단적으로 말하자면 이 스케치는 구슬이 박혀있던 위치를 정확히 파악하기 위한 것일 게야."

미라는 정면을 보고 앉은 아론을 흘끔 쳐다보고서 시선을 손에 든 종이다발로 옮겼다.

"구슬의 위치라. 그 얘기는 다시 말해서, 그 배치에는 의미가 있었다는 뜻이로군."

"음. 그려진 것을 한참 보고서야 겨우 알아챘지. 이 몸의 관심 분야였다. 아무래도 저 기둥은 하나하나가 정령을 나타내고 있는 듯 하구나."

"정령을 나타낸다고? 뭔가 의미가 있겠거니 하고는 있었지만, 도통 이해가 안 가는데."

아론은 스케치에 그려진 기둥을 노려보며 미간을 잔뜩 찌푸린 채 신음했다. 아론은 보고 익힌다는 천부의 재능을 지녔지만 눈에 보이지 않는 정령에 관한 지식은 다소 부족한 모양이었다.

"뭐어, 그럴 테지. 이 몸 역시 처음에는 못 알아챘을 정도니 말이야. 하지만 자세히 보니 이 몸에게는 익숙한 것이었더구나."

아론이 알아채지 못할 만도 하다며 미라는 의기양양한 얼굴로 설명을 이어갔다. 전사는 그것을 볼 수 없다. 하지만 소환술사인 미라는 몇 번이나 본 적이 있으며 골머리를 썩이던 문제이기도 했다.

"헌데, 스킬 트리라는 것을 아는가?"

본론에 들어가기 전에 문득 미라는 그렇게 물었다.

스킬 트리. 그것은 게임 등에서는 흔한, 몇 갈래로 나뉘어 갈수록 복잡해지는 스킬의 흐름을 알기 쉽게 표로 나타낸 것이었다.

"스킬 트리라고? 머리 좋아 보이는 녀석들이 그런 소리를 하던 것도 같은데, 난 전혀 못 알아듣겠더군."

'아크 어스 온라인'에도 일부 존재하지만 아무래도 아론은 모르는 모양이었다. 미라는 그 말을 듣고서 "역시 모르나"라고 중얼거리고는 종이다발을 적당히 펼쳐 정면에 내려놓았다.

"대략적으로 말하자면 하위에서 상위에 이르는 여러 갈래의 길을, 시각적으로 알기 쉽게 나타낸 것이다. 그걸 염두에 두고 이걸 보면 금방 알 수 있지."

미라는 그렇게 말하며 스케치 속에 있는 기둥의 구멍을 가리켰다.

"소환술사는 계약한 정령의 잠재능력을 스킬 트리라는 형태로 파악할 수 있다만, 자세히 보니 이 기둥에 있는 구멍의 배치와 스킬 트리의 형태가 일치했다. 뭐어, 몇 개는 모르는 것도 섞여 있었지만 이 몸도 모든 정령과 계약을 한 것은 아니니 말이지."

거기까지 설명한 미라는 불쑥 일어나 "이게 바람, 이게 불, 이게 물"이라는 말과 함께 사령실에 자리한 기둥을 두드리며 다녔다.

"그리고 이 녀석과 이 녀석, 그리고 이 녀석들은 모르겠군!"

끝으로 미라는 몇 개의 기둥을 분하다는 듯 손바닥으로 두드렸다. 정령을 부리는 소환술사로서 전혀 모르는 정령이 있다는 것이 못마땅한 모양이었다.

아론은 분야가 다르기는 했지만 미라가 자존심 상해하는 것에 동감함과 동시에, '파악하고 있다'고 말한 정령의 숫자를 듣고 경악했다.

파악하고 있다는 것은 바꾸어 말하자면 계약했다는 것이다. 다시 말해 미라는 이미 그만한 수의 정령을 거느리고 있다는 뜻이었다.

"나 원, 정말 세상은 넓구만."

아론은 진심으로 기쁜 투로 중얼거렸다.

기둥에 뚫린 구멍의 배치에는 의미가 있었다. 미라와 아론은 그 후, 얻어진 정보를 토대로 의논을 하기 시작했다.

십 분 남짓 정도 의견을 나눈 두 사람은 정령왕의 영향을 억제하는 결계는 구슬뿐 아니라 그 구슬을 어떻게 배치하느냐도 중요할 것으로 예상했다.

구슬을 빼앗거나 같은 것을 만들기는 했지만 결계가 정상적으로 작동하지 않았다. 그러한 경위에서 이 구멍의 배치가 가진 의미를 깨닫고는 그것을 파악하기 위해 인원을 보낸 것이리라고. 그렇게 생각하니 기둥을 스케치한 의미도 납득이 되었다.

그렇게 결론을 내린 미라와 아론은 작전실로 돌아가 뱀과 전갈에게 그렇게 설명했다.

"스케치가 네 권 있었던 건 확실성을 더하기 위해서일 테지. 우리가 방해할 것을 예상해서."

아론은 그렇게 매듭을 짓고는 주변에 널브러진 타죽은 시체를 둘러보며 "이건 예상치 못했겠지만 말이야" 하고 쓴웃음을 지었다.

"모두가 노림수고 모두가 예비였구나. 키메라는 단독행동이 기본이지만 같은 임무로 움직이기도 하는 거야."

네 권이나 되는 스케치의 의미를 알게 된 전갈은 그렇게 말하며 가장 가까운 곳에 쓰러진 시체를 내려다보았다.

상태는 처참했지만 죽은 지 얼마 안 되는 시체. 그것은 다른 시체도 마찬가지라 거의 동시에 살해당한 듯 보였다. 같은 임무를 띠고 같은 시기에 이 장소를 찾은 이 자들은 동일 인물의 손에 죽었다. 결과적으로 스케치는 예비까지 모조리 키메라 클로젠의 손안에 들어가지 않았고, 정령왕을 봉인할 수단도 완성되지 않았을 것이다.

"그럼 어떻게 할까. 스케치가 도착하지 않으면 새로운 인원을 보내올 텐데. 그걸 기다렸다가 이번에야말로 붙잡는다는 수도 있는데."

아론은 그렇게 말하며 의견을 묻듯 미라 일행을 둘러보았다. 이스즈 연맹의 이번 임무는 키메라 클로젠 간부를 생포하는 것이다. 하지만 그것은 제3세력의 개입으로 표적이 살해되어 실패로 끝났다.

다음은 어떻게 움직일까. 그것은 작전을 맡은, 이곳에 있는 네 사람의 뜻을 취합하여 결정해야 했다.

키메라 클로젠의 새로운 간부가 오려면 우선 작전이 실패했다는 사실을 저쪽이 알아채야만 한다. 기일을 넘겨도 스케치가 도착하지 않으면 그렇게 판단을 할 것이다.

그러는 동안 시간을 낭비하기 보다는 스케치를 전달할 곳에 있을 터인 수취인을 붙잡는 방법도 있을 듯했다. 그리고 그 현장은 지도와 허가증을 통해 거의 확신할 수 있었다.

"환영회랑으로 가야겠지. 허가증을 가지고 있었으니 녀석들은

이곳에서 직접 그리로 갈 예정이었을 게야. 그렇다면 오히려 잘
된 일이지. 우리가 대신 전달해주는 것도 재미있지 않겠느냐.”

미라는 스케치를 한 권 집어 그 외모가 주는 인상과는 동떨어
진 새까만 오라를 내뿜으며 희미한 미소를 지어 보였다.

“그래, 맞아. 그게 가장 좋을지 모르겠군.”

아론 역시 미라와 마찬가지로 입가를 치올리고서 교활하게 웃
었다. 뱀으로 말하자면 환영회랑의 지도를 펼쳐 구조를 확인 중
이었다.

“하지만 분명 환영회랑에는 다섯 명이 갔었지? 맡겨둬도 될 것
같은데.”

최심부에 정령왕의 거성이 있다고 알려진 환영회랑. 이번 임무
는 그곳을 비롯해 합계 세 곳에 이스즈 연맹의 정예인 히든이 보내
졌다. 전갈의 말은 그런 동료에 대한 신뢰에서 비롯된 것이었다.

“그렇게 하고 싶다만 약간 상황이 바뀐 것 같구나. 스케치를 직
접 환영회랑에 전달하기로 했다는 것은 그곳에서 마무리를 하겠
다는 뜻일 테지. 이미 녀석들의 손은 정령왕의 코앞까지 육박해
있을지도 모르는 일이야.”

“그래. 여기서 찾던 것은 틀림없이 정령왕의 힘을 봉할 수단이
겠지. 미라 아가씨가 말했듯이 키메라 놈들의 작전이 종반에 접
어들었다면 중요성으로 미루어 상당한 실력자가 여럿 호위로 붙
어있어도 이상할 게 없어.”

아론은 환영회랑의 지도를 주워들어 그것을 펼치며 말했다.

계획은 상당히 진행된 상태이리라. 그야말로 이제 스케치만 도

착하면 준비가 끝나는 단계라고 예측할 수 있을 정도로. 미라와 아론, 그리고 뱀은 그 사실을 유류품을 통해 알아챘다.

"으음. 다시 말해서 전력이 집중될 테니 다섯 명만으로는 대처하지 못할지도 모른다는 뜻이야?"

내용 설명을 지극히 간결하게 이해한 전갈은 고개를 갸웃하며 정답인지를 확인하듯 미라와 아론을 쳐다보았다.

"뭐어, 그런 셈이지."

아론은 긍정하며 스케치 중 한 권을 집어 들더니 "이 녀석이 네 권뿐이라는 전제로 말하자면 말이지"라고 말을 이으며 또 하나의 추측을 입에 담았다.

"네 명을 미끼삼아 한 명이 도망쳤을 경우, 또 한 권이 있다는 뜻이 돼."

스케치를 처분해 버리면 키메라 클로젠의 계획을 저지할 수 있을 것이다. 하지만 그들은 현재도 이만큼 용의주도하게 예비를 마련해 두었다. 어쩌면 도망친 자에 의해 이미 스케치가 전해졌을지도 모르는 일이다. 아론은 그렇게 생각한 것이다.

작전실 바닥에 흩어진 네 사람의 시체. 그것들을 쭉 둘러본 미라는 그것을 만들어낸 원인을 머릿속에 그려보았다.

"그럴싸하지만 다섯 번째 인물이 있을 가능성은 낮을 것 같군."

"호오, 그 근거는?"

미라가 말하자 아론은 흥미롭다는 듯 되물었다.

"하늘의 백성인가 하는 그 남자는, 이 몸들이 적이 아니라는 것을 알자 성실하게도 정보를 주고 돌아가지 않았느냐. 뱀에게 들은 이야기다만, 그 자는 신관으로 살생은 금기라는 모양이더군. 하지만 그럼에도 자신의 손을 피로 물들였지."

다섯 번째 인물은 없다는 주장의 근거인 정보를 말한 미라는 긴 옷을 입은 남자의 얼굴을 떠올리며 "그 남자의 표정을 기억하느냐?"라고 덧붙여 말했다.

"……과연. 한 사람이라도 놓쳤다면 느긋하게 우리랑 대화를 하지도 않았겠지."

얼음처럼 차갑고 검처럼 날카로운 눈을 지닌 긴 옷을 입은 남자의 얼굴. 아론이 떠올린 그 표정에는 분명 그를 납득시킬 만큼의 살의가 담겨 있었다.

"그런 게다."

미라는 감탄한 듯 고개를 끄덕이는 아론의 모습을 보고 의기양양한 표정으로 가슴을 폈다.

그렇게 다음 행선지가 환영회랑으로 결정된 뒤, 일행은 키메라 클로젠의 유류품을 처분했다.

정령에게 해를 가하기 위해 만들어진 단도는 전갈이 하얀 천에 싸서 회수했고 뱀은 사령술을 사용해 키메라 클로젠의 시체를 담담히 불태웠으며 아론은 그 불꽃 속에 스케치를 던져 넣었다.

작업을 세 사람에게 맡긴 미라는 사령실 중앙에 있는 받침대 앞에 섰다. 그것은 천칭의 성채에서 탈출하기 위한 긴급 회피 장치였다.

이용하려면 다섯 이상의 정령의 가호가 필요해서 조건이 빡빡했지만 보아하니 최근 사용된 흔적은 없었다. 사령실 탐색하던 도중에 그것을 확인한 미라는 이 사실도 포함해 다섯 번째 키메라 클로젠은 없다고 말한 것이었다.

천칭의 성채를 뒤로 하고서 보니 하늘에는 이미 별빛이 피어나 있었다.

다음 목적지로 정한 환영회랑은 현재 지점에서 산맥을 넘어 동쪽으로 한참을 간 곳에 있었다. 상당히 거리가 멀어 하늘을 나는 왜건으로도 하루는 걸릴 듯했다.

슬슬 거리도 사람도 잠들 준비를 할 시간. 마을 살루트로 돌아온 미라 일행은 왜건을 타고 교외까지 이동해 그대로 날아올랐다. 조금이라도 목적지에 가까이 가두기 위해서.

그렇게 동쪽으로 날아가기를 몇 시간. 날짜가 바뀌어 날이 밝아올 무렵. 산맥을 넘은 왜건은 그 산기슭에 자리한 초원을 지난 곳에 있는 잡목림 한복판의 호숫가에 착륙했다.

왜건 안은 매우 쾌적했다. 그야말로 숙면을 취할 수 있을 정도로.

하지만 1인용인 그것에 네 명이나 억지로 타다보니 아무래도 비좁아서 피로를 완전히 풀지는 못했다. 따라서 미라 일행은 노숙을 하기로 했다.

콩나무 시루 같은 상태라도 노숙보다는 쾌적할 듯 보이는 왜건이었지만 여행에 익숙한 아론과 단독임무로 출장을 나가는 일이 많은 전갈과 뱀에게는 오히려 땅바닥을 침상 삼아 하는 야영 쪽이 마음이 놓이는 모양이었다.

불침번으로 미라가 소환한 홀리나이트가 왜건 옆에 섰다. 미라로 말하자면 왜건 안에 이불을 깔고 기분 좋게 고른 숨소리를 내고 있었다. 전갈은 지붕 위에서 잠을 잤고 뱀은 좁은 곳을 좋아하는지 왜건 아래로 기어들어가서 잤다. 그리고 아론은 마부석에 자리를 잡았다.

네 사람이 저마다 잠든 장소 옆에 자리한 호수의 수면은 마치 무구한 마음처럼 고요해서, 가슴이 아려올 정도로 먼 밤하늘을 온통 비추고 있었다. 그 광경은 별과 함께 의식까지 녹아들 정도로 깊고도 포근했다.

그때, 수면이 은은히 흔들렸다. 그리고 그곳에서 하나의 그림자가 왜건을 향해 슬금슬금 다가왔다.

천천히 접근한 그것은 이윽고 홀리나이트의 경계 영역에 발을 들였다. 하지만 어찌된 일인지 홀리나이트는 그 그림자에 전혀 반응을 보이지 않았다.

그림자는 결국 불침번의 옆을 지나치고 마부석에서 잠든 아론의 앞도 가로질러, 그대로 왜건 안으로 들어갔다──.

〈EX〉

"그런고로 바로 아래 커다란 공간이 발견됐어. 하지만 호수 아래로 가야 하니 잠수용 술구를 준비할 필요가 있대. 자세한 이야기는 보고서를 참조하고."

솔로몬의 집무실. 그곳에는 현재, 녹초가 되어 소파에 몸을 묻은 루미나리아가 있었다. 얼마 전, 미라가 고대신전 네뷸러폴리스에서 만났던 악마가 무엇을 하고 있었는지 조사하기 위한 조사대에 동행하여 방금 겨우 임무를 마치고 돌아온 참이었다.

한 번 악마가 출현한 이상, 다시 나타나지 않으리라는 보장이 없었다. 더불어 그 사실에 대한 조사대의 불안감을 해소시킬 겸 호위 역할을 맡은 것이다.

"그래, 알겠어. 그래서, 악마의 흔적은?"

루미나리아의 설명을 다 들은 후, 솔로몬은 손에 든 보고서를 대충 훑어보고서 이 문제가 가장 중요하다는 투로 그 말을 입에 담았다.

"내가 감지했을 때는 아무 것도 안 걸렸어. 그 녀석이 거기서 쓰러지고서 지금까지 악마는커녕 사람 한 명 안 온 것 같던데."

"그렇다면 부하가 없는 악마였다는 걸까. 그렇다면 경계 레벨을 좀 더 낮춰도 되려나. 임무 완수하느라 수고했어."

솔로몬은 실로 상쾌한 미소를 지은 채 루미나리아에게 박수를 보냈다. 그러자 루미나리아는 드디어 제대로 잘 수 있겠다 싶어 늘어져라 하품을 하여 그 말에 답했다.

이렇게 일이 일단락 된 직후의 일이었다.

"솔로몬 님, 큰일입니다! 국경 근처에 마수가…… 마수가 나타났습니다!"

집무실의 문을 격하게 두드리는 소리와 함께, 거의 비명에 가까운 여성의 목소리가 들려왔다.

"마수라고?"

"어떻게 된 거야?"

솔로몬과 루미나리아는 그렇게 의아해하며 얼굴을 마주보았다. 그러자 이번에는 천천히 문을 노크하는 소리가 들렸다.

"솔로몬 님, 긴급한 안건이 발생했습니다."

조금 전과는 정반대로 차분한 남자의 목소리가 문 너머에서 들려왔다.

"들어와라."

솔로몬이 위엄이 가득한 목소리로 그렇게 말하자 문이 열리더니 세 사람이 집무실로 들어왔다. 남자 전령관 카알과 한 명의 여성, 그리고 슬레이만이었다.

"조금 전에는 리오가 실례했습니다. 제 교육이 부족한 탓입니다."

카알이 고개를 숙이자 그 뒤에 바짝 붙어 서 있던 여성―― 리오도 "죄송합니다"라고 말하며 떨리는 목소리로 고개를 숙였다. 카알의 말에 의하면 리오는 신인 전령관으로 매우 당황한 상태였다고 한다. 하지만 루미나리아는 그런 그녀의 얼굴에 떠오른 초조함이 마음에 걸렸다.

그 후, 분위기를 다잡듯 카알이 한 차례 더 고개를 숙이고서 보고서를 읽어나갔다. 그 내용은 조금 전에 여성이 외쳤던 대로 북동쪽 국경 부근의 숲에 마수가 출현했다는 것이었다. 그리고 마수의 이름은 그 특징에서 딴 '골리 마르키스'라고 한다는 모양이었다.

"현재, 해당구획 주변 마을은 엄중한 경계 태세가 발령되어 지역에 주둔 중인 병사들이 방어 중입니다. 마을의 피해 사례는 아직 보고된 바 없습니다. 하지만……."

카알은 순간 말을 흐리기는 했지만 보고를 이어갔다. 그에 따르면 한 상단이 운 나쁘게도 마수와 맞닥뜨려 싣고 있던 짐을 버리고 북쪽으로 도주했다고 한다. 북쪽에는 몇몇 바위산이 있어 융기가 격심한 지형이라 동굴 등도 많다. 그리고 다행히 상단이 퇴마술사를 호위병으로 쓴 덕에 동굴로 달아나 결계를 유지하고만 있다면 생존했을 가능성이 있다는 모양이었다. 하지만 현재, 유감스럽게도 상단의 안부는 확인되지 않았다고 한다.

카알은 그렇게 보고를 마쳤다. 그러자 그 뒤에서 리오는 당장에라도 울음을 터뜨릴 듯한 표정을 짓고 있었다.

"골리 마르키스라. 아크 대륙의 마수인데……."

생각에 잠겨 중얼거린 솔로몬은 숲 주변에 요상한 안개가 발생하지 않았느냐고 카알에게 물었다. 그러자 그 예상은 완벽하게 적중했는지 마수가 나타나기 하루 전부터 숲의 일부가 짙은 안개에 뒤덮여 있다고 했다.

짙은 안개 속에서 다른 지역의 마물 등이 나타나는 현상. 그 원인은 마나의 정체를 바로잡는 정령이 없어짐으로 인해 발생되는 공간의 일그러짐. 미라가 보고한 현상이었다.

만약을 위해 이쪽 방면으로 대책을 준비하고 있었던 솔로몬은 곧장 슬레이만에게 대처하도록 지시를 내렸다.

"남은 문제는 마수와 생존자 수색인가. 토벌 겸 수색대를 편성하려 해도 조금 시간이 걸릴 것 같고."

마수란 자연계에 서식하는 짐승이 마에 눈을 떠 보다 강력한 힘을 얻은 존재다. 상당한 실력자를 모으지 않으면 토벌이 어려울 정도의 강적이었다. 따라서 토벌대의 편성은 신중하게, 그러면서도 적절하게 해야만 했다. 그 작업만 해도 하루는 걸리리라. 더불어 현장인 국경 인근까지 행군하는 데 걸릴 시간과 인근 국가를 상대로 한, 마수 토벌을 위해 군대를 국경까지 진군시키는 일에 대한 의사 타진, 그리고 허가를 받는 데도 다시 며칠이 걸릴 것이다.

"아무리 빨라도 나흘인가……."

국정이란 실로 귀찮은 일투성이라 생각하며 솔로몬은 쓴웃음을 지었다.

토벌대가 현지에 도착하려면 아무리 빨라도 나흘이 걸린다. 시간이 그렇게 걸리면 마수의 습격을 받았다는 상단의 생존률은 떨어질 것이다.

카알의 표정이 어두워졌다. 그 직후. 그의 등 뒤에서 몸을 떨던 리오가 무너져 내리듯 주저앉아 울음을 터뜨린 것이다.

죄송합니다, 라고 말하며 카알은 리오 대신 깊이 고개를 숙였다. 그때, 지금까지 침묵하고 있던 루미나리아가 조용히 일어섰다.

"좀 전부터 굉장히 초조해 보이던데. 이유를 말해 봐."

루미나리아는 리오에게 다가가 살며시 어깨에 손을 두른 채 다정한 목소리로 말을 붙였다. 그러자 허락을 받았기 때문인지 아니면 한계에 달한 것인지 리오는 울면서 말을 하기 시작했다.

아무래도 마수의 습격을 받은 상단에는 그녀의 가족이 있는 모양이었다. 집무실에 가장 먼저 달려온 이가 그녀였던 것도 그런 이유였던 모양이었다.

"솔로몬 님, 토벌대 편성뿐 아니라 은폐 공작을 부탁드려도 될까요?"리오의 이야기를 듣자마자 루미나리아는 정중한 말투로 솔로몬에게 그렇게 진언했다. 그 말이 의미하는 바는 하나였다. 루미나리아 본인이 마수 토벌에 나서겠다는 뜻이다.

현재, 알카이트 왕국 최대 전력인 아홉 현자 루미나리아. 그 영향력은 높아, 전투 행위에 나설 경우, 사소한 일이라도 주변 나라들에 커다란 파급을 초래할 수 있었다.

하지만 활동 범위를 국내로 한정하면 솔로몬의 힘으로 어찌어찌 은폐할 수도 있었다. 그리고 긴급시에 대비해 그를 위한 준비는 언제든 갖춰져 있었다.

"알겠다. 마수 쪽은 맡기마."

솔로몬이 무겁게 고개를 끄덕이자 리오의 표정에 한 줄기 빛이 돌아왔다. 리오는 신인이기에 루미나리아가 말한 은폐공작의 의미를 알지 못했다. 하지만 솔로몬이 입에 담은 말의 의미는 이해했다.

마수 쪽은 맡기마. 그 말을 다른 누구도 아닌, 지금 이곳에 있는 아홉 현자의 일원, 루미나리아에게 한 것이다. 이토록 마음 든든한 말은 달리 없을 것이다.

"감사합니다. 감사합니다."

리오는 다시 눈물을 흘리며 루미나리아의 품속에서 그렇게 감사인사를 되풀이했다. 루미나리아는 그런 그녀에게 "분명 괜찮을 거야"라고 속삭이고 머리를 살며시 쓰다듬으며 위로했다.

그렇게 방침이 정해지자 상황은 신속하게 움직였다. 솔로몬이 청(靑)의 마술사 출격 준비를 하라고 말하자 카알은 리오를 데리고 희색이 만면해서 집무실에서 뛰쳐나갔다. 참고로 청의 마술사란 루미나리아가 국내에서 몰래 활동할 때의 호칭이었다.

"꽤 피곤해보이던데, 괜찮겠어?"

단 둘만 남은 집무실에서 문득 솔로몬이 그렇게 물었다.

"괜찮아, 괜찮아. 고대신전에서는 결국 할 일이 없어서 한가했거든. 살짝 더 날뛰고 싶다고 생각하던 중이었어."

고대신전에 호위로서 동행했던 루미나리아는 악마 따위가 나오지 않은 덕에 그동안 계속 심심하게 보낸 모양이었다. 아무 것도 하지 않고 계속 기다리는 것도 제법 피곤한 일이었다.

"그렇다니 부담 없이 보낼 수 있을 것 같네."

"뭐어, 그 리오라는 애가 울지만 않았다면 가만있었겠지만 말이야!"

루미나리아는 그렇게 농담을 하며 하나의 병을 끄집어냈다. 그리고 그 뚜껑을 열어 안에 든 액체를 머리에 끼얹었다. 그러자 놀랍게도 루미나리아의 상징이라 할 수 있는 진홍색 머리가 순식간에 파랗게 물들어갔다. 그것은 변장용 술구로 연구동에 제작을 지시한 특제 염색약이었다.

"정도껏 해줘."

루미나리아의 독니에 걸린 여성들은 셀 수 없을 지경이었지만 그럼에도 별다른 문제가 발생하지 않고, 안 좋은 소문도 퍼지지 않은 것은 루미나리아의 인덕 덕분일까. 솔로몬은 일단 그렇게 충고하며 쓴웃음을 지었다.

"알아, 알아."

그렇게 건성으로 대답한 루미나리아는 머리를 다 물들인 뒤, 그대로 옷을 벗기 시작했다. 그리고 이번에는 수수하게 생긴 로브를 끄집어내서 걸치더니, 끝으로 긴 머리를 하얀 머리장식으로 정돈했다.

이로써 청의 마술사로의 변장이 끝났다. 지금까지 풍겼던 화려한 인상과는 달리, 루미나리아는 상당히 차분한 차림새가 되었다. 이러면 얼핏 봐서는 루미나리아라는 것을 알아채지 못할 것이다.

"그럼 다녀올게."

"잘 다녀와. 저쪽 경라청에 정보를 정리해 두라고 전해둘게."

"그래, 고마워."

끝으로 전신거울로 그 완성도를 확인하고서 루미나리아는 잽싸게 차고로 향했다.

왕성 1층, 차고 앞에서 카알과 리오가 대기하고 있었다. 카알은 변장한 루미나리아에게 고개를 숙였다. 그리고 리오로 말하자면 루미나리아의 모습과 상사인 카알의 행동에 어안이 벙벙해진 듯했다. 하지만 아무래도 감은 좋은 모양인지 금방 이유를 이해하고는 깊숙이 고개를 숙였다.

"준비는 다 됐습니다, 이쪽으로 오시죠."

카알이 그렇게 말하며 차고의 문을 열려던 순간이었다. 결심을 굳힌 듯한 표정으로 리오가 한 걸음 앞으로 나섰다.

"부디 저도 데리고 가주세요! 사람 찾는 술법을 쓸 수 있어요! 친족인 제가 사용하면 정확도도 올라갈 거예요! 부탁드릴게요!"

어지간히 가족이 걱정되는지 리오는 필사적이었다. 카알은 억지 쓰지 말라며 리오를 나무랐다. 걸리적거릴 뿐이라고.

하지만 리오는 어깨를 파르르 떨며 "부탁드릴게요"라고 거듭 말했다. 그 완고한 모습을 본 카알은 못 말리겠다고 쓴웃음을 지으며 루미나리아에게 시선을 돌렸다. 허락을 구하듯.

"좋아, 같이 가자."

앞으로 갈 곳은 마수가 도사리고 있는 장소. 위험지대이기는 하지만 루미나리아는 흔쾌히 허락했다. 여성의 부탁은 모두 다 들어주어야 한다는 것이 루미나리아의 신조였다.

"가, 감사합니다!"

생각했던 것보다 훨씬 흔쾌히 허락이 떨어져서인지 순간 어안이 벙벙한 눈치이기는 했지만 리오는 눈물을 글썽거리며 다시 한 번 깊숙이 고개를 숙였다.

"그럼 이쪽으로."

노골적으로 얼굴에는 드러내지 않았지만 카알은 다소 안심한 표정을 짓고는 그렇게 말하며 앞장을 서듯 걸어나갔다.

행선지는 차고 밖. 그곳에는 청의 마술사로거 활동할 때 이용하고 있는 마차와 말이 준비되어—— 있어야 했다. 하지만 이 날은 평소와 달라 루미나리아는 어라, 하고 의아해졌다.

"이걸 타고 가라는 거야?"

"네, 최대한 신속히 대응하라는 솔로몬 님의 분부가 있으셨습니다. 그래서 이쪽을 준비했습니다. 현재로서는 가장 빠릅니다."

눈앞에는 언제든 발차할 수 있다는 듯 구동음을 내는 아머드지프가 당당하게 서 있었다. 루미나리아는 그 울툭불툭한 겉모습을 보고 일찍이 미라가 쓴소리를 했던 일을 떠올리며 쓴웃음을 지었다.

"기다리고 있었습니다, 루미나…… 청의 마술사님!"

운전수로 동행할 갈렛이 아머드지프에서 뛰어내려 인사를 올렸다. 실로 들뜬 표정을 짓고 있었다.

"그래, 잘 부탁해."

루미나리아는 최대한 안전운행 해달라는 의미를 담아 대답했다. 하지만 의욕 넘치는 투로 "맡겨만 주십시오. 최대한 빨리 모셔다 드리겠습니다!"라고 하는 갈렛의 말을 듣고 무리임을 깨달았다.

"자아, 가시죠, 청의 마술사님!"

빨리 출발하고 싶다는 듯 갈렛은 아머드지프의 문을 열고 승차를 재촉했다. 루미나리아는 별 수 없다는 생각과 동시에 한숨을 내쉬며 올라탔다.

"어머, 꽤 많이 바뀌었네."

차내에는 큰 변화가 있었다. 소파처럼 되어 있던 후부좌석이 지금은 전투기의 시트처럼 무척 장엄해져 있었던 것이다.

"네, 미라 님의 감상을 토대로 솔로몬 님께서 재설계한 최신판입니다!"

갈렛은 아머드지프에 올라타는 리오의 옆에서 발랄한 미소를 띤 채 답했다.

실컷 피해를 입었던 미라의 감상을 토대로 했다면 조금은 나아졌으리라. 루미나리아는 결심을 굳히고 좌석에 앉았다. 리오는 처음인지 아머드지프의 차내를 신기하다는 눈으로 둘러보았다. 최신 마도공학이 잔뜩 사용된 탓에 신기한 모양이었다.

그런 가운데 의기양양하게 운전석에 탄 갈렛이 익숙한 손놀림으로 잽싸게 아머드 지프의 기관을 조종하기 시작했다. 서서히 구동음이 날카롭고 커져갔다.

어째서인지 마음이 불안해지는 소리였다. 무언가 낌새를 챈 것인지 그 옆에 앉은 리오도 긴장한 눈치였다.

"그럼 출발합니다!"

한 차례 고개를 돌려 두 사람이 착석한 것을 확인한 갈렛은 냅다 액셀을 밟았다.

급격하게 걸린 중력 가속도로 인해 시트에 몸이 처박혔다 싶었더니 모퉁이에서 핸들이 확 꺾였다. 루미나리아와 리오는 차내에서 요란하게 몸을 흔들었다.

'이거, 불평을 안 할 수가 없겠는데.'

미라가 씩씩거리던 이유를 루미나리아는 자신의 몸으로 직접 깨닫게 되었다.

"자, 괜찮아?"

엄청나게 좌로 우로 흔들린 후, 평온한 직진이 시작되었다. 그 덕에 겨우 자세를 바로잡은 루미나리아는 현기증을 못 이기고 자신 쪽으로 엎어져 있는 리오에게 그렇게 말했다.

"죄, 죄송해요~."

루미나리아에게 안기는 모양새가 되었다는 사실을 알아챈 리오는 허둥지둥 몸을 일으켰다. 그렇게 두 사람이 소란을 떨던 참에 갈렛이 흘끔 고개를 돌리더니——.

"아, 시트벨트가 있으니 써주십시오. 좌석 허리부분에 있습니다."

무척 새삼스러운 말을 입에 담았다. 루미나리아는 출발 전에 말하라고 투덜대며 시트의 옆을 확인했다. 분명 돌기물이 있었고, 그것을 잡아당기자 시트벨트가 되었다.

"이러면 조금은 안심할 수 있겠지."

솔로몬이 설계한 탓인지 구조 자체는 익숙해서 루미나리아는 무슨 소리인지 영문을 모르겠다는 눈치인 리오에게 보여주며 시트벨트를 맸다. 그러자 리오도 흉내를 내듯 따라 해서 무사히 벨트를 맸다.

그 직후에 급커브. 커다란 원심력으로 차체가 흔들렸지만 이번에는 시트벨트의 효과 덕에 몸이 쏠리지는 않았다.

"굉장해요."

리오는 몸을 단단히 고정해준 시트벨트에 감동한 모양이었다. 그에 반해 루미나리아는 덜컹덜컹 흔들리는 차내에서 전방에 있는 갈렛을 노려보며 다시 한 번 미라가 툴툴대며 짜증을 냈던 일을 떠올렸다.

'그래, 운전 교습이 필요하겠어.'

급출발에 급커브, 그리고 현재진행형인 이것저것까지. 교습소에서는 감점 요인인 그것들을 실컷 해대는 갈렛의 운전을 보고 있자니 미라의 말이 옳다는 생각이 들어 루미나리아는 쓴웃음을 지었다.

그렇게 힘차게 달려 나간 아머드 지프는 곧바로 목적지인 국경 마을을 향해 폭주를 이어갔다.

탑승감은 둘째 치고 아머드 지프의 주행성능은 역시 파격적이었다. 그 튼튼한 차체는 험로가 되었건 뭐가 되었건 전혀 개의치 않았고, 다소의 장해물쯤은 깨부수며 달렸다. 그리고 갈렛이 차체가 흔들리건 말건 전혀 주저하지 않고 최단 거리를 직진한 결과, 일행은 불과 한 시간 만에 목적지에 도착했다.

"무사히 도착했네……."

"네……."

루미나리아와 리오는 비틀거리며 아머드 지프에서 내렸다. 얼굴이 창백한 것을 보니 매우 심하게 멀미를 한 듯했다.

"아아, 나탈리. 오늘도 정말 잘 달렸어."

그에 반해 갈렛은 발랄한 미소를 띤 채 아머드 지프에 뺨을 문대고 있었다. 얼핏 보면…… 아니, 그것은 척 보아도 그다지 얽히지 않는 것이 좋을 듯한 광경이었다.

그런 일행의 눈앞에는 번듯한 석조 건물이 있었다. 그것은 경라청의 지부로, 자세히 보니 그 정문 앞에는 한 대원이 대기하고 있었다.

"청의 마술사님이 맞으십니까. 이쪽으로 오십시오."

가까이 가자 대원은 그렇게 말하며 고개를 숙이더니 문을 열었다. 루미나리아와 리오는 갈렛을 내버려둔 채 대원의 뒤를 따라 장관실로 향했다.

솔로몬이 이미 연락을 해둔 모양인지 장관실로 안내를 받은 루미나리아는 곧장 현재 상황을 확인할 수 있었다.

우선 주변에 위치한 마을이며 도시에서는 8할 정도 피난이 완료된 모양이었다. 그리고 현재까지 최초 보고에 있었던 상단 이외의 피해는 없다고 한다.

그리고 핵심인 마수에 관한 정보를 말하자면, 큰 움직임이 없어서 각 관측소에서의 정확한 동향보고가 올라오지 않고 있다는 모양이었다. 다만 북방에 위치한 숲에 숨어있다는 것은 확실하다고 한다.

그렇게 말하고서 장관은 조우지점과 마지막으로 목격된 장소 그리고 주변의 흔적들을 조사한 결과, 예측해낸 잠복 지점을 지도에 표시해 보였다.

"골리 마르키스라는 마수의 습성으로 미루어 이 근처에 숨어 사냥감이 나오기를 기다리고 있을 것으로 보입니다."

그렇게 말한 장관은 이어서 그 사냥감은 북쪽으로 도주한 상단이 분명할 것이라고 했다.

"아버지, 오빠……."

장관의 설명을 들은 순간, 불안감이 밀려들었는지 리오는 작은 목소리로 중얼거리며 몸을 떨기 시작했다. 그 사실을 알아챈 장관이 "왜 그러시는지요?"라고 물었다.

루미나리아는 그런 리오를 다정하게 위로해주며 대신 그 이유를 말했다. 그녀의 가족이 그 상단에 있는 것 같다고.

"그랬습니까. 몰랐다고는 하지만 무신경한 발언을 했군요. 죄송합니다."

사정을 안 장관은 침통한 표정으로 사과한 뒤, 리오를 똑바로 바라본 채 "하지만 이건 희망이기도 합니다"라고 격려를 하듯 웃었다.

나오기를 기다리고 있다. 그 말은 즉, 상단은 아직 살아있다는 뜻이라고. 살아있다는 것은 잘 도망치고 있다는 의미이기도 하다고.

감시의 눈이 있어 움직이지는 못할 테지만 계속 숨어있는 것만이라면 어떻게든 된다. 남은 문제는 구조대가 올 때까지 농성을 계속할 만한 식량이 있는가, 하는 것이었지만 청의 마술사──알카이트 왕국 필두 전력, 아홉 현자인 루미나리아가 예정보다 훨씬 빨리 이곳에 도착했다.

이러한 요소 덕에 최종적인 생존률은 지극히 높다. 장관은 그렇게 지론을 읊었다.

"현 시각을 기해, 골리 마르키스는 사냥하는 측에서 사냥 당하는 측이 되었네. 분명 괜찮을 걸세."

다정하고도 힘 있는 장관의 말에는 청의 마술사에 대한 절대적인 신뢰가 담겨 있었다.

"당신의 술법이 도움이 될 거야. 빨리 발견해서 놀라게 해주자."

"네!"

루미나리아가 살며시 미소를 짓자 당장에라도 울음을 터뜨릴 것 같았던 리오는 기운을, 희망을 되찾아 고개를 끄덕이며 답했다.

하지만 장관은 한 마디를 누락한 채 말을 마친 것이었다. 그것은 바로 상단이 아직 전멸하지는 않았다는 말이었다. 상황에 따라서 몇 사람은 이미 이 세상 사람이 아닐 가능성도 있는 것이다. 하지만 장관과 루미나리아는 그 말은 않기로 했다.

경라청을 나선 뒤, 루미나리아와 리오는 북쪽 숲에 발을 들여 그대로 마수가 마지막으로 목격되었다는 장소로 향했다. 친족이 있는 만큼 감도가 높아진다고는 하나 사람을 찾는 술법의 범위는 그렇게 넓지 않았다. 그리고 루미나리아와는 달리 리오에게는 마나 문제도 있어서 되도록 범위를 축소해서 탐지할 필요가 있었다.

"찾았어요! 하지만, 엄청 약해서 방향밖에……."

도착하자마자 리오는 사람을 찾는 술법을 사용했다. 반응은 분명 있었지만 매우 미약해서 정확한 위치까지는 판단할 수 없다는 모양이었다.

반응이 미약. 그 원인은 찾는 대상이 이미 죽었거나 다른 무언가의 영향으로 술법이 방해받고 있거나, 둘 중 하나였다.

불길한 생각이 머리를 스쳤는지 리오의 표정이 흐려졌다. 루미나리아는 그런 리오를 괜찮다며 격려해 주었다.

"분명 결계 안에 있기 때문일 거야. 퇴마술사가 많이 애 쓰고 있는 모양이네."

살아있다면 마수로부터 모습이며 기척을 감추기 위한 결계는 필수였다. 그리고 결계는 그 특성상 사람을 찾는 술법에 간섭하여 방해할 수밖에 없었다. 간섭은 친족이라는 관계로 강화되었는데도 간신히 작은 반응을 얻을 수 있을 정도로 만만치 않았다.

"내가 술법을 썼으면 방향도 못 잡을 뻔했어. 정말 잘했어."

사람을 찾는 술법은 실력보다 대상과의 관련성이 가장 크게 영향을 미치는 술법으로, 아무리 루미나리아라 해도 그 반응을 발견하는 것은 불가능했을 것이다. 따라서 루미나리아는 다소 호들갑스럽게 리오를 칭찬했다.

"죄송해요, 루미나리아 님. 제가 좀 더 정신을 바짝 차려야 하는데."

리오는 기뻐하는 동시에 루미나리아가 자신을 위로하고 있다는 사실을 알아챘다. 그리고 기합을 넣듯 뺨을 두드려 마음을 추슬렀다.

"괜찮아, 당연히 걱정이 되겠지. 그래도 당신은 지금까지 정말 버티고 있는 걸."

루미나리아는 리오의 머리를 살며시 쓰다듬어주었다. 본연의 성질 탓인지 여성에게는 무척 친절했다.

"가, 감사합니다."

자신을 향한 필요 이상의 다정함에 다소 당황하기는 했지만 리오는 기쁜 듯 뺨을 붉혔다. 루미나리아는 그런 리오의 얼굴을 들여다보며 말했다.

"그리고, 지금은 괜찮지만 사람들 앞에서 나를 부를 때는 청의 마술사라고 해 줘. 일단은 잠행이니까."

"아아! 죄송합니다, 앞으로 조심할게요~!"

루미나리아의 충고를 받은 리오는 허둥지둥 청의 마술사님이라고 고쳐 말했다.

사람을 찾는 술법으로 판명된 대략적인 방향만을 토대로 두 사람은 숲속으로 계속 들어갔다. 보아하니 생긴 지 얼마 되지 않은 듯한 시공의 일그러짐은 그렇게까지 크지는 않아, 숲의 대부분에는 나뭇가지 사이로 새어 들어온 햇빛이 어른거리는, 상쾌한 광경이 펼쳐져 있었다. 삼림욕하기에 그만인 환경이었다.

하지만 숲에 발을 들이는 순간, 아무도 그런 말을 하지 못하게 될 것이다. 북쪽 숲에는 다소의 훈련을 받은 자들조차도 절로 몸이 떨려올 정도의 살기가 가득했기 때문이다.

그 탓인지 숲속 어디에서도 벌레와 동물 울음소리가 들리지 않았다. 바람소리를 제외한 모든 소리가 사라진 상태였다.

장소까지는 알 수 없었다. 하지만 마수는 분명 이 숲에 있다. 루미나리아는 그렇게 확신하고는 겁도 없이 계속해서 걸었다. 그리고 리오로 말하자면 완전히 겁에 질리기는 했지만 루미나리아의 로브 끄트머리를 잡은 채 필사적으로 따라갔다.

어느 정도 걷자 탁 트인 장소가 나타났다. 아니, 정확히는 누군가가 터 놓은 듯한 장소라고 해야 할까. 직경 20미터 정도의 범위에 있는 나무들이 모두 힘없이 쓰러져 있었던 것이다.

"상단은, 이곳으로 지나간 것 같네."

자세히 보니 그곳에는 몇 개나 되는 삼베 주머니가 흩어져 있고, 하나 같이 너덜너덜하게 찢겨 있었다. 상단이 운반하던 화물의 일부로 보였다. 주변에 어지럽게 널려있는 것으로 미루어 주머니의 내용물은 주로 약 등의 재료였던 듯했다.

땅바닥, 그리고 쓰러진 나무들에는 처참한 발톱자국이 남아있었다. 그러한 흔적으로 미루어 분명 마수는 이곳에서 상단을 날뛰었을 것이다. 그리고 보아하니 그 양상은 너무도 일방적이었을 듯했다.

"아, 아아……."

리오는 그곳의 분위기에 휩쓸려 어쩌면, 하는 생각에 말문이 막혀 몸을 떨었다.

하지만 루미나리아는 지극히 냉정하게 그 참상을 분석하고 있었다.

"리오, 잘 봐. 이만큼 어지럽혀졌는데 혈흔은 하나도 없지? 게다가 주머니의 내용물은 모두 마나를 많이 내포한 것들이야. 분명마나에 끌리는 마수의 성질을 잘 이용해서 화물을 미끼삼아 도망친 걸 거야. 기지를 발휘할 줄 아는 분이 상단에 있는 모양이야."

마수가 날뛴 흔적. 그것은 모두 미끼인 화물을 상대로 한 것이라고 루미나리아는 판단했다. 이만한 참상이 벌어졌음에도 불구하고 혈흔은 전혀 보이지 않았기 때문이다. 그 대신 남아있는 것은 갈가리 찢긴 삼베 주머니뿐이었다. 그것은 상단이 이곳에서 무사히 도망쳤다는 증거라 해도 과언이 아니었다.

"분명 오빠일 거예요! 오빠는 예전에 모험가를 동경해서 마물이며 마수에 관해 조사했었거든요."

리오는 주변에 보이는 흔적들을 둘러보며 밝은 표정으로 말했다. 불안은 아직 남아있지만 강한 희망이 보이기 시작한 모양이었다.

"그것 참 듬직한 걸. 그렇다면 분명 몸을 잘 숨길 수 있을 거야."

갑자기 마수에게 습격을 받았을 때, 마나를 내포한 물건을 미끼를 삼는다는 것은 플레이어들 사이에서도 자주 쓰였던 대처법이었다. 마수가 전투 상태에 돌입한 경우에는 통하지 않지만 도망자를 쫓는, 추적 상태라면 그 눈을 속이는 데 유용한 수단이었다.

아무래도 상단에 그 사실을 아는 자가 있는 모양이었다.

'최악의 결과만은 피할 수 있겠는 걸.'

움직이지 않는 골리 마르키스와 퇴마술사, 그리고 마수에게서 도주하기 위해 필요한 지식. 이러한 요소들이 상단이 생존해 있음을 증명해주고 있었다. 남은 것은 상단과 합류할지, 그에 앞서 마수를 만날지의 차이뿐이었다.

확실한 희망을 가슴에 품고서, 루미나리아와 리오는 보다 어두운 기운이 감도는 숲속으로 발을 들였다.

숲속으로 들어가자 몇몇 마물들이 차례로 모습을 나타내기 시작했다. 그 모습은 어쩐지 다급해 보였고, 개중에는 주변에서는 목격되지 않는 마물들의 모습도 있었다.

하지만 그러한 마물들은 모두 루미나리아가 손을 뻗자마자 불타올라 순식간에 잿더미가 되었다. 루미나리아가 압도적인 속도로 자아낸 술식에 의한 것이었다.

리오는 그야말로 신기(神技)라 할 수 있는 루미나리아의 마술을, 공포조차 잊은 채 완전히 넋이 나가 옆에서 보고 있었다.

이러저러하여 언덕이 무수하게 이어진 숲의 북쪽에 도착했다. 기복이 격심한 지형으로 크고 작은 강들에 폭포, 그리고 절벽이며 동굴이 군데군데에서 고개를 내밀어 발길을 멈추게 했다.

'이럴 때 그 녀석이라면 페가수스를 타고 날아다닐 텐데.'

빠른 이동수단을 지닌 미라를 질투하며 루미나리아는 리오를 끌어안고서 높은 절벽을 훌쩍 뛰어넘었다. 몇 초간 중력을 무시할 수 있는 무형술과 발치에 바람의 마술을 작렬시키는 복합기술이었다.

그리고 그렇게 절벽과 강을 뛰어넘는 일을 몸소 체험한 리오는 놀란 나머지 얼마간 말을 잃었다.

그럴 만도 했다. 중력제어는 본래 상당한 집중력을 필요로 하는, 다루기 어려운 무형술인 데다 사람 한 사람을 안고 행사하는 것은 곡예의 극치라 할 수 있는 영역에 속한 일이기 때문이다.

하지만 루미나리아는 그것을 매우 당연하다는 듯, 어렵지 않게 해내었다. 리오는 일반 술사와 아홉 현자는 이렇게 다른 건가 싶어 존경을 초월한 감정이 남긴 눈빛을 루미나리아에게 보냈다.

"어쩐지, 반응이 근처에서 느껴져요."

숲에 들어선지 한 시간 남짓. 유달리 높이 솟은 절벽을 올려다보며 리오는 그렇게 보고했다. 아무래도 상단은 이 주변에 숨어 있는 듯했다.

"어디일까. 언뜻 봐서는 전혀 모르겠는데."

상단에 동행한 퇴마술사의 실력이 상당히 좋은 것이리라. 얼핏 봐서는 그럴싸한 흔적이 전혀 보이지 않았다.

하지만 근처라는 것은 분명해서 사람을 찾는 술법의 반응을 단서 삼아 그 절벽에 있는, 숨을 수 있을 듯한 동굴을 둘러보며 다녔다.

그렇게 몇 개의 동굴을 조사하기는 했지만 루미나리아와 리오는 아무 것도 발견하지 못하고 나왔다. 하지만 포기하지 않고 다음 동굴을 찾아 절벽을 돌아다녔다.

그러던 중, 어디선가 한 사람의 남자가 나타났다.

"자네들은, 혹시 구조대인가?"

그 남자는 리오를, 정확히는 리오의 완장을 지그시 보며 그렇게 말했다. 현재, 리오는 전령관의 제복을 두르고 있었다. 그리고 그 팔에 찬 완장에는 알카이트 왕국의 국장이 새겨져 있었다. 아무래도 남자는 그것을 보고 그녀가 군에 속했다고 판단한 모양이었다.

"네, 맞아요. 저는 알카이트 왕국의 견습 전령관, 리오라고 해요."

"나는 청의 마술사. 리오에게 협력 중인 모험가야."

두 사람이 그렇게 이름을 대자 남자는 안도한 듯한 표정을 지었다.

"오오, 당신이 청의 마술사님. 엄청난 실력자라 들었습니다. 저는 상단의 리더 해럴드. 구조하러 와주셔서 감사합니다."

아무래도 해럴드라는 남자는 마수에게 습격을 받았다는 상단의 일원인 듯했다. 어지간히 급박한 도주극을 펼쳤는지 복장이 상당이 헤져 있었다. 하지만 자세히 보니 상인답게 본래는 질 좋은 옷이었던 듯했다.

"그래서 본대 분들은, 어디쯤 오셨습니까."

어쩐지 기도를 하듯 고개를 숙인 해럴드는 기대가 가득한 표정으로 그렇게 말을 이었다. 아무래도 루미나리아 일행을 선발대라고 생각한 모양이었다. 하지만 당연히 그렇지 않았다.

"아니, 본대는 오지 않아. 우리 둘뿐이지."

루미나리아는 딱 부러지게 그렇게 말했다. 그러자 해럴드의 얼굴이 순식간에 낙담과 놀라움의 빛으로 물들었다.

"그럴 수가……. 왕국은 마수를 방치할 생각입니까?!"

마수의 출현은 국가에서도 우선도가 높은 긴급 사항으로, 본래는 신속하게 토벌대를 보내게끔 되어 있기 때문이다.

해럴드는 이렇게 예상하고 있었다. 자신들을 구조할 이들이 온다면 마수가 도벌된 후. 그리고 그때까지는 최소한 일주일은 더 걸릴 것이라고. 예정보다 훨씬 빨리 루미나리아 일행이 온 것은 마수와 생존자를 확인하고 머지않아 도착할 토벌대를 유도하기 위해서라고. 해럴드는 그렇게 생각했다.

하지만 토벌대는 오지 않는다고 한다. 그 대신 온 것은 한 사람의 모험가와 군에 속한 여성뿐이었다.

"실제로 조우한 저이기에 압니다. 저것은 터무니없는 괴물입니다. 내버려둬도 될 상대가 아닙니다. 지금 당장이라도 토벌대를 편성해야 합니다! 녀석은 아직 이 근처에 숨어 우리가 지치기를 기다리고 있습니다. 그리고 만약, 우리가 지쳐 당하고 나면, 그다음은 분명 인근 마을이며 도시로 향할 겁니다! 저런 괴물을 상대로는 주재 중인 전력은 없는 것이나 다름없습니다. 아직 늦지 않았습니다!"

어지간히 두려운 것을 보았는지 해럴드의 얼굴에는 공포감이 떠올라 있었다. 하지만 그럼에도 그는 언젠가 피해자가 될지도 모를 자들을 생각해 그렇게 진언했다. 공포를 억누르는 그 의협심에서 그의 각오를 엿볼 수 있었다.

"아니, 토벌대는 부르지 않을 거야. 애초에 그 대신 내가 온 거니까."

자신의 목숨을 보살피지 않고 누군가를 위해 필사적으로 호소하는 해럴드에게 루미나리아는 매우 당연하다는 듯한 태도로 그렇게 말했다.

"대신, 말씀이십니까? 확실히 청의 마술사님은 굉장한 힘을 가지고 계시다고 들었습니다. 하지만 이번에는 상대가 상대입니다. 보고로 들으셨겠지만, 그 아크 대륙에서도 상위에 속하는 마수 골리 마르키스입니다. 아무리 당신이라도 혼자서는……."

엄청난 실력을 지녔다는 모험가, 청의 마술사에 관한 소문은 사실 알카이트 왕국의 국내에서만 들을 수 있었다. 다시 말해 다양한 소문을 들을 기회가 있는 상인이 보기에 알카이트 왕국 안에서는 실력자일지 몰라도, 밖에서는 그렇게까지 눈에 띄는 존재가 아니라는 인상이 강했던 것이다. 그러니 해럴드가 자신만만한 태도를 보이는 루미나리아를 보고 불안해하는 것도 별 수 없는 일이었다.

"으음, 청의 마술사님이라면 혼자서도 괜찮으실 거예요."

일반적으로 생각하자면 해럴드의 말이 옳았다. 하지만 리오는 청의 마술사의 정체를 알았다. 그래서 괜찮다고 자신만만하게 말했다.

"하지만……."

그렇다고는 해도 근거를 알 방도가 없는 해럴드는 그렇게 단언한 리오의 말에 당황했다.

그때였다. 문득 숲 쪽에서 새가 날아올랐다. 크게 날갯짓을 해서 하늘로 달아나듯. 하지만 하늘로 날아오른 것도 잠시뿐. 무슨 일이 일어난 것인지 그 새들이 모두 풀썩풀썩 숲에 떨어지기 시작했다.

"들켰다! 이곳은 위험하니 어서 이쪽으로!"

그 광경을 본 해럴드는 다급하게 그렇게 말하고는 절벽 속으로 뛰어들었다.

"아하, 결계에 환영도 병용한 거구나."

"이거라면 쉽게는 들키지 않겠네요!"

얼핏 보면 아무 것도 없는 평범한 절벽이었지만 거기에는 환영에 가려진 동굴이 있었던 모양이었다. 그것은 상당히 수준 높은 술법이라 루미나리아는 감탄했다. 그리고 리오는 그 훌륭한 은폐 기술에 놀람과 동시에 그를 통해 더욱 강한 희망을 가지게 되었다. 분명 이거라면 가족도 무사할 것이다.

"어디, 저쪽에서 와준다니 찾을 수고를 덜었네."

루미나리아는 숲을 바라본 채 대담하게 미소 짓더니 서서히 다가오는 땅울림에 귀를 기울였다.

"뭔가, 커다란 게 오고 있어요……."

숲에서는 명백하게 이질적인 기척이 감돌고 있었고, 그것은 똑바로 이쪽을 향해 다가오고 있었다. 그리고 평범한 견습이 그 중압감을 견뎌낼 수 있을 리가 만무했고, 리오는 기세에 눌려 엉겁결에 한 걸음, 두 걸음 뒷걸음질을 쳤다.

초 단위로 부풀어 오르고 증대되는 기척, 중압감, 그리고 육안으로 확인할 수 있을 정도로 흘러넘치는 마의 파동.

모든 이가 사람이 대적할 수 있는 존재가 아니라 직감할 수 있는 그것을 루미나리아는 정면으로 맞으며 기다렸다.

"이봐, 빨리 이리로 오라고! 도망쳐!"

결계에서 얼굴만 내민 해럴드의 초조함에 사로잡힌 다급한 호통소리가 들려왔다.

그 직후였다. 그것이 드디어 모습을 드러냈다.

마수 골리 마르키스. A랭크 모험가라 해도 혼자서 싸우는 것은 무모하기 그지없는 일이요, 여섯 명이 모여 그룹을 이루어야 겨우 이길 수 있을까 말까 한 괴물이었다. 모습은 사자처럼 사납고 이빨과 발톱은 피에 젖은 듯 불길한 검은색을 띠고 있었다.

그 체구는 7미터도 더 되었다. 붉게 물든 두 눈은 마치 까마득히 높은 곳에서 하찮은 것을 내려다보듯 루미나리아를 바라보고 있었다.

"어머, 거물이네."

같은 종류의 마수라 해도 성장 정도에 따라 지니고 있는 힘이 달라진다. 루미나리아는 이번에 모습을 드러낸 골리 마르키스를 확인하고는 평균보다 훨씬 성장한 개체라 판단했다. 그것은 언뜻 보기에, 쓰러뜨리려면 적어도 열두 명은 필요할 정도로 파격적인 거물이었다.

루미나리아는 그런 거구를 관찰하듯 노려보았다. 그리고 골리 마르키스 역시 루미나리아를 마주 노려보았다.

순간, 포효가 울려 퍼졌다. 쌍방의 시선이 마주친 순간, 골리 마르키스가 포효한 것이다.

단숨에 부풀어 오른 음압은 마치 충격파 같았다. 피아의 거리는 아직 멀었다. 그렇기에 잘 보였다. 골리 마르키스를 중심으로 주변에 위치한 나무들이 산산조각 나서 날아가는 모습이.

"우, 우아아아아아!"

"아으……!"

몸속까지 떨리는 듯한 충격에 굳어버린 해럴드와 공포로 경직된 리오. 그럴 만도 했다. 포효만으로 나무들을 날려버리는 것은 아무리 생각해도 보통 일이 아니었기에. 심지어 나무가 날아가

버리는 바람에 골리 마르키스가 아낌없이 내뿜고 있는 살기가 더더욱 두드러졌다.

포효 한 방. 그것은 압도적인 강자라는 자신감이자 결코 놓치지 않겠다는 뜻을 전달하고 공포심을 심어 마음을 꺾어놓기 위한 선제공격이었다. 거기에는 살기 위한 행위가 아니라 그저 즐기기 위한 행위라는 수렵자의 이기심이 여실히 담겨있었다.

'이성은 거의 날아간 모양이구만. 이 상태면 마음 놓고 해치울 수 있겠어.'

리오와 해럴드가 완전히 공포심에 꽁꽁 묶인 가운데, 루미나리아는 골리 마르키스를 흘끔 쳐다보고는 그렇게 생각하며 대담하게 웃었다.

뭉뚱그려 마수라 한들 거기에는 두 가지 타입이 있었다. 하나는 마수로 변했어도 이성을 유지한 채 생활을 계속하는 프리 타입. 그리고 또 하나는 이성을 잃고 마물과 마찬가지로 모든 생물을 적으로 보고 습격하는 프레데터 타입.

하지만 프리 타입은 매우 희귀한 존재로, 마수는 대부분이 프레데터 타입이었다. 그래서 마수가 나타났다는 보고가 들어오면 그 즉시 토벌대가 편성되는 것이다.

참고로 양쪽 마수 모두 지능이 높았다. 그렇기에 후자의 경우, 교활하고 잔인한 수렵자가 되었다. 그리고 이번에 만난 것 역시 프레데터 타입인 듯했다.

"아…… 아직 늦지 않았어. 동굴로 도망쳐. 저 거구로는 못 들어올 테니."

해럴드는 겁에 질려서도 간신히 목소리를 쥐어짜내어 루미나리아와 리오를 불렀다. 하지만 리오는 완전히 공포에 사로잡혀 골리 마르키스에게서 눈을 떼지 못했다. 해럴드는 그 사실을 알아챘다. 하지만 그녀를 동굴로 끌어들이고 싶어도 고작 한 발짝을 내디딜 수가 없어서 두려움과 한심스럽다는 생각 속에서 분한 마음에 속만 끓일 따름이었다.

"아니, 걱정할 것 없어."

그런 궁지에 몰린 두 사람을 등지고서, 루미나리아는 여유마저 느껴지는 미소를 지은 채 고개를 돌려 그렇게 대답했다.

그 순간이었다. 루미나리아가 시선을 뗀 순간을 노려, 골리 마르키스가 대지를 뒤흔들며 도약했다. 거구가 수십 미터는 될 거리를 단 한 걸음에 화살처럼 육박해 왔다. 거기에 담긴 힘은 도저히 사람이 감당할 수 있는 것이 아니었다.

그런 힘을 직접 눈으로 본 해럴드는 다리가 풀리기는 했지만 필사적으로 동굴 안으로 도망쳤다. 그리고 리오는 그 갑작스러운 마수의 움직임에 놀라 무심결에 "루미나리아 님!"이라고 외쳤다.

직후, 루미나리아의 미소가 한 층 더 짙어지더니 오른손에 마나가 집속되었다.

"옛다!"

루미나리아가 마수에게로 고개를 돌리며 오른손을 내밈과 동시에 공중에서 폭풍이 퍼져 나갔다. 강렬한 바람이 주변을 쓸자 숲이 격하게 술렁댔다.

루미나리아의 바람의 마술이 작렬한 것이다. 그리고 그 압도적인 풍량과 갑작스러운 돌풍에 자세가 무너진 골리 마르키스는 세차게 땅바닥에 충돌했다.

묵직한 땅울림이 퍼져 나갔다. 7미터를 넘는 거구가 일방적으로 떠밀려나 땅바닥에 내동댕이쳐질 정도의 바람. 그 충격은 상당하리라. 하지만 골리 마르키스는 아무 일도 없었다는 듯 일어나, 핏발 선 눈으로 루미나리아를 노려보았다.

다시금 포효가 울려 퍼졌다. 이번에는 자신을 과시하기 위해서가 아니라, 오로지 분노로 가득한 살해 선고였다. 하지만 그렇기에 그 포효는 가차 없이 나무들을 날려버리고 바람에 떠오른 구름조차도 일그러뜨렸다.

리오는 이제 서 있을 수도 없어서 아예 주저앉았다.

골리 마르키스의 힘은 완전히 상식을 벗어나 있었다. 엄선된 토벌대라도 이만한 마물을 상대로는 속수무책이리라.

결과적으로 지금 이곳에 루미나리아가 있는 것은 필연적인 일이었을지도 모른다.

"……어?"

어안이 벙벙해진 투로 리오가 중얼거렸다. 그것은 너무도 갑작스럽고, 너무도 압도적인 끝맺음이었다. 대체 무슨 일이 일어난 것인지, 정신이 들어보니 불과 조금 전까지 살의를 흩뿌려대던 골리 마르키스의 미간을 얼음 기둥이 꿰고 있었다.

"뭐가…… 어떻게?"

몸을 움츠리고 있던 리오는 그 찰나 후, 눈에 비친 상황을 이해하지 못해 몹시도 얼빠진 표정으로 그것을 바라보았다.

잠시 후에야 리오는 그것이 마술이었음을 이해했다. 엄청난 속도로 자아낸 술식이 지체 없이 발동되어 흉악한 마수를 단 한 방에 처리해 버린 것이다.

리오는 그 광경이 믿기지가 않았다. 눈으로 쫓지도 못했다. 예측하지도 못했다. 심지어 그토록 발동이 빨랐음에도 불구하고 마수 골리 마르키스를 한 방에 죽일 만한 위력이 있었다. 그것은 그야말로 같은 경지에 선 자가 아니고서는 이해할 수 없는 영역이었다.

"남은 일은 생존자 확인뿐이네. 가자, 리오."

망연자실한 듯한 리오에게 그렇게 말하며 어깨를 두드리고 나서, 루미나리아는 환영의 바위벽을 통과했다. 곧이어, 그제야 정신을 차린 리오가 허둥지둥 그 뒤를 따랐다.

동굴의 입구 부근은 그다지 넓지 않아 폭은 어른 세 명이 나란히 서면 한계일 정도밖에 되지 않았다. 그리고 그 바로 앞에는 다리가 풀려 주저앉은 해럴드의 모습이 있었다.

해럴드는 루미나리아를 놀란 얼굴로 쳐다보고서 바깥에 벌어진 광경으로 시선을 옮겼다. 결계 내부에서 보이는 바깥 경치는 약간 부옇게 보이기는 했지만 그래도 마수의 상태를 확인할 수 있을 정도로는 투명했다.

해럴드는 미간을 관통당해 절명한 골리 마르키스의 모습을 목격했다. 그리고 다시 한 번 옆에 선 루미나리아에게로 시선을 옮겼다.

"분명 조금 전에, 리오 님이……."

그렇게 중얼거린 해럴드는 생채기 하나 없이 미소를 짓고 있는 루미나리아의 모습을 보고 이해했다. 토벌대가 오지 않는다는 말은 그런 뜻이었나.

"당신이…… 아니, 당신께서 오셨으니, 확실히 토벌대가 필요 없을만 하지요. 여기까지 와 주셔서 감사합니다."

해럴드는 갑자기 루미나리아에게 깊숙이 고개를 숙이더니 황송하다는 투로 감사인사를 읊었다. 아무래도 청의 마술사의 정체를 알아챈 눈치였다. 그 원인으로는 압도적인 마술도 있었지만, 리오의 실언 탓도 클 것이다.

"리오, 아까 내 이름을 불렀지?"

"네? ……아!"

리오는 자신이 실수를 저질렀음을 그제야 알아채고 얼굴이 파랗게 질렸다. 그런 두 사람의 대화를 통해 이런저런 것들을 알아챈 해럴드는 "과연 청의 마술사님이시군" 하고, 청의 마술사라는 부분을 강조하듯 고쳐 말했다.

"어서 청의 마술사님의 활약을 다른 사람들에게 알려야겠습니다. 자아, 두 분 모두 안으로 드시지요."

못 들은 척, 그리고 못 알아챈 척하려는 해럴드의 의도가 그 말에 담겨있었다.

"자, 가자."

지적하기는 했지만 루미나리아는 화가 난 낌새는 전혀 보이지 않고 다정하게 리오에게 미소를 지어주며 그 등을 톡, 하고 두드렸다. 사실 정체를 숨기고는 있지만 일부 계층에는 이미 다 알려진 사실이기도 했다. 그럼에도 정보가 나돌지 않는 것은 그만큼 관련된 자들이 비밀을 잘 지켜주고 있기 때문이었다. 다시 말해 그만큼 인망이 있다는 뜻이다.

최강의 마술사이면서 태도는 부드럽고, 다정하고 아름다우며 전투에서는 격렬하고 압도적. 그런 루미나리아의 뒤를 따르며 리오는 존경심과 그 이상의 감정이 담긴 눈으로 그 뒷모습을 바라보았다.

동굴 안에서는 상단 구성원들이 농성을 하고 있었다. 부상자는 많았지만 저만한 마수에게 습격을 받았음에도 기적적으로 사망자는 없었다. 호위 퇴마술사가 결계를 잘 사용해 어찌어찌 마수의 추적에서 벗어나며 이동한 덕분이라고 해럴드는 말했다. 더불어 사냥을 즐기며 사냥감을 가지고 노는 강자의 이기심을 마수가 가지고 있었던 것이 다행이었다고도 말했다.

하지만 죽지 않았을 뿐 그에 한없이 가까운 상태의 중상자는 많았다. 게다가 식량을 그렇게 많이 가져오지 못한 탓에 사흘 정도만 더 늦었어도 상당수가 어떻게 되었을지 모르는 일이었다는 모양이었다.

구출 후, 중상자들은 의료 조합으로 이송되었다. 조합원의 진단에 의하면 모두 아슬아슬하지만 회복할 수 있다는 듯했다. 모두 다 빨리 구출해낸 덕이라고도 했다.

그리고 리오의 가족도 무사했다. 아버지와 오빠는 리오가 구하러 왔다는 사실에 놀라면서도 이렇게 위험한 곳까지 용케 왔다며 그녀의 성장을 기뻐했다.

이렇게 국경 부근에서의 마수 소동은 신속하게 해결되었다. 짐마차가 전멸한 것 말고도 화물이 절반 정도 못 쓰게 된 탓에 피해액은 상당했지만 그래도 상단에 속한 자들의 표정은 밝았다. 돈은 나중에 얼마든 벌 수 있다. 살아있는 것이 가장 큰 재산이라며 해럴드 일행은 큰 소리로 웃었다.

대충 상단의 뒷수습을 도와준 뒤, 루미나리아는 해럴드 일행과 헤어져 경라청에 얼굴을 내밀었다. 리오도 동행했다. 가족과 무사히 재회한 리오는 한참을 울고서 곧바로 임무에 복귀했다.

황혼이 지난 시간. 장관에게 보고를 마친 루미나리아는 루나틱 레이크로 돌아갈 채비를 했다. 그때, 운전수를 맡은 갈렛이 마수에게 아머드 지프에 장착된 화포를 쏘지 못했다는 말을 매우 유감스러운 투로 했지만 그건 아무래도 좋은 이야기이리라.

"리오, 시간 좀 있어? 시간도 시간이니 저녁 식사라도 함께 하겠어?"

왕성으로 돌아와 솔로몬에게도 무사히 보고를 마친 루미나리아는 돌아가는 내내 옆에 있는 리오에게 저녁 식사를 같이 하자고 권했다.

"네, 네. 먹을게요!"

리오는 그 권유를 기꺼이 받아들였다. 그리고 두 사람은 밤의 거리로 모습을 감추었다.

얼마 후, 마수소동의 보고서가 올라왔다.

상단원 모두 생존. 상상을 초월한 마수 골리 마르키스의 토벌. 그 훌륭한 결과는 청의 마술사와 상단을 호위했던 퇴마술사의 노력이 기여한 바가 컸다고 적혀 있었다.

상단이 생존할 수 있었던 것은 퇴마술사의 힘 덕분이라고 루미나리아가 진언했기 때문이다. 그런 퇴마술사에게는 그 공적을 치하하는 의미에서 골리 마르키스의 소재 중 절반이 양도되었다. 이 역시 루미나리아가 진언한 바였다.

절반이라도 수억은 될 귀중한 상급 재료들이 갑자기 손안으로 굴러 들어오자 그 퇴마술사는 한동안 넋을 놓고 지냈다고 한다.

또한 사건의 원흉인 시공의 일그러짐은 알카이트 왕국에 협력 중인 여러 이름을 지닌 정령들에 의해 수복되었다. 당연히 현지까지는 키메라 클로젠을 경계하는 차원에서 청의 마술사가 호위로 따라붙었다.

소동은 이렇게 막을 내렸고, 평소와 다름없는 나날이 돌아왔다.

단 한 가지 변한 점이 있다면, 왕성에 있는 루미나리아의 침실을 찾는 여성이 한 명 더 늘었다는 것 정도일까.

KENJA NO DESHI WO NANORU KENJA
©2016 by Hirotsugu ryusen
First published in Japan in 2016 by Hirotsugu ryusen.
Korean translation rights reserved by Somy Media, Inc.
Under the license from Micro Magazine Co., Ltd., Tokyo JAPAN

현자의 제자를 자칭하는 현자 6

2017년 8월 1일 1판 1쇄 발행
2020년 11월 30일 1판 5쇄 발행

저   자 류센 히로츠구
일 러 스 트 후지 초코
옮 긴 이 정대식
발 행 인 유재옥
본 부 장 조병권
담당편집 정영길
편 집 1 팀 정영길 김민지 조찬희
편 집 2 팀 김다솜
편 집 3 팀 오준영 곽혜민 김혜주
편 집 4 팀 성명신
미   술 김보라 서정원
라이츠담당 김슬비 한주원
디 지 털 박상섭 이성호 최서윤
발 행 처 ㈜소미미디어
인쇄제작처 코리아피앤피
등   록 제2015-000008호
주   소 서울 마포구 토정로 222, 403호(신수동, 한국출판콘텐츠센터)
판   매 ㈜소미미디어
마 케 팅 한민지 이주희 우희선
물   류 허석용
전   화 편집부 (070)4164-3962, 3963 기획실 (02)567-3388
            판매 및 마케팅 (070)4165-6888, Fax (02)322-7665

ISBN 979-11-5710-369-0 04830
ISBN 979-11-5710-460-4 (세트)